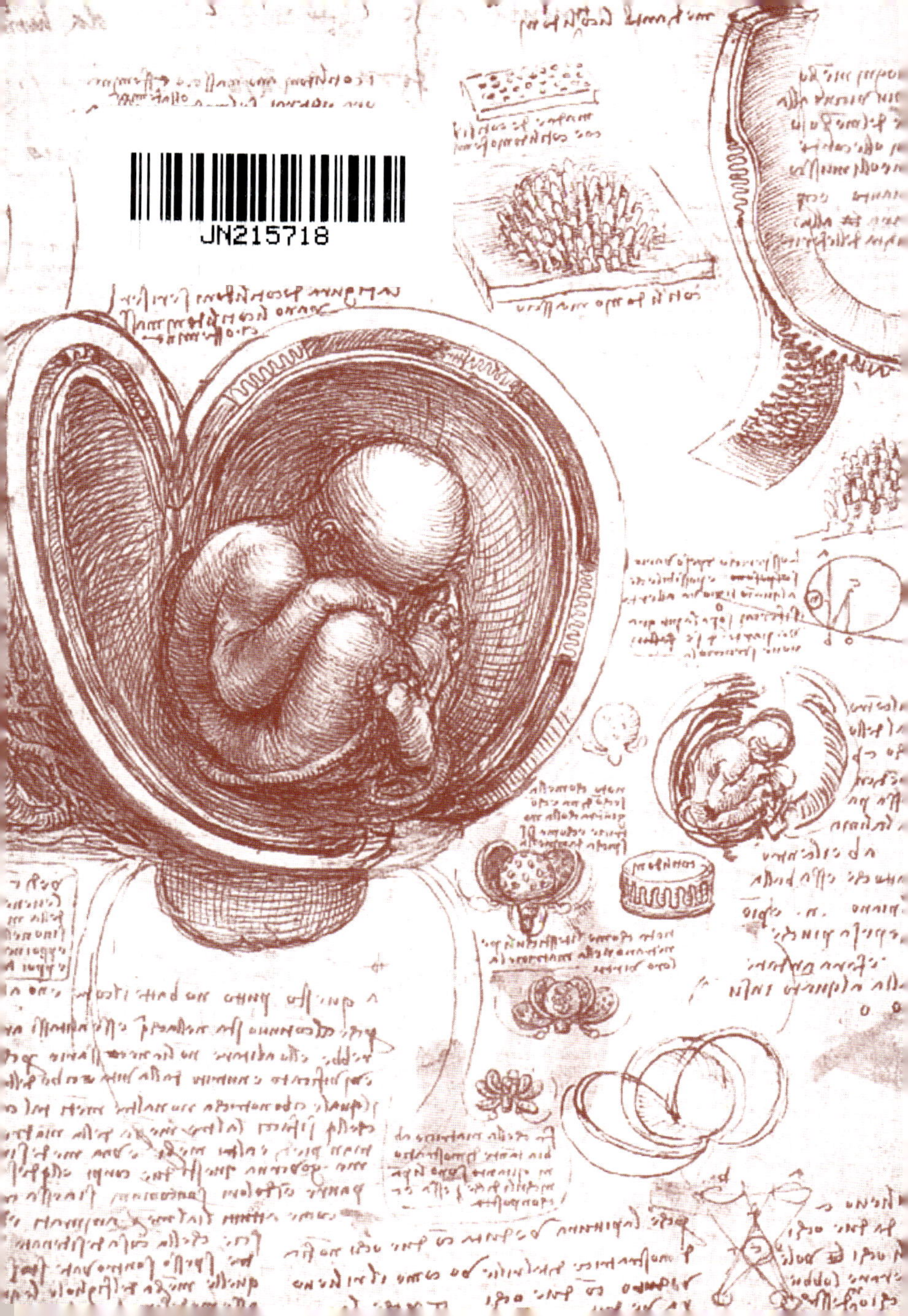

レオナルド・ダ・ヴィンチ

上

LEONARDO DA VINCI

Walter Isaacson

ウォルター・アイザックソン 著
土方奈美 訳

文藝春秋

レオナルド・ダ・ヴィンチ（上）

ウォルター・アイザックソン

上巻　目次

下巻　目次

レオナルド・ダ・ヴィンチが生涯を過ごした主な場所

ヴィンチ	一四五二年－一四六四年
フィレンツェ	一四六四年－一四八二年
ミラノ	一四八二年－一四九九年
フィレンツェ	一五〇〇年－一五〇六年
ミラノ	一五〇六年－一五一三年
ローマ	一五一三年－一五一六年
フランス	一五一六年－一五一九年

主な登場人物一覧

・**チェーザレ・ボルジア**（一四七五年頃～一五〇七年）
イタリアの武将。ローマ法王アレクサンデル六世の非嫡出子、マキャベリの『君主論』のモデルであり、レオナルドの雇用主。

・**ドナート・ブラマンテ**（一四四四年～一五一四年）
建築家。ミラノ時代のレオナルドの友人。ミラノ大聖堂、パヴィア大聖堂、ヴァチカンのサン・ピエトロ大聖堂を手がける。

・**カテリーナ・リッピ**（一四三六年頃～一四九三年）
ヴィンチ村近くで生まれた貧しい農家の娘、レオナルドの母親。その後「アカッタブリーガ」と呼ばれるアントニオ・ディ・ピエロ・デル・ヴァッカと結婚。

・**シャルル・ダンボワーズ**（一四七三年～一五一一年）
フランス王に任命され、一五〇三年から一五一一年までミラノ総督を務める。レオナルドのパトロン。

・**ベアトリーチェ・デステ**（一四七五年～一四九七年）
イタリア有数の名家の出身。ルドヴィーコ・スフォルツァと結婚。

・**イザベラ・デステ**（一四七四年～一五三九年）
ベアトリーチェの姉。マントヴァ侯妃。レオナルドに肖像画を描かせようとした。

・**フランチェスコ・ディ・ジョルジョ**（一四三九年～一五〇一年）
芸術家、技術者、建築家。レオナルドとともにミラノ大聖堂の塔の設計に取り組んだほか、ともにパヴィアに旅行し、ウィトルウィウスを翻訳し、自らもウィトルウィウス的人体図を描いた。

・**フランソワ一世**（一四九四年～一五四七年）
一五一五年からフランス王。レオナルドの最後のパトロン。

・**ローマ法王レオ一〇世、ジョヴァンニ・デ・メディチ**（一四七五年～一五二一年）
ロレンツォ・デ・メディチの息子。一五一三年にローマ法王に選出された。

・**ルイ一二世**（一四六二年～一五一五年）
一四九八年からフランス王。一四九九年にミラノを征服した。

・**ニコロ・マキャベリ**（一四六九年～一五二七年）
フィレンツェの外交官であり、作家。一五〇二年にチェーザレ・ボルジアの特使となり、レオナルドの友人となる。

・**ジュリアーノ・デ・メディチ**（一四七九年～一五一六年）
ロレンツォの息子、ローマ法王レオ一〇世の弟で、ローマでのレオナルドのパトロンとなった。

・**ロレンツォ・デ・メディチ（「偉大なるロレンツォ」）**（一四四九年～一四九二年）
銀行家、芸術のパトロン。一四六九年から亡くなるまで、フィレンツェの実質的な支配者。

・**フランチェスコ・メルツィ**（一四九三年頃～一五六八年頃）
ミラノの貴族の出で、一五〇七年にレオナルドの門下に入る。のちに義理の息子兼相続人となった。

・**ミケランジェロ・ブオナロッティ**（一四七五年～一五六四年）
フィレンツェの彫刻家で、レオナルドのライバル。

・**ルカ・パチョーリ**（一四四七年～一五一七年）

イタリアの数学者、修道士、レオナルドの友人。

・ピエロ・ダ・ヴィンチ（一四二七年～一五〇四年）

フィレンツェの公証人で、レオナルドの父親。レオナルドの母親とは結婚せず、その後四人の妻とのあいだに一一人の子供をもうける。

・アンドレア・サライ

（本名ジャン・ジャコモ・カプロッティ・ダ・オレノ）

（一四八〇年～一五二四年）

一〇歳でレオナルドの門下に入り、「小悪魔」を意味するサライというあだ名を付けられた。

・ルドヴィーコ・スフォルツァ（一四五二年～一五〇八年）

一四八一年からミラノの実質的支配者。一四九四年に正式にミラノ公となるが、一四九九年にフランス軍にその座を追われる。レオナルドのパトロン。

・アンドレア・デル・ヴェロッキオ

（一四三五年頃～一四八八年）

フィレンツェの彫刻家、金細工師、芸術家。レオナルドは一四六六年にヴェロッキオの工房に弟子入りし、一四七七年まで過ごす。

一五〇〇年当時のイタリアの通貨

デュカートはヴェネツィアの金貨、フロリンはフィレンツェの金貨だった。いずれも三・五グラム（〇・一二オンス）の金が含まれていたので、二〇一七年の価値は約一三八ドルになる。一デュカートあるいは一フロリンは、七リラあるいは一二〇ソルドとほぼ等価であった（リラとソルドはいずれも銀貨）。

1493

『白貂を抱く貴婦人』を制作。
騎馬像の粘土模型がミラノで展示される

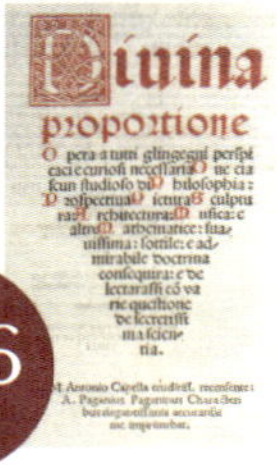

1496

ルカ・パチョーリの『神聖比例論』の挿絵を描く

1498

飛行装置の開発に取り組む

1489

解剖学と建築を研究

ポルトガル人のバルトロメウ・ディアスが喜望峰に到達

クリストファー・コロンブスが新世界へ航海。ロレンツォ・デ・メディチが死去。ロドリゴ・ボルジアがローマ法王アレクサンドル六世となる

ヴァスコ・ダ・ガマがインド航路を発見。ルイ12世がフランス王に就任。サヴォナローラが「虚栄の焼却」を実施。フランスがミラノを占領

オスマン帝国のスレイマーン一世が誕生

サヴォナローラがフィレンツェからメディチ家を追放。フランス王シャルル８世がイタリアを侵略

1490頃

ミラノ公の甥の結婚式で『天国の祭礼』が上演される。ウィトルウィウス的人体図を完成させる。サライがともに暮らすようになる

1495

サンタ・マリア・デラ・グラッツィエ教会の修道院の食堂で『最後の晩餐』の制作を開始

1483

デ・プレディス兄弟とともに『岩窟の聖母』を受注

1452

4月15日に
生まれる

百年戦争が終結。
コンスタンティノープルが陥落

グーテンベルクが聖書を
印刷する

1468頃

フィレンツェの
ヴェロッキオの
工房に弟子入りする

マキャベリが誕生。ロレンツォ・
デ・メディチが実権を握る

1472頃

『受胎告知』。遠近法は未熟だが、
天才の片鱗が見える

1473頃

画家組合に入る。
最初の作品と
される風景画が
残っている

1475頃

『キリストの洗礼』を
師ヴェロッキオと共作

ミケランジェロが誕生

コペルニクス
が誕生

1478頃

フィレンツェの
裕福な銀行家の
娘の肖像画
『ジネーヴラ・デ・
ベンチの肖像』
を制作

ルドヴィーコ・スフォルツァがミラノの
支配者となる。マゼランが誕生

ヨハネス・デ・スピラが
ヴェネチアで印刷所を開業

1481

『東方三博士の礼拝』を受注

ラファエロが
誕生

1482

ミラノへ移る。
この頃ノートへの
記録を始める

science　life　world　art

1508頃

ミラノとフィレンツェを行き来する。
水利事業を計画。
トリヴルツィオ家の記念碑を設計。
二作目の『岩窟の聖母』を制作

1513

ローマに移る。
トリノの肖像画が完成。
以前から取り組んでいた自画像の可能性があり、今日ではレオナルドのイメージとして定着している

ミケランジェロがシスティーナ礼拝堂の天井画を完成させる。
ちに初の世界地図を制作する、ゲラルドゥス・メルカトルが誕生。
フィレンツェでメディチ家が再び権力を握る

のちに世界初の正確な
人体解剖図を発表する
アンドレアス・ヴェサリウスが誕生

マルティン・ルターが
宗教改革を始める

ヘンリー８世が
イギリス王となる

ヴァザーリが誕生

ジョヴァンニ・デ・メディチが
ローマ法王レオ10世となる

フランソワ１世が
フランス王に就任

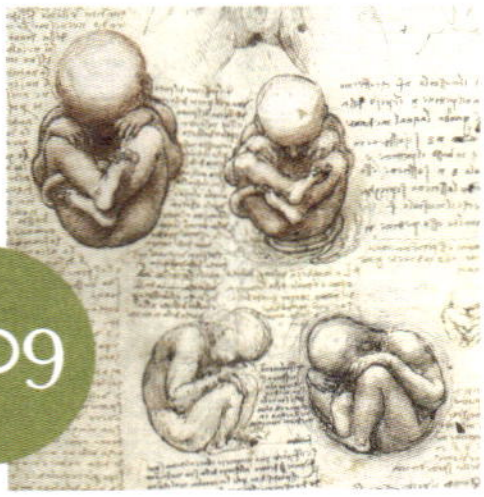

1509

解剖学、水力学の
研究を継続

1514

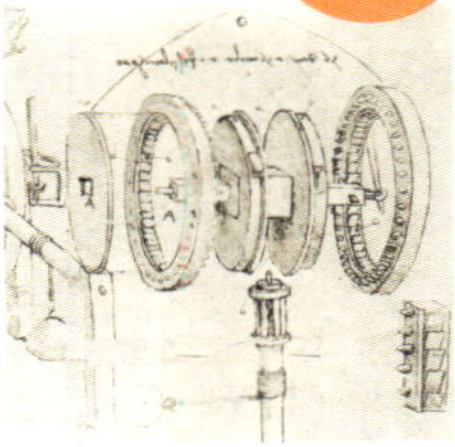

パルマとフィレンツェを訪問。
ポンティーネ湿地の干拓を計画

1516

フランソワ1世に
招かれ、アンボワーズへ移る

5月2日に死去

1519

1499

ミラノを
去る

1503

フィレンツェに戻り、
生涯取り組むことになる
『モナリザ』の制作を開始

1505

鳥の飛翔の研究。
再び飛行装置の開発に取り組むが、
失敗に終わる。
フィレンツェ政府から
『アンギアーリの戦い』を受注するが、
最終的には未完のまま放棄する

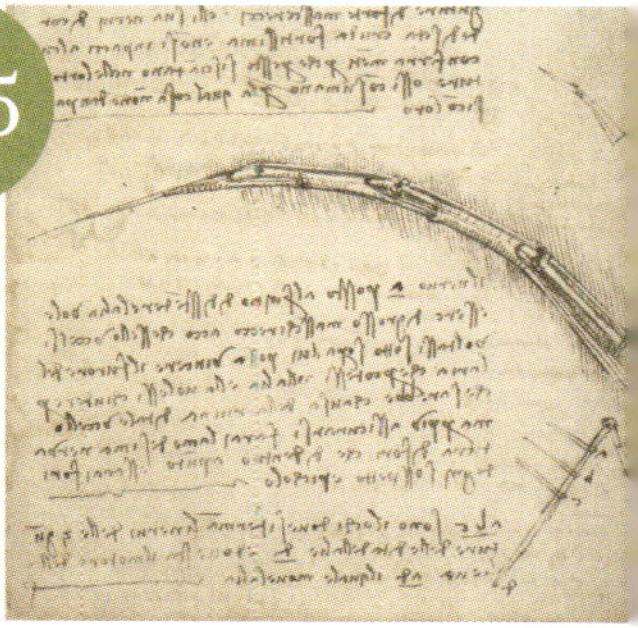

ミケランジェロがダビデ像を制作。
若きラファエロが、レオナルドと
ミケランジェロを研究するために
フィレンツェを訪問

レオナルドの友人である
アメリゴ・ヴェスプッチが
新世界への航海記録を出版

建築家ドナート・ブラマンテが
ローマ法王から、ローマの
サン・ピエトロ教会の
再建を命じられる

1502

軍事技術者として
チェーザレ・ボルジアのもとで
働きはじめる

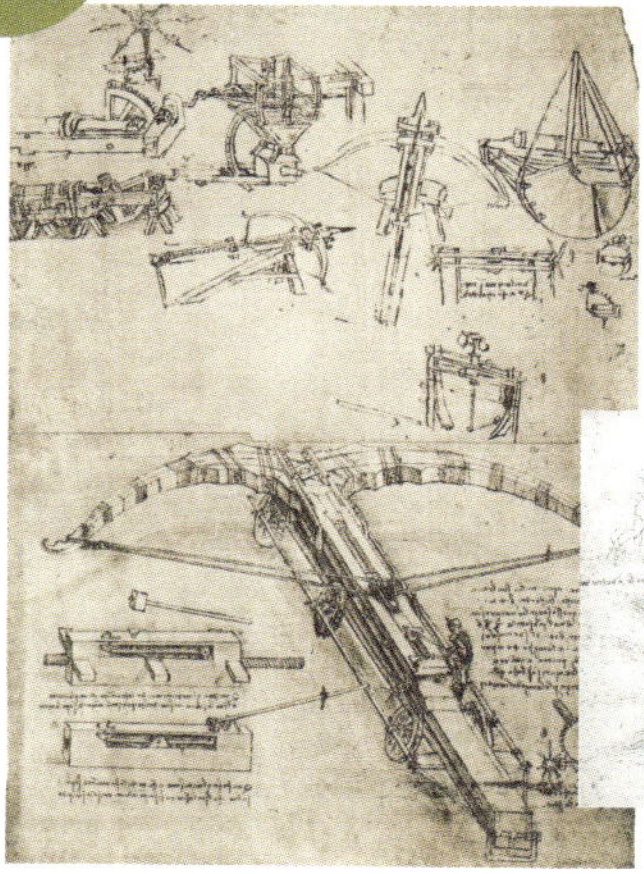

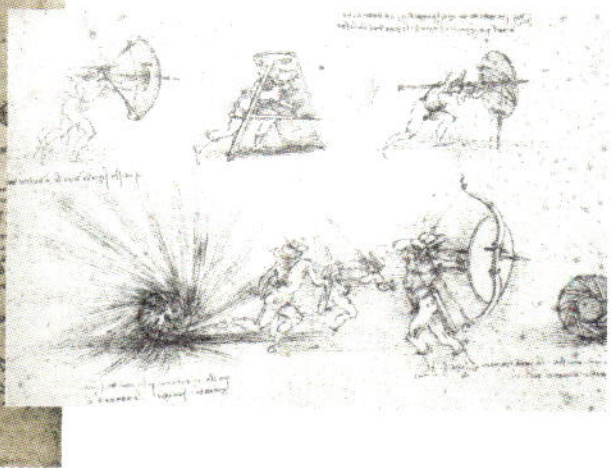

1506

ミラノに戻る。
それから7年に渡り、
ミラノとイタリア各地を
行き来する

1507

ルイ12世の
お抱え芸術家兼
技術者となる

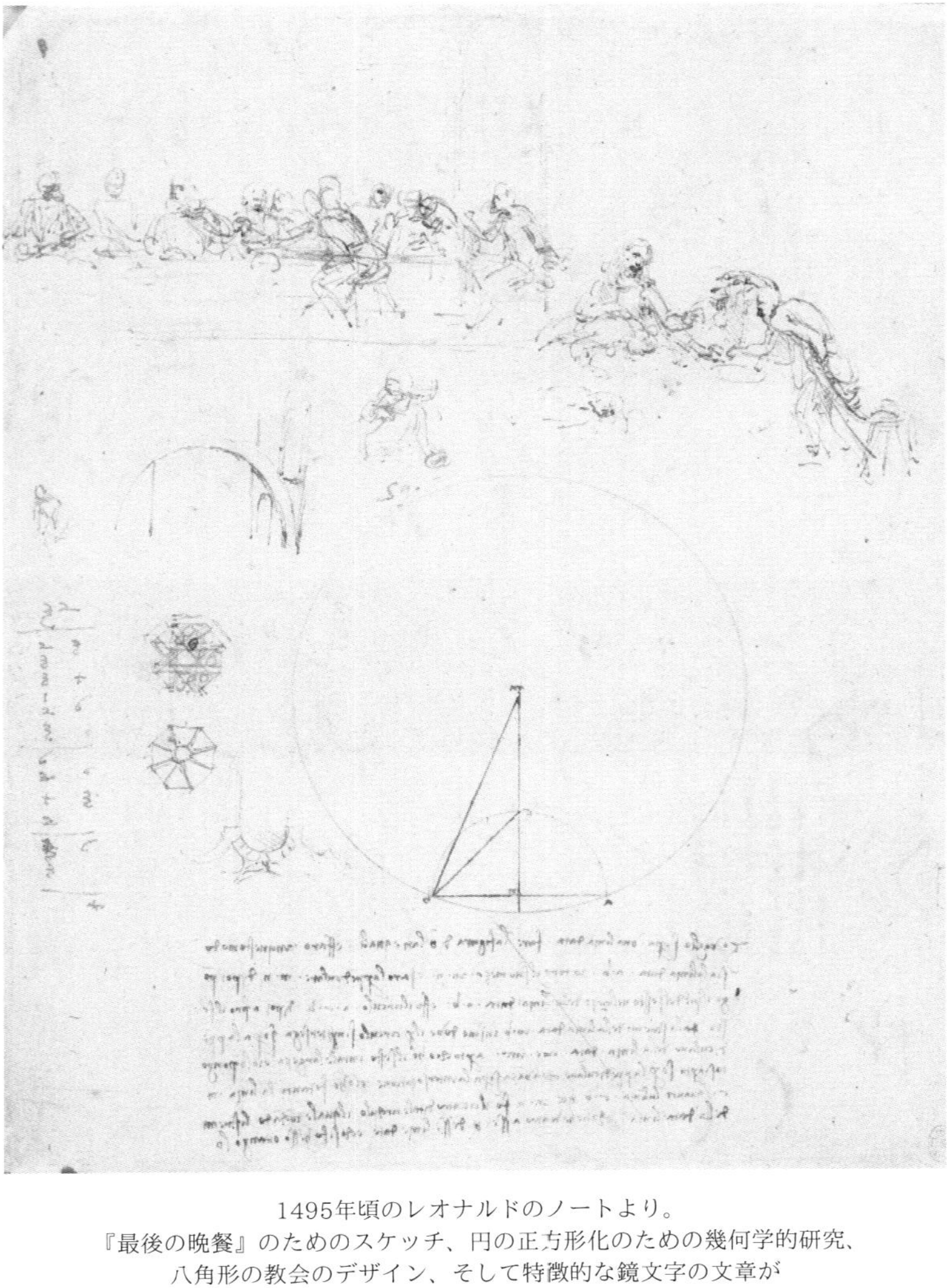

1495年頃のレオナルドのノートより。
『最後の晩餐』のためのスケッチ、円の正方形化のための幾何学的研究、
八角形の教会のデザイン、そして特徴的な鏡文字の文章が
同じページに書き込まれている

LEONARDO DA VINCI

WALTER ISAACSON

序章　「絵も描けます」

科学と芸術をつなげる

レオナルド・ダ・ヴィンチはミラノ公に宛てて、自分を売り込む手紙を書いている。三〇歳になったころの話だ。すでにフィレンツェで画家としてそれなりの成功を収めてはいたものの、与えられた仕事をやり遂げることが不得手で、新天地を求めていた。手紙のはじめの一〇段落では、橋梁、水路、大砲、戦車、さらには公共建築物の設計といった技術者としての力量を誇示している。画家でもあると述べたのはようやく一一段落目の終わりになってからだ。「どんな絵でも描いてみせます」[1]と。

たしかに、そのとおりであった。のちに『最後の晩餐』と『モナリザ』という絵画史に残る二つの傑作を描くことになるのだから。ただ本人の意識のうえでは、科学者、技術者としての自負も同じように強かった。レオナルドは嬉々として、そしてとり憑《つ》かれたように、解剖、化石、鳥類、心臓、飛行装置、光学、植物学、地質学、水の流れや兵器といった分野で独創的な研究に打ち込んだ。こうして「ルネサンス的教養人」の代表格となり、また「自然界のありとあらゆる現象」には規則性があり、一つの調和した世界を織りなしていると信じる人々の教祖となった。[2] 芸術と科学を結びつける能力は、円と正方形の中で両手両足を広げて完全な調和を体現する男性像「ウィトルウィウス的人体図」に端的に示されている。芸術と科学を結びつけたからこそ、彼は史上最も独創的な天才となったのだ。

科学を探求することが、彼の芸術を豊かにした。遺体の顔面の皮膚をはいで、唇を動かす筋肉を徹底的に調べあげ、世界が記憶することになるあのモナリザの微笑みを描いた。人間の頭蓋骨をみて、骨や歯を輪切りにしてスケッチし、『荒野の聖ヒエロニムス』では痩せさらばえた肉体の苦しみを表現した。光学を数学的にとらえ、光線がどのように角膜に当たるかを研究し、その知識に基づいて『最後の晩餐』では遠近感の変化による錯視的効果を生み出した。

光や光学の研究を芸術と結びつけることで、レオナルドは明暗法や遠近法を駆使して二次元に三次元の世界を構築するすべを身につけた。「平面から立体的に浮かびあがるように人体を描くことが、絵を描くことの第一のコツである」と語っている。[3] 立体性がルネサンス芸術における最大のイノベーションとなったのは、レオナルドの作品によるところが大きい。

晩年になると、芸術のためというより、世界の深奥なる美しさに迫りたいという純粋な欲求から科学的探究にのめりこんだ。なぜ空は青いのか研究したのは、単に絵を描くためではない。まっすぐで前向きな、とどまるところを知らない好奇心に駆られてのことだ。

しかし、なぜ空は青いのか考えているときですら、その科学的探究と芸術は切っても切れない関係にあった。両者は一体となって、この世界と人間のすべてを知り尽くしたいという情熱を支えていた。レオナルドは自然の完全な調和に畏敬の念を抱き、それを織りなす紋様が大小さまざまな現象のなかに繰り返し現れることに気づいていた。ノートには巻き毛、水の渦、つむじ風のスケッチが、そのような渦巻きを説明する数式とともに書きつけられている。私は英国王室ウィンザー城でレオナルドが最晩年に描いた迫力ある大洪水の素描集を観ながら、館長のマーティン・クレイトンに尋ねた。レオナルドにとってこれは芸術であったのか、それとも科学であったのか、と。ただ聞きながら、それが愚かな問いであることに気づいた。「そんな区別はしていなかっただろう」とクレイトンは答えたものだった。

彼の才能は常人が学べる

なぜレオナルド・ダ・ヴィンチを描くのか。それは私が伝記作家として一貫して追い求めてきたテーマを、彼ほど体現する人物はいないからだ。芸術と科学、人文学と技術といった異なる領域を結びつける能力こそが、イノベーション、イマジネーション、そして非凡なひらめきのカギとなる。私の前作の主人公であったベンジャミン・フランクリンは、彼の時代のレオナルドであった。正式な学校教育は一切受けていないが、独学で発想力豊かな知識人となり、啓蒙主義時代のアメリカを代表する科学者、発明家、外交官、作家、経営戦略家として活躍した。凧を飛ばして雷の正体が電気であることを証明し、避雷針を発明した。さらには遠近両用眼鏡、楽器、燃焼効率の高いストーブ、メキシコ湾流の海図まで生み出した。そしてアメリカ伝統の素朴なユーモアの生みの親でもある。

アルバート・アインシュタインは相対性理論の研究で行き詰まるたびに、バイオリンを引っ張り出してモーツァルトを弾いた。そうすることで宇宙の調和を感じ取ろうとしたのだ。イノベーターに関する本で取り上げたエイダ・ラブレスは、父バイロン男爵譲りの詩的感性と、母親譲りの数学的美しさへの憧れをもとに、汎用コンピュータの構想を描いた。そしてスティーブ・ジョブズは製品発表会のクライマックスで、リベラルアーツとテクノロジーの交差点を示す道路標識のイラストを見せた。レオナルド・ダ・ヴィンチはそんなジョブズのヒーローだった。「レオナルドは芸術とテクノロジーの両方に美を見いだし、二つを結びつける能力によって天才となった」(4)。

たしかにレオナルドは天才だった。すさまじい想像力と旺盛な好奇心を持ち、いくつもの分野にまたがって創造性を発揮した。しかし、この言葉は不用意に使うべきではない。「天才」というレッテルは単に人並み以上の才能に恵まれただけという印象を与え、かえってレオナルドをおとしめることになる。いちはやくレオナルドの評伝を書いた一六世紀の芸術家、ジョルジョ・ヴァザーリは、まさにこの過ちを犯した。「ときとしてたった一人の人物が、驚くほどの美しさ、品格、才能に恵まれ、非凡な行動や作品によって神の意思を感じさせることがある」(5)。

レオナルドの非凡な才能は神からの贈り物ではない。彼自身の意思と野心の産物だ。ニュートンやアインシュタインのように、ふつうの人間には想像もできないような頭脳を持って生まれたわけではない。レオナルドは学校教育をほとんど受けておらず、ラテン語や複雑な計算はできなかった。彼の才能は常人にも理解し、学びうるものだ。たとえば好奇心や徹底的な観察力は、われわれも努力すれば伸ばせる。またレオナルドはちょっとしたことに感動し、想像の翼を広げた。意識的にそうしようとすること、そして子供のそういう部分を伸ばしてやることは誰にでもできる。

レオナルドの空想は、あらゆる対象に及んだ。舞台作品、河川の改修計画、理想都市の設計、飛行装置の図案、さらにはその芸術や技術まで。ミラノ公への手紙もある意味では空想と言える。軍事技術に強いと書いてはいたものの、実際には彼の頭の中にしかなかったからだ。ミラノ公国で当初与えられた仕事は、兵器の建造ではなく、祝祭やパレードなどの企画であった。キャリアの最盛期においてすら、レオナルドの考案する兵器や飛行装置はアイデア先行で実用性に欠けていた。

当初私は、空想に溺れやすいところをレオナルドの欠点だと思っていた。自己規律や集中力のなさの表れであり、芸術作品や論文を未完のまま放り出すこととも関係があるのではないか、と。ある意味、それは正しい。実行のともなわないビジョンは、幻想にすぎない。しかしその後、絵画のなかで境界線をぼかす「スフマート」技法のように、現実と空想の境界をぼかす能力こそが彼の創造力の源泉なのだとわかった。想像力のともなわない技術は不毛である。レオナルドが史上最高のイノベーターとなったのは、観察と想像を融合させるすべを心得ていたからだ。

七二〇〇ページのダ・ヴィンチ自筆のメモを読破してこの本を書いた

本書の出発点はレオナルドの芸術作品ではなく、ノートである。彼の思考は、奇跡的に今日まで残された七二〇〇ページに及ぶメモや走り書きに最もよく表れている、と私は思う。結局のところ紙ほど優れた情報保管技術はなく、五〇〇年を経た今でも十分読むことができる。今日のわれわれのツイートなど、とてもそうはいかないだろう。

幸い、レオナルドには紙を無駄にする余裕はなかったので、どのページもさまざまなスケッチや鏡文字ですき間なく埋め尽くされている。それは一見でたらめのようでいて、彼のとめどない発想をうかがい知る手がかりとなる。数学の計算式、小悪魔のような若いボーイフレンドのスケッチ、鳥、飛行装置、舞台装置、水の渦巻き、血管、グロテスクな頭部、天使、サイホン、植物の茎、ノコギリで切断した頭蓋骨、絵を描くためのちょっとしたコツ、目と光学に関するメモ、兵器、寓話、謎かけ、そして絵画のための研究などが脈絡はなくてもリズムよく、ところせましと書かれている。どのページからも分野を超えた才能がほとばしり、自然への尽きない興味を生き生きと伝えている。レオナルドのノートはその比類なき好奇心の記録であり、著名な芸術史家のケネス・クラークの言うように「史上最も貪欲な好奇心の持ち主」(6)を知るための最高の手引きである。

レオナルドのノートのなかでも、特に興味をそそられるのは「やることリスト」だ。そこにはまばゆいばかりの好奇心が詰まっている。たとえばミラノにいた一四九〇年代のある日のリストは、こんな具合である。一行目は「ミラノとその郊外の測量値」。その用途と思われるのが、リストの後のほうに出てくる「ミラノを描く」だ。他の項目を見ると、レオナルドが積極的に他の人の知恵を借りようとしている様子がわかる。「算術の専門家に三角形から正方形を切り出す方法を教えてもらう」「ボンバルディアのジョヴァンニーノにフェラーラの塔の壁がどのような造りになっているかを聞く」「ベネデット・ポルティナリに、フランドルの人はどうやって氷上を歩いているかを尋ねる」「水力学の専門家に、ロンバルディア方式の閘門《こうもん》、水路、水車の修理方法を教わる」「フランス人のマエストロ・ジョヴァンニ・フランチェーゼから、約束した太陽の測定値をもらうこと」(7)。レオナルドは底なしに貪欲だった。

レオナルドはひたすら、やるべきこと、学ぶべきことのリストを作りつづけた。なかには常人には思いもよらないような細やかな観察も含まれている。「ガチョウの足を観察すること。足が常に開いていたら、あるいは常に閉じていたら、動けないはずである」。「空はなぜ青いのか」的な、ふつうの人なら疑問にも思わない当たり前の現象に関する問いかけもある。「どうして水中の魚は空中の鳥より速く動けるのか。水のほうが空気より重いのだから、本来逆ではないか？」[8]。

傑作なのは、どう見ても思いつきにしか思えない問いかけだ。たとえば「キツツキの舌を描写せよ」[9]。いったいどこの誰が、どんな理由で、キツツキの舌の様子を調べてみようと思うのだろう。そもそもどうやって調べるのか。絵に描くため、あるいは鳥が飛ぶ仕組みを調べるために必要な情報ではなかった。だが後述のように、フタを開けてみるとキツツキの舌には驚くような事実が隠されていた。そんなことを知ろうとするところが、いかにもレオナルドらしい。好奇心と情熱にあふれ、いつも驚きでいっぱいなのだ。

最も不可解なのは、次の項目である。「毎週土曜日は風呂に行き、裸の男たちを見ること」[10]。解剖学的、そして芸術的な動機から、レオナルドがそうしようと思うのはわかる。しかしわざわざリストに書く必要があったのか。次の項目は「豚の肺を膨らませ、幅も長さも伸びるのか、あるいは幅だけが伸びるのか観察すること」とある。雑誌『ニューヨーカー』の美術評論家、アダム・ゴプニックはこう評している。「レオナルドは奇妙な男だった。それも比類なき、手の施しようのない奇妙さであった」と[11]。

レオナルドの視点で世界を見る

私はこの興味の尽きないノートをもとに、本を書くことにした。まずミラノ、フィレンツェ、パリ、シアトル、マドリード、ロンドン、そしてウィンザー城を訪ねて原本を見た。何かを調べるときは必ず原点から始めよ、というレオナルドの教えに従ったのだ。「泉で水を汲める者が、水瓶《みずがめ》から汲んではならない」と。(12) レオナルドに関する膨大な学術論文や博士論文にも目を通した。その一つひとつに、筆者が専門的テーマについて何年もかけて調べあげた成果が詰まっている。ここ数十年、特に一九六五年にマドリード手稿集が発見されてからというもの、レオナルドの著作に関する研究は目覚ましい進歩を遂げた。また最新のテクノロジーによって、レオナルドの絵画や技法について新たな事実が明らかになってきた。

レオナルドの世界にどっぷり浸ったのち、私はこれまで見過ごしてきたような当たり前の現象に目を向け、彼のように世界を見ようと努力した。太陽がカーテンに当たっていると、足を止めて影がひだをなでる様子を眺めた。物体に反射した光が別の物体の影の色を微妙に変える様子、光沢のあるテーブルの光る部分が見る角度を変えると動いていく様子を観察した。遠くと近くにある木では遠近感がどのように違うのか、水の渦と巻き毛にはどんな共通点があるかを比べてみた。難しい数学の概念はできるだけ視覚的にとらえようとした。夕食の席では周囲の人々の行動と感情の関係に目を凝らし、誰かの口元に笑みが浮かぶと、その内面にどのような秘密が潜んでいるか想像してみた。

もちろん、レオナルドのようになることなど到底かなわない。その洞察力や才能をわずかでも身に着けることなどできはしなかった。グライダーを設計したり、新しい地図の図法を考案したり、モナリザを描いたりといった才能に一ミリたりとも近づくことも、キツツキの舌に心底興味を持つこともできなかった。それでもレオナルドのように生きようとするなかで学んだことがある。日々目の前の世界に驚きを見いだそうとすることで、人生は豊かになるのだと。

積極的に疑問をいだくことの大切さ

レオナルドについては、彼とほぼ同時代の書き手による主要な評伝が三つある。(レオナルドが亡くなる八年前の)一五一一年に生まれた画家ジョルジョ・ヴァザーリは、一五五〇年に史上初の本格的な美術史『画家・彫刻家・建築家列伝』をまとめた。その後一五六八年には、弟子のフランチェスコ・メルツィなどレオナルドを直接知っていた人々へのインタビューなどをもとに、いくつか修正点を加えた改訂版を出している。[13] フィレンツェ人への身びいきもあって、ヴァザーリはレオナルドと特にミケランジェロを芸術の「ルネサンス(復興)」の立役者としてやや過分に評価している。「ルネサンス」という言葉を書物に使ったのは、ヴァザーリが初めてであった。[14] ハックルベリー・フィンがマーク・トウェインについて語った言葉と重なるが、ヴァザーリの文章には「誇張もあるが、その内容はおおむね事実だ」。事実以外の部分は噂話、脚色、でっちあげ、あるいは意図せざる過ちである。たとえばレオナルドの師が弟子の才能に恐れをなして筆を折ったといった興味深い逸話はどの分類に属すのか、見きわめるのはなかなか難しい。

一五四〇年代に書かれた筆者不詳の評伝は、一時期ガッディ家が所有していたことから『アノニモ・ガッディアーノ』と呼ばれる。そこにはレオナルドをはじめとするフィレンツェの人々の様子が生き生きと描かれている。この評伝にもレオナルドがロレンツォ・デ・メディチの館に住み込んでいたといった脚色と思われる部分と、真実と思われる情報が含まれている。たとえばふつうの人々が長衣をまとうなか、レオナルドは膝丈しかないバラ色のチュニックを好んで身に着けていたと書かれている。[15]

三つめの評伝はジャン・パオロ・ロマッツォによるものだ。もともと画家だったが、失明したために物書きに転じている。一五六〇年頃に『夢と主張』と題した未発表の原稿を書き上げ、一五八四年に長大な芸術論を発表した。レオナルドと親交のあった画家に師事し、さらにレオナルドの弟子のメルツィにインタビューをするなど、レオナルドを直接知る人々から情報を入手している。この評伝はレオナルドの性的指向について、ことさら詳しく述べている。この三本以外にも、レオナルドの同時代人が書いた短めの評伝が二本ある。筆者はフィレンツェの商人アントニオ・ビッリと、イタリア人の医師で歴史家のパオロ・ジョヴィオである。

ここに挙げた初期の評伝は、たいていレオナルドの容姿や性格に触れている。レオナルドは人目を引くほどの美男子で、身のこなしも優雅であったという。豊かな金髪の巻き毛をたたえ、体格が良く、色鮮やかな装いで街を歩く姿や馬に乗る姿は美しかった。『アノニモ』には「レオナルドは内面も外見も美しく、均整がとれて優美であった」と書かれている。しかも話し上手で、自然を愛し、人にも動物にも優しく穏やかに接したという。

一方、レオナルドの人生の詳細についてはさまざまな説がある。私は研究を進めるなかで、出生地や死亡した状況など多くの事実について結論が出ておらず、伝説あるいは謎のままになっていることを知った。本書では最も信憑性が高いと思われる説を書き、異論、反論については注で触れている。

レオナルドが常に「偉人」ではなかったと知って最初は意外に感じたが、それによって彼を身近に感じるようになった。何度も失敗を犯し、迷走した時期もある。たとえば数学に夢中になり、膨大な時間を浪費した。『東方三博士の礼拝』『荒野の聖ヒエロニムス』『アンギアーリの戦い』をはじめ、多くの絵画を未完のまま放り出したことでも知られる。このため今日ではほぼレオナルドの作品とされる絵画は一五点ほどしか残っていない。[16]

周囲には親しみやすく温厚と思われていたが、ふさぎこんだり思い悩むことも多かった。ノートやスケッチからは、情熱的で想像力豊かで、のめり込みやすく歯止めのきかなくなる性質が透けてみえる。レオナルドが二一世紀初頭に学生時代を送っていたら、気分の浮き沈みや注意欠陥障害を抑える薬を飲まされていたかもしれない。「芸術家とは悩み多き天才である」という通説を受け入れるかはともかく、レオナルドがとほうもない才能の恩恵と弊害に自分の力で向き合わざるを得ない時代に生まれたのは幸いだった。

ノートには、こんな奇妙な謎かけが書かれている。「人間のかたちをした巨大な姿で、近づくほど小さくなっていくものは何か」。答えは「夜、明かりに照らされた人の影」である。[17] レオナルドもこの影に似たところがあるのかもしれない。だが私は、彼の人間味が明らかになることで、偉大さが損なわれることはないと考えている。影の部分も真の姿もしっかりと見るべきだ。欠点や風変わりなところがあるからこそ、われわれはレオナルドに共感し、その生き方に学び、苦闘の末に勝ち得た成功を心から称えることができる。

レオナルド、コロンブス、グーテンベルクの生きた一五世紀は、発明、探求、そして新たな技術によって知識が拡散する時代だった。つまり今日われわれが生きている時代にそっくりなのだ。だからこそレオナルドから学ぶべきことは多い。当時も今も、芸術、科学、技術、人文学、そして想像力を融合させる能力がクリエイティビティに欠かせないものであるのに変わりはない。

社会のはみ出し者であることを、まるで意に介さないところもそうだ。レオナルドは非嫡出子で、同性愛者で、菜食主義者で、左利きで、注意散漫で、ときに異端であった。一五世紀のフィレンツェが栄えたのは、そのような人々に寛容だったためだ。なによりレオナルドのとどまるところを知らない好奇心や進取の気性は、与えられた知識を受け入れるだけでなく、積極的に疑問を抱くことの重要性を教えてくれる。想像力を働かせること、そしてあらゆる時代のはみ出し者や反逆児がそうであるように、人と違った発想をすること（Think Different）の大切さを。

第一章

非嫡出子に生まれた幸運

父は公証人、母はヴィンチ村の田舎娘だった

レオナルド・ダ・ヴィンチが非嫡出子として生まれたのは、幸運としか言いようがない。さもなければ少なくとも五代前までの一族の嫡男がすべてそうであったように、公証人になることが期待されていたはずだ。

一族の起源はレオナルドより五代前のミケーレが、ヴィンチ村で公証人をしていた一三〇〇年代初頭にさかのぼる。ヴィンチ村はフィレンツェから西へ二七キロメートルほど離れた、トスカーナの丘陵地帯にある（※注）。イタリアで商業経済が発展するのにともない、商売上の契約、土地の売買、遺言などの法律文書を作成する公証人の活躍の場は広がった。文書はラテン語で書かれ、歴史的知識や文学的素養も求められた。

公証人であったミケーレには敬称「セル」の使用が認められ、セル・ミケーレ・ダ・ヴィンチと呼

ばれた。その息子と孫は公証人としてさらに成功を収め、後者はフィレンツェの大法官まで務めた。ただ、それに続くアントニオは例外だった。「セル」という敬称を使い、公証人の娘とも結婚したが、ダ・ヴィンチ一族らしい野心は持ち合わせていなかったらしい。一族が所有する土地では小作人がそこそこの量のワイン、オリーブオイル、小麦を生産していたので、そこからのあがりで暮らしていた。

アントニオの息子ピエロは父の無気力を埋め合わせるかのように、ピストイアやピサなどトスカーナ各地で精力的に活動し、一四五一年に二五歳を迎える頃にはフィレンツェで一定の地位を確立していた。この年ピエロが認証した契約書では、事務所の所在地は「パラッツォ・デル・ポデスタ」となっている。共和国政府の置かれていたシニョーリア宮殿の向かいにある、執政官のいた建物である（現在はバルジェロ美術館となっている）。顧客リストにはフィレンツェ市内の多くの修道院や教団、ユダヤ人コミュニティ、そして少なくとも一時はメディチ家までが含まれていた。[1]

そのピエロがヴィンチ村に帰省したとき、未婚の田舎娘と関係を持ち、一四五二年春に二人のあいだに息子が生まれた。赤ん坊の祖父にあたるアントニオが、めったに見せない公証人らしい筆跡で、自らの祖父が残したノートの最終ページの隅にその誕生を記録している。「一四五二年。四月一五日

※注　レオナルド・ダ・ヴィンチの呼称として、単に「ヴィンチ村出身」を意味するダ・ヴィンチの部分が誤って苗字のように使われることがある。ただ、この用法は一部のうるさ型が主張するほどとんでもない誤りではない。当時のイタリアでは世襲の苗字の使用や登録が一般化し、その多くは「ジェノベーゼ」や「ディカプリオ」など一族の出身地に由来していた。レオナルドも父親のピエロも、名前の最後によく「ダ・ヴィンチ」と書き添えていた。レオナルドがミラノに移った後、友人の宮廷詩人ベルナルド・ベリンチョーニは「フィレンツェ人のレオナルド・ヴィンチ」と記している。

土曜日の夜の三刻（午後一〇時頃）、私の孫、私の息子であるセル・ピエロの息子が生まれた。レオナルドと名づけた」[2]。

「深い愛情の性交で生まれた子供は豊かな才能を開花させる」

レオナルドの母親については、アントニオの手による出生証明やその他の誕生記録、洗礼記録にも記載する価値がないとみなされたようだ。五年後の納税文書で、カテリーナという名だけはわかる。その人物像は長らく謎に包まれていた。二〇代半ばであったと見られ、研究者のなかにはアラブ人の奴隷、あるいは中国人の奴隷という見解もあった[3]。

実際にはカテリーナ・リッピはヴィンチ村に住む、親のいない貧しい一六歳の娘であった。レオナルドについてはまだ発見すべき事実が残っていることを証明するかのように、二〇一七年にオックスフォード大学の美術史家マーティン・ケンプとフィレンツェの古文書研究者ジュゼッペ・パランティが、カテリーナの素性を明らかにする史料を発表した[4]。カテリーナは一四三六年に貧しい農家に生まれ、一四歳で両親を亡くした。幼い弟とともに祖母の家に移ったものの、一年後の一四五一年には祖母も亡くなった。自らと弟を養っていかなければならなくなったカテリーナはその年の七月、当時二四歳で地位も財力もあったピエロ・ダ・ヴィンチと関係を持った。ピエロと結婚できる見込みはなかった。初期の評伝には「血筋は良かった[5]」と書かれているものの、カテリーナはピエロとは社会階層が違い、しかもピエロにはすでに釣り合いのとれた婚約者がいたと見られる。フィレンツェの有力な靴職人の娘で、一六歳のアルビエラだ。ピエロとアルビエラはレオナルドが誕生した八カ月後に結婚している。二人の結婚は両家にとって社会的にも経済的にも好ましかった。レオナルドが生まれる以前にすでに婚約が整い、持参金の契約も結ばれていたのだろう。

世間体やその他の都合も考えて、レオナルドが生まれてまもなくピエロはダ・ヴィンチ家とつながりのあった村の農夫兼レンガ職人とカテリーナとの縁組を整えた。本名はアントニオ・ディ・ピエロ・デル・ヴァッカ、通称はトラブルメーカーを意味する「アカッタブリーガ」であったが、幸いそのような人物ではなかったらしい。

レオナルドの父方の祖父母と父親は、ヴィンチ村の中心部にある城のすぐ隣に、小さな庭付きの邸宅を所有していた。レオナルドがそこで生まれた可能性はあるが、そうではなかったと見るべき理由も多い。人の多いダ・ヴィンチ家の邸宅に、おなかの大きな、あるいは乳飲み子を抱えた田舎娘が暮らしているのは都合が悪く、世間体も悪い。セル・ピエロが裕福な婚約者との持参金交渉の最中であったことを考えれば、なおさらだ。

地元の観光協会によると、レオナルドが生まれたのはヴィンチ村から三キロメートルほど離れた隣村アンキアーノにある、農家の母屋に隣接した灰色の石造りの貸家であったようだ。アンキアーノ村には今、小さなレオナルド美術館がある。この土地の一部は一四一二年からダ・ヴィンチ家と親しいピエロ・ディ・マルボートの一家が所有していた。マルボートはピエロ・ダ・ヴィンチの名づけ親であり、一四五二年には誕生したばかりのピエロの息子、レオナルドの名付け親にもなった。レオナルドがマルボートの所有する家で生まれたとすれば、つじつまが合う。両家は非常に親しい間柄だった。レオナルドの祖父アントニオは、ピエロ・ディ・マルボートがアンキアーノの物件を購入する際の証人になっている。この契約に関するメモには、近所の家で双六《すごろく》をしていたアントニオが、呼ばれて仕事をしたと書かれている。一四八〇年代にはその物件の一部をピエロ・ダ・ヴィンチが買い取っている。

レオナルドが生まれた当時、この家には夫を亡くしたピエロ・ディ・マルボートの七〇歳になる母親が暮らしていた。つまりヴィンチ村から容易に歩ける距離にあるアンキアーノ村で、ダ・ヴィンチ家と少なくとも二世代にわたって親交のあった友人の母親が農家の母屋で一人暮らしをしており、隣には粗末な小屋があった、というわけだ。その荒れ果てた小屋（税務上、マルボート家はその小屋を無人として申告していた）は、妊娠したカテリーナが隠れ住むにはうってつけであった、というのが地元の言い伝えである[6]。

レオナルドは土曜日に生まれ、翌日にはヴィンチ村の教区教会で地元の司祭によって洗礼を受けている。そのとき使われた洗礼盤は、今もそこにある。すでに述べたような事情があったにもかかわらず、洗礼式はにぎにぎしく、堂々と行われた。ピエロ・ディ・マルボートを含めて代父母として立ち会った者の数は一〇人と、この教会の通常の洗礼式よりはるかに多く、出席者には地元の有力者が含まれていた。その一週間後にはピエロ・ダ・ヴィンチはカテリーナと赤ん坊を残してフィレンツェに戻り、月曜日には事務所で顧客のために公証人業務を再開している[7]。

レオナルドは自らの生まれについて何も書き残してはいない。しかしそのノートには、非嫡出子についての興味深い洞察が残されている。「荒々しくせっかちな性交から生まれる子供は、気が短く信頼できない。一方、性交が深い愛情に満たされ、双方が望んだものであれば、子供は多いなる知性と機知に恵まれ、快活で愛すべき者となる」[8]。レオナルドは自らを後者の分類に属すと考えていたのだろうし、少なくともそうであったと願いたい。

レオナルドは幼少期を二つの家で過ごした。カテリーナとアカッタブリーガはヴィンチ村のはずれ

ヴィンチ村の風景とレオナルドが洗礼を受けた教会

にある小さな農場に落ち着き、ピエロ・ダ・ヴィンチとの交流も続いた。二〇年後、アカッタブリーガはピエロから借り受けたレンガ窯で働いており、長年にわたって互いに契約書や証書で証人を務めている。レオナルドの誕生後、カテリーナとアカッタブリーガは娘四人、息子一人に恵まれた。一方、ピエロとアルビエラは子宝に恵まれなかった。レオナルドが二四歳になるまで父親には他に子供はなかった（ただピエロは三度目と四度目の結婚で少なくとも一一人の子供をもうけ、十分に埋め合わせをした）。

実の父親は主にフィレンツェで暮らし、母親は新たな家族の世話で忙しいという状況のなか、レオナルドは五歳になる頃にはダ・ヴィンチ家の邸宅で、気ままな生活を送る祖父アントニオとその妻とともに暮らすようになった。一四五七年の税務調査に、アントニオは同居の扶養家族として孫息子を記入している。「レオナルド、セル・ピエロの息子、非嫡出子、上記と現在アカッタブリーガの妻となっているカテリーナのあいだに誕生」

この邸宅にはピエロの一番下の弟、フランチェスコも住んでいた。甥のレオナルドと一五歳しか違わなかったフランチェスコは、父親に似て田舎暮らしを愛し、同類であるその父に「家の中をうろつくばかりで無為に過ごしている」と書かれている。[9] レオナルドにとってフランチェスコは愛すべき叔父で、ときには父親代わりであった。ヴァザーリが評伝の初版で、ピエロを誤ってレオナルドの「叔父」と書いたのは有名で、のちに訂正している。

非嫡出子は公証人にはなれなかった

レオナルドの大々的な洗礼式からも明らかなように、当時非嫡出子として生を受けることは社会的恥ではなかった。一九世紀の文化史家ヤーコプ・ブルクハルトは、ルネサンス期のイタリアを「私生児の黄金時代」とまで呼んでいる。[10] 特に支配階級、貴族階級においては、非嫡出子であることに不利益はなかった。レオナルドが生まれた当時ローマ法王であったピウス二世は、フェラーラ公国を訪問したときのことを書き残しているが、そこで開かれた歓迎会に出席した支配一族エステ家の七人の男子は、フェラーラ公自身を含めて全員非嫡出子であった。

「あの一族で、嫡子が公国領を継いだことが一度もないというのは不思議である。妾の息子たちのほうが正妻の息子たちよりはるかに幸運に恵まれている」[11]（ピウス二世自身も少なくとも二人の非嫡出子をもうけている）。同じくレオナルドの生きた時代のローマ法王であるアレクサンデル六世にも複数の妾と非嫡出子がおり、その一人に枢機卿、法王軍司令官を務め、さらにはレオナルドの雇用主となり、マキャベリの『君主論』のモデルとなったチェーザレ・ボルジアがいる。

一方、中流階級は非嫡出子に対してそこまで寛容ではなかった。商人や専門職の人々は苦労して手に入れた社会的地位を守るため、組合（ギルド）を結成し、道徳的なしばりをかけた。組合員の非嫡出子を受け入れるところも一部にはあったが、レオナルドの父が所属していた由緒正しき判事と公証人の組合「アルテ・デイ・ジュディチ・エ・ノタイ」（一一九七年設立）はそうではなかった。トーマス・クーンは著書『ルネサンス期のフィレンツェにおける非嫡出』に、「公証人は証人や書記として認定を受けた者であり、非の打ちどころのない信頼性を備え、社会の王道を歩むことが求められた」と書いている。(12)

こうした制約がプラスに働いた面もある。独創性が高く評価されるようになったこの時代に、非嫡出子として生まれたからこそ創造力を発揮するチャンスに恵まれた者たちがいる。詩人、芸術家、職人で例を挙げればペトラルカ、ボッカッチョ、ロレンツォ・ギベルティ、フィリッポ・リッピとその息子のフィリッピーノ・リッピ、レオン・バッティスタ・アルベルティ、そしてもちろんレオナルドだ。

非嫡出子とは単なるアウトサイダーではなく、もっと複雑で曖昧な立場に置かれていた。「非嫡出子の難しさは、家族の一員でありながらも、完全にそうではないという点だ」とクーンは指摘している。そのおかげで、あるいは必要に迫られて、人並み以上に波乱万丈で独創的な人生を送ることになった者もいる。レオナルドは中流家庭の出身だが、そこには見えない壁があった。作家や芸術家によくいるタイプだが、レオナルドも世界の一部でありながら疎外感を味わいながら育った。このどっちつかずの状態は、相続にも影響を及ぼした。矛盾する法律や過去の判例のために、非嫡出の男子が相続人になれるかははっきりせず、レオナルド自身もずっと後になって義理の兄弟との法廷闘争でそれを思い知ることとなる。「ルネサンス期の都市国家においては、このような曖昧な状況が日常のはしばしに存在した。これは都市国家が芸術や人文学で優れた創造性を発揮したことと関連している」とクーンは説明している。[13]

フィレンツェの公証人組合が非嫡出子を排除していたために、レオナルドは「メモ魔」という一族の習性を受け継ぎつつ、創造への情熱を追い求める自由に恵まれた。これは幸運なことであった。公証人としては、およそ成功しなかっただろう。工夫の余地がなく型にはまった仕事を任されたら、すぐに飽き飽きして気もそぞろになったはずだ。[14]

経験がすべて

レオナルドが非嫡出子として生まれて良かった点がもう一つある。ルネサンス初期に専門職や商家の子弟に古典や人文学を教えた「ラテン学校」に通わずに済んだことだ。[15]「そろばん学校」と呼ばれるところで算術を多少教わった以外は、ほぼ独学だった。自嘲気味に自らを「無学」と称することもあったが、そういう見方をされることには反発した。正式な学校教育を受けなかったことで、経験と実践を重んじる生き方を身につけたという自負があった。「経験の信徒、レオナルド・ダ・ヴィンチ」と署名したこともある。[16]このような自由な発想力を持つことで、伝統的思想に縛られない生き方ができた。ノートには、この点について自分をさげすむ「もったいぶった愚か者」に対する激しい非難をぶちまけている。

私が教育を受けていないために、一部の口さがない人々が「教養のない男」と批判するのはよくわかっている。愚かなやつらだ！（中略）彼らは尊大な態度で闊歩《かっぽ》するが、その知識は自らの努力で得たものではなく、借り物にすぎない。（中略）私が書物から学んでいないので、表現すべきことを的確に述べる能力がないと言うのだろう。しかし私の専門分野に必要なのは他者の言葉ではなく経験であることを、彼らはわかっていないのだ[17]。

こうしてレオナルドは、古典科学と独創的思考が衰退して以降、数百年にわたって幅を利かせていた中世期の教義やスコラ哲学を学ばずに済んだ。権威への敬意を持ち合わせていなかったので、与えられた知識に健全な疑いを持ち、経験的な自然研究の手法を生み出した。これは一世紀以上ものちに、ベーコンやガリレオが確立する科学的手法の先駆けと言える。レオナルドの研究は実験、好奇心、そしてふつうの人なら幼少期を過ぎると失ってしまう、当たり前の現象に驚く能力に支えられていた。

そのうえレオナルドには、自然の驚異を観察することへの強い欲求と能力が備わっていた。モノの形や影を子細に観察し、とりわけ鳥のはばたきや人の表情の変化など、動きを理解する能力に長《た》けていた。このような基礎のうえで実験をした。頭の中だけで行ったものもあれば、スケッチを使って、あるいは少ないながら物理的対象を使うこともあった。ノートではこう宣言している。「私はまず実験をしてから先へ進む。なぜなら最初に経験に照らし、そのうえでそれがなぜそのようなかたちで起こるかを合理的に考えたいからだ[18]」。

このような野心や才能を持った子供が生まれ落ちるには良い時代だった。一四五二年はヨハネス・グーテンベルクが印刷所を開設した直後である。その活版印刷技術はまたたくまに広がり、レオナルルドのような学校には行っていなくても知性あふれる人々は大いに恩恵を受けた。イタリアでは四〇年にわたって都市国家間の戦争がないという、歴史上稀にみる平穏な時期が始まろうとしていた。大地主から都市の商人や銀行家へと権力が移行するのにともない、識字率、計算能力、所得は劇的に上昇した。この新たな支配階級は法律、会計、信用、保険の発達によってますます栄えた。

またオスマントルコによるコンスタンティノープルの陥落で、ユークリッド、プトレマイオス、プラトン、アリストテレスら古代の英知が詰まった大量の文献を抱えた学者が大挙してイタリアへ流れ込んだ。レオナルドの誕生に前後してクリストファー・コロンブスとアメリゴ・ヴェスプッチが生まれ、探検の時代が幕を開けた。成長著しい商人階級がパトロンとして社会的地位を獲得しようとしたフィレンツェでは、ルネサンス美術や人文学が花開いた。

フロイトの見当違いな夢判断

レオナルドは幼少期の最も鮮明な記憶を、その五〇年後、鳥の飛び方を研究していたときに書き残している。観察の対象となったのはタカによく似たトビという鳥で、ギザギザの尻尾と優美な長い羽があり、空に高く舞い上がり滑空することができた。持ち前の鋭い観察眼で、レオナルドはトビが羽を動かす様子や、着地する際には尻尾を下ろす様子を正確に描写している。[19] そんななかで赤ん坊のときの記憶がよみがえったという。

「トビについて書くのは、どうやら私の宿命らしい。幼少期の最も古い記憶は、ゆりかごに寝ていた私の上にトビが舞い降り、尻尾で口を開けさせ、そのまま何度か口の中を叩いたイメージなのだ[20]」

レオナルドの思考によくあることだが、おそらくここには空想と創作が混じっているのだろう。鳥がゆりかごの中に舞い降り、赤ん坊の口を尻尾で開けさせるというのは想像しがたい。「イメージ」という言葉を使っているところを見ると、レオナルドもこれが空想である可能性を認めているようだ。

このようなさまざまな要素、すなわち母親が二人おり、父親とはめったに会えない子供時代、口を鳥の尻尾ではたかれる夢のような記憶などは、フロイト派の精神分析の格好の素材となる。実際、当のフロイトがそれを行っている。一九一〇年の『レオナルド・ダ・ヴィンチと子供時代の記憶』と題した短い著作は、トビのエピソードがもととなっている。[21]

フロイトにとって不運だったのは、レオナルドのノートのドイツ語への翻訳の質が低く、問題の鳥をトビではなくハゲタカと誤訳していたことだ。この結果、フロイトは古代エジプトにおけるハゲタカの象徴的意味や、「ハゲタカ」と「母親」の語源の関係について的はずれな解説に紙幅を費やすこととなり、のちに自らそれを恥じて誤りを認めている。[22]

鳥の種類を勘違いしたことはさておき、フロイトの分析の眼目はイタリア語を含む多くの言語において「尻尾」は「ペニス」を意味する俗語であり、レオナルドの記憶は彼が同性愛者であったことと関連している、というものだ。「この空想のハゲタカが子供の口をこじ開けて尻尾で激しく叩くという状況は、フェラチオの概念と一致する」。レオナルドの抑圧された欲求は激しい創造力につながったが、作品の多くが未完で終わったのは彼が抑圧されていたためである、とフロイトは主張した。

このような分析に基づき、美術史家のマイアー・シャピロによるものなど、とんでもないレオナルド批評が書かれることになった。[23] 少なくとも私には、分析結果はレオナルドよりもフロイトについて多くを物語っているように思える。評伝を書く者は、五〇〇年も前に生きた人物の精神分析をすることに慎重であるべきだろう。レオナルドの夢のような記憶はおそらく本人の言うとおり、単に鳥の飛翔に対して長年関心を抱いてきたことの表れにすぎない。そしてフロイトの指摘を待たずとも、性的欲求が野心などの情熱に昇華することがあるのは明らかだ。レオナルド自身がノートにそう書いている。「知的情熱は肉欲を駆逐する」と。[24]

レオナルドの子供時代の性格や興味の対象を知る手がかりとしてもっと参考になるのは、やはり本人が記録した思い出だ。フィレンツェ近郊で散歩に出かけたとき、偶然薄暗い洞窟を見つけ、中に入るか逡巡したという。

「暗い岩場をしばらく歩き回っていたら、巨大な洞穴の入り口に立っていた。驚き、しばしそこで足を止めた。身を乗り出して中を見ようとしたが、暗くて何も見えない。突然、私の中に二つの矛盾する感情が湧き上がった。恐怖と欲望、つまり不気味な暗い洞窟への恐れと、中にすばらしいものが潜んでいないか見てみたいという願望だ」。[25]

結局、欲望が勝った。抑えられない好奇心が恐怖に打ち勝ち、レオナルドは洞窟に足を踏み入れた。そして壁に埋まったクジラの化石を見つけた。「ああ、かつてこの世に生を受けた強き者よ、おまえの強さは無益であった」。[26]これを創作、あるいはセネカの詩の引用と見る研究者もいる。だがレオナルドのノートを見ると、何層にも重なった貝殻の化石の様子がびっしり書き込まれている。またトスカーナ地方ではクジラの骨の化石が数多く見つかっている。[27]

クジラの化石が想起した暗い幻想は、やがて黙示録的な大洪水のイメージに変わり、生涯レオナルドをとらえて離さない不吉な予感となった。それに続くページには、はるか昔に死んだクジラのすさまじい力について、長々と述べている。「おまえの敏捷な、分岐したヒレと切れ込みのある尾をひとふりすれば、海に突然の大嵐が湧き起こり、船は傾き、沈没しただろう」。そこからやや思索的になっていく。「ああ、時間よ、瞬く間にすべてを奪う者よ、この驚くべき大魚が没してから、おまえはどれだけの国家の没落と、どれだけの都市や自然の変化を目のあたりにしてきたのか」。

このときレオナルドが抱いていたのは、洞穴に潜んでいる危険とはまったく別次元の脅威への恐れだった。自然の破壊力に対する実存的恐怖である。赤みがかった紙に銀筆で、洪水と大火によるこの世の終わりを感じさせる大災害の様子を夢中で書きつけている。「川の水は涸れ、地表から植物が消える。もはや田畑に作物が茂ることもない。牧草がなくなり、動物が死に絶える。肥沃で豊かな地球は火事によって終焉を迎える。地表は灰燼に帰し、地球上の自然はことごとく消え去る」(28)。

好奇心に押されて足を踏み入れた暗い洞窟は、科学的発見と生き生きとした空想をもたらした。両者は糸のように絡み合いながら、レオナルドの人生を貫くことになる。精神的にも肉体的にも嵐にのまれ、深い闇に沈んだこともある。それでも自然に対する探求心が失われることはなかった。自然への尽きない愛情と恐れは、洞穴の前で苦しむ聖ヒエロニムスにはじまり、黙示録的な大洪水のスケッチに至るまで、その作品の中に映し出されている。

第二章　師に就き、師を超える

都会に憧れた小石は

レオナルドは一二歳までをヴィンチ村で過ごした。複雑な家庭の事情はあったものの、それは平穏な日々だった。ふだんは村の中心部の父方の実家で、祖父母とのんきな叔父と暮らしていた。レオナルドが五歳のときの税務申告書では、実の父も妻とその家に住んでいることになっていたが、その後夫婦の本宅はフィレンツェに移っている。実の母は夫や続々と増えていく子供達、夫の両親や弟一家と村はずれの農場に住んでいた。

だが一四六四年、この穏やかな世界は突然終わりを告げる。義母のアルビエラが初めての出産で、赤ん坊とともに命を落とした。ヴィンチ家の当主であった祖父アントニオも、同じ頃に亡くなっている。こうしてフィレンツェで一人寂しく暮らすことになった父親が、将来の仕事を考えはじめる時期

にさしかかっていたレオナルドを呼び寄せた。(1)
レオナルドはノートに心の内をほとんど書き残していないので、フィレンツェに移ることをどう思ったかはわからない。ただ彼の書いた寓話から、心情を読み取ることはできる。その一つに、丘の上で花や木々に囲まれて暮らしていた（つまりヴィンチ村のようなところにいた）小石の悲しい物語がある。

小石はふもとの道を見下ろし、たくさんの石が転がっているのを見つけて、こう決意する。「こんなところで草花に囲まれているのはまっぴらだ。仲間と一緒に暮らそう」。そこで坂道を転がり、仲間のところへ降りて行く。「だがしばらくすると、そこがひどく居心地の悪いことに気づいた。ひっきりなしに荷馬車の車輪や馬の蹄鉄、旅人の足に踏みつけられる。蹴っ飛ばされたり、躓《つまず》かれたり散々だ。泥だらけになり、牛や馬の糞にまみれて、小石は時折身を起こした。しかし、もといた孤独と平穏に満ちた丘をいくら見上げても、どうにもならなかった」。そしてこんな教訓で締めくくる。「思索にふける静かな生活を捨て、都会で悪意に満ちた人々の中で暮らそうとするとこういう目に遭う」(2)。

非嫡出子なので公証人にはなれない

レオナルドのノートには、田舎暮らしや孤独を礼賛する寓話が他にもたくさんある。画家を目指す若者には、こんなアドバイスもしている。「家族や友人から離れ、田舎へ、山や谷に出かけよう。一人になれば真の自分でいられる」(3)。田舎暮らしへのロマンチックな憧憬《しょうけい》は、孤独な天才というイメージにぴったりだ。しかしレオナルドの場合、これもほとんど空想である。キャリアの大半はフィレンツェ、ミラノ、ローマなど芸術と商業の中心地である大都会で過ごし、いつも弟子、仲間、そしてパトロンに囲まれていた。長期にわたって一人で田舎に引っ込むことなどまずなかった。芸術家の多くがそうであるように、レオナルドもまわりの才能豊かな人々から刺激を受けた。ノートにはぬけぬけと「絵は一人より大勢で描くほうがずっといい」とも書いている。(4) 静かな隠遁生活を好んだ祖父や叔父の姿は想像の中に焼きついてはいたものの、自ら実践することはなかった。

フィレンツェに移り住んだ当初は、父親のセル・ピエロと一緒に住んでいた。父はレオナルドに基礎的な教育を受けさせ、良い奉公先も見つけてくれた。しかし強力な人脈を持つ公証人ならわけのないことなのに、父が敢えてしなかったことがある。息子を嫡出子と認める法的手続きだ。父子で役所へ出向き、息子がひざまずいて嘆願書を提出するだけでよかった。(5) ピエロに当時他に嫡出子がいなかったことを考えると、かなり意外な決断である。

ピエロがレオナルドを嫡出子にしなかったのは、おそらく一族の伝統にならって公証人になるような息子を後継ぎにしたかったためだろう。レオナルドが一二歳になる頃には、公証人に向いていないことはすでにはっきりしていた。ヴァザーリによると、ピエロは「息子は絵を描くことや彫刻が何より好きで、他のことは手につかないことをわかっていた」。それに加えて、公証人組合には婚外子は嫡出子の手続きをとっても組合員にはなれないという不文律があり、覆すのは難しそうだった。こうした事情から、わざわざ手続きを踏むこともないと考えたのだろう。レオナルドを嫡出子とせず、公証人として後を継いでくれる息子を新たにもうけよう、と。一年後、ピエロは同じフィレンツェの有力公証人の娘と再婚した。しかしようやく嫡男に恵まれたのは一四七五年、レオナルドより六歳も若い娘と三度目の結婚をした後で、その息子はめでたく公証人となった。

識字率が欧州最高の街、フィレンツェ

一四〇〇年代のフィレンツェほどクリエイティビティを刺激する環境は他になく、その後もほとんど出現しなかったと言っていい。かつてはしがない毛織物の町であったのが、芸術、技術、商業の融合によって大いに発展を遂げた。それはわれわれの生きる現代に通じる。画家が絹職人や商人と協力し、芸術的な織物を生み出すというのがまさにその典型だ。一四七二年のフィレンツェには木彫師が八四人、絹職人が八三人、画家が三〇人、金細工師と宝石職人が四四人いたとされる。

金融の中心でもあった。通貨「フロリン」は金の純度が高いことで知られ、ヨーロッパ全域で国際通貨として使われた。貸方と借方を併記する複式簿記の採用によって商業も栄えた。時代を代表する思想家が登場し、個人の尊厳を重んじ、知識の追求こそが現世の幸福につながると信じるルネサンスのヒューマニズムを提唱した。住民の識字率は優に三割を超え、当時のヨーロッパで最高だった。自由な交易を守ることで、フィレンツェは金融の中心地であると同時に新たな思想の発信地となった。「美しきフィレンツェには、完璧な都市の七つの基礎条件がすべてそろっている」。レオナルドがフィレンツェに住んでいた一四七二年、文筆家のベネデット・デイはこう書き記している。「第一に完全な自由がある。第二に人口が多く、豊かで美しく着飾っている。第三に水量の豊かな清らかな川があり、市壁内に水車が多い。第四に統治体制が確立している。第五に大学があり、ギリシャ語と会計の両方を教えている。第六にあらゆる芸術分野で卓越している。第七に世界中に銀行と貿易の出先機関がある」(6)。いずれも都市国家にとっては重要な資産だ。また「自由」と「きれいな水」のみならず、

1480年代のフィレンツェ。中央にブルネレスキのドームを戴く大聖堂があり、
右手に政府庁舎のシニョーリア宮殿が見える。

「美しく着飾った」市民と、会計とギリシャ語の両方を教える大学が重要であるというのは、今日も変わらない。

イタリア全土を見渡しても、フィレンツェの大聖堂ほど美しいものはなかった。一四三〇年代には建築家フィリッポ・ブルネレスキの手により、当時としては世界最大のドームが据えられた。それは芸術と技術の結晶であり、両分野を結びつけたことがフィレンツェの比類なきクリエイティビティの源だった。フィレンツェの芸術家の多くは建築も手がけていた。繊維産業は技術、デザイン、化学、商業を組み合わせることで成り立っていた。多様な人材が交わるなかで、異分野のアイデアがごく自然に取り入れられた。絹職人は金箔師と手を組んで魔法のような衣服を創り出し、建築家と芸術家はともに遠近法を理論化した。木彫師は建築家が建てた市内一〇八の教会に見事な装飾を施した。店は工房となった。商人は金融業務を引き受け、職人は芸術家となった。[7]

レオナルドが移り住んだ頃のフィレンツェの人口はおよそ四万人。一三〇〇年には一〇万人が暮らしていたが、黒死病とその後の度重なるペストの流行で激減し、その後一〇〇年ほどはこの水準にとどまっていた。莫大な財力を持つ家族が少なくとも一〇〇はあり、それに加えて五〇〇〇人あまりの職業組合の組合員、小売店主、商人が豊かな中流階級を形成していた。その多くは慣れない富を手にして、なんとか社会的地位を確立しようと躍起になっていた。そこで高価な美術品、絹や金でできた豪華な衣服を注文したり、宮殿のような邸宅を建てたり（一四五〇年から七〇年のあいだに三〇邸が建設された）、文学、詩、人文主義思想のパトロン（庇護者）となった。自らの財力を誇示するような顕示的消費が盛んに行われたが、悪趣味ではなかった。レオナルドが移り住んだ頃は肉屋より木彫師のほうが多いぐらいで、町自体が巨大な美術品のようだった。「世界中にこれほど美しい場所はない」と詩人のウゴリーノ・ヴェリノも称えている。[8]

豊かな商業都市を築いたメディチ家が芸術を支援

イタリアの他の都市国家とは違い、フィレンツェは支配者である王家が存在しなかった。レオナルドが移り住む一〇〇年以上前に、有力な商人や組合のリーダーによる共和制が成立し、選ばれた代議員がシニョーリア宮殿（現在のヴェッキオ宮）で議会を開いていた。一五世紀のフィレンツェの歴史家、フランチェスコ・グイッチャルディーニはこう書いている。「市民は日々、演芸、祝祭、めずらしい見世物などを楽しんでいた。食べ物は豊富で、あらゆる産業が栄えていた。才能や能力のある者は引き立てられ、文学や芸術などの教養豊かな指導者は常に歓迎され、職を与えられた」[9]。ただしフィレンツェ共和国は民主的でもなければ、万人が平等だったわけでもない。共和制というのも実は見かけ倒しであった。一五世紀を通じて、特定の役職や爵位などに就かずに背後からフィレンツェの政治と文化を支配していたのは、銀行業でとほうもない財を成したメディチ家である(一六世紀にはいると、メディチ家はフィレンツェ公の地位を与えられ、一族からローマ法王も輩出した)。

一四三〇年にコジモ・デ・メディチが当主となると、メディチ銀行はヨーロッパ最大の金融機関となった。ヨーロッパ全土の富裕層の富を預かることで、メディチ家自体が最も裕福な一族となった。簿記においても先進的で、ルネサンス期の経済発展の原動力となった複式簿記をいち早く取り入れた。収賄や謀略によってコジモはフィレンツェの実質的な支配者となり、その庇護のもとでルネサンス芸術と人文主義が花開いた。

ギリシャ・ローマ文学に造詣が深く、文献の収集家でもあったコジモは、ルネサンス的人文主義の中核ともいえるギリシャ・ローマ文明への関心を盛り立てた。自ら資金を出してフィレンツェ初の公立図書館をつくり、学者や民間の知識人が古典芸術を議論する場として「プラトン・アカデミー」を立ち上げた。後者は私的な集まりだったが、影響力は大きかった。芸術ではフラ・アンジェリコ、フィリッポ・リッピ、ドナテッロのパトロンとなった。ちょうどレオナルドがヴィンチ村からフィレンツェにやってきた一四六四年にコジモが没すると、その息子が後を継ぎ、五年後には孫にあたるロレンツォ・デ・メディチ、通称「ロレンツォ・イル・マニフィコ(偉大なるロレンツォ)」が当主となった。

ロレンツォは詩人として活躍した母親の影響で古典文学や哲学を学び、祖父が設立したプラトン・アカデミーのパトロンとなった。運動にも秀で、馬上槍試合や狩猟、鷹狩り、馬の繁殖でも優れた才能を発揮した。要するにロレンツォは、銀行家より詩人や芸術のパトロンに向いていた。カネを稼ぐより使うほうを好んだ。当主を務めた二三年のあいだに、ボッティチェリやミケランジェロなど革新的な芸術家の後ろ盾となったほか、好景気に沸くフィレンツェの町を彩る絵画や彫刻を制作するアンドレア・デル・ヴェロッキオ、ドメニコ・ギルランダイオ、アントニオ・デル・ポッライオーロらの工房を支援した。

ロレンツォ・デ・メディチが芸術を庇護し、専制支配を敷き、ライバルの都市国家との力の均衡を保ったおかげで、レオナルドがキャリアのスタートを切った頃のフィレンツェでは芸術と商業が栄えた。またキリスト受難劇から四旬節前のカーニバルまで、きらびやかで壮大な娯楽をひっきりなしに市民に提供した。こうした催しのためにつくられる舞台装置はほんの数日で取り壊されてしまったものの、贅を尽くした支度はそこに携わる若き芸術家の想像力を大いに刺激した。レオナルドもその一人だ。

フィレンツェにはこうした華やいだ空気に加えて、クリエイティブな人々に異分野の知識の融合を促す環境があった。狭い路地では染物師、金箔師、レンズ職人らが軒を連ねて働き、休憩時には連れだって広場に出かけては議論に花を咲かせた。ポッライオーロの工房では解剖の研究会が開かれ、若い彫刻家や画家が人体への理解を深めることができた。画家は遠近法や、光の角度によって影や深さの認識がどのように変化するかを研究した。そこには幅広い分野に精通し、それらを融合させる能力を何よりも重んじる文化があった。

二人の先駆者

　このような多芸多才な芸術家のなかで、レオナルドに決定的な影響を与えた者が二人いる。一人はフィリッポ・ブルネレスキ（一三七七～一四四六年）、フィレンツェの大聖堂のドームの設計者だ。レオナルドと同じく公証人の息子として生まれたが、創造性のある人生を求めて金細工師に弟子入りした。好奇心旺盛なブルネレスキにとって幸運だったのは、金細工師は彫刻家など多種多様な職人とまとめて、絹職人と商人の組合に入れられていたことだ。すぐに建築にも関心を持つようになり、同じフィレンツェの金細工師だった友人のドナテッロとともにローマに古代遺跡の研究に出かけている。ドナテッロはのちに彫刻家として大成した。二人はパンテオンのドームの大きさを測り、有名建築物を調べ、ウィトルウィウスの『建築十書』をはじめとする古代ローマの文献を読み漁った。幅広い分野に関心を持ち、古代の知識をよみがえらせた二人は、まさにルネサンス初期を象徴する存在と言える。

　ブルネレスキの手による四〇〇万個近いレンガでできた自立式のドームは、今でも世界最大の石積み建築ドームだ。これを建造するため、ブルネレスキは高度な数学的モデルや、巻き揚げ機などの工具を開発した。フィレンツェの創作活動の多様性を映すように、ドーム建設で使われた巻き揚げ機は、ロレンツォ・デ・メディチの演出する壮大なショーの舞台装置に転用された[10]。

　ブルネレスキは古代芸術には存在していたものの、中世には忘れ去られていた遠近法という概念を再発見し、大きく発展させた。のちのレオナルドを思わせる実験もしている。大聖堂の目の前には広場を挟んで向き合うようにサン・ジョヴァンニ洗礼堂が立っているが、ブルネレスキはまず大聖堂を背にして広場の向こうに見える洗礼堂の絵を描いた。それから画板に小さな穴を開け、裏側から自分の目に当てて、洗礼堂と向き合った。そのまま手鏡を持って腕を伸ばすと、画板表面の絵が映る。手鏡を動かすと、穴越しに手鏡に映る絵と、本物の洗礼堂を見比べることができた。

写実画の要諦は三次元の像を二次元の平面に写し取ることだとブルネレスキは考えていた。画板を使った実験によって、平行線が遠くの消失点で収斂《しゅうれん》するように見えることを明らかにした。ブルネレスキの透視図法は芸術を一変させただけでなく、光学、建築、さらにはユークリッド幾何学にまで影響を与えた。[11]

透視図法でブルネレスキの後継者となった、ルネサンス期のもう一人の多才な芸術家がレオン・バッティスタ・アルベルティ（一四〇四～一四七二年）だ。アルベルティはブルネレスキの手法をさらに発展させたほか、遠近法に関する研究を深化させた。芸術家、建築家、技術者、そして物書きでもあったアルベルティは、多くの面でレオナルドと似ている。どちらもやり手の父親の非嫡出子として生まれ、スポーツ万能で容姿端麗、生涯未婚を貫いた。さらに数学から芸術まで、あらゆることに興味を持った。ただ一つ違うのは、アルベルティは非嫡出子ではあったものの、古典教育を受ける機会に恵まれたことだ。父親の力添えで非嫡出子が聖職に就くことを禁じる教会のルールをすり抜け、ボローニャ大学で学んだ後に司祭となり、ローマ法王の書記官となった。三〇代前半には、『絵画論』と題して絵画と遠近法を分析する優れた論稿を発表した。そのイタリア語版はブルネレスキに献呈されている。

アルベルティは技術者として協働の大切さをよくわかっていた。そして研究者のアンソニー・グラフトンによると、レオナルドと同じように「人付き合いを好み」「誰にでも心を開いた」という。さらに宮仕えも器用にこなした。どんな芸術や技術分野にも興味があり、一介の職人から大学教授まであらゆる立場の相手から秘伝や極意を聞き出そうとした。要するに、レオナルドに非常によく似ていたわけだが、一つ違いがあった。レオナルドは学んだ知識を積極的に広め、人類の知識を豊かにしようなどという意欲は持っていなかった。一方アルベルティは自らの研究成果を他者と共有したり、知識人のコミュニティを作って互いの発見から学びあったり、自由闊達な議論や出版を通じて、知識を蓄積、発展させていくことに熱心だった。グラフトンによると、コラボレーションに長《た》けたアルベルティは「社会的対話」に大きな価値を見いだしていた。

レオナルドがフィレンツェで暮らしていた一〇代の頃、アルベルティはすでに六〇代で主にローマに住んでいた。このため二人が出会う機会はおそらくなかっただろう。それでもアルベルティはレオナルドに大きな影響を及ぼした。レオナルドはアルベルティの論文を研究し、その文章やふるまいを意識的にまねようとした。「あらゆる発言も身のこなしも品格にあふれていた」と言われるアルベルティは、まさにレオナルドの理想だった。アルベルティはこう書いている。「誰もが三つの領域で美しさを磨くべきだ。町を歩く姿、馬に乗る姿、そして会話術である。そのどれをとっても周囲に感銘を与えなければならない」[12]。レオナルドは三つすべてに秀でていた。

アルベルティは『絵画論』で、ブルネレスキの透視図法をさらに発展させ、幾何学を使って遠くの物体の遠近感を二次元の平面に表す方法を提唱した。写生をするときには、対象と自分のあいだに薄いベールを垂らし、描こうとしている要素がベール上のどこに写るかを見るようアドバイスしている。この新たな手法によって絵画だけでなく、地図の製作や舞台美術も進歩した。アルベルティは芸術に数学を応用することで画家の社会的地位を高め、視覚芸術も人文学の他の分野と同等の地位を与えられるべきだと主張した。のちにレオナルドも同じ主張を展開することになる。[13]

鏡文字を書いていた理由

レオナルドが通った唯一の教育機関は「そろばん学校」と呼ばれるもので、主に商売に必要な算術を教えていた。抽象的な論理的思考は教えず、実用的な事例の学習に力を入れていた。特に重視されたのは、事例同士の類似点を見つける能力だ。これはレオナルドが科学研究で実践する手法である。類推やパターーンの発見といった素朴な方法を使って、理論を構築しようとする。レオナルドの熱烈なファンであるヴァザーリは評伝で、例によって大げさにこう書いている。「レオナルドが算術を学んだのはほんの数カ月にすぎなかったが、次々と疑問や難題を投げかけて教師を困らせた」。レオナルドはあまりにも多くのことに興味を持ちすぎ、気が散りやすかったとも指摘している。幾何学はよくできたが、方程式は使いこなせず、当時まださほど発達していなかった代数でも苦労した。ラテン語も苦手で、三〇代になっても覚えるべき単語のリストを作ったり、下手な翻訳を試みたり、文法に頭を悩ませたりしていた。[14]

左利きだったので、文字を書くときはページの右から左へと書いた。ふつうの文章とは向きが逆だ。しかも文字はすべて鏡文字で、「鏡なしには読めなかった」とヴァザーリは書いている。これを自分の書いた文章を読まれたくなかったためと見る者もいるが、そうではない。じっさい、鏡を使わなくても読める。こんな書き方をしたのは、左方向へ書けば左手で書いても手がインクで汚れないためだ。それは特段珍しいことでもなかった。レオナルドの友人の数学者ルカ・パチョーリは、レオナルドが鏡文字を書いたことを認めつつ、他にも左利きで同じ癖のある者がいたと書いている。一五世紀によく読まれた習字の教科書は、左利きの読者のために「レッテラ・マンチーナ（鏡文字）」の書き方を教えているほどだ。[15]

左利きであったことは、絵の描き方にも影響を及ぼした。文章を書くときと同じように、線を自分の手で汚さないように右から左に描いたのである。[16]たいていの画家は、ハッチング線を右上がりに描く（／／／）。しかしレオナルドはハッチング線を右下から左上がりに描いており（＼＼＼）、非常に特徴的だ。現在では、これはレオナルドの作品を見分けるのに役立っている。

鏡を使って見ると、レオナルドの筆跡は父親のそれと似ている。父ピエロがレオナルドに文字の書き方を教えたのかもしれない。一方、数字の計算式はふつうの書式に従っており、そろばん学校では算術で鏡文字を使わせてもらえなかったことがうかがえる。[17]左利きであることは大きなハンディキャップではなかったが、やや風変わりと見られていた。右利きという言葉には「才覚のある」「器用な」といった派生的意味があるのに対し、左利きには「不吉な」「不器用な」といった意味があることもそれを示している。これもレオナルドが自他ともに「異質」と認める根拠の一つだった。

気が散りやすく仕事を放り出す師のもとで創作を始める

レオナルドが一四歳になると、父ピエロは顧客の一人であったアンドレア・デル・ヴェロッキオに弟子入りする手はずを整えた。ヴェロッキオは芸術家、技術者として多岐にわたる活動をしており、その工房はフィレンツェでも指折りの存在だった。ヴァザーリは「ピエロはレオナルドの作品を何点か、親しい友人だったヴェロッキオのもとへ持参し、息子に絵を学ばせるべきか尋ねた」と書いている。ピエロはヴェロッキオと親しく、少なくとも四件の法律紛争や賃貸契約で彼の公証人を務めている。しかしヴェロッキオがレオナルド少年を弟子として迎え入れたのは、父親のコネのためではないだろう。ヴァザーリによると、ヴェロッキオは少年の才能に「驚愕した」とされる[18]。

ヴェロッキオの工房は、ピエロの公証人事務所のすぐ近くの路地にあり、レオナルドにとっては完璧な職場だった。ヴェロッキオは弟子に、体表解剖、機械学、画法のほか、織物など素材への光と影がもたらす効果など、充実した教育を施していた。

レオナルドが弟子入りしたころ、工房は大繁盛だった。メディチ家から壮麗な墓石の注文を受けていたほか、キリストと聖トマスの彫像、パレード用の金銀の花模様を織り込んだ贅沢な衣装、メディチ家が購入した骨董品の修復、財力と信仰心を誇示したい商人から発注された聖母像など。工房の在庫目録を見ると、ダイニングテーブル、ベッド、地球儀などと並んで、ペトラルカや、オウィディウスの詩といった古典から一四世紀のフィレンツェの人気作家フランコ・サッケッティの短編集まで、イタリア語の書籍も幅広くそろえている。工房での議論は数学、解剖、古美術、音楽、哲学まで多岐にわたった。「レオナルドは科学、特に幾何学の学習に打ち込んだ」とヴァザーリは書いている[19]。

当時フィレンツェにはヴェロッキオの工房のほかに、有力な工房が五、六軒あった。いずれも洗練されたアトリエというより、靴職人や宝石職人などの工房と同じような商店の趣があった。一階には道に面した店と作業場があり、職人や弟子がイーゼル、仕事台、窯、ろくろ、金属の研磨台などに向かってひたすら作品を制作する。働き手の多くは二階で寝食をともにした。絵画などの作品に作者の署名はなかった。個人の創作とはみなされていなかったからだ。ヴェロッキオの作品とされる絵画の多くがそうであるように、工房の制作物の多くは共同作業でつくられていた。目的は売り物になる美術品や工芸品を生み出しつづけることであり、創作意欲に燃える若き才能を育てることではなかった。[20]

こうした工房で働く職人の多くはラテン語を学んでいなかったので、文化的エリート層とはみなされていなかった。だが彼らの地位は変わりつつあった。古代ローマ文化への関心の高まりによって、博物学者であるガイウス・プリニウス・セクンドゥス（通称「大プリニウス」）の著作が再評価されたことが一因だ。大プリニウスは「鳥が絵の中のブドウをついばみにくるほど、自然を正確に描写した」古代の芸術家を称えている。アルベルティの著作のおかげで数学に基づく遠近法が発達したことも、画家の社会的地位の向上につながり、人気画家も登場した。

もともと金細工師であったヴェロッキオは、絵画制作の大部分を弟子に任せた。こうしてロレンツォ・ディ・クレディら若き芸術家が育った。ヴェロッキオは温厚な師匠で、レオナルドを含めて多くの弟子が見習い期間を終えても工房にとどまった。またサンドロ・ボッティチェリをはじめとする教え子以外の若手画家もヴェロッキオのもとに集まった。

ただヴェロッキオのやさしさには弊害もあった。工房では厳しく進捗管理をしなかったので、納期に遅れることも多かった。ヴァザーリによると、ヴェロッキオは戦闘の場面を描くために裸体やその他の構成要素のスケッチを準備したものの、「どういうわけかそのまま放り出してしまった」ことがある。他にも完成まで何年もかかった例がいくつかある。レオナルドはあらゆる面で師を超えたが、気が散りやすく仕事を途中で放り出すこと、絵の完成まで時間がかかることにかけても師のはるかに上をいっていた。

ヴェロッキオの彫刻のなかでも傑作は、高さ一二〇センチほどのブロンズのダビデ像である。若き戦士が倒した巨人ゴリアテの頭部をまたぐように立っている【図1】。口元には魅惑的で、やや謎めいた微笑が浮かんでいる。いったい何を思っているのか、うかがいしれない。のちにレオナルドが描く微笑のようだ。無邪気に勝利の喜びを表しているのか、それとも偉大な指導者になる自覚に目覚めたのか。小生意気な笑みが強い決意へと変化する瞬間をとらえたようだ。ミケランジェロのあまりにも有名な大理石のダビデ像は筋骨たくましい男性だが、ヴェロッキオのダビデ像はどことなく女性的な、そして驚くほど美しい一四歳くらいの少年である。

動きや流れを重視した師

一四歳というのは、ちょうどレオナルドが徒弟として工房で働きはじめた時期で、それはヴェロッキオがダビデ像の制作にとりかかったと見られる時期と重なる。[21] 当時の画家は、古典のなかの理想像を生身の人間と組み合わせることが多かった。ダビデ像が特定のモデルをそのまま模した可能性は低い。それでもレオナルドがヴェロッキオのダビデ像のモデルとなったと考えるべき理由は多い。[22] ダビデ像の顔は、それまでヴェロッキオが好んで描いていた横長の顔ではない。明らかに従来とは違う新たなモデルを使っている。工房に入ったばかりの少年は有力候補であり、ヴァザーリの言うようにレオナルドが「筆舌しがたい美しさ、どれほど悲しみに暮れている者でも心が晴れるような輝き」を持っていたとすればなおさらだ。若きレオナルドの美しさは、どの評伝でも一様に指摘されている。根拠はもう一つある。ダビデの顔の特徴は（鼻筋が通っており、顎は力強く、頬や唇はふっくらしている）、レオナルドが『東方三博士の礼拝』の隅に描いた自画像とされる若者によく似ている【図3】。類似点はほかにもいろいろある。

このように少し想像をたくましくすれば、ヴェロッキオの見事なダビデ少年の彫像から、アトリエの一階でモデルを務める幼いレオナルドの姿を思い浮かべることができる。またヴェロッキオの弟子が、ダビデ像の下絵を模写したと思われる少年のスケッチも参考になる。このスケッチに描かれた少年は、腰に当てた指の位置や首の付け根の鎖骨部分にある小さなくぼみに至るまでダビデ像にそっくりで、唯一裸である点が違っている【図2】。

ヴェロッキオの作品は、ときに職人的と批判されることがある。「ヴェロッキオの彫刻や絵画のスタイルは、天性の才能ではなく地道な研究によって獲得されたものであるため、どこか冷たく粗雑である」とヴァザーリは書いている。しかし彼のダビデ像は美しく、若きレオナルドに大きな影響を与えた。ダビデの巻き毛やゴリアテのヒゲは見事な渦模様を描き、これはのちにレオナルドの作品の際立った特徴となる。またヴェロッキオのダビデ像には（たとえばドナテッロの一四四〇年の作品と比べて）高度な解剖学的知識がうかがえる。たとえば右腕に見える二本の血管は単に正しい位置にあるだけでなく、浮き上がるように描かれており、一見くつろいだ表情のダビデが実は短刀のような剣を固く握りしめていることを表している。同じように左手の前腕と肘を結ぶ筋肉は、手首のひねり具合と矛盾のないように屈曲している。

彫刻で細やかな動きを表現する能力は、ヴェロッキオの才能のなかでも過小評価されているものの一つだ。レオナルドはそれを受け継ぎ、絵画において師をはるかにしのぐ見事な動きを表現した。それ以前の芸術家の作品と比べて、ヴェロッキオの彫刻には身体のひねりや回転、流れがある。レオナルドが弟子として働いていた時期に制作されたブロンズ像『聖トマスの疑惑』では、聖トマスが身体

【図１】ヴェロッキオのダビデ像

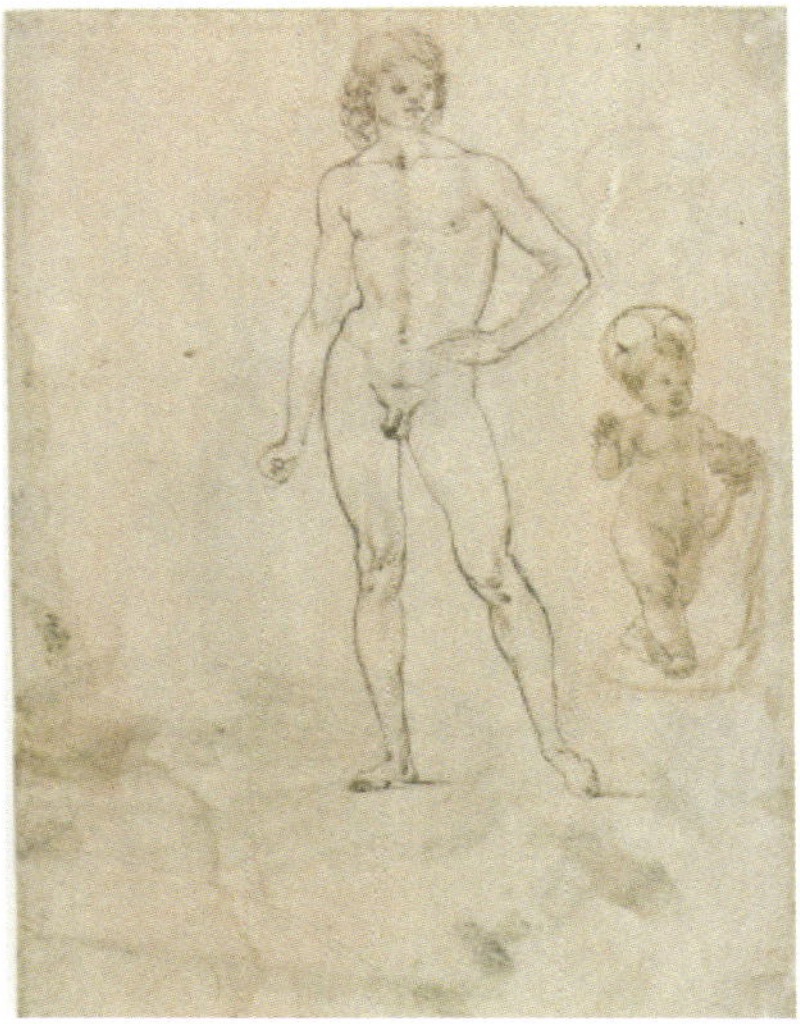

【図２】ヴェロッキオのダビデ像のための
スケッチ。モデルはレオナルドの可能性がある

【図３】『東方三博士の礼拝』に描かれた、レオナルドの自画像と見られる部分

を左側に傾け、キリストの傷に触れようとしている。キリストは腕を持ち上げ、身体をトマスのいる右側にひねっている。このような動きによって、彫像は物語となる。瞬間を切り取るだけでなく、聖書の『ヨハネによる福音書』に出てくるエピソードを語り出す。キリストの復活を信じなかったトマスは、こう命じられる。「手を伸ばして私の脇腹に差し入れてみなさい」

ケネス・クラークはこの作品をこう評している。「ルネサンス期において、人物を向き合うように配置し、複雑な動きの流れを表現した最初の作品である。レオナルドはすべての作品でこれを中核的モチーフとした」[23]。聖トマスの髪やキリストのあごひげからは、ヴェロッキオが動きや流れを重視したことがうかがえる。ここでもうねるような巻き毛やヒゲが描かれている。

幾何学の美しさを学ぶ

そろばん学校では商売用の算術しか学ばなかったレオナルドだが、ヴェロッキオからは幾何学の美しさを学んだ。コジモ・デ・メディチが亡くなると、ヴェロッキオはその墓を飾る大理石とブロンズの石板のデザインを任された。完成したのはレオナルドが工房に入った一年後の一四六七年である。石板には宗教的モチーフではなく、レオナルドがのちにウィトルウィウス的人体図に使ったような、円を正方形で囲んだ幾何学模様が描かれていた。その幾何学模様の中に、ヴェロッキオと弟子たちは入念な計算に基づいて長方形や半円を配置し、調和比やピタゴラス音律に基づいて色合いを決めた[24]。プロポーション（比例）が調和的美しさをもたらすこと、数学はそこに到るための自然が与えた手がかりであることをレオナルドは知った。

その二年後、レオナルドは再び幾何学と調和的美の融合を目の当たりにする。ヴェロッキオの工房が、ブルネレスキのデザインした大聖堂のドームのてっぺんに重さ二トンの石の球体を載せるという、技術的にきわめて難しい作業を任されたのだ。それは芸術と技術の粋を集めた偉業だった。一四七一年、トランペットのファンファーレと讃美歌の流れるなか、石を載せる式典が開かれた。レオナルド一九歳のときである。芸術と技術は互いに支え合うものだと教えてくれたこのプロジェクトのことを、レオナルドは数十年経っても振り返っている。ブルネレスキが考案し、ヴェロッキオの工房が使った巻き揚げ機や歯車装置が、レオナルドのノートには愛情を込めて丁寧に描かれている[25]。

球体はシート状にした銅で石を覆い、金箔をかぶせたもので、これもレオナルドに光学と幾何学への興味を植えつけた。当時は溶接トーチがなかったので、幅九〇センチほどの凹面鏡を使って太陽光を一点に集め、三角形のシート状にした銅を接合していった。光線を当てる正確な角度を計算し、それに合わせて鏡面を削るためには、幾何学の知識が不可欠だった。レオナルドは「炎の鏡」と名づけたこの装置に夢中になった。とりつかれたと言ってもいいだろう。それから数十年にわたり、ノートにはさまざまな角度の太陽光を集める凹面鏡の作り方を示すスケッチが二〇〇回近く登場する。ほぼ四〇年後のローマで、太陽光を集めて巨大な兵器を作ろうとしていたときには、ノートにこう書いている。「サンタ・マリア・デル・フィオーレ大聖堂の球体づくりで、シートを接合したときの様子を思い出せ[26]」。

レオナルドは、フィレンツェにおけるヴェロッキオの最大の商売敵であったアントニオ・デル・ポッライオーロにも影響を受けた。ポッライオーロはヴェロッキオ以上に身体の動きやひねりの表現に熱心で、人体の表面切開によって解剖学の知識を貪欲に学んだ。ヴァザーリは「近代的手法で筋肉を研究し、裸身を理解しようと、多くの人体を解剖した最初の画家」と書いている。『裸の男たちの戦い』の版画や『ヘラクレスとヒュドラ』の彫刻や絵画では敵を刺したり、抑え込もうとする戦士たちの肉体の動きを力強くリアルに描いている。筋肉や神経の解剖は、表情の歪みや四肢のねじれを表現するための手段だった。(27)

最初の作品

レオナルドの父親は息子の豊かな想像力と、芸術と自然の美しさを結びつける能力に気づいていた。一度だけ、それで収入を得たこともある。ヴィンチ村の農夫が木で楯をつくり、「フィレンツェに持っていき、絵付けをしてもらいたい」と頼んできたので、ピエロはその仕事を息子に与えた。レオナルドは口から炎と毒を吹き出す龍のような恐ろしい怪物をデザインし、リアリティを持たせるためトカゲ、コオロギ、ヘビ、蝶、バッタ、こうもりなどを集めてきた。

「楯の制作にはたっぷり時間をかけたので、動物の死骸はひどい悪臭を放つようになったが、レオナルドは気にもとめなかった。芸術への情熱はそれほど強かった」とヴァザーリは描いている。ようやく楯を手渡されたピエロは、薄暗い光のなかで生きた怪物のような姿を見てぎょっとした。そして息子の作品を手元にとどめることにし、ヴィンチ村の農夫には別の楯を買い与えた。「その後セル・ピエロはレオナルドの楯をひそかにフィレンツェの商人に一〇〇デュカートで売った。ほどなくして楯はミラノ公が三〇〇デュカートで買い取った」。

この楯はレオナルドの作品として記録に残る最初のものだろう。そこには生涯変わることのなかった空想と観察を織り交ぜる才能が表れている。のちに絵画論を書く準備をしていたとき、メモにこう記している。「たとえば龍など想像上の生き物を本物に見せたければ、猟犬の頭部、ネコの目、ヤマアラシの耳、グレーハウンド犬の鼻、ライオンの額、年老いた雄鶏の側頭、亀の首などを組み合わせること[28]」。

ひだを描くということ

ヴェロッキオの工房でよく行われた訓練の一つが、ひだのスケッチだ。たいていリネン地に繊細な筆づかいで、白黒の淡彩画を描いていた。ヴァザーリによると「レオナルドは粘土模型のうえに石膏に浸した薄い布を掛け、それを見ながら薄い生地に筆の先で入念に白黒の絵を描いていった」。布の重なりや波打つ様子をやわらかく描くには、光の具合や影の微妙な陰影を表現し、ところどころに光沢を出す技術が必要だった【図4】。

ヴェロッキオの工房のひだのスケッチには、絵画制作の準備と思えるものもあるが、残りはおそらく純粋な練習だ。学者のあいだでは、どれがレオナルドの作品であり、どれがヴェロッキオやギルランダイオなど他の作者のものか、熱心な鑑定作業が行われている[29]。見きわめるのが難しいのは、ヴェロッキオの工房が上下の隔てなく仕事をしたことの表れでもある。

ひだの研究を通じて、レオナルドは画家として最大の特徴となる技術を身につけていった。二次元の平面に三次元の質感を表現するための光と影の使い方である。また光の当たり方によってどのよう

【図４】レオナルドの作品とされる、ヴェロッキオの工房のひだのスケッチ。1470年頃

な光沢やコントラストが生じるのか、どんなときに影の中心に一点の輝きが生じるのか、観察力を磨いたのもこのときだ。

「画家にとってまず重要なのは、平面に浮かび上がるように物体を写実的に描くことだ。誰よりもその技術に長けている者が名声を手にする。これこそ絵画技術の要諦であり、光と影、すなわちキアロスクーロによって生じる効果だ」[30]。これはレオナルドの芸術論の核心と言える。キアロスクーロという言葉は「明暗」を表すイタリア語から来ており、光と影のコントラストを使って、二次元のスケッチや絵画に三次元的な立体感ややわらかさを出す画法を指す。レオナルド流のキアロスクーロは多くの色を使うのではなく、黒い顔料を加えることで色の明暗を変化させるところに特徴があった。たとえば『ブノアの聖母』では聖母マリアの青い衣を、場所によって白に近い色から黒に近い色まで変化させている。

ヴェロッキオの工房でひだの描き方を学んでいたころ、レオナルドは輪郭や縁をぼかすスフマートという新たな技法も生み出している。物体がわれわれの目に映るままに、はっきりとした輪郭のないように描くための方法だ。ヴァザーリがレオナルドを「近代的絵画の創始者」と呼ぶのはこのためだ。美術史家のエルンスト・ゴンブリッチも「スフマートはレオナルドの代表的な発明である。輪郭や色をぼかすことによって絵の中の存在が互いに溶け合い、見る者に想像の余地を残す」と書いている[31]。「スフマート」という言葉は「煙《けむり》」を意味するイタリア語に由来する。もっと正確に言えば、煙が拡散し、徐々に消えていく様子を指す。若い画家へのアドバイスにはこう書いている。「光と影は線や境界がなく混じり合うように描かなければならない。空に吸い込まれていく煙のように」[32]。『キリストの洗礼』に描いた天使の目や『モナリザ』の微笑など、ぼんやりと霞のかかったような筆致は見る者の想像力を刺激する。はっきりとした線をなくすことで、謎めいた視線や微笑が神秘的に輝き出す。

兜をかぶった戦士

石の球が大聖堂のてっぺんに設置された一四七一年頃。ヴェロッキオの工房をはじめとするフィレンツェの職人の多くは、ロレンツォ・デ・メディチの命を受けて祝典の準備に追われていた。残忍な独裁者として知られた（そして間もなく暗殺されることになる）ミラノ公、ガレアッツォ・マリア・スフォルツァを迎えるためだ。日焼けした肌のカリスマ的な弟、ルドヴィーコ・スフォルツァも同行していた。当時ルドヴィーコはレオナルドと同じ一九歳だった（レオナルドがこの一一年後、有名な自薦の手紙を送った相手はルドヴィーコである）。ヴェロッキオの工房は二つの大きな仕事を請け負っていた。メディチ邸の来客用の翼《よく》を美しく飾り立てること、そしてミラノ公への贈り物として壮麗な鎧と兜を準備することだ。

ミラノ公の騎馬行列には、メディチ家の派手な催しに慣れっこになっていたフィレンツェ市民も度肝を抜かれた。馬二〇〇〇頭、兵士六〇〇人、猟犬一〇〇〇頭、鷹と鷹匠、トランペット吹き、笛吹き、床屋、犬の訓練士、音楽家に詩人もいた。(33) お抱えの床屋や詩人までいる随行団に感心しないわけにはいかない。ちょうど四旬節であったので馬上槍試合や競技会ではなく、宗教劇が三本披露された。とはいえ町におよそ四旬節らしい厳粛さはなかった。ミラノ公の訪問は、メディチ家が民衆の不満をそらすために用意した娯楽のクライマックスだった。

マキャベリは専制君主のためのハウツー・マニュアルとして有名な『君主論』に加えて、フィレンツェの歴史を書いている。そのなかでレオナルドが若き芸術家として過ごした頃のフィレンツェで壮麗な出し物が盛んだったのは、比較的平和な時期が続いて退廃的空気が広がっていたためと指摘している。「若者の放蕩ぶりは顕著である。華美な服装をして饗宴など道楽三昧。仕事もせず、時間とカネを遊興や女遊びに費やしている。いかに着飾るか、議論で気の利いた発言をするかばかり熱心に研究している。このような風潮はミラノ公の随行団によってさらに助長された。公妃や廷臣を引き連れてフィレンツェにやってきたミラノ公は、贅沢かつ丁重にもてなされた」。祝典のさなかにとある教会が火災で焼け落ちたが、マキャベリによるとこれは天罰とみなされた。「教会が四旬節には肉食を禁じているにもかかわらず、ミラノ公の一団は神や教会など歯牙にもかけず、日々肉を食していた」[34]。

レオナルドの初期の最も有名な作品は、ミラノ公のフィレンツェ訪問に触発された可能性がある[35]。派手な兜をかぶり、いかつい顔をしたローマ戦士の横顔だ【図5】。これはヴェロッキオの絵画の一部で、彼の工房がミラノ公への贈り物の兜を制作したことはすでに述べた。薄色のついた紙に細い銀筆で精巧に描かれた戦士は、驚くほどリアルな鳥の羽や、レオナルド好みの曲線や渦巻きの装飾がいたるところに施された兜をかぶっている。鎧《よろい》の胸当てでは、滑稽だがどこか魅力のあるライオンが咆哮をあげている。戦士の顔には細かな斜線で微妙な陰影がつけられている。一方、顎や眉、下唇はかなり強調されていて、ほとんど風刺画のようだ。鉤鼻としゃくれ顎が特徴的な横顔は、不愛想で高貴だがどこか滑稽な老いた戦士として、その後レオナルドの絵画に繰り返し現れる。

ここにはヴェロッキオの影響が明らかに見て取れる。ヴァザーリの『画家・彫刻家・建築家列伝』(日本版では『芸術家列伝』)によると、ヴェロッキオは「アレクサンドロス大王の横顔と古代ペルシアのダレイオス王の顔が並んだ金属製のレリーフを制作した」とされる。このレリーフは残っていない

【図5】戦士像

が、当時たくさんのレプリカが作成された。最も有名なのはワシントンDCのナショナル・ギャラリーに展示されている、若きアレクサンドロス大王の大理石のレリーフだ。これはヴェロッキオが弟子らと制作したとされる。兜は翼のある龍などで華やかに飾り立てられ、胸当てには咆哮する動物が付いている。さらにヴェロッキオ特有の曲線や渦が多用されているなど、レオナルドの戦士像と共通点が多い。しかしレオナルドの戦士像では、ヴェロッキオが兜のてっぺんに飾った大きく口を開けた動物は姿を消し、龍の部分は渦を描く植物に変わるなど、全体的にすっきりとしたデザインになっている。「レオナルドは細部をすっきりさせることで、見る者の目が戦士の横顔とライオン、すなわち人間と動物の関係に自然と集中するようにした」とマーティン・ケンプとジュリアナ・バローネは指摘する。[36]

アレクサンドロスとダレイオスを組み合わせたレリーフに見られるように、ヴェロッキオはいかつい年配の戦士と若い少年の表情を対比させるような作品をいくつも生み出している。のちにレオナルドも絵画やノートの落書きで同じ構図を気に入って使うようになった。たとえばヴェロッキオがフィレンツェの洗礼堂のために制作した銀のレリーフ『洗礼者聖ヨハネの斬首』では、右端で若い戦士と年老いた戦士が向き合っている。このレリーフの制作が始まったのは一四七七年頃、つまりレオナルドが二五歳のころで、その時点ではどちらがどちらに影響を与えていたか定かではない。左端に描かれている天使のような少年は、レオナルドが手掛けたのではないかと思わせるような躍動感があり、表情も豊かだ。[37]

飛行装置

フィレンツェの工房で働いていた芸術家や技術者にとって、メディチ家が主催するパレードやショーの準備は仕事のうち大きな割合を占めていた。レオナルドにとっては仕事を超えた喜びでもあった。サテン地に浮き模様を施した胴衣、バラ色のチュニックなどレオナルドの派手な装いは有名で、独創的な舞台演出でも知られた存在となっていた。フィレンツェのみならずその後移ったミラノでも、レオナルドは舞台の衣装、背景、装置、特殊効果、山車、横断幕、余興の準備に多くの時間を費やした。いずれも興行が終われば取り壊されるので、彼のノートにスケッチとして残っているだけである。些末な仕事と切り捨てることもできるが、レオナルドにとってはこれも芸術と技術を結びつける機会であり、その作品に及ぼした影響は見逃せない[38]。

舞台装置を準備する職人たちは、一四〇〇年代に大きな進歩を遂げた遠近法を巧みに使いこなした。絵に描いた風景や背景幕は、立体的な舞台装置、小道具、動き回る俳優たちと自然に共存しなければならない。舞台のうえでは現実と幻想が入り混じっていた。こうした演劇の影響は、レオナルドの芸術と技術の両方に見られる。レオナルドはどこから絵を見ても自然な遠近感が出るように工夫した。幻想と現実を織り交ぜるため、特殊効果や衣装や風景や舞台装置の開発に夢中になった。ノートに残されたスケッチや空想のなかには研究者を困惑させるものもあるが、それも舞台のための仕掛けと考えると合点がいく。

ノートにスケッチされた歯車、クランク、機械装置には、レオナルドが目にした、あるいは考案した舞台装置と思われるものが散見する。フィレンツェの演出家たちは、背景を変化させ、小道具を動かし、舞台を動く絵のように見せるための独創的な装置を次々と生み出した。ヴァザーリはある祝祭の出し物のクライマックスで「キリストの身体が山から浮きあがり、天使たちの囲む雲に乗って空へと昇っていく場面」を創りあげた大工や技術者を称賛している。

ノートに描かれた飛行装置にも、劇場の観客を楽しませるためと思われるものがある。フィレンツェの演劇では、登場人物や小道具が空から降りてきたり、あるいは魔法のように宙に浮いていたりといった場面がよく登場した。これから見ていくとおり、レオナルドの考案した飛行装置には明らかに人間が空を飛ぶためのものもある。しかし一四八〇年代のノートのものなどはおそらく舞台用だろう。クランクで動く可動域の狭い羽などは、人間が空を飛ぶためのものではなさそうだ。周囲のページに

【図6】飛行装置。おそらく舞台用だろう

は特定の場面で使う照明や、俳優を吊り上げるシステムなどのアイデアがメモされている[39]。

世界初のヘリコプターのモデルとされる有名な空中スクリュー【図6】も、私は舞台演出の一つだと思う。布、ワイヤー、棒などを使ったらせん状のこの装置は、回転しながら空中を上昇するとされる。レオナルドは「リネンの孔を糊でふさいでおくこと」といった細かな注意点は書いているものの、操作方法には一切触れていない。大きくて見栄えはしそうだが、人間を運ぶのは無理だろう。図案の一つには「鉄の薄い刃を付けた軸を、ぐっと押し下げてから手を離すとスクリューが回転する」というメモがある。当時、同じような仕掛けの玩具が売られていた。レオナルドは機械仕掛けの鳥も設計しているが、それと同じように空中スクリューもおそらく人間の身体ではなく、観客の空想を飛ばすための道具だったのだろう[40]。

最初のスケッチ画、アルノの風景

レオナルドはヴェロッキオの工房の上下関係のない家庭的な雰囲気が気に入っていた。そこで一四七二年に二〇歳になって年季が明けた後も、工房に住み込みで働きつづけることにした。近所で二人目の妻（子供はまだいなかった）と暮らす父親との関係も良好だった。フィレンツェの画家の団体「コンパーニャ・ディ・サンルカ」に加入するときにも、「レオナルド・ディ・セル・ピエロ・ダ・ヴィンチ（ヴィンチ村出身のセル・ピエロの息子）」と父との関係を明記している。

コンパーニャは組合ではなく、互助会あるいはフラタニティ（社交クラブ）のような組織だった。一四七二年に会費を払った登録メンバーには、ボッティチェリ、ピエトロ・ペルジーノ、ギルランダイオ、ポッライオーロ、フィリッポ・リッピ、そしてヴェロッキオの名がある。[41] コンパーニャは百年以上前から存在していたが、当時大きな転換期を迎えていた。その一因は、芸術家たちが時代遅れの組合制度に反発したことにある。従来の組合制度の下では、芸術家は一一九七年に医者や薬剤師の団体として設立された「アルテ・デイ・メディチ・エ・スペツィアリ」に入れられていた。だが一四〇〇年代末、彼らは芸術家として独自の地位を確立しようとしていた。

一人前の画家となった数カ月後、レオナルドはフィレンツェのごみごみとした路地や職人でごった返す工房を離れ、緑豊かな丘陵地帯のヴィンチ村へと向かった。二一歳になった一四七三年夏、ノートには「アントニオと一緒にいると心が満たされる」と書いている。[42] 祖父のアントニオはすでに亡く

【図7】アルノ渓谷の風景、1473年

なっていたので、おそらく母親の夫であるアントニオ・ブティ（アカッタブリーガ）を指しているのだろう。ヴィンチ村のはずれの丘の家で、生みの母や父親違いの兄弟らと過ごす幸せそうなレオナルドの姿が目に浮かぶ。仲間の石ころと一緒になりたくて丘を転がりおりたものの、静かな丘を懐かしむ小石の物語と重なる。

　そのページの裏に、レオナルドのものとして現存する最古のスケッチが残されている。科学的観察と芸術的感性を組み合わせるスタイルはここから始まった【図7】。鏡文字で書かれた日付は「一四七三年八月五日、雪の聖マリアの日」[43]。ペンをすばやく走らせながら描いたと思われるスケッチは印象主義的なパノラマ画で、ヴィンチ村近くを流れるアルノ川とそれを囲む崖や青々とした木々が描かれている。この地方にはごつごつした山並みや城など、絵に描かれたものとそっくりな景色が今も残っている。しかしそこはレオナルドの作品だ。空に舞い上がった鳥の視線を思わせる上空からの景色は、現実と空想の入り混じったものだろう。現実をふまえつつ、それに縛られる必要がないところが芸術の醍醐味だとレオナルドはわかっていた。「画家には自らを虜にするほど美しいものを描く自由がある。野山を描くのも、山の頂上から見たどこまでも広がる田園風景を描くのも、海のかなたの水平線を描くのも、すべて思いのままである」[44]。

作品の背景として風景を描く画家はいたが、レオナルドの絵はまるで違っていた。自然そのものを描いている。だからこのアルノ川のスケッチは、ヨーロッパ初の風景画と言われる。地質学的なリアリズムは際立っている。ごつごつした崖を川が浸食した部分には、地層が正確に描かれている。言うまでもなく、地層はレオナルドが生涯興味を持ちつづけたテーマだ。線遠近法と合わせて、のちにレオナルド自身が「空気遠近法」と名づけた地平線と空のとけあう部分も精緻に描かれている。

それ以上に注目すべきは「動き」の表現力だ。木々の葉ばかりでなくその影までが、ペンをすばやく走らせた曲線によって、そよ風に揺れているように見える。渓流を流れ落ちる水は、勢いのよい筆致で力強く描かれている。動きを観察する卓越した技術がうかがえる。

作品の中の人物が動いている『トビアスと天使』

一人前の画家としてヴェロッキオの工房で働いていた一〇代後半から二〇代前半にかけて、レオナルドは二つの絵の一部を担当している。『トビアスと天使』【図8】では天使の足もとにじゃれつく子犬とトビアスが手にした魚を、そして『キリストの洗礼』では左端の天使を描いた。二つの作品からは、レオナルドが師から学び、超えていった様子がはっきりとわかる。

聖書に出てくるトビアスの物語は、一五世紀後半のフィレンツェで人気があった題材だ。少年トビアスは目の見えない父親から、借金の取り立てを命じられる。付き添うのは守護天使ラファエルだ。旅の途中で二人は魚を捕まえるが、その内臓には癒しの力があり、トビアスの父親の目も治る。ラファエルは旅人の守護天使であると同時に、医者と薬剤師の組合の守護天使でもあった。フィレンツェの芸術のパトロンである商人たちは、それぞれ息子を旅に出しており、彼らもこの物語を好んだ。(45) フィレンツェの画家でこの題材を描いているのはポッライオーロ、ヴェロッキオ、フィリッポ・リッピ、ボッティチェリで、フランチェスコ・ボッティチーニに至っては七枚も描いている。

ポッライオーロの作品【図9】は一四六〇年代初頭に、オルサンミケーレ教会のために制作された。ヴェロッキオの工房はこの教会の壁龕《へきがん》にキリストと聖トマスの彫刻を作ったので、ヴェロッキオらは当然ポッライオーロの絵は知っていた。数年後に自らも『トビアスと天使』を描くことになったヴェロッキオは、明らかにポッライオーロを意識していた。(46)

ヴェロッキオの工房が制作した『トビアスと天使』の構成要素は、ポッライオーロの作品とまったく同じだ。手をつないで歩くトビアスと天使、その傍らを走るボロニーズ犬、トビアスは棒に紐で結わえたコイを持ち、ラファエルは魚の内臓を入れたブリキ缶を握っている。その背後には蛇行する川の流れや、草地や木が描かれている。しかし両者はインパクトの面でもその細部においても根本的に違っており、そこからはレオナルドがヴェロッキオのもとで何を学んだかが読み取れる。

まず違うのは、ポッライオーロの作品は静止しているのに対し、ヴェロッキオのほうには動きがある。ヴェロッキオは彫刻家として、身体をひねったり伸ばしたりすることで躍動感を伝える技術を身につけていた。彼のトビアスは足を踏み出しながら前傾している。コートは風になびき、胴衣のタッ

【図8】ヴェロッキオの『トビアスと天使』。レオナルドが一部制作に加わった

【図９】アントニオ・ポッライオーロの『トビアスと天使』

セルや糸もはためいている。トビアスとラファエルは自然に見つめ合い、手のつなぎ方にまで動きが感じられる。ポッライオーロの絵の中の二人は表情がうつろだが、ヴェロッキオのほうは身体の動きと感情表現が結びつき、身体だけでなく心の動きまでが伝わってくる。

ヴェロッキオは絵画より彫刻が専門で、自然の描写はそれほど得意ではなかった。『キリストの洗礼』には空を舞うタカがうまく描かれているが、彼の描く動物は一般に「粗雑」で「魅力がない」という評判だった。[47] だから魚や犬を、自然の観察力に優れた弟子のレオナルドに描かせたのは当然といえる。魚と犬はすでに背景が完成した後に描き加えられた。そうとわかるのは、レオナルドが独自に調合したテンペラ絵の具にはかなり透明度が高いという特徴があるからだ。

魚のキラキラ輝くウロコを見ると、レオナルドが物体に当たった光がどのようにわれわれの目に映るかをすでに熟知していたことがわかる。ウロコの一枚一枚がまるで宝石のようだ。絵の左上から差し込んでくる陽の光が、陰影ときらめきを生み出している。魚のエラと潤んだ目の前あたりに、それぞれキラリと光る点がある。他の画家と違い、レオナルドは切り裂かれた魚の腹から滴り落ちる血まで描いている。

天使ラファエルの足もとの犬を見ると、その表情や個性はトビアスのそれと一致する。ポッライオーロの硬直したような子犬とは対照的に、レオナルドの子犬は自然に歩き、注意深くあたりを見まわしている。何より目を引くのは、その巻き毛だ。おそろしく細やかな筆致や光沢はトビアスの耳の上の巻き毛と似ており、これも（左利き特有の描き方から）レオナルドが描いたとされる。[48] 美しく光に照らされ、渦を描くような巻き毛は、すでにレオナルドのトレードマークになりつつあった。

どこまでも美しく生命力あふれるこの作品は、師弟の協力の賜物《たまもの》である。レオナルドはすでに卓越した自然観察力を身につけており、光の魔術を表現する技も完成の域に近づいていた。それに加えて優れた彫刻家であった師ヴェロッキオから、動きや物語を伝えるおもしろさも学んでいた。

天使の絵に師は絵筆を擱くことを決めた

レオナルドがヴェロッキオを手伝って生み出した最高傑作は、一四七〇年代に完成した『キリストの洗礼』だ。ヨルダン川のほとりで二人の天使がひざまずいて見守るなか、洗礼者ヨハネがキリストの頭に水を注いでいる【図10】。レオナルドは絵の左端で肩越しに振り返る、光輝くような天使を描いた。それを目にしたヴェロッキオは驚愕し、「二度と絵筆は持たないと決意した」――少なくともヴァザーリはそう書いている。

なんでも大げさな逸話に仕立ててしまうところを割り引いても、ヴァザーリの言葉には一抹の真実がありそうだ。というのもこの作品以降、ヴェロッキオが単独で絵画を制作したことは一度もないからだ[49]。それにこの作品のレオナルドが描いた部分とヴェロッキオが描いた部分を比較すれば、後者が身を引こうという気になるのもわかる。

この作品をX線で解析すると、左端の天使と背景の大部分、そしてキリストの胴体部分は油絵の具をかなり希釈して幾重にも薄く重ねていること、筆致が非常に精巧で、ところどころ指で叩いたり伸ばしたりしていることがわかる。これは一四七〇年代にレオナルドが研究していたスタイルだ。オランダからイタリアに伝わった油絵は、ポッライオーロの工房がいち早く採用し、レオナルドも使っていた。一方ヴェロッキオは油絵には手を出さず、水溶性の顔料と卵の黄身を混ぜ合わせたテンペラ絵

【図10】ヴェロッキオがレオナルドとともに制作した『キリストの洗礼』

の具を使いつづけた[50]。

レオナルドの描いた天使の最大の特徴は、そのダイナミックなポーズである。後ろ姿ではあるが、身体をひねっているので顔の四分の三ほどが見えている。上体はやや左にひねりつつ、首は右に向けている。「人物を描くときは、常に胸が向いている方向と逆方向に顔を向けること。なぜなら天の配剤で、われわれの首はさまざまな方向に自在に向きを変えられるようになっているからだ[51]」。キリストと聖トマスの像からもわかるように、ヴェロッキオは彫刻で動きを表現する卓越した技術を持っていた。レオナルドはそれを絵画の世界に持ち込んだ。

二人の天使を比較すると、レオナルドが師を超えたことがはっきりとわかる。ヴェロッキオの天使の表情はのっぺりとしていて空虚だ。そこに見てとれる唯一の感情は、隣に自分よりはるかに表情豊かな天使を見つけた驚きである。ケネス・クラークも「別世界から来たような隣の天使に驚愕しているようだ。じっさいレオナルドの天使は、ヴェロッキオが足を踏み入れたことのない想像の世界から舞い降りたのだ」と書いている[52]。

ヴェロッキオは当時の一般的な画法にならい、天使の頭、顔、目の輪郭を線ではっきりと囲っている。一方レオナルドの天使には、はっきりとした輪郭線がない。柔らかな巻き毛は一本ずつ線として描かれておらず、互いに溶け合い、顔との境目もぼんやりとしている。ヴェロッキオの天使の顎の下の影は、テンペラ絵の具で筆づかいがはっきりと見えるように描かれ、顎の線が目立つ。一方レオナルドの天使の場合、影はもっと透きとおるようで地肌となじんでいる。こうした質感は油絵の具のほうが出しやすい。筆跡《ふであと》はほとんど見えないぐらいで、絵の具は薄く、ところどころ手で伸ばしてある。天使の顔の輪郭はやわらかで境界線は見えない。

キリストの胴体も同じように美しい。レオナルドの描いたキリストの足と、ヴェロッキオが描いた洗礼者ヨハネのそれを比べてみよう。後者にははっきりとした輪郭があるが、生身の人間の身体をじっくり観察してみると、そうは見えない。レオナルドはわずかに見えるキリストの陰毛の縮れまで細かくぼかしている。

輪郭を煙ったようにぼかすスフマート技法は、すでにレオナルドの作品の特徴となりつつあった。アルベルティは絵画論のなかで、輪郭を線で囲ってはっきり示すべきだとしており、ヴェロッキオはそれに従っている。ただ現実の世界を観察したレオナルドは、それが大きな誤りであることに気づいた。立体的な物体を眺めても、はっきりとした輪郭は見えない。「無骨なくっきりとした輪郭は描かず、ぼんやりとした仕上がりにすること。現実に影やその輪郭はくっきり認識できないのだから、そのように描いてはならない。さもないと作品がぎこちない印象になる」とレオナルドは書いている。[53]たしかにヴェロッキオの天使にはぎこちない印象があるが、レオナルドの天使はまるで違う。

X線で分析すると、自然への感性が乏しいヴェロッキオが描いていた背景は、ところどころに木立や茂みのあるやや荒涼とした景色であることがわかる。一方途中から作業を引き継いだレオナルドは、油絵の具を使い、崖のあいだをゆったりと流れる川の流れを描いた。その美しく写実的な筆致はアルノ川のスケッチと重なり、のちのモナリザに通じるところがある。ヴェロッキオの手による場違いなヤシの木は別として、この背景では自然な写実主義と空想が見事に融合している。（右奥の明らかに他の画家が描いたと思われる部分を除くと）岩場の質感は後年のレオナルドには及ばないものの、入念にきめ細かく描かれている。画面の奥に行くに従い、現実世界と同じように風景は徐々にぼやけていく。青い空は徐々に白みがかり、丘の上で薄霧となっている。「薄霧と青空との境目は肉眼では見えない。

地面に近い部分は舞い上がった塵のように見える」とノートに書いている。(54)

背景と前景の両方を受け持つことになったレオナルドは、蛇行する川を中心とする物語を描いた。水の描写は厳密であると同時に崇高だ。まるで地球という大宇宙と、人間という小宇宙を結びつける根源的な生命力の象徴のようだ。はるか遠くの湖から流れてきた水は、そそり立つような崖や小石を削りながら岩のあいだを抜け、洗礼者の体内を流れる血液と一体となって盃からしたたり落ちる。それから水の流れはキリストの足にぶつかり、波紋が絵の端まで広がってくる。見る者のところにも届きそうで、絵の一部に取り込まれそうな気がしてくる。

水の流れにはとどめることのできない勢いが感じられる。キリストの足首でせき止められた水は、大小さまざまな渦を描き、さらに先へと流れていく。レオナルドは観察眼と科学的知識を駆使して、嬉々としてこれらの渦や波紋を描いたのだろう。自然のなかに登場する渦巻きは、お気に入りの図柄となった。天使の首元にかかる巻き毛は滝のようにも見える。まるで川の流れが天使の頭に触れて髪の毛へと変化したかのようだ。

絵の中心には小さな滝がある。レオナルドは絵やノートに、水の流れが深い淵《ふち》へと落ちていく様子を繰り返し描いている。写実的なものもあれば、暗い妄想のなかのイメージと思われるものもあるが、この絵のなかの滝には生き生きとしたエネルギーがある。トビアスの絵のなかの子犬のように、水しぶきが楽しげに渦のまわりを跳ねまわっている。

『キリストの洗礼』の制作を通じて、ヴェロッキオはレオナルドの師からパートナーへと変わった。ヴェロッキオは絵画のなかの彫刻に通じる要素、すなわち立体感の表現方法を教えた。また作中の人物の身体をひねって動きを表現する技も伝授した。しかし今やレオナルドは、油絵の具を薄く重ねた透明感と神々しさを感じさせる筆致、優れた観察力や想像力によって、絵画を新たな次元へ引き上げようとしていた。遠くの地平にかかる薄霧、天使の顎の下の影、そしてキリストの足もとの水の流れ。どれをとっても、レオナルドが絵画表現の常識を根底から覆そうとしているのは明らかだった。

歪んでいるように見える『受胎告知』の見方

一四七〇年代、二〇代に入ったレオナルドは、工房でヴェロッキオとともに絵画を制作するかたわら、単独で少なくとも四つの作品を仕上げている。『受胎告知』、聖母子を描いた小ぶりな作品が二点、そしてフィレンツェの女性を描いた画期的な肖像画『ジネーヴラ・デ・ベンチの肖像』である。

『受胎告知』は、天使ガブリエルが聖母マリアにキリストを身ごもったことを伝える場面で、ルネサンス期には非常に人気のあった題材だ。レオナルドの作品は、荘厳な邸宅の庭で本を読んでいたマリアが、目をあげ、天使の告知を聞き、返答するまでの物語を描いている【図11】。意欲作ではあるが、いろいろ欠陥もあり、本当にレオナルドの作品なのか議論が分かれている。ヴェロッキオの工房の他の画家と渋々共同制作をしたのではないかという説もある。[55] しかしレオナルドが単独で、あるいはほぼ一人で描いたことを示す証拠も多い。レオナルドは天使ガブリエルの袖の下絵を残しており、また油絵の具を手で伸ばすという特徴的な手法も見られる。作品をよく見ると、聖母マリアの右手と、本を載せている台の基礎部分に描かれた葉にレオナルドの指の染みがついている。[56]

この作品の難点の一つは、むやみに大きな庭の塀だ。他の部分と比べて、やや高い視点から眺めたように描かれており、そのせいで天使が聖母に向けた指と、聖母の挙げた左手を結ぶ線がわかりにく

【図11】レオナルドの『受胎告知』

くなっている。塀の切れ目も右から見たような不自然な角度で描かれており、邸宅の壁と釣り合わない。聖母の膝を覆う布はどこか柔らかさに欠け、レオナルドがひだの表現を誇張しすぎたような印象を与える。ひじ掛けらしきものがおかしな場所にあるので、まるで聖母に膝が三つあるようだ。聖母のポーズもぎこちなく、空虚な表情とあいまってマネキンのように見える。平板に描かれた松の木はどれも同じ大きさだが、一番右の邸宅に近いものは手前にあるので本来ならばもっと大きく描くべきだ。一本の松は幹がひどく細く、天使の指先から生えているように見える。花や芝生の描き方がレオナルドにしては雑なのに、天使が手にしているユリの花だけが妙に写実的でちぐはぐだ[57]。

なかでも気になるのは、ヴェロッキオがメディチ家のために制作した墓とそっくりの豪華な読書台と、聖母マリアの位置関係だ。読書台は聖母より何十センチか手前にあり、右手を伸ばして本に触れるには遠すぎる。それでも手は届いているので、腕が奇妙に長く見える。いかにも未熟な画家の仕事だ。『受胎告知』を見ると、レオナルドが遠近法や光学の研究に打ち込まなければ、どの程度の画家で終わっていたかがうかがえる。

ただじっくり見ると、そこまでひどい絵ではない。レオナルドは「アナモルフォーシス（歪像）」と呼ばれる技法に挑戦したのだ。正面から見ると作品の一部が歪んでみえるのに、別の角度からだと自然にみえるというものだ。ノートにはときどきこの技法を使ったスケッチを描いている。ウフィツィ美術館のガイドは『受胎告知』の前に来ると、何歩か右に動いて見るようにアドバイスする。そうするとほんのわずかだが、不自然な印象はやわらぐ。天使の腕も、塀の切れ目の角度も、そこまで気にならなくなる。そのとき少し腰をかがめて視点を低くするとなおよい。つまりレオナルドは、教会の右手から入ってくる人が見て違和感のない作品を描こうとしたのだ。受胎告知の場面を聖母マリアの立場から見るように、見る者をさりげなく右側に押したともいえる。(58) その試みはほぼ成功したと言っていいだろう。見る者の視点を操作しようとする試みに、若い画家の未熟だが傑出した才能が透けてみえる。

この作品の最大の魅力は、天使ガブリエルの表現だ。ちょうどレオナルドが完成しつつあった中性的な美しさを備え、肩から伸びる鳥のような羽（明らかに他の画家が後から描き足した、醜い茶色の部分はのぞく）は、レオナルドらしい写実主義と空想の融合といえる。ガブリエルの動きも見事に表現している。いままさに空から舞い降りたように前かがみの姿勢で、（下絵ではそのようになっていなかったが）袖のリボンは後ろにたなびいている。沸き起こった一陣の風で、足元の草花が揺れている。

『受胎告知』でもう一つ見事なのは、影の色使いだ。絵の左側から、沈みゆく太陽が淡い黄色い光を塀や読書台の上に投げかけている。しかし太陽が当たらない部分には、空の薄い水色を映した影ができている。たとえば白い読書台の横の部分は、黄色っぽい夕日を直接浴びるのではなく、空から屈折した光が当たっているので青みがかっている。[59]ノートにはこう説明している。「影は変化する。物体のうち、空の淡青色が反射した面はその色に染まる。これは特に白い物に顕著である。一方、太陽光が直接当たる面はその色に染まる。これは特に太陽が沈もうとし、雲を赤く染める夕刻にはっきりとわかる」[60]

このような微妙な色合いを出せたのは、油絵の具に習熟してきたことが大きい。希釈した絵の具は薄い透明な層状に重ねることができ、一筆ごと、あるいは指で叩くごとに濃さが変化した。この手法が一番よくわかるのは、聖母マリアの顔だ。夕日に照らされた聖母の顔は、ガブリエルとは違って白く輝いている。その明るさによって、空虚な表情にもかかわらず、絵のなかで際立った存在になっている。[61]

『受胎告知』からは、まだ二〇代前半の若者だったレオナルドが、光、遠近感、そして人間の感情をどう表現するか模索していたことが読み取れる。その過程でいくつか失敗もした。しかし試行錯誤の産物であるそうした失敗は、その後花開く豊かな才能の予兆にほかならない。

聖母と赤ん坊

聖母が幼子イエスを抱いた小ぶりな絵や彫刻は、ヴェロッキオの工房の定番商品で、日常的に制作されていた。レオナルドも少なくとも二枚、そのような作品を描いている。一枚は現在ミュンヘンにある『カーネーションを持つ聖母』【図12】、そしてもう一枚はかつてブノアという収集家が所有し、現在はエルミタージュ美術館が所蔵する『ブノアの聖母』だ【図13】。

この二枚の絵画で最も目を引くのは、身をくねらせるぽっちゃりとした赤ん坊のイエスである。レオナルドは布のひだのデッサンで身につけた立体感、光、影の表現を駆使して、肉がひだのように重なる赤ん坊の身体を写実的に表現している。また二つの作品は、レオナルドがキアロスクーロという技法を使った初期の例だ。特定の色をだんだん濃くしていくのではなく、黒い顔料を使って色の濃淡や明暗を変化させることで、光と影のコントラストを効果的に伝えている。ワシントンのナショナル・ギャラリーのデビッド・アラン・ブラウンは「キアロスクーロによって絵画に彫刻に匹敵するほどの立体感を生み出した初めての作品」と指摘する[62]。

二枚の作品の写実的な赤ん坊の描写は、レオナルドが解剖学の知識を絵画に応用しはじめたことの表れだ。ノートにはこうある。「幼児の場合、関節はすべて細く、関節のあいだの肉が厚くなっている。それは関節部分には肉がなく、皮膚で覆われており、皮膚が骨同士をつなぐ腱の役割を果たしているからだ。そしてぽっちゃりとした肉が関節と関節のあいだについている[63]」。二枚の絵の聖母と赤ん坊の手首を比べてみると、両者の違いがはっきりわかる。

『カーネーションを持つ聖母』では、絵の主眼は幼子イエスの花への反応である。イエスの腕の動きは顔に浮かんだ表情と呼応している。赤ん坊が座っているのは、ガラス玉で装飾されたクッションだ。ガラス玉はメディチ家が使っていた紋章で、これは作品の発注主がメディチ家であることを示唆している。窓から見える景色は、レオナルドらしく観察と空想を織り交ぜている。遠近法を用いたぼんやりとかすみのかかったような描写は、純粋な想像の産物であるごつごつした山並みに本物らしさを与えている。

エルミタージュ美術館の『ブノアの聖母』でも、生き生きとした感情や反応が表現され、それによって一瞬の情景が物語へと変化している。この作品では、赤ん坊のイエスは母が手渡してくれる十字架型の花に夢中になっている。ブラウンの言葉を借りれば「まるで若き植物学者のようだ」[64]。レオナルドはすでに光学の研究を進めており、イエスがようやく物の形を識別できるようになった赤ん坊特有の熱心さで、花に見入る様子を丹念に描いている。そして母親の手の動きによって、見る者の目をそっと絵の焦点に導いている。母親と赤ん坊のあいだには感情の結びつきが感じられる。赤ん坊は花に夢中になり、聖母マリアは息子の旺盛な好奇心を喜んでいる。

二枚の絵がどこか見る者を落ち着かない気持ちにさせるのは、聖母と赤ん坊がそれぞれイエスの運命を予感しているように見えるからだ。聖書の物語では、カーネーションは十字架にかけられたイエスを目にした聖母マリアの涙から生まれたとされている。『ブノアの聖母』のほうが象徴性は明白だ。花そのものが十字架の形をしている。しかし絵の心理的インパクトはそれほど強くない。どちらからも主に伝わってくるのは、幼子イエスの好奇心と聖母マリアの慈愛である。後年レオナルドが同じテーマで描く『糸車の聖母』『聖アンナと聖母子』には、もっと強烈なドラマ性と感情的ストーリーがあふれている。

二枚の聖母子像を描いていた頃、レオナルドの身近には赤ん坊のモデルが二人いた。最初の二度の結婚では子宝に恵まれなかった父ピエロは、一四七五年に三度目の結婚をすると、たちまち二人の息子に恵まれた。一四七六年に生まれたアントニオ、そして一四七九年生まれのジュリアーノだ。当時のレオナルドのノートには、活発に動きまわる赤ん坊のスケッチが多く残されている。母親に抱かれて身をよじったり、顔を指でつついたり、物や果物をつかもうとしたり。特に多いのが猫とじゃれあ

【図12】『カーネーションを持つ聖母』

【図13】『ブノアの聖母』

っている姿だ。動きまわる赤ん坊をやさしく押さえる聖母の姿は、その後レオナルドの作品の重要なテーマとなる。

モナリザの微笑みにつながる一枚

レオナルドが描いた宗教画以外の最初の作品は、セイヨウネズの木の前にたたずむ若き女性の肖像である【図14】。憂いを帯びた月のような顔。一見すると生気のない退屈な作品のようだが、実は光沢のある細かな巻き毛、独創的な斜め向きのポーズなど、レオナルドの特色がよく出ている。何より重要なのは、この作品にのちの『モナリザ』の片鱗が見られることだ。ヴェロッキオとの共作である『キリストの洗礼』でレオナルドは、霧のかかった山から流れ出て、人間の心や身体とつながるような川の流れを描いた。青い紐飾りのついた土色のドレスを着たジネーヴラは、川を媒介として自然と一体になっている。

ジネーヴラ・デ・ベンチはフィレンツェの貴族で、有力な銀行家の娘だ。ベンチ家はメディチ家と関係が深く、メディチ家に次ぐ財力を誇っていた。一四七四年初頭、一六歳だったジネーヴラは、妻を亡くしたばかりの三二歳のルイジ・ニッコリーニと結婚した。ニッコリーニ家は織物事業を営み、政治力は強かったが財力はそこまでではなかった。ルイジはまもなく主席執政官となったが、一四八〇年の税金申告書には「資産より負債のほうが多い」と記載し、さらに妻が病気がちで「長年医者にかかっている」と書き添えている。肖像画のジネーヴラが驚くほど色白なのはこのためかもしれない。

この作品の注文はジネーヴラが結婚した一四七四年頃、レオナルドの父が息子のために取ってきた

【図14】『ジネーヴラ・デ・ベンチの肖像』

ものと見られる。ピエロ・ダ・ヴィンチはベンチ家のために何度も公証人を務めており、レオナルドはジネーヴラの兄と親しかった。ジネーヴラの兄はレオナルドによく本を貸し、未完の作品『東方三博士の礼拝』を一時預かっていたこともある。ただこの肖像画は結婚式や婚約を記念して描かれたとは思えない。そのような用途の場合、横顔を描くのが通例だが、この作品のジネーヴラは斜め前を向いている。また装飾のない驚くほどシンプルな茶色い服も、上流階級の結婚肖像画で一般的だった高価な宝石や刺繍で飾った豪華な衣装とは対照的だ。黒い肩掛けは結婚の祝いにはふさわしくない。

ルネサンスの文化や道徳観の風変わりな一面を映しているともいえるが、この肖像画の依頼者はベンチ家ではなく、一四七五年にヴェネツィア大使としてフィレンツェに赴任したベルナルド・ベンボと見られる。当時四二歳のベンボには妻も妾もいたが、ジネーヴラと堂々とプラトニックな関係を築いた。性的要素がないがゆえに、強い愛情に支えられた関係だったとされる。当時このような恋愛は高尚なものとみなされ、非難されるどころか詩にも謳われるほどだった。ルネサンス期にフィレンツェで活躍した人文主義者のクリストフォロ・ランディーノは二人の恋愛について「ベンボは恋愛の炎に身を焦がし、その心には常にジネーヴラが宿っていた」と書いている。[65]

レオナルドは肖像画の裏に、ベンボの紋章であった月桂樹と椰子のリースを描き、中心にセイヨウネズの小枝を置いた。セイヨウネズはイタリア語では「ジネプロ」と言い、ジネーヴラの名を示している。リースとセイヨウネズの小枝のあいだを縫うように「美は徳を飾る」と書かれた旗がたなびいている。それはジネーヴラの高潔な人柄を示しており、赤外線分析ではその下に「徳と名誉」というベンボのモットーが書かれていることが明らかになった。レオナルドの好んだ夕暮れのぼんやりとした光に照らされたジネーヴラは、青白く物憂げに見える。夢のようにおぼろげな背景と調和するような、心ここにあらずというううつろな表情を浮かべている。その原因は夫が税金申告書に書いた身体の病だけではなさそうだ。

この肖像画は当時の他の作品よりも人物に焦点を絞り、顔の造作がはっきりしている。ヴェロッキオが彫った半身像『花を手にした貴婦人』とよく似ている。『ジネーヴラ』の下三分の一は切断されたといい、それがなければもっと似ていただろう。当時の資料によると、切断された部分には象牙のように白い指を持つ優雅な手が描かれていたという。幸い、それがどのようなものだったか想像はできる。この絵画を彷彿とさせる、小枝を持つ重ね合わせた手のスケッチがウィンザー素描集に残されているからだ。[66]

一四七〇年代にヴェロッキオの工房で描いた他の作品と同じように、ここでも油絵の具を薄く重ね、ときには指を使って混ぜたりぼかしたりしている。そうすることでくすんだような影ができ、くっきりとした輪郭線や境界線はなくなる。ワシントンDCのナショナル・ギャラリーでこの絵を間近で見ると、レオナルドの指紋が見える。一つはジネーヴラの顎の右側、細かな巻き毛が背景のセイヨウネズの木や尖った小枝と自然ととけあう部分だ。もう一つは右肩のすぐ後ろあたりにある。[67]

この肖像画でとりわけ印象的なのはジネーヴラの目だ。瞼《まぶた》は入念に描かれ、そのために重たく物憂げな印象を強めている。視線は何かに気を取られているようで冷淡だ。鑑賞者のほうを見ているのに、その目には何も映っていない。右目ははるか遠くを見ている。一見すると、視線は少し脇にそれていて、左のほうを見下ろしているようだ。しかし左右の目を別々に見ると、それぞれがこちらを凝視しているような気がしてくる。

さらにジネーヴラの目を見つめていると、レオナルドが油絵の具を使って濡れたような光沢を出していることに気づく。両目の瞳孔のすぐ右にキラリと光る小さな点がある。正面左側から差し込んでいる太陽光の輝きを映しているのだ。同じような光沢は巻き毛にも見られる。

この緻密な計算に基づく光沢、滑らかな表面に光が当たったときの白い輝きもまた、レオナルドならではの表現だ。「反射光は当たった物体の色を映すのに対し、光沢の部分は常に白い」とノートに書き留めている。誰もが日々目にする現象だが、じっくり観察しようとはしない。しかも見る者が動くと光沢部分も動く。ジネーヴラ・デ・ベンチの巻き毛のつややかな輝きを眺めながら、その周囲をぐるりとまわったらどうだろう。「視線が動くと、それに従って輝く部分も動いていく」ことを、レオナルドは意識していた[68]。

『ジネーヴラ・デ・ベンチ』とじっくり向き合っていると、最初はうつろな表情や冷ややかな視線に思えたものに、胸を打つような感情が潜んでいるような気がしてくる。ジネーヴラは物思いにふけっているようだ。自らの結婚、ベンボとの別れ、あるいはわれわれにはうかがい知ることのできない何かに思いを巡らせているのか。その人生は困難に満ちていた。病気がちで子供にも恵まれなかった。しかしジネーヴラには秘めた強さがあった。書き残した詩の一節が今も残っている。「あなたの許しを乞おう。私は山に生きる虎なのだ[69]」

この作品は描かれた人物の心にひそむ感情を映す、心理的肖像画と言える。これはレオナルドの芸術的イノベーションのなかでもとりわけ重要なものだ。この作品から始まった歩みは三〇年後、史上最高の心理的肖像画『モナリザ』に結実する。ジネーヴラの唇の右端にわずかに浮かぶ微笑は、世界が記憶することになるモナリザの微笑みへと昇華する。背後を流れるジネーヴラの魂とつながっているような水の流れは、『モナリザ』において自然と人とのつながりの象徴として描かれている。『ジネーヴラ・デ・ベンチの肖像』は『モナリザ』の足もとにも及ばない。しかし、やがて後者を描く才能の片鱗はたしかに表れている。

第三章

才能あふれる画家として

一七歳の少年との性的関係を告発される

二四歳の誕生日を一週間後に控えた一四七六年四月、レオナルドは男娼と関係を持ったとして告発される。父ピエロに後継者となる嫡男が生まれたころだ。「タンブロ」と呼ばれる道徳的犯罪の投書箱に入っていた匿名の告発は、金細工師の工房で働くジャコポ・サルタレッリという一七歳の少年をめぐるものだった。「サルタレッリは黒衣をまとい、みだらな行為を求める者たちを喜ばせ、幾多の卑しい関係を築いた」。サルタレッリに性的サービスを受けたとして四人の若者の名が挙がり、そのなかに「レオナルド・ディ・セル・ピエロ・ダ・ヴィンチ。アンドレア・デ・ヴェロッキオのもとに居住」とある。

この手の犯罪を担当する「夜の官吏」が捜査に着手した。レオナルドら容疑者は一日かそこら拘束されたかもしれない。証人が名乗り出れば重大な刑罰が科せられる可能性もあった。幸い、四人のうち一人がメディチ家と縁戚関係にある有力な一族の出身であったことから、この一件は「さらなる告発がないことを条件に」棄却された。しかし数週間後、再び告発状が届いた。ラテン語で書かれた内容は、四人はサルタレッリと繰り返し性的関係を持った、というものだ。これもやはり匿名で、証人が名乗りでなかったため、再び同じ条件付きで棄却された。それでどうやら一件落着となったようだ。(1)

三〇年後、レオナルドはノートに苦々しげにこう書いている。「キリストとなる子をつくったとき、私は牢へ入れられた。今その成長した姿を見せたら、さらにひどい仕打ちを受けるだろう」。謎めいた文章である。もしかしたらサルタレッリは当時レオナルドが描いた若きキリスト像のモデルになったのかもしれない。この文章を書いたとき、レオナルドは世の中に見捨てられたような気持ちになっていた。メモには「私には一人の友もいない」と書いている。裏にはこうある。「愛がなければ、なんの意味があろうか？(2)」

同性愛者であることを隠さなかった

レオナルドは恋愛対象として、また性的対象として、男性に惹かれた。そしてミケランジェロとは違い、それをまったく気に病んでいなかった。同性愛者であることを公言はしていなかったが、隠しもしていなかった。ただ、それは自らが異端であり、公証人という一族の伝統的職業を継ぐような人物ではないという意識につながっていたのかもしれない。

生涯にわたりレオナルドは、工房や自宅に多くの美しい若者を住まわせている。サルタレッリの事件から二年後、ノートに老人と美しい少年が向き合う横顔を落書きした脇に、こう書いている。「フイレンツェのフィオラヴァンテ・ディ・ドメニコは誰よりも愛おしい友人だ。まるで私の……」[3]。文章はそこで途切れているが、どうやらフィオラヴァンテに惹かれていたようだ。このメモが書かれたすぐあとに、ボローニャ公がロレンツォ・デ・メディチにある若者についての手紙を送っている。レオナルドと一緒に働いたことがあり、その名前までもらいうけたパウロ・デ・レオナルド・ダ・ヴィンチ・ダ・フィレンツェという青年は「みだらな暮らしぶりのために」フィレンツェを追放されていた[4]（※注）。レオナルドの最も古い恋人の一人が、フィレンツェの若き音楽家、アタランテ・ミリオロッティだ。この若者にリラと呼ばれる竪琴の弾き方を教えたのはレオナルドとされる。アタランテが一三歳だった一四八〇年、レオナルドは『顔を上げるアタランテの肖像』と題した作品のほか、リラを弾く少年の裸体を描いている[5]。その二年後、アタランテはレオナルドとともにミラノに移り、そこで音楽家として成功した。一四九一年にマントヴァで上演されたオペラに出演し、公爵家のために弦が一二本ある風変わりなリラを献上している[6]。

最も長い期間にわたって真剣に交際した相手は、一四九〇年からレオナルド邸に住むようになった若者だ。天使のような外見とは裏腹に人格は悪魔のようで、「小悪魔」を意味するサライというニックネームをつけられていた。ヴァザーリは「優雅な美しい若者で、見事な巻き毛をレオナルドはことさら愛した」と書いている。これから見ていくとおり、レオナルドが書いた性的なつぶやきや意味深なメモの多くはサライに関するものだ。

レオナルドに女性の恋人がいた形跡はなく、異性とのセックスについての不快感を吐露している。ノートにはこうある。「セックスという行為そのものや、それに使われる性器は実に汚らわしい。顔や衣装の美しさ、そして抑圧された衝動がなければ、この世から人類は消滅するだろう[7]」

性的な欲求は恥ずかしいものではない

同性愛はフィレンツェの芸術界において、またヴェロッキオの仲間うちでも珍しくはなかった。ヴェロッキオ自身一度も結婚したことはない。ボッティチェリも同じで、何度か男色で有罪判決を受けている。ほかにもドナテッロ、ミケランジェロ、ベンヴェヌート・チェリーニ（男色で二度の有罪判決）などの例がある。レオナルドが「アモーレ・マスキュリーノ（男の恋愛）」と呼んだ男色が当時のフィレンツェであまりにも盛んだったことから、「フロレンツァー」がドイツ語で「ゲイ」を意味する俗語になったほどだ。レオナルドがヴェロッキオの工房で働いていた頃、ルネサンスの人文主義者のあいだでは熱烈なプラトン信者が多く、美少年に対する性愛を理想化する風潮があった。高尚な詩でも流行り歌でも、同性愛がもてはやされていた。

ただレオナルドも苦々しく振り返っているように、それでも男色は犯罪で、事件として裁かれることもあった。一四三二年に「夜の官吏」が発足して以降の七〇年で、毎年平均四〇〇人が男色によって訴えられ、六〇人近くが収監、国外追放、場合によっては死刑の判決を受けていた[8]。教会も同性愛を罪とみなしていた。一四八四年に発行された法王の大勅書は、男色を「悪魔を体で

※注　弟子が師の名前をもらうことは珍しくなかった。たとえばレオナルドと同時代の画家ピエロ・ディ・コジモは、師匠のコジモ・ロゼッリの名をもらっている。レオナルドがそうせず、終生フルネームには「レオナルド・ディ・セル・ピエロ・ダ・ヴィンチ」と父の名を使っていたことは興味深い。

知ること」とし、司祭がそれを戒める説教をすることも多かった。レオナルドが愛し、ボッティチェリが作品に描いたダンテの『神曲』では、男色者は神を冒瀆する者や高利貸しと一緒に第七地獄に落ちている。しかしダンテもフィレンツェ人特有の同性愛に対する矛盾した感情を持ち合わせていたようで、神曲では自らの師である同性愛者のブルネット・ラティーニを称賛している。

「レオナルドには消極的な同性愛の欲求があり、それを抑圧していた」とするフロイトの根拠薄弱な主張にもとづき、その抑圧された欲求が芸術活動の原動力となったと指摘する者もいる。レオナルドが書き残した格言には、彼が性的欲求をコントロールしようとしていたという主張を裏づけるようなものもある。「好色な欲求を抑えようとしない者は、獣と変わらない」と。[9] しかしレオナルドが禁欲を貫いたと信じるべき理由はない。ケネス・クラークはこう書いている。「道徳的配慮から、レオナルドの尽きない創造力の源泉は禁欲主義にあったというのはとんでもない見当違いだ[10]」。

　レオナルドの生きざまやノートからは、自らの性的欲求をまったく恥じていなかったことが明らかだ。むしろそれを楽しんでいるかのようだ。「ペニスについて」という一文は、ペニスには独自の意思があり、所有者の意思に反した行動をとることもある、とユーモアたっぷりに論じている。「ときとしてペニスが独自の知性を示すことがある。所有者が刺激しようとしても頑なに自らの意思を貫いたり、許可なく動いたりする。所有者が起きているか寝ているかにかかわらず、したいようにする。所有者が使おうとして従わないこともあれば、ペニスが使ってほしいと思っても所有者が許さないこともある。ことほどさようにこの生き物は、所有者とは別の生命と知性を持っていると考えられる」。レオナルドは人々がペニスを恥ずかしいものと考え、その話題を避けるのを不思議に思っていた。「その名を口にしたり、人に見せるのを恥ずかしがったりするのはおかしい。堂々と見せるべきものを、なぜいつも隠そうとするのか」[11]。

これは彼の芸術にどう影響したのだろう。スケッチやノートからは、女性より男性の身体に強い魅力を感じていたことがわかる。男性の裸体を描いた作品には穏やかな美しさがあり、その多くは全身像だ。対照的に女性像は、すでに失われた『レダと白鳥』を除くとほとんどが衣服を身にまとった半身像である（※注）。

とはいえミケランジェロとは違い、レオナルドは女性を描くことにも秀でていた。『ジネーヴラ・デ・ベンチの肖像』から『モナリザ』に到るまで、レオナルドの描く女性像は非常に魅力的で、人間心理の奥深さを見せてくれる。『ジネーヴラ』は少なくともイタリアにおいては、女性を斜め前から描いた初めての作品だ。横顔を描くのが一般的だった当時、まさに画期的だった。鑑賞者はジネーヴラの目をまっすぐ見ることができる。レオナルドは「目は心の窓である」と語っている。『ジネーヴラ』は女性が受動的な人形ではなく、自らの思考や感情を持つ人間として描かれるようになる転換点だった[12]。

同性愛者であることは、レオナルドの心の深い部分に影響を与えた。それは彼に人とは違う、社会に居場所のないアウトサイダーという意識を植えつけた。レオナルドが三〇歳になる頃、父親は押しも押されもしないフィレンツェの有力者となっており、メディチ家のほか有力な組合や教会の法務顧

※注　『レダと白鳥』に加えてもう一つの例外と思われるのが『モナリザ』のセミヌード版だ。レオナルドの作品は残っていないが、工房の弟子らが模写したものが残っている。解剖のスケッチのなかには女性の身体を描いたものもある。しかし女性器は人を寄せつけない暗い洞窟のように描かれており、雑で誤りも多い。参考になるような女性経験がなかったのだろう。

問を務めていた。父は伝統的な「男らしさ」の象徴のようでもあった。それまでに妾一人、妻は三人、子供は五人いた。対照的に、レオナルドは純然たるアウトサイダーだった。腹違いの弟たちが生まれたことで、嫡出子ではないという事実を改めて思い知らされることになった。非嫡出子であり、芸術家で、しかも男色で二度も告発された同性愛者。まさに自他ともに認めるはみだし者だった。ただ芸術家のご多分に漏れず、それは彼にとって弱みではなく、むしろ強みだった。

聖セバスティアヌス

サルタレッツリ事件が持ち上がった頃、レオナルドは聖セバスティアヌスの殉教をテーマにした作品に取り組んでいた。聖セバスティアヌスは三世紀、ディオクレティアヌス帝によってキリスト教が迫害された時期の殉教者で、木に縛られて矢で射られた末に撲殺された。レオナルド自身が作成した所有物のリストによると、彼はこの絵のために八枚の習作を描いたが、結局作品は完成しなかったようだ。

聖セバスティアヌスの肖像は疫病から身を守るご利益があると考えられていたが、一五世紀のイタリアの画家のなかにはそこに同性愛的要素を織り込む者もいた。ヴァザーリによると、バルトロメオ・バンディネッリの描いた聖セバスティアヌスはあまりにも官能的であったため、教会に告解に訪れた信者が「美しい裸体を見て邪《よこしま》な考えを抱いてしまった」と打ち明けることもあったという(13)。現存するレオナルドの聖セバスティアヌスの絵も、美しく官能的という表現がぴったりだ。少年の面影を残す聖人は片手を木に縛られ、表情には感情があふれている。現在ハンブルクにある習作を見ると、レオナルドがセバスティアヌスの足の位置を変えながら、身体の動き、ねじれ、ひねり具合を研究していた様子がよくわかる[14]。

失われていた聖セバスティアヌスのスケッチの一枚が、奇跡的に二〇一六年末に発見された。年老いた医師が仕事を引退したのを機に、父親の集めていた絵画を鑑定してもらうためにオークション会社に持ち込んだのだ。オークション会社のディレクター、タデー・プラーテがそのうち一枚はレオナルドの作品かもしれないと気づき、最終的にニューヨークのメトロポリタン美術館の学芸員カルメン・バンバッハによってそうであることが確認された。「目玉が飛び出しそうになった。これがレオナルドの作品であることに疑問の余地はない。あのスケッチを思い出すといつも胸が高なる」とバンバッハは語る。

新たに発見されたスケッチには、セバスティアヌスの胴と胸の部分がレオナルド特有の左手によるハッチング線で描かれている。ハンブルクのものと同じように、ここでも聖人の足の位置についてレオナルドがさまざまな選択肢を検討していたことがわかる。「次々と新たなアイデアが生まれ、精力的にセバスティアヌスの表現を研究していたのだろう。何かに突き動かされるような勢いがある。まるでレオナルドの肩越しに絵をのぞき込んでいるような気になってくる」[15]。この作品の発見は、レオナルドがエネルギッシュに紙の上でアイデアを練ったこと、そして今日に至ってもまだレオナルドについて発見すべき事実が残っていることを示している。

未完の衝撃作、『東方三博士の礼拝』

男色をめぐる告発状には、レオナルドはまだヴェロッキオの工房に住んでいると書かれていた。すでに二四歳で、弟子から画家になった者のほとんどはその年齢には巣立っていた。だがレオナルドは師匠のもとで暮らしつづけ、誰が描いたかわからないような特徴のない聖母像を描き続けていた。

サルタレッリ事件がきっかけになったのか、ようやく一四七七年に独立して自らの工房を構えた。ただ事業としては失敗に終わった。ミラノに発つまでの五年間で、確認されている受注はわずか三件。そのうち一件は着手すらせず、残る二件は未完に終わった。しかしその二件の未完の絵画だけでも、レオナルドの名声を揺るぎないものとし、芸術のあり方を変える力があった。

一四七八年に受けた最初の注文は、シニョーリア宮殿礼拝堂の祭壇の背後を飾る絵だった。父ピエロがフィレンツェの統治機関であったシニョーリアの公証人を務めていたので、息子のために口を利いてやったのだろう。レオナルドが作成した下絵を見ると、ベツレヘムで生まれた幼子イエスのもとへ羊飼いが訪れる場面を描こうとしていたことがわかる。[16]

レオナルドがこの作品に着手した形跡はない。しかしこの作品のために描いた下絵から、その後まもなく描きはじめた『東方三博士の礼拝』【図15】の着想を得たようだ。未完に終わったが、未完の絵画で美術史上これほど大きな影響力を持つものはない。ケネス・クラークは「一五世紀における最も革命的で型破りな作品」と評している。[17]『東方三博士の礼拝』は、革新的で驚異的なひらめきをつかんだ途端に捨ててしまう、レオナルドという厄介な天才の象徴ともいえる。

【図15】『東方三博士の礼拝』

この作品は一四八一年、レオナルドが二九歳のときに依頼された。依頼主はフィレンツェ市壁のすぐ外側にあったサン・ドナート修道院である。これも斡旋したのは父親だ。ピエロ・ダ・ヴィンチはこの修道院の公証人で、薪もそこから買っていた。この年、ピエロは仕事の報酬として修道院から鶏二羽を受け取っている。仕事の一つが、レオナルドに絵画『東方三博士の礼拝』と修道院の時計の装飾を依頼する、かなり複雑な契約だった。[18]

いつの時代も二〇歳そこそこの子供を持つ親とはそういうものだが、父ピエロは才能ある息子の仕事ぶりを心配していた。修道院側も同じ懸念を抱いていた。そこで作品を仕上げられないという定評ができつつあったレオナルドを、仕事に専念させるため込み入った契約が作られた。まずレオナルドは「顔料や金箔など必要な材料はすべて自費でまかなうこと」とされた。完成した絵画の納品期限は「最大三〇カ月」で、完成できなければそれまでに描いた分を放棄し、報酬は一切受け取れない。支払方法も変わっていた。レオナルドは修道院に寄付されたフィレンツェ近郊の土地をもらい、修道院に三〇〇フロリンで買い戻しを要求する権利を与えられる。ただし土地の寄贈者の遺言に基づき、寄贈者の親族の娘の持参金一五〇フロリンを払わなければならないことになっていた。

三カ月も経たないうちに、この怪しい取り決めは破綻した。持参金を分割払いすることになったレオナルドは初回分すら払えず、修道院から借金するはめになった。また絵の具を買う資金も借りなければならなかった。修道院の時計を装飾する報酬として薪を一束受け取る一方、「ワイン一樽」を前借りしたことが記録に残っている。[19] こうして誰よりも創造力あふれる芸術家は、薪と引き換えに時計を飾り、絵を描くために借金をし、顧客に頼み込んでワインを譲ってもらうような状況に追い込まれた。

ボッティチェリを批判する

レオナルドが『東方三博士の礼拝』で描こうとしたのは、ルネサンス期のフィレンツェでもとりわけ人気のあった場面だ。三人の賢者（あるいは王）が星に導かれてベツレヘムにやってきて、誕生したばかりのイエスに黄金、乳香、没薬を献上する。フィレンツェでは毎年一月、神が幼子イエスとしてこの世に現れ、賢者らが拝んだ「御公現の祝日」を祝うため、一日がかりで宗教劇や賢者の行列を再現するパレードを行っていた。この祝祭が最も華やかだったのは一四六八年。一五歳の少年だったレオナルドもヴェロッキオの弟子として、メディチ家が主催するこの豪華絢爛な催しの準備に携わった。街全体が舞台となり、行列には七〇〇人近い騎手が参加した。年の若い少年たちは、それぞれの父親の顔を彫ったマスクを着けていた。[20]

三博士の礼拝の場面は多くの画家が描いている。ボッテイチェリは少なくとも七点の作品を残した。このうち最も有名なのは一四七五年、レオナルドの住まい近くの教会のために描いたものだ。レオナルド以前の画家が描いた『三博士の礼拝』の多くがそうであったように、ボッテイチェリも威厳ある王や優雅な王子らが恭しく幼子を拝む、荘厳な場面を描いている。

ボッテイチェリの工房はヴェロッキオのところを上回るペースで聖母像を制作していた。レオナルドより七歳年長のボッテイチェリは、レオナルドとは比較にならないほどメディチ家に食い込んでいた。権力者に取り入るのがうまく、『三博士の礼拝』のなかでも一番大きな作品にはコジモ・デ・メディチ、その息子のピエロとジョヴァンニ、孫のロレンツォとジュリアーノを登場させている。

レオナルドはたびたびボッティチェリへの批判を書いている。次の書き込みは、おそらく一四八一年版を見た後のものだろう。「最近ある『三博士の礼拝』を見たが、天使が聖母を馬小屋から追い出してやろうとたくらんでいるようだった。相手が憎らしい敵であるかのような剣幕で。そのうえ聖母は打ちひしがれていて、今にも窓から身投げしそうだった」[21]。「ボッティチェリの描く風景はとにかく単調」で、空気遠近法をまったく理解しておらず、近くの木も遠くの木も同じ濃さで描いていると批判したこともある（実際そのとおりであったが）[22]。

ただバカにはしていたものの、ボッティチェリの『三博士の礼拝』をじっくり研究しており、いくつかアイデアを拝借している[23]。レオナルドが描きはじめた作品はボッティチェリのものとはまるで違い、エネルギー、感情、興奮、喧噪が伝わってくる。パレードや壮大な出し物の影響だろう、レオナルドは「渦」を表現しようとしていた。中心に幼子イエスがいて、そのまわりを囲むように賢者や従者など少なくとも六〇人の人物や動物がいる。公現の物語ならば、人々がイエスは救世主であり、神の生まれ変わりだと気づいたときの驚きや畏怖を強烈に伝えたい、とレオナルドは考えた。

下絵は何枚もあり、いずれもまず尖筆で描き、羽ペンとインクで仕上げている。人々のしぐさ、体勢、表情に変化をつけながら、画面全体に驚きや畏怖が広がっていく様子を描き出そうとしている。下絵の人物がすべて裸体なのは、「人体を描くときは内から外、すなわちまず骨格、次に皮膚、それから衣服を描くべきだ」というアルベルティの指示に従ったためである[24]。

下絵のなかで最も有名なのが、レオナルドが最初に考えた構図全体を描いたものだ【図16】。ここではブルネレスキやアルベルティの遠近法に基づいて、画面の奥に向けて補助線を何本も引いている。画面奥の消失点に向かって、定規で水平に引いた線は驚くほど精緻に圧縮されていく。完成した絵画

【図16】『東方三博士の礼拝』の下絵

でもこれほど緻密に描かれたものは少ないだろう。

細かな格子の上に、身体をよじったり這いつくばったりする人々、興奮して後ろ足で立つ馬、そしてレオナルドの空想をもとにした首をひねって不思議そうに周囲を見渡すラクダなどが描かれている。精緻な計算に基づいて引かれた直線が、人々の体と心の激しい動きを支えている。光学の科学的知識と創造力の見事な融合で、レオナルドが自らの芸術を科学という土台の上に築いていたことがわかる(25)。

下絵ができると、レオナルドは助手に命じてポプラの厚板で二・五メートル四方の巨大な画板を造らせた。通常は画板の上に下絵を置き、上から線に沿って細かな穴を開けていって写し取るという方法をとるが、レオナルドは違った。下絵の段階でデザインをあれこれ修正し、完成したものをチョークのような白い下塗り剤でコーティングした画板の上に描いていくのだ。それが最終的な下絵となった。[26]

二〇〇二年、美術品解析の専門家であるマウリツィオ・セラチーニがウフィツィ美術館の要請を受けて、高解像度スキャンと超音波、紫外線、赤外線画像技術を使ってレオナルドの『三博士の礼拝』を解析した。[27]その結果、すばらしい下絵が浮かび上がると同時に、レオナルドがドラマチックな情景を描くためにどのような手順を踏んだかが明らかになった。

まず画板の中心、最終的に木の幹が描かれる部分に釘を打ち、紐を結びつけた。それを使って下塗り用の白い塗料の上に細い尖筆で補助線を描く。それから廃墟となった古代ローマの宮殿へとつながる階段など、背景の建造物を描いた。これは古代の異教信仰の崩壊の象徴である。セラチーニの分析では、ある時点では下絵に廃墟を修復する人夫たちの姿があったという。[28]この部分は廃墟となったダビデ王の宮殿をイエスが復興したことと、古典の復興の両方を示唆している。

背景を完成させると、続いて人物を描きはじめた。細く削った黒いチョークを使い、薄くスケッチしている。人物の感情表現に納得がいくまでポーズを修正できるからだ。

幸いレオナルドは、絵を描く際に実践する基本ルールをノートに書き残している。たとえば人物を薄くスケッチして、心理状態を的確に表現するために修正を加えていくといった手法だ。おかげで作品への理解が深まるだけでなく、そのような描き方を選んだ理由もわかる。「人物の手足の輪郭をはっきり描かないこと。そうしないとデッサンの一筆一筆をくっきり描かねば気がすまなかった多くの画家と同じような作品になる」と後進にアドバイスをしている。くっきりした線を描いてしまうと「絵のなかの人物の動きは、感情の動きにそぐわないものになる」。すぐれた画家は「手足の位置については柔軟に考え、まずは物語の人物の心理状態にふさわしい動きはどのようなものかに集中する」[29]。

チョークのスケッチに納得がいくと、細い筆を使ってインクでなぞり、影の部分に淡い青色をつけていく。このようなときには茶色を使うのが一般的だったが、光学を研究するなかで薄暗いところでは影が青みがかった色になることに気づいていたからだ。画板上で下絵を完成させると、全体を白い塗料で薄く覆い、下絵がうっすら透けて見えるようにする。それからようやく、ゆっくりと絵の具で描きはじめる。

一枚の絵画のなかで同じポーズを二度使ってはならない

『三博士の礼拝』の構成は、膝に幼子イエスを載せた聖母マリアを中心としている。イエスが手を伸ばし、そこから時計回りの渦を描いて物語が始まる。見る者の視線はこの興奮の渦に沿ってまわっていく。絵は単に一瞬を切り取ったものではなく、ドラマチックなストーリーになる。イエスは王の一人から贈り物を受け取るところで、すでに贈り物を渡し終わった別の王は地面にひれ伏している。

レオナルドは聖家族の絵画を含めて、作品のなかにマリアの夫ヨセフをほとんど登場させていない。『三博士の礼拝』においてもどれがヨセフなのか、そもそも描かれているのかもぱっと見ただけではわからない。しかし準備段階の下絵にはヨセフが描かれており、マリアの背後で最初の贈り物の蓋を開けて中身をのぞき込んでいる禿げ頭の髭を生やした男性が下絵のヨセフに似ているようだ(30)。

赤ん坊のイエスを含めて、絵に描かれたほぼすべての人物には感情と呼応した体の動きがある。これは『最後の晩餐』に通じる。贈り物を手渡す者、それを開ける者、地面にひれ伏す者、驚いて額を手で打つ者、上を指さす者。岩にもたれて会話に夢中になっている若い旅人たちの前では、驚いた見物人が空に向かって手を突き上げている。ここに描かれているのは、救世主の公現を目の当たりにした人々の驚き、畏怖、好奇心などさまざまな身体的、精神的な反応だ。興奮の渦のなかで、聖母マリア一人が超然としている。

これだけの人物の感情の渦を描くのは、気の遠くなるような作業だったはずだ。それぞれに固有のポーズとさまざまな感情を持たせなければならない。レオナルド自身、のちにノートにこう書いている。「同一人物であっても一つの動作を繰り返してはならない。すべての足、腕、指が違う動きをすること。一枚の絵画のなかで同じポーズを二度使ってはならない」[31]。当初レオナルドは、絵の上部に馬に乗った戦士の一群を描こうとしていた。準備段階のスケッチや画板上の下絵にも残っており、入念に影をつけて立体感を持たせているのが見て取れる。しかし渦の中にとけこませることができず苦労していた。現在未完のまま残っている作品では、部分的に消し去られている。ただこの戦士の一群は、のちに描かれた（そしてやはり未完に終わった）『アンギアーリの戦い』の馬たちを彷彿とさせる。

こうして物語性と豊かな感情にあふれた作品が生まれた。レオナルドは単に救世主降臨を目の当たりにしたときの一人ひとりの反応を描いただけではない。お互いの感情が伝播し、見る者まで巻き込んでいくような渦を生み出したのだ。

目指すものが高度すぎて諦める

レオナルドに『三博士の礼拝』でまず空を描き、それから核となる人物や廃墟の一部を描いた。そこで筆をおいてしまう。

なぜか。一つ考えられるのは、完璧主義者であるがゆえに、とても手に負えないと感じてしまったということだ。ヴァザーリはレオナルドの未完の作品について、挫折したのは作品の構想が「あまりにすばらしいと同時に難解」で、完璧に形にするのが不可能であったからだ、と説明している。「思い描いた完璧な作品を、自らの手で実現することはできないと感じてしまった」。ロマッツォも評伝のなかで「レオナルドが描きはじめた作品を一つも完成できなかったのは、構想があまりに崇高だったため、他人からみれば奇跡のようなすばらしい絵でも納得できなかったためだ[32]」。

とりわけ『三博士の礼拝』を完成させるのは至難の業だった。当初の下絵には六〇人以上の人物が描かれている。描き進めるなかで背景の戦士や人夫の数を減らしたものの、それでも三〇人以上残った。しかもレオナルドはばらばらの個人の寄せ集めではなく、絵のなかの物語にまとまりをもたせるために、互いの感情がぶつかり合う様子を表現するつもりだった。

さらに難しいのが光の表現だ。レオナルドの光学へのこだわりを考えれば、なおさらだ。一四八〇年頃のノートには、ブルネレスキがフィレンツエの大聖堂のドームを建設するのに使ったクレーンの仕組みが描かれ、そのページの隅に光線が人間の目の表面に当たり、眼球の中で焦点が絞られる様子がスケッチされている[33]。『三博士の礼拝』では、救い主とともに空から降りてきた光の強さと、その反射光がさまざまな影の色合いや濃さにどう影響するかを表現しようとしていた。「ある人物に反射した光が別の人物に与える効果、そして光、影、感情といった無数の変数をコントロールしなければならないことに気づいて怖じ気づいたのだろう」と、美術史家のフランチェスカ・フィオラーニは説明する。「他の画家と違い、レオナルドは光学的誤りを我慢できなかったのだから[34]」。

この絵を完成させるには、難しい反復作業を数えきれないほど繰り返す必要があった。三〇人の登場人物がすべて光を反射し、影を映す。しかもそれぞれが周囲の人物の光と影に影響し、また影響される。それに加えて一人ひとりが自らの感情を表すとともに、他者の感情に反応しなければならない。

もう一つ、レオナルドが作品を完成させられなかった根本的な理由がある。計画を立てるほうが、実行するよりも好きだったのだ。仕事を依頼する際に父親や顧客が契約で厳しく縛ろうとしたのも、二九歳になっていたレオナルドが目の前のことに集中するより、未来のことに気を取られやすいのをわかっていたからだ。レオナルドは勤勉さとは無縁の奔放な天才だった。

意図的かはわからないが、この性分は『三博士の礼拝』の右端に描かれた自画像と思われる人物にも表れている（【図3】〔59ページ〕と【図15】〔107ページ〕）。イエスを指さしつつそっぽを向いている少年のような男性がいるのは、ルネサンスの画家が好んで自画像を描いた場所である（ボッティチェリは一四七五年に描いた『三博士の礼拝』の同じ位置に自画像を入れている）。鼻や巻き毛など少年の外見的特徴は、評伝に書かれたレオナルドの特徴や、レオナルドの肖像とされるものと一致する。(35)

アルベルティは絵画のなかのこの少年のような存在を「解説者」と呼んだ。絵のなかにいるもののどこか浮いていて、情景に加わらずフレームの外の世界とつながっているような人物だ。少年の身体はイエスのほうを向き、手はその方向を指している。右足もそちらに動き出そうとしている。しかし頭はぐっと左のほうに向け、何かに気を取られているようだ。歩きだそうとして、ふと動きを止めている。目にはるか遠くを見つめている。情景の一部でありながら距離がある。その場にいるのに疎外されている、傍観者であり解説者だ。レオナルドと同じように世界の一部でありながら、そうではない。

修道院は他の画家に『三博士の礼拝』を依頼

絵の注文を受けた七カ月後、レオナルドからの持参金の支払いは止まった。制作をやめたのだ。まもなくフィレンツェを発ちミラノへと向かうとき、レオナルドは友人のジョヴァンニ・デ・ベンチ（ジネーヴラの兄）に未完の作品を託した。

サン・ドナート修道院はその後、ボッティチェリの愛弟子フィリッピーノ・リッピに代わりの作品を依頼した。リッピは師から宮仕えの極意も学んでいたようだ。ボッティチェリがかつて描いたものと同じように、リッピの『三博士の礼拝』にはメディチ家の人々らしき人物が描かれている。レオナルドには絵を描く際にパトロンにおもねる才覚がなく、未完の『三博士の礼拝』を含めてメディチ家へのオマージュを表した作品はない。ボッティチェリ、フィリッピーノ・リッピとその父であるフィリッポ・リッピがメディチ家から手厚い支援を受けていたのに対し、レオナルドがそのような庇護を受けなかった理由の一つはこのあたりにありそうだ。

フィリッピーノ・リッピは『三博士の礼拝』を制作する際、レオナルドの当初のデザインを踏襲しようとしたようだ。聖家族の前で王たちがひざまずいて贈り物を捧げ、大勢の見物人が周囲をぐるりと囲んでいる。右端にレオナルドとまったく同じポーズの解説者まで描き込んでいる。ただリッピの描いた解説者は夢見る若者ではなく、穏やかな年配の賢者だった。またリッピも人物のしぐさに工夫を凝らそうとした形跡はあるものの、レオナルドが思い描いたような興奮、エネルギー、情熱、あるいは心の動きといったものはまるで伝わってこない。

『荒野の聖ヒエロニムス』は二つの時期に描かれた

体と心の動きを結びつけることへのこだわりは、同じ時期に着手したと思われる別の作品にも表れている。[36]『荒野の聖ヒエロニムス』だ【図17】。やはり未完に終わったが、聖書をラテン語に翻訳した四世紀の神学者、聖ヒエロニムスが砂漠で修行する様子を描いている。ひねりながら大きく伸ばした腕には石が握られている。自らを罰するために、胸を叩くためのものだろう。足もとにはヒエロニムスに足のトゲを抜いてもらい、お供となったライオンが寝そべっている。ヒエロニムスはやつれて痩せ細り、神への許しを乞うのか、恥じるような表情を見せている。だがその目には内なる強さが宿っている。背景には岩場や霞《かすみ》のかかった風景など、レオナルドの特徴が表れている。

レオナルドの作品は、どれも描かれた人物の心理を映している。感情を表現しようという意欲の表れだろう。ただ『聖ヒエロニムス』ほど、それが強烈に出ているものはない。身体のねじれや片膝をついた姿勢など、全身から激しい感情が伝わってくる。またこれはレオナルドにとって初めての解剖学の知識を活かした作品だった。長年にわたって手を加えている様子からは、解剖学と芸術の探求が密接に結びついていたことがわかる。持ち前のこだわりの強さもあって、「画家は身体の内側から外側へと描いていくべきだ」とするアルベルティの指示を実践するうちに、それにのめり込んでいった。レオナルドはこう書いている。「画家が裸体を描くとき、身体の各部位を正確に表現するためには、神経、骨、筋肉、腱の構造を解剖学的に理解しておくことが不可欠である[37]」。

『聖ヒエロニムス』を解剖学的に見ると、一つ不可解な点がある。レオナルドがこの作品に着手した

【図17】『荒野の聖ヒエロニムス』

のは一四八〇年頃なのに、ずっと後になるまで知りえなかった知識が反映されているのだ。たとえば一五一〇年に行った人体解剖で初めて知った情報である。一番わかりやすいのは首だ。肉体を描いた初期の作品や、一四九五年頃に制作した『最後の晩餐』の下絵【図18】に出てくるユダを見ると、鎖骨から首の脇へ伸びる胸鎖乳突筋《きょうさにゅうとつきん》の描写が間違っている。本当は二本の筋肉でできているのに、一本しか描かれていない。一方ウィンザー城のロイヤル・コレクションに含まれる、一五一〇年に制作された人体解剖のデッサンでは、この筋肉が正しく描かれている[38]【図19】。聖ヒエロニムスの首には二本の筋肉が浮き出ている。一五一〇年まで知らなかったはずの解剖学的知識が、なぜ一四八〇年の作品に表れているのか[39]。

ウィンザー城の館長、マーティン・クレイトンが説得力のある説を示している。レオナルドの『聖ヒエロニムス』の制作には二段階あったというのだ。第一段階は一四八〇年頃、そして第二段階は一五一〇年に解剖研究を行った後だ。クレイトンの説は赤外線分析で裏づけられている。この分析によって当初の下絵には首の筋肉は二本なく、最終的に描かれた二本では他の部分とは違う画法が用いられていることが明らかになった。「聖ヒエロニムスの身体の大部分は、最初に輪郭が描かれた二〇年後に加筆されている。しかもそこには一五一〇年冬に行った人体解剖でレオナルドが発見

【図18】1495年のデッサン。首の筋肉の描写が誤っている

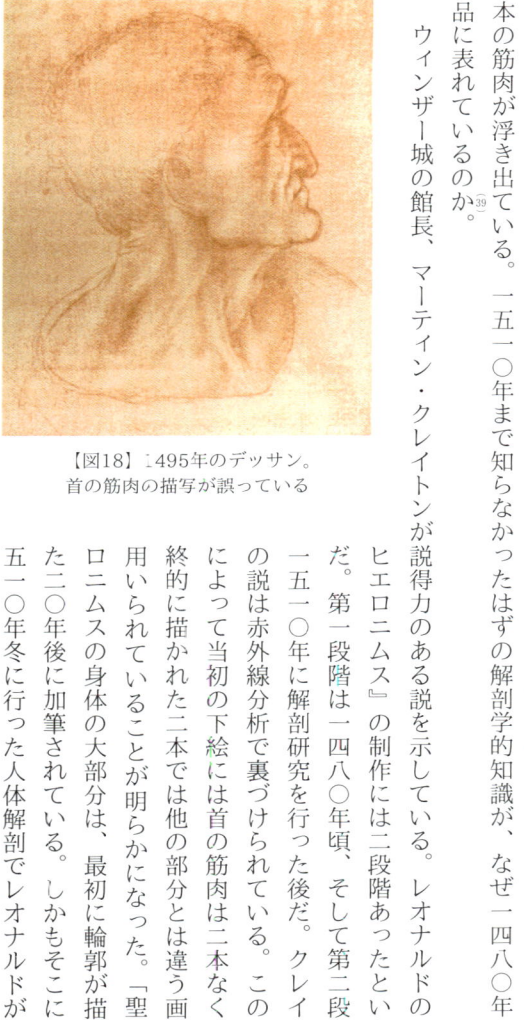

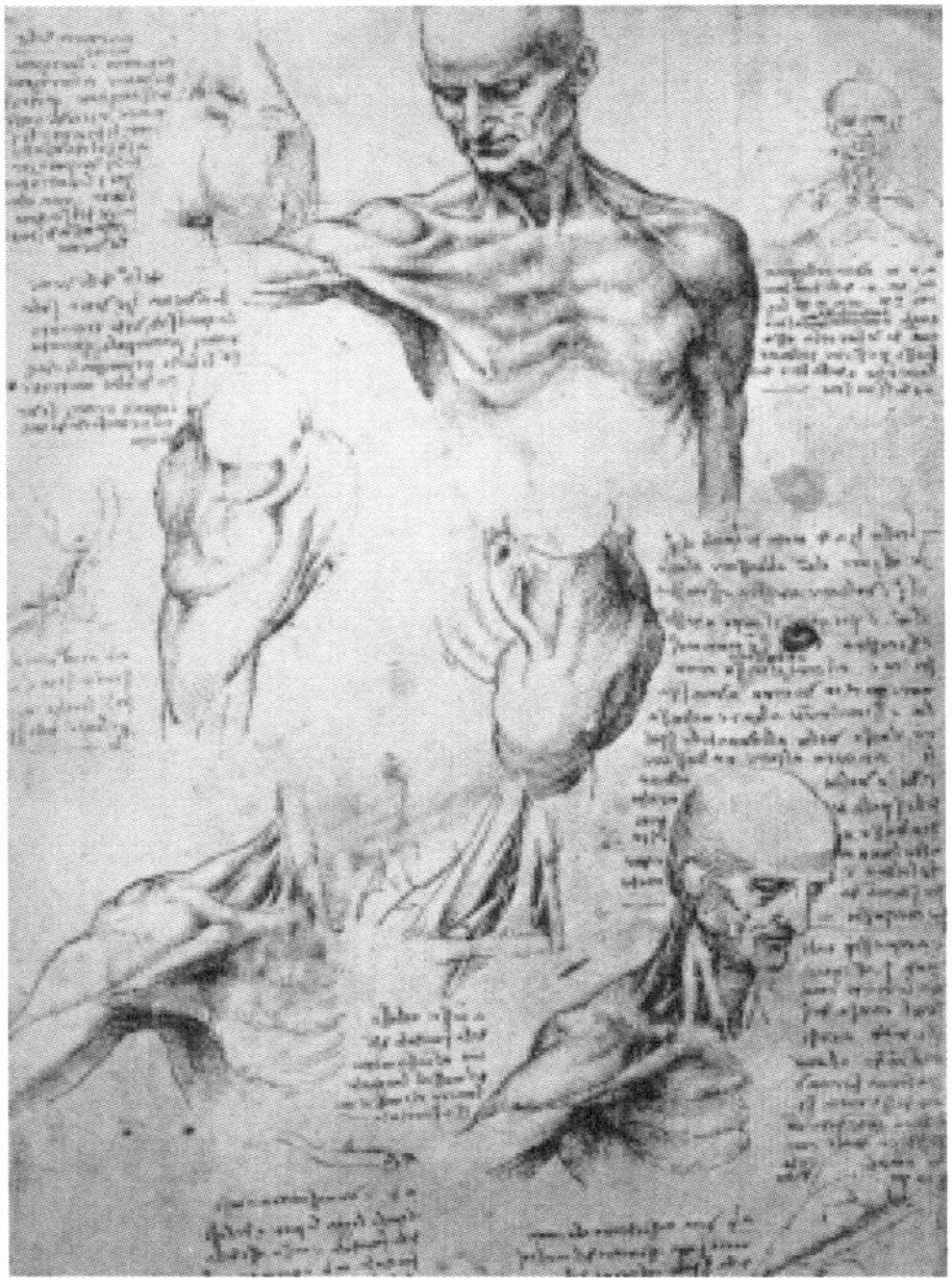

【図19】1510年頃の解剖のデッサン。
首の筋肉が正しく描かれている

した事実が反映されている」とクレイトンは指摘する。[40]

この点が重要なのは、『荒野の聖ヒエロニムス』の制作過程が明らかになるためだけではない。レオナルドのあてにならない仕事ぶりは、実は作品を途中で放り出すためではなく、完璧に仕上げるためであることを示している。だから手を加えるために、多くの作品をいつまでも手元に置いたのである。

完成したのに依頼主に引き渡さなかった作品もある。たとえば『ジネーヴラ・デ・ベンチの肖像』や『モナリザ』だ。気に入った作品は抱え込み、引っ越しのたびに持ち歩き、新しいアイデアが浮かぶたびに向き合った。『聖ヒエロニムス』がそのように描かれたのは明らかで、『東方三博士の礼拝』についても同じように考えていたのかもしれない。ジネーヴラの兄に預けたものの、決して売ったり人に譲ったりはしなかった。

レオナルドは作品を手放すのを嫌がった。だから亡くなったときも傑作の一部が枕元に残っていたのである。容易に作品を完成したとみなさず、いつまでもしがみつこうとするレオナルドは歯がゆくもあるが、目を開かれるような思いもする。新たな知識や技法を学んだり、新たなひらめきが浮かぶ可能性は常にあることを、レオナルドはわかっていた。事実、そのとおりであった。

心の動きを描く

『東方三博士の礼拝』や『荒野の聖ヒエロニムス』は完成しなかったものの、レオナルドがまったく新しいスタイルの絵画を生み出そうとしていたことをはっきりと伝えている。根底にあるのは物語絵画のみならず肖像画も、人間心理を描く手段であるという考えだ。このようなアプローチはパレードや舞台芸術、宮廷の饗宴などを好んだことと関係がある。レオナルドは役者が感情をどう表現するかに目を凝らし、観客の口の動きや目つきから心の動きを読み取っていた。イタリア人が今も昔も派手なジェスチャーを使うことも好都合だった。レオナルドは好んでそれをノートに描きとっている。

レオナルドは「moti corporali」(体の動き)だけでなく、「atti e moti mentali」(心の状態や動き)を描き出そうとした。[41] なにより重要なのは、両者を結びつける卓越した技を持っていたことだ。これは『東方三博士の礼拝』や『最後の晩餐』など、多くの人物の動きやしぐさが盛り込まれた物語絵画で特に顕著だが、『モナリザ』のような静謐《せいひつ》な肖像画にもこの才能は表れている。

「心の動きを描くこと」は、目新しい概念ではなかった。大プリニウスは「対象の心理、感情、人格、情熱までを描き出した初めての画家」として、テーバイのアリステイデスを高く評価している。[42] アルベルティも『絵画論』のなかで、このような考えを明確に述べている。「魂の動きは、身体の動きを通じて表現すべきである」と[43]。

レオナルドはアルベルティの絵画論に心酔し、その教えをたびたびノートで引用している。「すぐれた画家は、基本的に次の二つを描かなければならない。人間とその心のありようである。前者は簡単で、後者は難しい。なぜなら後者は四肢のしぐさや動きを通じて伝えなければならないからだ」[44]。自らも絵画論を書こうとしていたレオナルドは、そのためのメモでこの考え方をさらに発展させていく。「描かれた動きは、人物の心理状態に合致しなければならない。人物の動きや体勢は、真の心の状態をそのまま映すこと。動作は心の動きを表すこと」[45]。

内なる感情の動きを外形的に表現しようとする熱意は、芸術活動だけでなく解剖学の研究の原動力にもなっていた。脳や脊髄からどの神経が出ているか、それぞれがどの筋肉を動かすのか、表情の動きはそれらとどのように連動しているのか。脳を解剖するときには、知覚と感情と動作がどうつながっているかを調べた。晩年には脳や神経がどのように感情を動作に転換するのか、とりつかれたように探求した。そうして生まれたのがモナリザの微笑である。

いき詰まりから鬱状態に

レオナルドが感情表現にのめり込んだ一因は、彼自身が情緒不安定に悩まされていたことにある。『東方三博士の礼拝』や『荒野の聖ヒエロニムス』を完成できなかった原因は鬱症状にあり、また完成できなかったことで症状がさらに悪化した可能性もある。一四八〇年頃のノートには落ち込んだ気持ちや苦悩を書き綴っている。水時計と日時計をスケッチしたページには、作品を完成させられない苦しみを吐露している。「惨めな日々を数える道具に不足はない。本来であれば、いたずらに時間を浪費せず、人々の記憶に残る作品を生み出す喜びを感じているはずの日々なのに」[46]。それ以降、新しいペン先を試してみるとき、あるいは無為に時間を過ごしているときに、同じフレーズを繰り返し書いている。「いまだかつて完成した作品などあるのなら、教えてくれ……教えてくれ……教えてくれ」[47]。心の叫びを書き留めたこともある。「生き方を学んでいると思っていたのに、本当は死に方を学んでいたのだ」[48]。

この時期のノートには、心に残った他者の言葉も書き残している。たとえばレオナルドのために詩を書いてくれた友がいる。「レオナルド、なぜそんなに悩むのか?」と[49]。別のページにはヨハネスという人物の言葉を書き留めている。「大いなる苦しみなくして完璧な才能など手に入らない。栄光も勝利もすべて消え去る」[50]。同じページにはダンテの『神曲　地獄篇』が引用されている。

さあ、おまえは怠惰を捨てねばならぬ。
羽根布団の上に坐り、
錦の掛布団の下に寝て、
名声の得られたためしはない。
名もあげずに生涯を終える者が、
地上に残す己の形見は、
いわば空の煙、水の上の泡だ。（平川祐弘訳）[51]

羽根布団の上に座り、錦の掛布団の下に寝て、空の煙ほどの形見すら残せていないと悲嘆にくれるレオナルドを尻目に、ライバルたちは成功を謳歌していた。作品を完成させられない悩みとは無縁のボッティチェリはメディチ家の寵愛を受け、『春』と『パラスとケンタウロス』という二つの大作を仕上げた。一四七八年にはジュリアーノ・デ・メディチを殺害し、兄のロレンツォを負傷させた者たちを断罪するような絵を発表した。一年後に首謀者の最後の一人が逮捕されたとき、レオナルドは絞首刑の様子をスケッチし、詳細なメモも取っている。まるでボッティチェリの作品と対になる絵の注文を期待しているかのように【図20】。だが結局メディチ家はその作品を別の画家に発注してしまっ

【図20】ベルナルド・バロンチェッリの絞首刑

た。一四八一年にローマ法王シクストゥス四世がフィレンツェなどからローマに有力な芸術家を呼び寄せ、システィーナ礼拝堂の壁にフレスコ画を描かせたときも、ボッティチェリは選ばれた。レオナルドは選に漏れた。

三〇歳の誕生日を迎えるころ、レオナルドの才能は揺るぎないものとなっていた。しかし、それを証明する材料はほとんどなかった。実績といえば、ヴェロッキオの絵画二点に優秀だが脇役的な助手としてかかわったこと、工房の一員としてこれといった特徴のない聖母像を数点描いたこと、あとは顧客に引き渡さなかった若い女性の肖像画が一点、未完の傑作二点だけである。

「フィレンツェでレオナルドほど修行を積んだ者が、野良犬のようなその日暮らしではなくまっとうな収入を得たいと思えば、町を去るしかなかった。この町は職人が一人前になると徐々に蝕み、消耗させていく」とヴァザーリは書いている。[52] 新たな一歩を踏み出すときが来ていた。レオナルドが疲れ果て、妄想や不安に苦しむ危うい精神状態にあったのは、フィレンツェを去ろうとしたこと、そして新たな支援者として望みを託したミラノ公への手紙にはっきりと表れている。

第四章　レオナルド、ミラノへ〝贈与〟される

外交上の贈り物となったレオナルド

三〇歳になった一四八二年、レオナルド・ダ・ヴィンチはフィレンツェを去り、ミラノへ向かった。そこで一七年を過ごすことになる。同行者は一五歳になっていたアタランテ・ミリオロッティ。かつてレオナルドにリラの弾き方を習った音楽家志望の少年は、生涯にわたって入れ替わりレオナルドに寄り添う若者たちの一人である。[1]

レオナルドはノートに「行程は約二九〇キロメートル」という、かなり正確な推計を書いている。フィレンツェにいた頃に、車輪の回転数を数えて距離を測る走行距離計のようなものを考案していたので、おそらくミラノに行く道で使ってみたのだろう。およそ一週間の旅路だった。

レオナルドはバイオリンに似た「lira da braccio（腕用のリラ）」を携えていった。評伝『アノニモ・ガッディアーノ』にはこうある。「偉大なるロレンツォはミラノ公にリラを献上するため、この楽器

の演奏に秀でたレオナルドをアタランテとともに派遣した」。リラには銀細工が施され、レオナルドが馬の頭の形に仕上げていた。

リラとその奏者であるレオナルドは、外交上の贈り物だった。ロレンツォ・デ・メディチはイタリアの都市国家間に渦巻く敵対関係や同盟関係を生き抜くうえで、フィレンツェの洗練された文化が武器になると考えていた。ボッティチェリなどお気に入りの芸術家はローマ法王に取り入るためにローマへ、ヴェロッキオらはヴェネツィアへと派遣した。レオナルドとアタランテはおそらく一四八二年二月に派遣された、ベルナルド・ルチェッライ率いる外交使節団のメンバーだったのだろう。ルチェッライは有力な銀行家であり、芸術の庇護に熱心で、哲学にも造詣が深かった。ロレンツォの姉と婚姻関係にあり、ちょうどこの頃フィレンツェの駐ミラノ大使に任命された。(2) ルチェッライは手記のなかで初めて「権力の均衡」という言葉を使い、フィレンツェ、ミラノなどのイタリアの都市国家と、ローマ法王、フランス、神聖ローマ帝国の果てしない対立と変化する同盟関係を論じている。支配者たちは軍事面だけでなく、文化の面でも競いあっていた。レオナルドはその両面に活躍の場を見いだそうとしていた。

レオナルドは所持品をほぼすべてまとめてミラノに旅立っている。もう帰ってこないかもしれないという思いがあったのだろう。ミラノに着いた直後に作った財産目録からは、運べる作品はすべて運んできた様子がうかがえる。顔を上げるアタランテに加えて、スケッチのリストには次のような項目が並ぶ。「自然の草花、聖ヒエロニムス、暖炉のデザイン、ペンで描いたキリストの頭部、聖セバスティアヌス（八枚）、さまざまな体勢の天使、美しい髪を持つ横顔、船用の装置、水用の装置、老人の首や頭部（多数）、完全な裸体（多数）、完成した聖母像（一枚）、ほぼ完成した聖母の横顔（一枚）、巨大な顎を持つ老人の頭部、キリスト受難劇のレリーフ」。ほかにもまだたくさんある。[3] リストに暖炉のデザインや船や水用の装置が含まれていたという事実は、レオナルドがすでに芸術家としてだけでなく、技術者としても活動していたことを示している。

廷臣の身分を求めて

当時のミラノの人口は一二万五〇〇〇人と、フィレンツェの三倍だった。レオナルドにとってそれ以上に重要だったのは、君主制を敷いていたことだ。フィレンツェではメディチ家が芸術を手厚く保護していたとはいえ、詰まるところは一銀行業者であり、影から政治を支配していた。だがミラノは違った。商人による共和制ではなく、二〇〇年にわたって軍事的独裁者が支配する都市国家が続いてきた。ミラノ公は世襲制で、最初はヴィスコンティ家の、その後はスフォルツァ家の当主が務めた。壮大な野心とは裏腹に、その地位は盤石ではなかった。このためミラノ公の宮廷は多くの廷臣、芸術家、音楽家、役者や芸人、工芸家、狩猟家、動物の調教師、技術者など、君主の威光と正当性を誇示するのに役立つような人材で溢れていた。レオナルドは強いリーダーと、その周囲に吸い寄せられる多様な才能に惹かれた。また安定した廷臣の身分を求めていた。つまり彼にとって、ミラノの宮廷は完璧な場所だったのだ。

レオナルドがやってきたとき、ミラノを支配していたのはルドヴィーコ・スフォルツァだ。レオナルドと同じ三〇歳。色黒の不愛想な男で「イル・モーロ（ムーア人）」と呼ばれた。当時はまだミラノ公ではなかったが、実質的な支配者として君臨し、まもなく名実ともにミラノ公となった。ルドヴィーコの父、フランチェスコ・スフォルツァは、傭兵の非嫡出子から成りあがった。徐々に力を蓄え、ヴィスコンティ家が消滅すると一四五〇年に自らミラノ公となった。フランチェスコが死ぬと、ルドヴィーコの兄が後継者となったが、まもなく暗殺され、当時七歳の息子がミラノ公となった。ルドヴィーコは摂政となり、少年の母親を排除して一四七九年に実質的なミラノの支配者となった。そして哀れな甥を無力化し、その支持者を処刑するなどして追い詰め、最終的に毒殺したとされる。ルドヴィーコが正式にミラノ公となったのは一四九四年のことだ。

無慈悲な現実主義者であったルドヴィーコは計算高く、残酷な本性を慇懃無礼な教養人の仮面で隠していた。ルネサンス期の傑出した人文主義者、フランチェスコ・フィレルフォに絵画と文筆の手ほどきを受けた彼は、有力な学者や芸術家をスフォルツァ城に集めることで自らの、そしてミラノ公国の権力と威信を高めようとした。また一族の支配を正当化するため、父フランチェスコの巨大な騎馬像の建造をもくろんでいた。

フィレンツェと違ってミラノには優秀な画家がそれほど多くなく、レオナルドには活躍の機会が広がることを意味した。また近隣のパヴィアに優れた大学があったことから、さまざまな分野の学者や知識人がそろっていたことも知識欲旺盛なレオナルドにとっては魅力だった。パヴィア大学は正式な設立は一三六一年だが、その起源は八二五年にさかのぼり、ヨーロッパでも屈指の法学者、哲学者、医学者、数学者がそろっていた。

ルドヴィーコは欲しいものには惜しげもなくカネを使った。スフォルツァ城の自らの居住区の改修に一四万デュカート、鷹狩り用の鷹、猟犬、馬には一万六〇〇〇デュカートを投じた（※注）。一方、お抱えの知識人や芸術家に対してはしみったれで、占星術師の年給は二九〇デュカート、政府高官は一五〇デュカート。レオナルドの友人となる芸術家兼建築家のドナート・ブラマンテは年給が六二ドゥカートしかもらえないとぼやいている。(4)

軍事技術のプロとして売り込む

レオナルドがルドヴィーコに宛てて、本書の冒頭で紹介した求職の手紙を書いたのは、おそらくミラノに到着したすぐ後だろう。フィレンツェを発つ前に書いたという説もあるが、そうではなさそうだ。手紙の中ではスフォルツァ城に隣接する公園や、フランチェスコ・スフォルツァの騎馬像の建造計画に言及しており、レオナルドが手紙を書く前にしばらくミラノに滞在していたことが読み取れる。(5)

当然ながら、手紙はふだんの鏡文字では書かなかった。ノートに残っている下書きは、おそらく代書人か達筆な助手の一人が書いたのだろう。左から右というふつうの書式で書かれ、いくつか修正の跡が残っている。(6)全文を見ていこう。

高名なる閣下

私は、兵器専門家を自称する者たちの発明を吟味し、それらが当たり前に使われているものと何ら変わりのないことを確認いたしました。つきましては僭越ながら、私自身の発明を閣下にご披露し、お役に立てればと存じます。

※注　二〇一七年の金価格に換算すると一億九〇〇〇万ドル分に相当

一　きわめて軽量で強靭な橋梁。持ち運びが容易で、敵の追撃、退避に有効です。火や戦闘に強く、設置や撤去が簡単な橋梁、および敵の橋梁を燃やし、破壊する方法も考案しました。
二　包囲戦において敵城の濠《ほり》の水を抜く方法。橋梁、覆道、はしごなど状況に応じた攻略設備。
三　固い地盤に造られたどんな要塞でも破壊する方法。包囲した敵城が高い斜堤あるいは優位な立地条件のために砲撃では陥落しない場合に役立ちます。
四　雹《ひょう》が降り注ぐように小石を敵陣に浴びせられる大砲。持ち運びが容易で、煙も出るので、敵に脅威を与えて攪乱できます。
九【レオナルドは下書きでこの項目を前のほうに移している】海上戦で威力を発揮する、多種多様な攻撃用および防御用装置。どれほど大きな銃、火薬、煙による攻撃にも耐えられる戦艦。
五　目的地に到達するための地下トンネルや秘密の通路を、音を立てずに建設する方法。堀や川の下をくぐることも可能です。
六　難攻不落な武装馬車。敵陣の火砲をものともせずに突破します。この馬車の前にはどんな軍勢も無力で、自軍の歩兵部隊を背後につければ安全に移動させられます。
七　必要とあれば、一般に使われているものとはまるで違う、美しさと実用性を兼ね備えた大砲を建造します。
八　砲撃という手段が使えない場合には、一般には使われていないような石弓、大投石機、鉄菱などの効果的な武器を提案します。
一〇　平時には公用、私用の建築物はもちろん、水路の設計で誰にも負けない完璧な仕事をいたします。

彫刻は大理石、ブロンズ、粘土のいずれも制作できます。また、どんな絵でも描いてみせます。相手が誰であろうと、決して遜色のないものを。

閣下の御父上とスフォルツァ家の不朽の栄光と名誉を称えるブロンズの騎馬像も建造いたします。

ここに挙げたもののうち、不可能あるいは実行性に欠けると思われるものがありましたら、いつでも城内の庭園あるいはお望みの場所で閣下のお目にかけたいと存じます。


レオナルドはそれまでに描いた絵画について、ひと言も触れていない。ミラノに派遣された表向きの理由、つまり楽器のデザインや演奏といった能力にも。売り込んでいるのは主に、軍事技術のプロという偽りの顔である。一つには、ルドヴィーコに取り入るためだったのだろう。スフォルツァ家はもともと力ずくで権力を奪取しており、その後も絶えず国内の反乱やフランスからの侵略の脅威にさらされていた。もう一つの原因はちょうどこの時期、絵筆を握るのに嫌気がさしていたためだ。レオナルドは何度かそういう時期に陥っている。躁と鬱のあいだで気分が激しく揺れ動くなか、実績のある兵器デザイナーであるという空想にとりつかれたのだろう。

手紙でアピールした「実績」は、いずれも願望でしかなかった。戦場に赴いたこともなければ、手紙に挙げた兵器の一つたりとも実際に制作したことはない。それまでに作ったものといえば、兵器の概念的なスケッチだけであり、その多くは実用的というより空想的だった。

つまりルドヴィーコへの手紙は、技術者としての能力を示す信憑性のある経歴書ではなく、レオナルドの願望や野心の表れと見るべきだろう。ただ手紙の内容は、完全なはったりではなかった。そうであったなら兵器開発が最重要課題の一つであったミラノではすぐに底が割れていただろう。ミラノに腰を落ち着けたあと、レオナルドは本気で軍事技術に取り組み、革新的な装置のアイデアをいくつか考案している（やはり実用目的なのか空想なのか、判然としないものが多かったが[7]）。

空想上の武器

レオナルドはフィレンツェにいた頃に、おもしろい兵器のアイデアをいくつかスケッチしている。その一つが、はしごを使って城壁を登ってこようとする敵の兵士を振り落とす仕掛けだ[8]【図21】。壁の内側で大きなレバーを引っ張ると、棒が壁の穴から飛び出し、はしごを突き倒す。スケッチにはレバーと棒の連結部分の拡大図のほか、四人の兵士がロープを引っ張りながら敵の動きに目を光らせる場面が生き生きと描かれている。

関連するアイデアとして、城壁のてっぺんまで登ってきた敵の兵士を切り倒す、プロペラのかたちをした装置がある。歯車と軸を使ってヘリコプターの翼のような刃を回転させると、壁を登ってきた不運な兵士がぶった切られるわけだ。また攻撃用として、要塞のような敵の城壁に覆道をかけるための武装した戦車をデザインしている[9]。

印刷機が普及しはじめたおかげで、ミラノでは新たな情報を仕入れることができた。一三世紀の科学者ロジャー・ベーコンの著書からもアイデアを借用している。この本には「馬を使わない荷馬車、水上および水中歩行用の装置、人工翼の中央に人間を配置して飛行を可能にする装置[10]」など独創的な兵器が列挙されており、レオナルドはそのすべてに脚色を加えている。ロベルト・ヴァルトゥリオの『軍事技術論』も熟読した。この論稿には斬新な兵器の木版画が満載されており、一四七二年にラテ

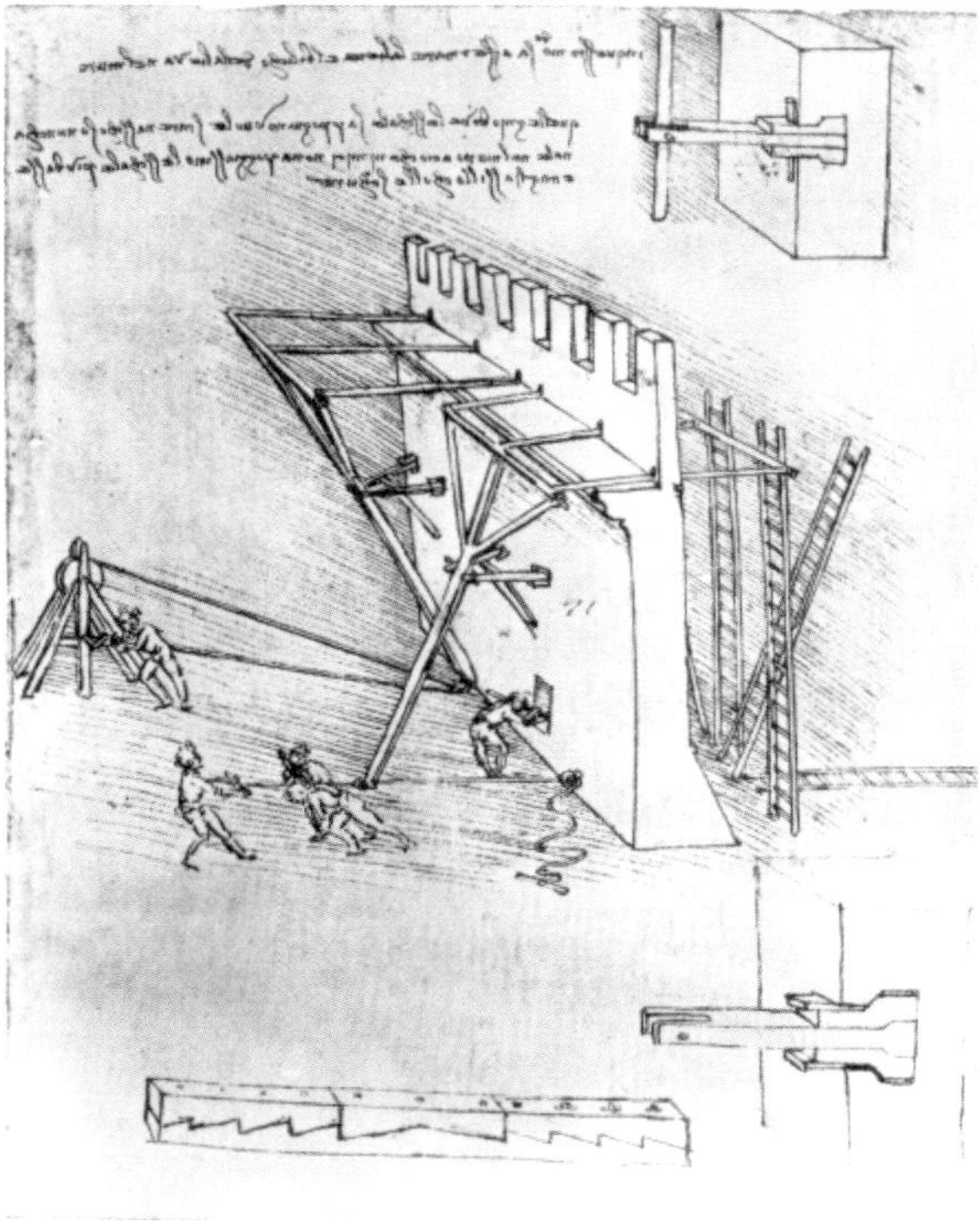

【図21】敵のはしごを倒すための装置

ン語で出版され、レオナルドがミラノに着いた翌年の一四八三年にはイタリア語版が出ている。レオナルドは両方を買い求め、書き込みを入れたり、両方を見比べてラテン語を覚えようとした形跡がある。

　ヴァルトゥリオの『軍事技術論』はレオナルドの想像力に火をつけた。たとえば回転式の巨大な鎌を付けた荷馬車の図が出てくる。ただヴァルトゥリオ版はややおとなしく、無骨な馬車の車輪に一つずつ、ごくふつうの鎌が取りつけられているだけだ[11]。それがレオナルドの手にかかると、格段

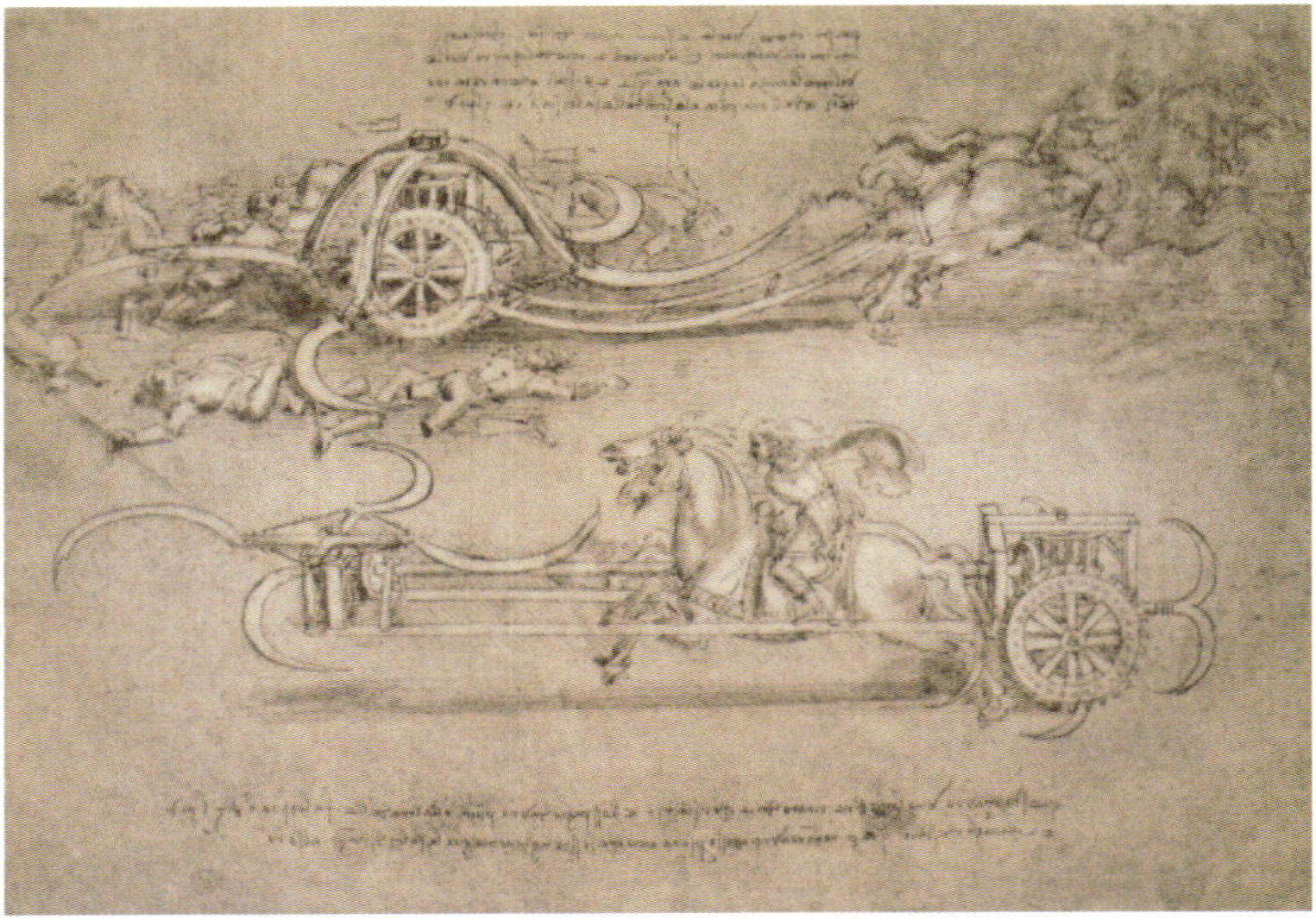

【図22】大鎌を装備した戦車の二つの案

に凶悪な大鎌付き戦車となった。見る者を恐怖に陥れるようなこのスケッチは、軍事関連の作品のなかでもよく知られている[12]。

ミラノに到着してすぐに描かれたと見られる一連のスケッチでは、車輪からおそろしい刃が突き出ている。馬車の前方と後方では、回転軸に取り付けられた四枚の刃がまわっている。軸や車輪と歯車の接続部まで詳細に描いており、芸術的に美しいが、どこか神経に障る。疾走する馬やマントをなびかせる騎手は躍動感にあふれ、ハッチング線によって生み出された影や立体感は美術館に飾られていてもおかしくない。

特に有名なのが『大鎌を装備した戦車の二つの案』だ[13]【図22】。走っている戦車の手前には、二つの遺体が転がっており、切断された足が周囲に散らばっている。奥には、まさに真っ二つにされようとする二人の戦士が描かれている。誰からも愛された

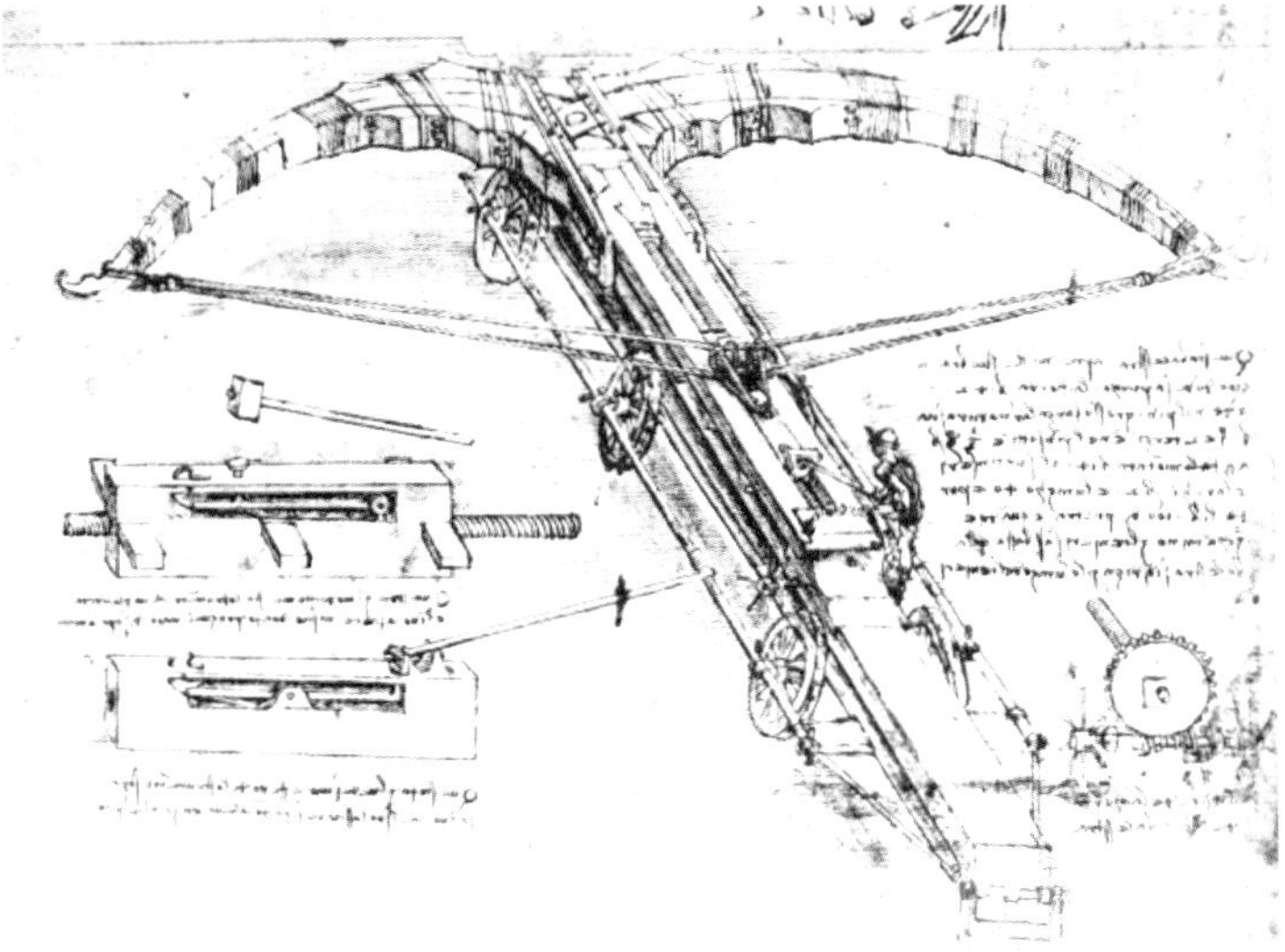

【図23】巨大な石弓のデッサン

穏やかなレオナルド、生き物への愛情から菜食主義者になった心優しい若者が、身の毛もよだつような死の場面を夢中で描いている。これも内面の混乱の表れと言えるだろう。心の中の暗い洞穴には、悪魔のような想像力が眠っていた。

レオナルドが構想したものの制作しなかった武器としてもう一つ有名なのが、一四八五年頃にミラノで描いた巨大な石弓だ[14]【図23】。これもまた実用と空想の境界上にある。図面上の石弓はまさに巨大で、全長二四メートルもある。この装置を戦場に運ぶ、四輪付きの台車も同じ大きさだ。石弓がどれほど大きいかを示すため、石を発射しようとしている兵士を小さく描いている。

比例の法則を探求することにおいても、レオナルドは先駆者だった。一つの変数（石のエネルギー）は別の変数（レバーの長さ）に比例して、どう変化するのか。巨大な石弓を使えば大きな物を投射できる、あるいは同じ大きさのものなら長い距離を投射できるだろう、と正しく推測したうえで、弓を引っ張る長さと石に伝わる力の相関を導き出そうとした。最初は弓を引く長さを二倍にすれば、伝わる力も二倍になると考えた。だがその後、弦《つる》を引っ張ったときの弓の曲がり具合によって、比率に影響が出ることに気づいた。さまざまな計算を繰り返し、ようやく投射物に伝わる力は、引いたときの左右の弦の角度に比例するという結論に達した。弓を少し引くと、左右の弦の角度は（たとえば）九〇度になる。もっと強く引くと、四五度まで狭まる。そのとき石に伝わる力は九〇度のときの二倍になる、というのがレオナルドの考えだった。これは一〇〇％正確ではない。三角法を知らなかったために、精緻な計算ができなかったのだ。ただ概念的には惜しいところまでいっていた。幾何学的な図形を使って、自然の力を推計するという発想にたどり着いたのだから。

レオナルドの設計では、弓は木材を層状に組み合わせていた。ラミネート（積層）加工のはしりで、それによって弓はしなやかで弾力があり、壊れにくくなる。弦を引くときは、歯車とネジでできた巨大な装置に結んだロープを引っ張る。この部分の拡大図はスケッチの右端にある。このような仕組みにすることで「一〇〇ポンド（約四五キロ）の石を飛ばせる」とレオナルドは書いている。この頃にはすでに火薬が使われるようになっており、機械式の石弓は時代遅れになると思われていた。しかしこの石弓がうまく機能すれば、火薬を使う大砲より安価で簡単で、しかも音も静かだったはずだ。

大鎌付きの戦車と同じように、巨大な石弓についてもやはり「レオナルドはどこまで真剣だったのか」という疑問が湧いてくる。単にルドヴィーコに取り入るための、机上の空論にすぎなかったのか。これも独創的な発明がいつのまにか空想に変わってしまった、あまたの例の一つなのか。私はレオナルドの提案は真剣なものだったと思う。準備の下絵は三〇枚を超え、歯車、ネジ、軸、引き金などの部品を精巧に描いている。それでもやはりこの石弓は発明ではなく、空想の範疇に含めるべきだろう。ルドヴィーコ・スフォルツァがこの石弓を製作することはなかった。二〇〇二年にようやく、とあるテレビ番組の特別企画として日の目を見たが、現代の技術者が苦心して作りあげた石弓は使いものにならなかった。レオナルドは生涯を通じて、さまざまな絵画、記念碑、発明の構想を描いたものの完成させなかったことで知られる。巨大な石弓もその一つだ(15)。

一四八〇年代に考案し、スケッチを描いた兵器のほとんどについて同じことが言える。ルドヴィーコへの手紙で約束した「難攻不落な武装馬車」は、少なくとも紙の上では設計している。武装した戦車は亀と円盤のあいのこのようで、敵の弾丸などを避けるように金属板が斜めに立てかけてある。内部には兵士が八人おり、一部は戦車を前進させるクランクをまわし、残りは四方八方に大砲を発射している。しかしこの設計には一つ、重大な欠陥がある。クランクと歯車をよく見ると、前輪と後輪が逆方向に走るようになっている。自分がいなければ戦車が作れないように意図的に欠陥を仕込んだ可能性もあるが、いずれにせよ問題にはならなかった。戦車が建造されることはなかったからだ。

ルドヴィーコへの手紙では「一般に使われているものとはまるで違う、美しさと実用性を兼ね備えた大砲」も約束している。その試作品の一つが「アルキトロニト」と呼ばれる蒸気砲である。レオナルドはその考案者をアルキメデスとしており、ヴァルトゥリオの『軍事技術論』にも登場している。大砲の砲身部分を石炭で超高温に加熱し、砲弾のすぐ後ろにわずかな水を注入する。そのまま一、二秒すれば十分な水蒸気がたまり、圧力によって砲弾が数百メートル先まで飛ぶ、という仕組みだ(16)。それとは別に、たくさんの火砲を束ねた装置も考案している。一つの装置につき一一台の火砲を並べ、一台を冷まして火薬を装填するあいだに他を撃つ。いわば機関銃の前身だ。[17]
ノートに書きつけられた数多くのアイデアのうち、実際に戦場で使われたものが一つだけある。一四九〇年代に考案した「ホイールロック」だ。マスケット銃など小型銃の点火装置で、これについてはレオナルドを発明者と見てまちがいない。引き金を引くと、ゼンマイが動いて鋼輪（ホイール）が回転する。それが石にこすれて火花が生じ、火薬に点火する仕組みだ。レオナルドはゼンマイ動力で動く鋼輪など、それまでに発明した部品を組み合わせている。当時レオナルドの家に住み込んでいた助手に、ジュリオ・テデスコ（ドイツ人のジュール）と呼ばれる錠前師兼技師がいた。この人物が一四九九年に母国に戻り、レオナルドの技術を広めたとされる。ホイールロックはこの時期、イタリアとドイツで普及し、戦地に加えて個人による銃の使用が広がるきっかけを作った。[18]

実現した唯一の軍事プロジェクト

レオナルドの独創的な巨大な石弓や亀のような戦車は、空想から発明を生み出す才能の表れといえる。しかし想像を現実に変えるまでには至らなかった。考案した巨大な兵器は、一つたりともルドヴィーコ・スフォルツァに採用されることはなかった。そもそも一四九九年にフランス軍が侵攻するまでミラノが戦争に巻き込まれることはなく、ルドヴィーコはフランス軍が攻め込んでくるとさっさとミラノを逃れている。結局レオナルドが本格的に軍事活動に従事するのは一五〇二年、ルドヴィーコ以上に曲者の独裁者、チェーザレ・ボルジアに仕えるようになってからだ。[19]
レオナルドがルドヴィーコのもとで手がけた唯一の軍事関連プロジェクトは、スフォルツァ城の防御力の査定だった。そこでは城壁の厚みは十分と評価しつつ、小さな開口部が城内への秘密の通路に通じており、そこから敵がなだれ込んでくるおそれがあると指摘した。ついでにルドヴィーコがめとったばかりの若き妻のために、最適な風呂の支度方法まで指南している。「熱湯三に対して冷水四」と。[20]

理想都市の設計

ルドヴィーコ・スフォルツァへの求職の手紙の終盤で、レオナルドは「建物の建築においても誰にも負けない」と売り込んでいる。ただミラノに来て最初の数年は、なかなか建築の依頼は来なかった。そこで建築への興味も兵器への興味と同じ方法で発散することにした。想像力あふれるビジョンをひたすら紙に描いたのだ。結局それが日の目を見ることはなかった。

最たる例は、理想都市のデザインである。これはルネサンス期の画家や建築家のお気に入りのテーマだった。ミラノでは一四八〇年代初頭に三年にわたって腺ペストが猛威をふるい、住民の三分の一近くが死亡した。科学者として鋭い嗅覚を持っていたレオナルドは、その原因が非衛生的な環境にあること、市民の健康は都市の衛生に左右されることを見抜いていた。

レオナルドは都市のデザインを少しばかり手直しするだけで満足するつもりはなかった。一四八七年には芸術的感性と都市計画のビジョンを組み合わせ、美と衛生に主眼を置いた新たな「理想都市」の建設という過激なアイデアを提唱している。「ヤギのように密集している住民を分散させ、異臭が充満し、疾病と死の温床となっている状況を解消するため[21]」、川沿いの一〇カ所に新たな町を建設し、ミラノの全住民を移転させるというのだ。

ここでも人体という小宇宙と、地球という大宇宙のアナロジーを使ってモノを考えている。都市は呼吸する生き物なので、その体内を血液が循環し、老廃物を排出するシステムが必要なはずだ、と。ちょうどそのころ人体における血液循環を研究しはじめたばかりだったので、そこから類推して商売の流れや廃棄物の流れなど、都市における最適な循環システムを構築しようと考えた。

ミラノの強みは水の供給が潤沢であったこと、そして水路を造り、山からの渓流や雪解け水を活用する技術が昔から受け継がれてきたことだ。レオナルドは街路や水路を一つの循環システムに統合することを思いついた。彼の描いた理想都市は二層式になっている。上の階は美観を重視し、歩行者が生活するための空間とする。一方、下の階は運河が流れ、商業、衛生、下水設備を備えている。

「都市の上層階では、美しいものしか目に入らないようにしよう」。幅の広い街路やアーケードは歩行者専用で、その両側には美しい邸宅や庭を並べる。伝染病が蔓延する一因となったミラノの狭い路地とは違い、新たな町の大通りは少なくとも家の高さほどの幅を確保する。道を清潔に保つため、中央に向かってなだらかな傾斜をつけ、雨水が下層階の下水循環システムに排出されるようにする。いずれもざっくりとした提案ではなく、きわめて具体的な指示を出している。「道路はすべて最低でも幅二〇ブラッチョを確保し、両端から中央に向かって高低差一ブラッチョの傾斜をつける。中央には一ブラッチョ間隔で、長さ一ブラッチョ、幅指一本分のすき間を設けて雨水が下層階に落ちるようにする」(※注)

上層階の陰に隠れる下層階には、物資を輸送するための運河や道路、倉庫、荷馬車用の路地、ゴミや「異臭のする物質」を流すための下水システムがある。住居はすべて上層階に正面玄関をつくり、下層階に御用聞きが出入りする勝手口をつくる。下層階には通風孔から明かりが入るようにし、「アーチの節目に上層階へとつながる螺旋《らせん》階段を設ける」。わざわざ螺旋階段と指定したのは、その形が好きなのに加えて、細部までこだわらずにはいられない性格のためだ。道の角《かど》には男性が用を足すためのスペースを作った。「角地はたいてい不潔になる。入口の空間には公衆便所に入る扉をつけること」。ここでもレオナルドの指示は微に入り細にわたる。「便器の座面は旋回式で、用を足したらおもりによって自然と元の位置に戻るようにする。利用者が息苦しくないように天井にはたくさん孔をあけること[22]」

レオナルドのデザインの多くがそうであったように、この都市計画も時代のはるか先を行っていた。ルドヴィーコは興味を示さなかったが、このケースに限ってはレオナルドの案は合理的で秀逸だった。その一部でも採用されていたら、都市は変容を遂げ、伝染病の災禍は収まり、歴史が変わっていただろう。

※注　一ブラッチョは約七〇センチメートル

第五章

生涯を通じて、記録魔だった

人間とその感情をひたすら記す

何世代も続く公証人の家系に生まれたためか、レオナルドには事細かに記録を残そうとする習性があった。観察したもの、さまざまなリスト、アイデア、スケッチを日常的にノートに書き込む習慣は、ミラノに到着してまもなく一四八〇年代初頭に始まり、生涯にわたって続いた。タブロイド紙ほどの大きさの紙に書いたものもあれば、ペーパーバック本ほどの大きさの革表紙のついたノートを使うこともあった。後者は常に持ち歩き、見聞きしたことを書き留めた。

ノートを持ち歩く目的の一つは、興味を引いた光景を記録するためだ。特に注目したのは人間とその感情である。「町を歩くときには人々の会話、口論、笑い、殴り合いといった場面や行動をよく観察し、記録し、吟味すること」という記述がある。(1) レオナルドの腰のベルトには、いつも小さなノートがぶらさがっていた。父親がレオナルドと知り合いだった詩人のジョヴァンニ・バッティスタ・ギラルディは、こう書いている。

レオナルドは人物を描こうとするとき、まずどのような社会的立場や感情を表現するかを考えた。高貴な人か平民か、陽気なのかまじめなのか、動揺しているのか落ち着いているのか、老いているのか若いのか、怒っているのか冷静なのか、善良なのか邪悪なのか。それが決まると、そういう人間が集まる場所に出かけていき、表情、立ち居振る舞い、身なり、しぐさを観察した。目当てのものが見つかると、いつもベルトに付けていたノートを取り出して記録した。(2)

ベルトに付けた小さなノートと、工房で使った大判の紙は、多種多様な興味やこだわりを映す鏡である。一枚の紙に雑多なアイデアが無秩序に詰め込まれている。技術者として知識を磨くため、偶然見かけた、あるいは頭に浮かんだ装置を描く。芸術家として、アイデアをスケッチしたり下絵を描いたりする。宮廷の余興の演出家として、衣装、舞台装置、上演する物語、気の利いたセリフなどを書き留める。余白にはやることリスト、出費の記録、興味を引かれた人々のスケッチなどの走り書きがある。科学の研究に熱が入るにつれて、飛行、水、解剖、芸術、馬、機械、地質といったテーマに関する論文の構想や文案も増えていく。ただ一つ抜け落ちているのは、個人的な心情や色恋にかかわる記述である。つまり、レオナルドのノートはアウグスティヌスの『告白』とは違う。おそろしく好奇心旺盛な探求者が、自らをとりまく世界の魅力を書き綴った記録である。

現存するのは約七二〇〇ページだが、実際はその四倍量あった

ルネサンス期のイタリアでは「ジバルドーネ」と呼ばれる雑記帳を持ち歩くのが流行していた。レオナルドもそれに倣ったわけだが、その内容は類例のないものだった。「人間の観察力と想像力のすさまじさを見せつける比類なき記録」[3]という評価にふさわしい。

現存する七二〇〇ページ以上のノートは、おそらくレオナルドが実際に書いたものの四分の一程度だろう。[4]それでも作成されて五〇〇年も経っていることを思えば、良く残っているほうだ。私がスティーブ・ジョブズの評伝を書いたとき、ジョブズと二人でかき集めることのできた一九九〇年代のメールやデジタル文書の割合より高い。レオナルドのクリエイティビティの生きた記録がこれほど残っているのは、まさに僥倖と言える。

ただいかにもレオナルドらしく、ノートは謎に満ちている。レオナルド自身が日付を書き込むことはめったになく、しかも順序はわからなくなってしまった。レオナルドの死後、ノートの多くはバラバラにされ、興味深いページだけ売られたり、さまざまな収集家がとりまとめたりした。収集家として最も有名なのが、一五三三年に生まれた彫刻家ポンペオ・レオーニである。

ノートのコレクションの一つが、現在ミラノのアンブロジアーナ図書館が所蔵している「アトランティコ手稿」である。これはレオナルドが一四八〇年代から一五一八年にかけて執筆したさまざまなノートから、レオーニが集めた二二三八ページから成る。大英図書館が所蔵する「アランデル手稿」には、一七世紀の収集家が集めたとされる同じ時期のノートが五七〇ページ含まれている。一方「レ

スター手稿」は、主に地質学と水に関する研究をまとめた七二ページの文書で、これは一五〇八年から一〇年にかけてレオナルドが書いたときのままのかたちで残っている。現在はビル・ゲイツが所有している。このように今わかっているものとして、イタリア、フランス、イギリス、スペイン、アメリカにレオナルドのノートを集めたコレクションは二五ある（巻末の主な参考資料に載せたレオナルドの手稿一覧を参照）。カルロ・ペドレッティをはじめ多くの研究者が、各ページの書かれた順序や日付を解明しようとしているが、レオナルドは昔書いたページの余白に後から書き込みをしたり、しまっておいたノートを引っ張り出してメモを追加したりしているので、なかなか難しい。(5)

習慣的にノートを書きはじめた頃、レオナルドは芸術や技術の探究に役立つと思ったアイデアだけを記録していた。たとえば一四八七年頃に使いはじめた「パリ手稿Ｂ」と呼ばれるノートには、潜水艦らしきもの、黒い帆を張ったステルス艦、蒸気砲、さらに教会や理想都市の設計図などが含まれている。一方、後年のノートは好奇心の赴くままに書かれており、そこからは科学的探究心の深さがうかがえる。物事が「どのように」動いているかだけでなく、「なぜそうなのか」を突き止めようとしているのだ。(6)

質の良い紙は高価だったため、レオナルドは一枚一枚をめいっぱい使った。一枚の紙にできるだけ多く、さまざまな分野の情報をでたらめに詰め込んでいるように見える。最初に書いてから何カ月、ときには何年も経ってから特定のページに戻ることも珍しくなかった。『荒野の聖ヒエロニムス』をはじめ多くの絵画でそうしたように、自らが成熟して知識が深まると、昔のノートに戻ってその内容を洗練させていった。

ノートにはさまざまな情報がでたらめに並んでいるようだ。レオナルドの意識とペンは、機械学に関する気づき、巻き毛や水の渦、顔のスケッチ、独創的な装置、解剖図へと次々に飛んでいき、それぞれに鏡文字でメモや考察が付けられている。それでも、このでたらめな羅列を眺めているとワクワクしてくる。万能の天才が芸術と科学の垣根を越えて自由奔放に駆けまわり、それを通じて宇宙の一貫性を感じているさまが伝わってくるからだ。レオナルドは自然を観察することで、一見無関係なもののあいだに共通するパターンを見いだした。彼のノートを見ることで、われわれにも同じパターンが見えてくる。

ノートの良さは、ちょっとした思いつき、生煮えのアイデア、粗いスケッチ、論文の草稿など、これから磨いていくべき原石を仮置きできることだ。これも発想が次々と飛躍するレオナルドには都合がよかった。彼の天才的なひらめきには、地道な努力や自己規律といった歯止めがかからないという難点がある。ノートの走り書きを整理し、磨きあげて出版するという意思をなんどか表明しているが、結局実現できなかった。芸術作品を完成できないのと同じように。絵画同様、書きはじめた論文もときどき修正や改良を加えたりするが、完成品として発表するところまではいかなかった。

本、老人、幾何学、そして山

レオナルドのノートを楽しむ方法の一つは、特定のページに集中してみることだ。一四九〇年頃に書かれた、三〇センチ×四五センチの少し大きめの一枚を見てみよう。ペドレッティはこれを「テーマ・シート」と名づけた。レオナルドが関心を持った多くのテーマが詰まっているためだ[7]（ここから

【図24】「テーマ・シート」

は【図24】を見ながら読みすすめてほしい）。

紙の中央からやや左寄りに、レオナルドがよく落書きで描いた人物像がある。勇者のような高い鼻と突きでた顎を持つ、いかつい顔の老人だ。トーガをまとった姿は高貴でありながら、どこか滑稽だ。一四八二年に作成した、ミラノに持ってきた財産の目録にも「巨大な顎を持つ老人の頭部」のスケッチという項目がある。これから見ていくとおり、このいかつい人物のバリエーションはノートに繰り返し登場する。

老人のすぐ下には、木の幹と葉っぱのない枝が描かれている。老人のトーガ（古代ローマの外衣）に溶け込んでおり、それらが老人の大動脈と動脈を表していることがわかる。レオナルドはアナロジーを自然の一貫性を理解する手がかりと考え、さまざまな類似形を探した。その一つが、樹木、人間の血管システム、川の本流と支流などに見られる枝分かれのパターンだ。枝の太さは木の幹、大動脈、川の本流の太さとどのような関係にあるのかなど、分岐システムをつかさどる法則性をレオナルドは熱心に研究した。ノートのこのページでは、人間と植物の分岐システムのあいだに類似性があることを示唆している。

老人の背中からは円錐形の物体が出ており、そのなかに正三角形など幾何学模様が描かれている。レオナルドはこの頃、「円積問題」と呼ばれる古代の幾何学者が定式化した問題に取り組みはじめていた。コンパスと定規だけを使って、与えられた円と同じ面積を持つ正方形を作図するという問題だ。代数はおろか算術すら苦手なレオナルドだったが、幾何学の勘はすぐれており、面積を変えずにある図形を別の図形に変形させるのは得意だった。このページのあちこちには幾何学的な図形が描かれ、同じ面積の部分に斜線をかけている。

老人の背中にくっついた円錐形は丘のように見えるので、そこからつながるように山並みが描かれている。レオナルドのなかで幾何学と自然がシームレスにつながっていること、また彼がどのような空間的思考をしたかがうかがえる。

この部分の流れを右から左へ（レオナルドが描いた方向）追っていくと、明確なテーマが浮かびあがってくる。まず葉のない木があり、それが老人の体となり、円錐の幾何学模様に変わり、最後に山の風景になる。四つはもともと独立した要素として描きはじめたものだろう。だが最終的に融合し、レオナルドの芸術と科学を貫く基本テーマを体現している。自然の一体感、そこに見られるパターンの一貫性、人体と自然の類似性といったものだ。

そのすぐ下にあるものは、わかりやすい。ルドヴィーコ・スフォルツァのための騎馬像が簡単に、それでいて生き生きと描かれている。わずかな筆遣いで、絵に動きと生命力を与えている。さらに下には、重そうな機械装置が二つある。説明書きはないが、騎馬像を鋳造《ちゅうぞう》するための道具かもしれない。少し右側にはほとんど見えないぐらい薄く、馬の歩く姿が小さく描かれている。

ページの下の折り目部分には、葉っぱの付いた茎が二本。植物学的な特性が精緻に描かれており、直接観察しながら写生したようだ。ヴァザーリはレオナルドが植物のデッサンに真剣に取り組んだと書いており、現存する絵はその観察力の鋭さを物語る。植物を正確に描くことへのこだわりが最も顕著に表れているのは、ルーブル美術館の所蔵する『岩窟の聖母』である(8)。自然のパターンと幾何学の融合というテーマはここにも見られ、茎の根元部分から曲線的に伸びた葉は、コンパスで描かれた正確な半円と重なっている。

ページの右端には、ふわふわとした積雲のデッサンがあり、それぞれの雲に異なる光や影がかかっている。その下には滝のように流れ落ちる水と、それによって穏やかな水面に広がる波紋を描いている。これはレオナルドが晩年まで描きつづけたテーマだ。他にもページのところどころに、教会の鐘楼、巻き毛、揺らめく葉っぱ、芝生からすっと伸びるユリの花など、レオナルドが繰り返し描いた図柄が見られる。

このページには、他の要素とは一切関係のなさそうなメモ書きがある。髪をダークブロンドに染める方法だ。「髪を褐色にするには、まず木の実を灰汁で茹でる。そこに櫛を浸して髪をとき、太陽に当てて乾かす」。宮廷で見せる宗教劇の準備かもしれない。だが私には、レオナルドには珍しいプライベートな書き込みに思える。すでに三〇代も終わりに近づいていたこの時期、白髪対策に頭を悩ませていたのかもしれない。

第六章

宮廷付きの演劇プロデューサーに

スフォルツァ宮の余興を手掛ける

レオナルド・ダ・ヴィンチはめでたくルドヴィーコ・スフォルツァの宮廷から声がかかるようになったが、それは建築家や技術者としてではなく、余興のプロデューサーとしてであった。フィレンツェのヴェロッキオの工房でショーの準備にかかわり、空想を舞台で表現する喜びに目覚めたことはすでに述べた。ミラノのスフォルツァ宮でも演劇をはじめとする催しが盛んであったので、この才能は大いに役立った。舞台のデザイン、衣装、背景、音楽、舞台装置、舞踊の振付け、シナリオ、自動機械や小道具の制作など、芸術と技術の両面においてさまざまなスキルが求められる仕事だが、レオナルドはそのすべてに創造力を刺激された。

それから何世紀も経った今となっては、レオナルドがそんな束の間の娯楽に時間と創造力を費やしたのは無駄に思える。見事な出し物であったことを伝える観劇レポートがわずかに存在するぐらいで、形あるものは何も残っていない。そうした時間はたとえば『東方三博士の礼拝』や『荒野の聖ヒエロニムス』を完成させるといった、もっと有益な活動に使うことができたはずだ。だが今日でもフットボールの試合中のハーフタイムショーが注目され、ブロードウェイのミュージカルが人気を集めるのと同じように、スフォルツァ宮で開かれるさまざまな催しはきわめて重要で、レオナルドをはじめとするプロデューサーは一目置かれていた。娯楽のなかには教育的効果のあるものもあった。たとえばアイデア・フェスティバルという催しだ。科学の実験、さまざまな芸術形態の比較論、独創的装置の展示などがあり、啓蒙時代にもてはやされる科学論や道徳論の片鱗が見られる。

歴史的、宗教的イメージを織り込んだ出し物には、スフォルツァ家による支配を正当化する狙いがあり、ルドヴィーコが事業として力を入れたのはこのためだ。建築家、機械工、音楽家、詩人、芸人、さらには軍事技術者までが動員された。こうした役割のすべてを果たせると自認していたレオナルドにとり、プロデューサーという役割はスフォルツァ宮に食い込む最良の手段だった。

ルドヴィーコが派手なショーによって楽しませ、不満をそらそうとしたのはミラノ市民だけではない。名ばかりのミラノ公であった甥のジャン・ガレアッツォ・スフォルツァのためでもあった。ジャン・ガレアッツォが一四九四年に謎の死を遂げるまで、ルドヴィーコはうわべだけの愛情と恫喝を織り交ぜて甥を欺き、手なずけた。甥の放埒をあおり、酒浸りの生活を黙認し、宮廷で行われる出し物を任せてやった。レオナルドが携わった祝い事の一つが、一四九〇年にルドヴィーコが甥のために計画した豪華絢爛な結婚式である。ジャン・ガレアッツォは二〇歳、花嫁はナポリ王女イザベラ・ダラゴナである。

寓意あふれる「天国の祭礼」

結婚式の目玉は「天国の祭礼」というにぎやかな音と光のショーで、クライマックスは「天体の仮面劇」だ。脚本はルドヴィーコのお抱えの詩人、ベルナルド・ベリンチョーニ。ベリンチョーニはこのショーについて「フィレンツェのマエストロ、レオナルド・ヴィンチの卓越した才能と技術によって実現した」と書いている。レオナルドはスフォルツァ家の治世の輝かしい出来事を描いたパネル画のほか、シルクで覆われた城内の長い廊下の装飾、奇抜な衣装のデザインを担当した。

「天国の祭礼」は寓意的なショーだった。まず仮面をかぶった役者たちが行進し、それをトルコ風の騎馬隊が出迎える。スペイン、ポーランド、ハンガリーなど異国の大使に扮した役者たちが花嫁のためにセレナードを歌い、役者が登場するたびに踊りが始まる。大音量の音楽が舞台セットを動かす装置の音をかき消す。

真夜中、役者や観客が踊りを楽しんでいると音楽が止まり、カーテンが上がった。レオナルドは頭上の丸天井を金箔で覆っていた。松明《たいまつ》が星のように輝き、背景に描かれた黄道帯を照らし出した。七つの惑星役の役者たちが、回りながら軌道を動いていく。「イザベラ妃を称えて、すばらしいものをお見せしよう」と天使が高らかに宣言する。レオナルドはノートに「金箔と接着剤」や「星を描くための蠟《ろう》一一キロ分」の費用を記録している。最後は神々が台座から降りてくる。ゼウスに続いてアポロ、そして女神や天使たちが、新たなミラノ公妃に口々に賛辞を贈る。[1]

空想を具現化する能力を養う

「天体の仮面劇」のプロデュースが成功したことで、レオナルドは一定の評価を得た。少なくともそれまで画家として、あるいは軍事技術者として得た評価よりははるかに高かった。レオナルドもこの仕事を大いに楽しんだ。ノートからは、自動で動く小道具や舞台セットの仕組みに興味を持ったことがうかがえる。空想と技術を融合させるのは、まさに天職だった。

翌年、再び大がかりな祝宴があった。ルドヴィーコがベアトリーチェ・デステと結婚したのだ。イタリアでも屈指の名門であるエステ家の出身で、政治の世界では強力な人脈を持ち、文化への造詣も深い女性だった。大規模な馬上槍試合のトーナメントが行われることになり、レオナルドはその日行われるパレードを演出することになった。ノートには、蛮人を演じることになった歩兵が、レオナルドが衣装としてデザインした褌《ふんどし》を試着するのを手伝うため、事前に現地を訪れたと書いている。

このパレードも寓意的だった。ルドヴィーコの秘書官は、こんな記録を書き残している。「まず、すばらしい馬が現れた。体中がクジャクの目のような金色の鱗で覆われている。騎士の金色の兜からは翼の生えた蛇が垂れ下がり、その先端は馬の背中に触れるほど長かった」。レオナルドはこの寓意に込めた意図をノートで説明している。「兜の上に半球を置く。これはわれわれの住む地球を意味する。馬の装飾はすべて金の下地にクジャクの羽根を付ける。これは人間の良きしもべである馬の優雅な美しさを表現している」(2)。馬のあとには大勢の先住民たちが続く。奇怪な悪魔や龍をことのほか好むなど、恐ろしいものやエキゾチックなものに惹かれたレオナルドらしい。

一四九六年一月、レオナルドは再び技術的才能と芸術的才能を融合させる機会に恵まれた。ルドヴィーコ・スフォルツァの書記官で宮廷詩人のバルダッサーレ・タコーネによる喜劇『ラ・ダナエ』を上演したのだ。五幕から成るこの芝居は、格別贅沢なものだった。ノートには役者とそれぞれが登場する場面、舞台セットのスケッチ、舞台セットを変更したり特殊効果を演出する装置の設計図が描かれている。遠近法を使った配置図を見ると、舞台は二層式になっている。壁龕《へきがん》に座った神が炎に包まれる場面のスケッチもある。芝居のなかではレオナルドが設計した特殊効果や機械装置が次々と登場する。ヘルメスはロープや滑車を使った複雑な装置を使って空から舞い降りる。ゼウスは金色の花吹雪となってダナエのもとを訪れる。「空が星のような無数のランプに照らされる」場面もあった(3)。

最も複雑な機械装置は、「ハデスの冥界」と題した場面で使われた回転舞台だ。山が真っ二つに割れて冥界の王ハデスが登場する。「冥界が開くと、地獄の入り口のような一二個の壺のなかで悪魔が躍っており、地獄の喧噪が聞こえる。死神や復讐の女神、骸骨、すすり泣く裸の子供達。さまざまな色の火が燃えている」。そして「次は舞踏」と簡潔な指示がある(4)。可動式の回転舞台は、半円ずつに分かれた円形劇場のようだ。最初は二つの半円が向き合い、一つの球のように閉じている。それが一気に開くと、回転して背中合わせになる仕組みだ。

レオナルドは演劇の芸術的要素と同じぐらい、その技術的要素に惹かれた。彼にとって二つは切っても切れないものだった。観客を夢中にさせるような、空を飛んだり、空から舞い降りたり、勝手に動いたりする独創的な仕掛けづくりに没頭した。鳥の飛翔について本格的研究を始める以前に、ノートには機械仕掛けの鳥のスケッチを描いている。広げた羽に操作用の紐が付いており、「喜劇で使う鳥」という注釈がある(5)。

舞台などの公演をプロデュースする仕事は楽しく、実入りも良いものだったが、もう一つ大きな恩恵があった。レオナルドは空想を具現化する能力を身につけざるを得なくなったのである。絵画と違って演劇には絶対的な締め切りがある。舞台の幕が開くまでに完成していなければならない。完璧を目指していつまでも作品にしがみついていることは許されなかった。

舞台装置は科学的研究にのめり込むきっかけとなった。機械仕掛けの鳥や、舞台の上に宙づりになった役者用の羽が最たる例で、鳥の観察や本物の飛行装置の探究はここから始まった。また役者のしぐさに強く惹かれていたことは、物語絵画に表れている。演劇に携わった経験は、レオナルドの芸術と技術の探究の両方を刺激することになった。

自らリラを即興演奏する

レオナルドが初めてスフォルツァ宮を訪れたのは、外交使節団の楽師としてであり、当時宮廷で人気のあった楽器を自ら制作して持参していた。リラのなかでもバイオリンのように弾くタイプで、弓で弾く弦が五本、指で弾くための弦が二本あった。ヴァザーリはこう書いている。「レオナルドの手によるリラは、風変わりで独特なデザインだった。大部分は銀でできていた。馬の頭の形をしていたのは音量や音の響きを良くするためである」。「リラ・ダ・ブラッチョ（腕用のリラ）」と呼ばれるこの楽器は、詩人が作品を詠じるときの伴奏に使われ、ラファエロらが描いた天使も抱えている。

評伝『アノニモ・ガッディアーノ』には、レオナルドは「リラの演奏に類まれな才能があり、アタランテ・ミリオロッティに弾き方を教えた」とある。古典的なペトラルカの恋愛詩から気の利いた自作の詩までレパートリーは幅広く、フィレンツェではコンテストで優勝したこともある。「あらゆる芸術に精通した、驚くべき発想力の持ち主だ。特に演芸の分野に秀でており、自らリラを弾きながら見事な歌声を披露した。弓でリラを演奏すると、居並ぶ王子たちは大いに喜んだ」。レオナルドとほぼ同世代で、ミラノで知り合った人文学者兼医者のパオロ・ジョヴィオはこう書き残している(6)。

レオナルドのノートには、曲を作った形跡はない。楽譜を読んだり、あらかじめ歌詞を作ったりせず、スフォルツァ宮では即興で演奏していた。「生まれつき品格と風雅な精神を持っていたレオナルドは、自らリラを弾きながら神々しい歌声を響かせた」とヴァザーリは書いている。

一四九四年のミラノ宮廷でのレオナルドの晴れ舞台についても詳細に述べている。甥が亡くなり、ルドヴィーコが正式にミラノ公となった日のことだ。「華やかなファンファーレとともにレオナルドがミラノ公の前に歩み出た。ミラノ公がリラの音を特別好んだためで、携えていたのは自作のリラだ。それまでに演奏した楽師がみなかすんでしまうほどで、なによりその即興詩は当代きってのすばらしさだった」。

ヤギと鳥がついたバイオリンみたいな楽器

レオナルドは演芸プロデューサーの仕事の一環として、新しい楽器も考案している。ノートに描かれた膨大なスケッチには、独創と空想が同居している。ここにもレオナルドらしい「混ぜ合わせの発想」が見て取れる。あるページには既存の楽器を描いた後、さまざまな生き物の要素を組みあわせて龍のような楽器を作り出している。別のページに描かれている弦が三本のバイオリンのような楽器に

【図25】鍵盤で操作できる鐘

は、ヤギの頭部と鳥のくちばしや羽が付いており、弦は楽器の先端に彫られた歯で固定されている。(7)

音楽にかかわるさまざまな発明は、技術者としてのひらめきとエンターテインメントへの情熱の産物である。たとえば鐘《かね》や太鼓、弦楽器の振動を制御し、音の高さや音色を変えるための独創的な装置を見てみよう。ノートには、固定された金属製の鐘にハンマーが二本、振動を抑えるダンパーが四本取り付けられた楽器が描かれている。ダンパーはレバーとつながっており、キーを叩くとそれぞれ鐘の違う部分に触れるようになっている【図25】。鐘は形や厚みによって、どこを叩けばどんな音がするかが決まる。この装置によって鐘は鍵盤楽器となり、最大四つのダンパーをさまざまに組み合わせれば音程を変えられる。「ハンマーで叩くと、オルガンのように音が変化する」と書いている。(8)

音楽とは、波動の科学である

太鼓を使った同じような楽器も考案している。スケッチには、皮を張る強度を変えた複数の太鼓を組み合わせるアイデアや、演奏中にレバーやネジを使って皮の張り具合を変化させる仕掛けなどを描いている。[9] 長い筒を取り付けたスネアドラムの絵もある。筒の側面には、フルートのように穴が開いている。「太鼓の皮を叩きながら、筒の穴を抑えると、音程が明らかに変化する」という説明もある。[10] もっと単純なアイデアもある。大小さまざまなケトルドラムを一二個並べ、鍵盤を叩くと金属製ハンマーがどれか一つを叩くという、ドラムセットとハープシコードをミックスしたような楽器だ。[11]

レオナルドが考案した楽器のなかで一番複雑なのは、「ビオラ・オルガニスタ」と名づけたバイオリンとオルガンの掛け合わせである。ノートには一〇ページにわたってさまざまなバリエーションを描いている。[12] バイオリンのように複数の弦を弓が弾くことで音が出るが、この楽器の弓は機械が動かす。オルガンと同じように、どの鍵盤を叩くかで鳴る音は決まる。最後のページに描かれた最も精巧なデザイン画では、複数の車輪が弓を動かしているが、毛の部分が自動車のファンベルトのようなループ状になっている。鍵盤を押すと、バイオリンの弦が押されてループ状の弓に触れ、望みどおりの音が出る。複数の弦を同時に弾いて和音を鳴らすこともできる。通常の弓を使うのと違い、ファンベルト状の弓ならば音がいつまでも途切れずに鳴りつづける。ビオラ・オルガニスタは鍵盤を使って弦楽器の音色を出し、しかも同時に複数の音や和音を響かせることができるという画期的なアイデアだった。今日に至っても、まだそんな楽器は実現していない。[13]

スフォルツァ宮を楽しませるために始めた仕事は、すぐに優れた楽器の発明という壮大なプロジェクトに発展していった。「レオナルドの楽器開発は、単に魔法のようなトリックを演じて見せる道具を作るのが目的ではなかった。いくつかの重要な目標を念頭に置いた、体系的な努力だった」と、ニューヨークのメトロポリタン美術館で楽器を担当する学芸員、エマニュエル・ウィンターニッツは指摘する。[14] たとえば鍵盤の新たな使い方、速く演奏する、あるいは音域や音色のバリエーションを広げるための方法などだ。音楽家としての活動は収入源となり、また宮廷に食い込む足がかりとなっただけではなく、もっと重要な活動への布石となった。振動の科学、すなわち物体を叩くとどのような振動、波動、反響が生じるのか、そして音の波動と水の波動にはどんな類似性があるのかといった研究である。

嫉妬の女神が登場する寓意画

ルドヴィーコ・スフォルツァは象徴的意味の込められた複雑な紋章や家紋を好んだ。自らの紋章を兜や楯に飾りたがるルドヴィーコのために、お抱えの職人たちはルドヴィーコの名前をもじり、その美徳や勝利を称えるようなデザインを次々と考案した。そんななかでレオナルドも寓意画を何点か制作している。おそらく宮廷で披露し、自らその意味を説明したり、物語を語ったりしたのだろう。ふがいない甥の庇護者としてミラノを実質的に支配するルドヴィーコの立場を正当化するような作品もある。たとえば名ばかりの若きミラノ公を表す若い雄鶏が、鳥、キツネ、そして神話上の生き物である二本の角を持ったサテュロスに襲われている絵がある（雄鶏はイタリア語で「ガレット」。若きミラノ公の名前「ガレッツォ」とかけている）。雄鶏を守る二人の美しい女神は、ルドヴィーコの化身である。正義の女神はスフォルツァ家のシンボルである筆と蛇を握っており、慎みの女神は鏡を手にしている。[15]

スフォルツァ宮でルドヴィーコのために描いた寓意画は、表向きは他の人々の属性をとらえたようでいて、実はレオナルド自身の内なる葛藤を映しているように見える。特にそれが感じられるのは、嫉妬の女神を描いた十数枚のスケッチだ。その一枚にはこう書いている。「この世に善が生まれると、すぐにそれを攻撃するために嫉妬が生まれた」。嫉妬の説明を読むと、レオナルドが自らの内に、またライバルの中にその姿を見ていたことがわかる。「嫉妬の女神は、天に向かって挑発的に手を伸ばす。善と真実は彼女にとって憎むべき存在なのだ。邪悪な発言を表すように、その体から多くの稲妻を発している。嫉妬は絶えず苦悶しているのだから、痩せ細り、やつれたように描くべきだ。その心臓には巨大な蛇が嚙みついている」[16]。

レオナルドは何点かの寓意画のなかに、こんなイメージの嫉妬の女神を登場させている。這いつくばった骸骨にまたがる、たるんだ乳房もあらわなしわくちゃの老婆には「嫉妬は決して死ぬことがないので、骸骨の上にまたがっている」と注釈を付けている[17]。同じページには嫉妬と善のもつれあう姿を描いている。嫉妬の舌からは蛇が飛び出し、善はオリーブの枝で嫉妬の目を突き刺そうとしている。当然、ルドヴィーコは嫉妬と対峙するように描かれている。あるスケッチでは、ルドヴィーコが嫉妬の嘘を見破ろうとメガネを手にしており、嫉妬は身をよじって逃げようとしている。「メガネを手にするイル・モーロと虚偽の報告をする嫉妬の女神」という題が付いている[18]。

グロテスク・シリーズ

もう一つ、レオナルドがスフォルツァ宮の娯楽用に制作した作品群に、ペンとインクで描いたおかしな顔の風刺画がある。本人が「怪物の顔」と名づけた一連の作品は、今日「グロテスク」として知られる。その多くはクレジットカードほどの大きさしかない。風刺的な意図を持って描かれたこうし

【図26】レオナルドが描いたグロテスクと
いかつい顔の戦士

【図27】レオナルドの工房で制作された
グロテスクの模写

た作品は寓意画と同じように、宮廷で物語やジョークを語るときに小道具として使ったのだろう。少なくとも二〇点ほどの原画【図26】に加えて、弟子たちが作成した精緻な模写が数多く残っている[19]【図27】。グロテスク・シリーズはその後も多くの画家が模倣している。有名なのが一七世紀のボヘミア人のエッチング作家であるヴェンツェスラウス・ホラーと、一九世紀のイギリスの挿絵画家のジョン・テニエルだ。テニエルはレオナルドのグロテスクをモデルに、醜い公爵夫人をはじめとする『不思議の国のアリス』の登場人物を描いた。

美しさと醜さの両方に対して優れた観察眼のあったレオナルドは、風刺的なグロテスク画のなかに両者を同居させている。絵画論用のメモにはこうある。「恍惚とするほど美しいものを見たいと思えば、画家は自らの力でそれを描くことができる。同様に、恐ろしい、あるいは滑稽な化け物を見たいと思えば、それもまた描けるはずだ[20]」。

グロテスク・シリーズを見ると、レオナルドの観察力が想像力の糧となっていたことがわかる。レオナルドは腰からノートをぶらさげて街を歩き、モデルにふさわしい極端な風貌の人々を見つけると、夕食に招いた。評伝作家の一人であるロマッツォによると「レオナルドはこうした人々の近くに座り、おそろしくばかげた話を聞かせて、大笑いさせた。そうしてその姿や彼らの滑稽なしぐさをつぶさに観察し、心に刻みつけた。客人が帰ると、一人で部屋に籠って完璧なデッサンを描きあげた」という。ロマッツォはグロテスクを描いた目的の一つは、スフォルツァ宮のパトロンを楽しませることだったと指摘する。「レオナルドの絵は見る者を大笑いさせた。まるで彼ら自身が夕食の席でレオナルドのバカ話を聞いているかのように！[21]」。

絵画論のためのメモでは後進の画家たちに、街を歩いてモデルになりそうな人を見つけること、とりわけおもしろい相手は持ち歩いているノートに記録すること、とアドバイスしている。「常に携行している小さなノートに、彼らの簡単なスケッチを残すこと。人間がとるポーズは無限にあり、すべて覚えておくことは不可能だ。だから参考資料としてスケッチを残すのである」[22]。

「顔探し」では羽根ペンを使うこともあれば、戸外などでペンが使えないときは尖筆を使った。紙は鶏の骨を挽いたものや煤《すす》など、粉っぽい素材でコーティングしてあり、ときには微粉状にした金属で色づけされていることもあった。そこに尖筆を走らせるとコーティングが酸化し、銀色がかった灰色の線が浮かびあがる。尖筆の代わりにチョーク、木炭、鉛などを使うこともあった。絶えず新たな画法を取り入れようとする性分なのだ[23]。

表情は内面要素の表れである

顔探しとその産物であるスケッチは、人の表情と内なる感情をどう結びつけるかという探究を後押しした。「人格は容貌から推測できる」[24]と言い切ったアリストテレスの時代には、人相学として秘められた人格を頭の形や顔の造作から読み解こうとする試みはあった。しかし経験主義を重んじるレオナルドは、それを占星術や錬金術と同じように科学的根拠のないものとして否定した。「私は人相学や手相学のような偽りの学問には頼らない。そこには何の真実もなく、科学的根拠のない錯覚にすぎない」と主張している。

ただ人相学を科学とは認めなかったものの、表情は内的要因の表れであると考えていた。「顔の特徴には、その人の性格、邪悪な部分や気性が表れている。たとえば頬と唇、あるいは鼻孔と眼窩《がんか》を隔てる線を強調すると、陽気で上機嫌な顔になる」と書いている。そうした線をはっきり描かなければ思索的な表情になると言い、さらに「顔の個々の造作をはっきりと描くと、残忍で不機嫌で、理性のない人物に見える」と付け加えている。眉間のしわが深いと機嫌が悪く、額のしわが深いと悔やんでいる顔になると言い、「顔のさまざまな特徴はこんな具合に説明できる」と結論づけている。[25]

あとで絵に描くために、こうした顔の特徴をすばやく記録するための特別な方法も編み出した。鼻の形は一〇種類（「まっすぐ」「だんご」「へこみ」等）、顔の形は一一種類といった具合に、パーツを分類して略称を付けたのだ。街中で描きたいと思うような人物に出会うと、あとで工房に戻ったときに再現できるようにこの略称を使って特徴を記録する。ただグロテスクな顔については強烈な印象が残るので、その必要もなかった。「グロテスクな顔については、何も言う必要はないだろう。難なく記憶にとどめることができるのだから[26]」。

レオナルドのグロテスクな顔の作品群のなかでも、特に印象的なのは一四九四年頃に描いた五つの頭部である【図28】。中心にいるのは、わし鼻に突き出た顎の老人だ。レオナルドは老戦士を描くとき、よくこんな顔を描いている。オークの葉で作ったリースをかぶり、威厳を保とうとしているが、どこか間抜けに見える。その周囲を取り巻く四人の人物は、バカ笑いをしたり薄ら笑いを浮かべている。

おそらくこの絵は、スフォルツァ宮で余興として笑い話を演じる際の小道具として描いたのだろう。ただ草稿などは何も残っていない。これは幸運なことだ。われわれ自身がこの絵について、そしてレオナルドについて想像をめぐらすことができるのだから。もしかしたら中心の男は、レオナルドが当時描いた別の絵に出てくる「パグ犬のような顔をした老婆」と結婚式を挙げるところで、集まった友人たちがからかったりあわれんだりしているのかもしれない。あるいは心神喪失、痴呆、誇大妄想といった症状を誇張して描いたのかもしれない。

この絵が宮廷での余興のために描かれたのだとすれば、何らかの物語の一部と考えるのが自然かもしれない。右の男はリースをかぶった中心人物の手を握っているように見える。一方、左側の男は背中から中心人物のポケットに手を伸ばしているようだ。ウィンザー城の館長のマーティン・クレイトンが主張するように、手相を見てもらっている男がロマに財布をすられる場面を描いているのだろうか？[27] バルカン半島に起源を持つロマは一五世紀にはヨーロッパ全域に広がった。ミラノでは大いに問題となり、一四九三年には彼らを追放する決定が下りたほどだ。レオナルドがノートに書いた所有する絵画のリストには、ロマの肖像が含まれている。また六ソルドを払って手相を見てもらったことも記録している。

【図28】五つのグロテスクな頭部

いずれも憶測にすぎないが、それがレオナルドの作品の魅力でもある。謎めいたものなど空想に満ちた作品群は、見る者自身の空想を刺激する。

文芸エンターテインメント

レオナルドがスフォルツァ宮のために制作したものとして、もう一つ忘れてならないのは文芸作品だ。いずれも短く、主に朗読など余興のために作られた。ノートには三〇〇編以上が残されており、寓話、ジョーク、予言、謎かけなど形態はさまざまだ。ページの余白やまったく関係のないものの脇に書きつけられていることから、まとまりのある作品でないのは明らかだ。機会が与えられたらいつでも演じられるように、準備しておいた演目だろう。

話芸、謎かけや寓話の朗読などは、ルネサンス期の宮廷の余興として人気があった。レオナルドが演出の指示を書き込んでいるものもある。たとえば、ある謎めいた予言の脇には「気がふれたように熱狂して、あるいは狂暴な雰囲気で語る」と書かれている。[28] ヴァザーリによると、レオナルドは会話術に長《た》け、物語の語り部としても優れていたので、こうした余興はお手の物だったのだろう。今から見ると取るに足らない仕事のようだが、まだ歴史に残る偉大な天才という評価を確立していなかったレオナルドは、にぎやかなスフォルツァ宮に食い込もうと必死だったのだ。[29]

寓話の多くは、動物やモノを擬人化した勧善懲悪ものだ。高潔さやつつましさが報われる一方、強欲や軽率さは罰せられる。イソップ童話に通じるところもあるが、もっと短い。ほとんどの作品は特段気が利いているわけではない。また前提として、その晩宮廷で開かれていた催しがどんなものであったかがわからないと、意味が分かりにくい。たとえばこんな具合だ。「モグラの目はとても小さく、ずっと地中で暮らしている。暗いあいだは生きているが、明るいところへ出てきた途端に死んでしまう。それは嘘が露見してしまうためだ」[30]。レオナルドはミラノで過ごした一七年のあいだに、こうした寓話を五〇編以上書いている。

これと密接に関係しているのは、動物寓話集である。動物たちが登場し、その行状から教訓を引き出す。動物寓話集は古代と中世には人気があった。そうした作品が印刷機の普及のおかげで一四七〇年代のイタリアで復活しはじめ、レオナルドも大プリニウスのほか、中世の作家三人が描いた動物寓話集を持っていた。ただ古代から中世の寓話集に含まれる作品と異なり、レオナルドの作品は短く、宗教性はなかった。おそらくスフォルツァ宮の人々のために制作した紋章、紋章入りの楯、劇を説明するのに使われたのだろう。「白鳥は一点のシミもなく真っ白で、死にゆくときも甘美な歌声を響かせる。歌声が途絶えたとき、その命も途絶える」という一篇などはその例だ。

ときには道徳的教訓を付け加えることもあった。「満月の晩になると、牡蠣は大きく口を開く。カニがそれをのぞき込み、石や海藻を投げ入れる。牡蠣は口を閉じられなくなり、カニの餌になってしまう。このように自らの秘密を他人に話す者は、裏切りの餌食となる」[31]。

息を吐き出しすぎると、なぜ意識を失うのか

文芸作品の三つめの類型は、一四九〇年代にレオナルドが独自に編み出したものだ。本人は「予言」と呼んでいたが、その多くはちょっとした謎かけやひっかけ問題だった。特に好んで書いたのは、

宮廷で幅を利かせる陰気な予言者や占い師をあてこするような、一見恐ろしい破滅的場面を描写するようで、実はまったくどうということのない結末の話だ。たとえばある予言の書き出しはこんな具合である。「急いで息を吐き出しすぎるために、何も見えなくなって、その後完全に意識を失う人がたくさんいる」。だがそのあと、これは「就寝前にロウソクを吹き消す人のことだ」と種明かしをしている。

予言（謎かけ）にはレオナルドの動物好きが表れているものが多い。「連れ去られ、喉を切り裂かれる子供は数知れない」というのは、一見戦争や虐殺といった残酷な場面のようだが、実際には人間が食用にする子羊や子牛のことだ。レオナルドはこの時点ですでに菜食主義者となっていた。「翼ある生き物たちが、その羽で人間を支える」というのは飛行装置の話ではなく、「マットレスの詰め物に使う羽毛のこと」だ。[32]ショービジネスで良く言われることだが、いずれも生で見ないとおもしろさはわからない。

レオナルドはこうした文芸的余興に、光の点滅などトリックやいたずらを添えることもあった。ノートにはこうある。「部屋を完全に閉め切って、一〇ポンド分のブランデーを沸かして蒸発させ、空気中に粉状にしたニスをまいておく。そこへ松明を持って入場すれば、たちどころに炎があがるだろう」。[33]ヴァザーリによると、レオナルドは助手が捕まえてきたトカゲに髭と翼をくっつけ、箱に入れておき、友人たちに見せては驚かせたという。子牛の腸を使って、こんないたずらをしたこともあった。「腸を手の中に収まるぐらいにぎゅっと縮めておく。片方の端を隣室のふいごに取りつけて思いきり風を送り込むと、部屋いっぱいに腸が広がり、室内の人々が隅に追いやられた」。[34]

当時人気があった語呂合わせを、絵画を使って見せることもあった。『ジネーヴラ・デ・ベンチの肖像』に、ジネプロ（セイヨウネズ）を描いたように。宮廷では絵を並べて暗号文を作り、人々に解かせてみるといった余興もやった。たとえば「穀物」（イタリア語では「grano」）を表すトウモロコシと磁性岩（イタリア語では「calamita」）を描き、「大災害（「gran calamitá」）」という言葉を当てさせる、といった具合に。大判ノートの両面を使い、こんなクイズを一五〇問以上作っている。宮廷で大勢の観客の前で披露する練習なのか、どれも短時間で描かれたように見える。(35)

「デカメロン」スタイルのファンタジー小説

ノートにはファンタジー小説の草稿もある。手紙形式で、神秘的な島や冒険の様子を伝えるものなどだ。レオナルドより一〇〇年以上前に、同じフィレンツェ出身の作家で人文学者のジョヴァンニ・ボッカッチョが、空想と現実を巧みに織り交ぜた物語で一世を風靡した。最たる例が『デカメロン』である。レオナルドも少なくとも二篇、そんなスタイルの作品を書いている。

その一つはおそらく、一四八七年にベネデット・デイの送別会で上演されたものだろう。デイもレオナルドと同じ、ミラノの宮廷で活躍するフィレンツェ人だった。デイはよく旅をし、驚くような（そしてときに大げさな）冒険譚をすることで知られ、物語はデイへの手紙の体裁をとっていた。そこには悪役として、血走った目に「世にも恐ろしい顔」の黒い巨人が登場する。北アフリカの住民たちを恐怖に陥れたこの巨人は「海に住み、クジラなど海の怪獣や船を食い物にしていた」。この地に住む男達がこぞって巨人を倒そうとしたが、うまくいかなかった。「巨人はやれやれと首を振り、男たちを小石のようにぶん投げた」(36)。

この物語は、地球上のあらゆる生命をのみこむ恐ろしい大洪水という、レオナルドが最晩年まで繰り返し描きつづけるテーマの表れである。物語の語り手は巨人にのみこまれ、気がつくと真っ暗な空間に浮かんでいる。物語は、あの暗い洞穴から立ち現れ、生涯レオナルドにとり憑《つ》き、翻弄し、苦しめた悪夢のような妄想の描写で終わっている。「いったいどうしたらよいのだろう。怪物の喉に向かって真っ逆さまに落ちていき、死の不安におののきながら巨大な腹にとらわれている自分の姿がいつも脳裏に浮かぶ」。

天才レオナルドの暗部は、スフォルツァ宮で働いていた時期に書いたもう一篇の空想物語にもはっきりと表れている。これは最晩年に描いた洪水の素描の予兆ともいえる。この物語は予言者で水利技師でもある主人公が、「神聖なるバビロン王の側近、シリアのデバトダール」に宛てて書いた手紙の体裁をとっている。この主人公は明らかにレオナルド本人だ。(37) ここでも大洪水と生命の絶滅が登場する。

まず恐ろしい風が襲ってきた。続いて大いなる山脈の雪が雪崩《なだれ》となって崩れ落ち、すべての谷を埋め、町のほとんどを破壊した。それでもまだ足りないかのように、町の低い部分は突然の大洪水にのみこまれた。それに加えて突然の雨、というより天地をひっくり返したような大嵐となった。吹き荒れる雨、砂、泥、石に、木々の根、茎、枝が混じる。あらゆるものが空を飛んできて、われわれの頭上に落ちてくる。とどめは大火だ。風が引き起こしたのではなく、三万匹の悪魔が運んできたのだ。国土は完全に燃え尽き、破壊された。(38)

物語からは、レオナルドが空想のなかで水利技術者になっていることがうかがえる。主人公は、シリアの大洪水はトロス山脈に排水用の巨大なトンネルを掘ることで制圧されたと語っている。

研究者のなかには、こうした空想小説はレオナルドが時折、精神に異常をきたしていたことの表れと見る者もいる。実際にアルメニアに赴き、ここに描かれたような大洪水を自ら経験したのだという主張もある。だが私は、レオナルドのノートにある他の数々の奇妙な書き込みと同じように、こうした物語も宮廷の出し物用に書いたと考えるのが合理的ではないかと思う。ただ、単にパトロンを喜ばせるために作られたものとはいえ、そこには宮廷のエンターテイナーという立場に甘んじる芸術家の苦悩がたしかににじんでいる。[39]

第七章

同性愛者であり、その人生を楽しむ

圧倒的に美しく、どこまでも優雅だったレオナルド

ミラノでレオナルドの名が知られるようになったのは、その才能のためだけではなかった。美しい容姿、筋骨たくましい体格、そして穏やかな性格も評判となった。「レオナルドは圧倒的に美しく、どこまでも優雅な男であった。驚くほどハンサムで、どれほどふさぎ込んでいる者でも癒されるような温かみがあった」とヴァザーリは書いている。

一六世紀の評伝作家の大仰さを割り引いても、レオナルドに人を惹きつける魅力があり、多くの友人がいたことは明らかだ。「愛すべき人柄は誰からも愛された。レオナルドとの会話は楽しく、誰もが彼の虜になった」（ヴァザーリ）と言い、ミラノで実際レオナルドと出会ったことのあるパオロ・ジョヴィオも同じようにその好ましい人柄を語っている。「レオナルドは親しみやすく、頭脳明晰で、寛容だった。その表情は生き生きしていて優雅である。発明の才能は驚くばかりで、美とエレガンス、

とりわけ芸能に関する権威だった」[1]。だから親しい友人が大勢いた。数学者のルカ・パチョーリ、建築家のドナート・ブラマンテ、詩人のピアッティーノ・ピアッティなど、同時代のミラノやフィレンツェの著名な知識人が何十人も、手紙や書き物のなかでレオナルドがいかに優秀で愛すべき友であるかを語っている。

レオナルドはいつも華やかな装いをしていた。『アノニモ・ガッディアーノ』には「ふつうの人は足の隠れる長いローブを着ていたのに、レオナルドは膝までしかないバラ色の外衣を着ていた」とある。歳をとってからは長い顎髭を蓄えるようになった。「きれいにカールした髭は胸まで届き、よく手入れされていた」

特筆すべきは、レオナルドの気前の良さだ。「レオナルドは物惜しみせず、富める友も貧しい友も分け隔てなく自宅に招いては食事をふるまった」とヴァザーリは書いている。お金には頓着せず物欲もなかった。ノートでは「物質的富にしか興味がなく、英知という心の栄養であり、本当に意味のある富にはまったく興味のない輩」を非難している[2]。このため増えつづける弟子を養うのに必要な金を稼ぐ以上には働こうとせず、知的探究に時間を費やした。「財産はなく、あまり働かなかったが、常に召使や馬はいた」とヴァザーリは書いている。

ヴァザーリによると、馬を「ことのほか好んだ」。あらゆる動物を愛し、「鳥を売る市場を通りかかると、代金を支払ったうえで籠の中の鳥を自由にしてやった。空に解き放ち、失われた自由を取り戻してやったのだ」。

動物好きが高じて、人生のほとんどを菜食主義者として過ごした。ただ買い物リストにはたびたび肉が含まれており、同居人たちのために肉を買っていたことがわかる。ある友人はこう書いている。

「レオナルドはどんな理由があろうと、ノミ一匹殺そうとはしなかった。動物を犠牲にして作られた衣服を避け、リネンを好んで身に着けた」。インドへ旅した同郷の友は「この国の人々は血の通った生き物を食べず、殺生を禁じている。われらが友、レオナルド・ダ・ヴィンチのようだ」と書いている(3)。

予言物語のなかで、食べ物を得るために動物を殺すことについて疑念を呈しただけでなく、ノートにも肉食について非難の言葉を書き綴っている。「動物の王を名乗りながら、なぜ自らの味覚を楽しませるためだけに家畜を飼育し、その子らを食すのか」と。そして菜食主義を「シンプルフード」と称し、推奨している。「自然はわれわれの空腹を満たすのに十分なシンプルフードを与えてくれるではないか。シンプルな食材で満足できないなら、いくつかを組み合わせていろいろな味を生み出したらいい(4)」。

肉食を避けるべきだという主張は、科学に基づく倫理観に根差していた。植物と違い、動物は痛みを感じることをレオナルドは知っていた。研究を通じて、動物が痛みを感じるのは身体を動かす能力があるためだ、という結論を導き出している。「天は動く能力のある生き物に、痛みの感覚を与えた。それは動きによって損傷する可能性がある部位を守るためである。だから植物に痛みは必要ない(5)」。

小悪魔みたいな美少年の恋人・サライ

レオナルドに寄り添った若者たちのなかでも、とりわけ重要なのは「サライ」と呼ばれる性悪男だ。出会いは一四九〇年七月二二日、レオナルド三八歳のときである。ノートにはこの出来事をこう記している。「ジャコモが私の家で暮らすことになった」[6]。弟子になった、あるいは助手になったと書くわけでもなく、どうもとらえどころのない書きぶりだ。実際、二人の関係はとらえどころのないものだった。

ジャン・ジャコモ・カプロッティは当時一〇歳。ミラノ近郊のオレノ村の、貧しい農家の息子だった。レオナルドはまもなくジャン・ジャコモを、小悪魔を意味する「サライ」と呼ぶようになったが、それはいかにも的を射たネーミングだった[7]。弱々しく物憂げで、天使のような巻き毛に小悪魔のような微笑を浮かべたサライは、レオナルドの絵やノートのスケッチに何十回と登場する。それからレオナルドが亡くなるまで、サライはほとんどの時期をともに過ごした。すでに書いたとおり、ヴァザーリはサライについてこう述べている。「優美で美しい若者で、レオナルドはその見事な巻き毛をことのほか愛した」。

一〇歳の少年が召使として働きに出るのは珍しいことではなかったが、サライは単なる召使ではなかった。レオナルドは時折「私の弟子」と書いているが、これは事実とは異なる。サライは贔屓目《ひいきめ》に見ても画家としては凡庸で、オリジナルな作品はほとんど描いていない。サライはレオナルドの助手兼話し相手兼記録係であり、そしてある時点で恋人となった。レオナルドのノートには、工房でサライのライバルだったのだろうか、別の弟子が描いた下品な風刺画が残っている。二本の足のあいだから巨大なペニスが、「サライ」と書かれた物体に向かって突き出している。

レオナルドの弟子と交流のあったロマッツォは、一五六〇年に書いた『夢の本』という未発表の原稿のなかで、古代ギリシャの彫刻家ペイディアスとレオナルドとの架空の対話を書いている。サライを愛しているとうち明けるレオナルドに、ペイディアスはセックスはしたのかと単刀直入に尋ねる。

「フィレンツェ人がこよなく愛する例の背中の戯れはしたのかね？」

それに対してレオナルドは嬉々として答える。

「そりゃそうさ。あれほど美しい若者はいないよ。特に一五歳頃の美しさと言ったら」

二人が肉体関係を持ったのは、この頃なのかもしれない。

「そんなことを口にするのは、恥ずかしくないいか」とペイディアス。

レオナルドは（少なくともロマッツォの描くレオナルドは）まったくそんなそぶりをみせない。

「なぜ恥ずかしがる必要がある？　一人前の男にとって、これほど誇らしいことがあるだろうか。いいかね、男性の恋愛は互いの美徳から生まれるんだ。友情を感じている者同士が若いうちから結ばれれば、かけがえのない友としてともに成長していける(8)」。

その悪さを許し記録する

サライはレオナルドの家で暮らしはじめると、すぐにそのあだ名にふさわしい行動をとりはじめる。「サライが来た翌日、彼のためにシャツ二枚、長靴下一足、そして革の上着をあつらえた。その支払いのために用意した金を、やつはそっくり盗んだ。白状させることはできなかったが、絶対に間違いない」とレオナルドは記録している。そんなことがあったにもかかわらず、レオナルドはサライを従者として夕食会に連れていくようになった。サライが単に手癖の悪い助手や弟子ではなかったことの表れだ。家に来て二日後には建築家のジャコモ・アンドレア・ダ・フェラーラの自宅で開かれた夕食会に連れていったが、そこでのサライの行儀の悪さは目を覆うばかりだった。「二人分の食事を平らげ、四人分の悪さをした。ワインの瓶を三つも壊し、中身をまき散らした」とレオナルドはノートに書いている。

ノートには滅多に個人的なことを書かなかったレオナルドだが、サライについては何十回も触れている。たいていはうんざりしたという書きぶりだが、それを楽しんでいる様子や愛情が伝わってくる。たとえばサライがモノを盗んだという記述は、少なくとも五回ある。「九月の七日目、サライは私の家に遊びに来ていたマルコから二二ソルドの価値がある尖筆を盗んだ。マルコが自分の工房から持参した、銀製の尖筆である。マルコは散々探し回った末に、ジャコモの箱に隠してあるのを見つけた」。また一四九一年のルドヴィーコ・スフォルツァとベアトリーチェ・デステの婚礼の準備中には、こんな書き込みがある。「私はガレアッツォ・ダ・サンセヴェリーノ公の館に赴き、馬上槍試合の準備を手伝った。そこでは歩兵たちが服を脱ぎ、パレードで着る野蛮人の装束を試着していた。するとジャコモが寝台に脱ぎ捨ててあった歩兵の財布から、入っていた現金をごっそり抜き取った[9]」。

こうしたエピソードを読み進めていくと、サライだけでなく、彼の罪をひたすら許し、記録しつづけるレオナルドまで滑稽に思えてくる。こんな話もある。「私がパヴィアのマエストロ・アゴスティーノからブーツ用のトルコ革をいただくと、一カ月もしないうちにジャコモがそれを盗み、靴屋に二〇ソルドで売ってしまった。本人が白状したところ、金はアニス飴を買うのに使ってしまったという」。こうした説明は小さな文字で淡々と書かれている。しかし一度だけ、説明を書いた後にノートの余白に二倍の大きさの文字でこう書き殴っている。「泥棒、嘘つき、頑固、欲張り」。

二人のあいだには口論が絶えなかった。一五〇八年に助手に書きとらせた買い物リストは、こんな文章で終わっている。「サライ、私は戦いより平和を望む。もう争いは嫌だ、私が折れよう[10]」。それでもレオナルドは終生サライを甘やかし、桃色など色鮮やかでしゃれた服を着せ、その費用を逐一ノートに書き込んだ（記録には少なくとも靴が二四足と、宝石が付いているとしか思えないほど高額な靴下が含まれている）。

老人を若者の隣に描く理由

レオナルドは生涯にわたって、中性的な巻き毛の美しい若者と、「テーマ・シート」【図24】（149ページ）にあるようなワシ鼻に突き出た顎を持ついかつい老人が向き合う絵を描きつづけたが、それはサライと出会う前から始まっていた。その意図をのちにこんなふうに説明している。「物語絵画では正反対の要素を絡み合わせるように描くと、すばらしいコントラストが生まれる。とりわけ隣り合わせて描くと、その効果は絶大だ。だから醜いものは美しいもの、大きいものは小さいもの、老人は若者の隣に描くこと」[11]

老若の組み合わせは、たくましい壮年の戦士と美少年を描くのが得意だった師のヴェロッキオから受け継いだモチーフで、レオナルドのスケッチブックには二人が向き合う絵が頻繁に登場する。ケネス・クラークは老若の組み合わせについて、こう説明する。

> こうした作品に一番よく登場するのは、頭髪もヒゲもきれいに剃りあげ、眉間の深いシワとわし鼻、尖った顎が特徴的な壮年の男性である。ときにカリカチュアのように見えることもあるが、たいていは理想を具現する者として描かれている。誇張された顔の造作はレオナルドが力強さと強い

【図29】1478年に描いた老人と若者

意志の表れと考えていたもので、同じぐらい頻繁に描かれた中性的若者と好対照をなす。実はこの二つは、レオナルドがぼんやりしていたときに手が自然と描いたイメージであり、彼の無意識の象徴と言える。力強さと繊細さは、レオナルドの二面性の表れである。(12)

こうした作品のうち、わかっているなかで一番古いのは一四七八年、まだフィレンツェにいた頃に描かれた【図29】。老人のほうは高いワシ鼻と、上唇をかみしめて尖った顎が誇張されている。レオナルドがよく描いた、鼻と顎の距離が近い顔だ。波打つ髪を見ると、年老いた自分をイメージしたのかと思わせる。それと向き合うように軽いタッチで描かれているのは、これといった特徴のないほっそりとした若者だ。わずかに首を傾け、身体を曲げるようにして弱々しく老人を見上げている。線が細い少年のような姿は、レオナルドがモデルを務めたと見られるヴェロッキオのダビデ像を彷彿とさせる。意識的かどうかはわからないが、レオナルドは若かりし日の自分を思い浮かべたのではないか。そして自らの少年のような一面と、男らしい一面を並べたのだ。老若が向き合う作品には、両者の心のつながりが感じられる。レオナルドが「フィレンツェのフィオラヴァンテ・ディ・ドメニコは誰よりも愛おしい友人だ。まるで私の……」と書いたのは、この一四七八年のスケッチと同じページである。[13]

恋人が成熟するさまをつぶさに記録する

一四九〇年にサライがレオナルドの家に住むようになると、ノートの落書きやスケッチに登場する少年はもっと女性的で、肉づきがよく、多少官能的になる。このサライと思われるキャラクターは、時間とともにゆっくりと成熟していく。良い例が一四九〇年代に描かれた、顎の突き出たいかつい男と少年のスケッチである【図30】。一四七八年のものと比べると、若者の巻き毛はさらに豊かで、頭から長い首にかけて流れ落ちる奔流のようだ。目も大きいが虚ろで、顎は肉付きがいい。ふっくらした唇は、改めて見ると『モナリザ』の微笑のようだが、少しだけいたずらっぽい。天使のようだが、小悪魔的でもある。年上の男の腕は少年の肩に伸びているが、前腕と胴の一部は透明で、二人の体は溶け合うようだ。この絵が描かれた当時レオナルドはまだ四〇代半ばだったので、年上の男は自画像ではない。だが老いが迫りつつあるなか、自分の心境を多少のユーモアを込めてこんなかたちで表現

【図30】1490年代に描かれた老人とサライとみられる若者

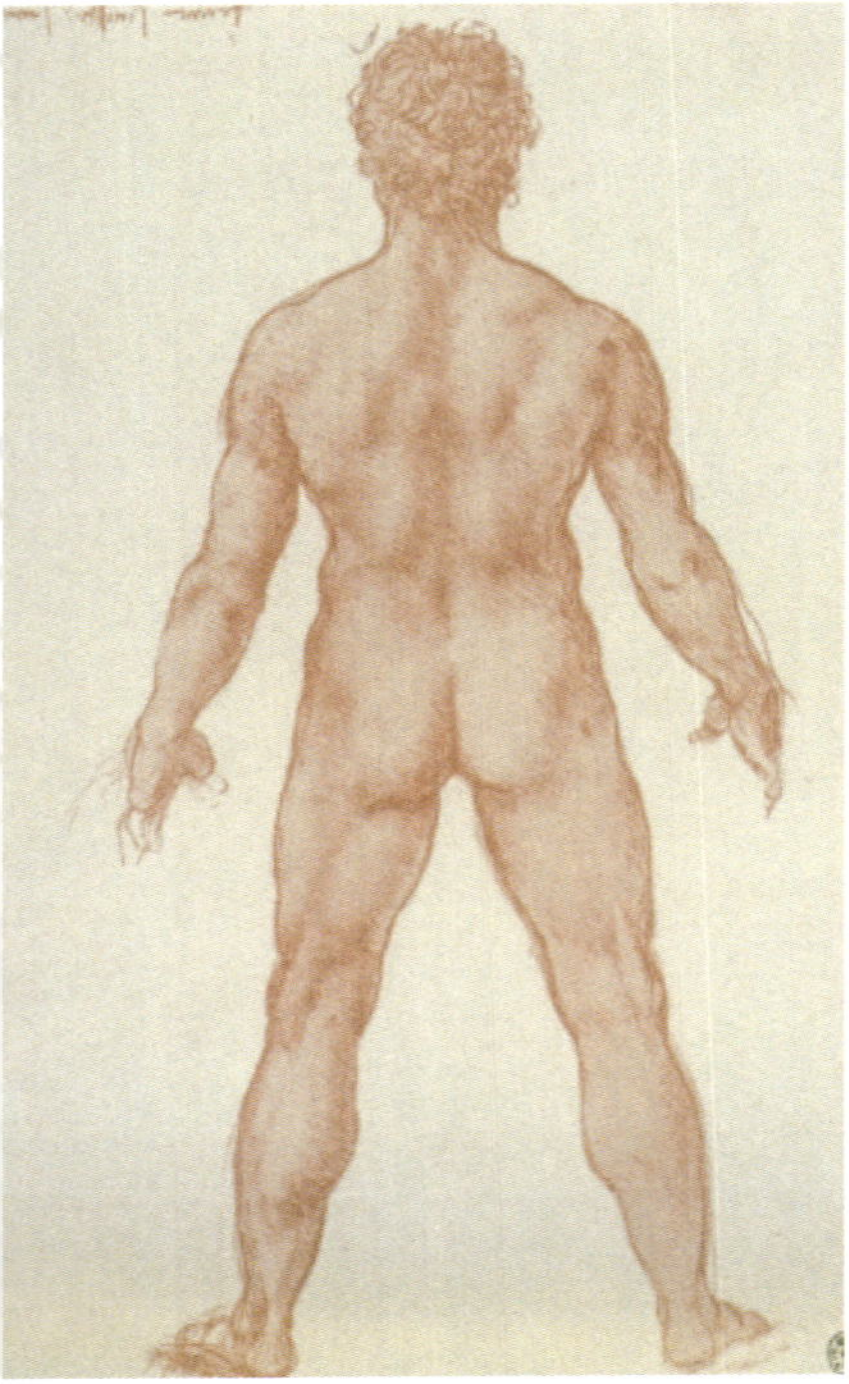

【図32】1504年頃

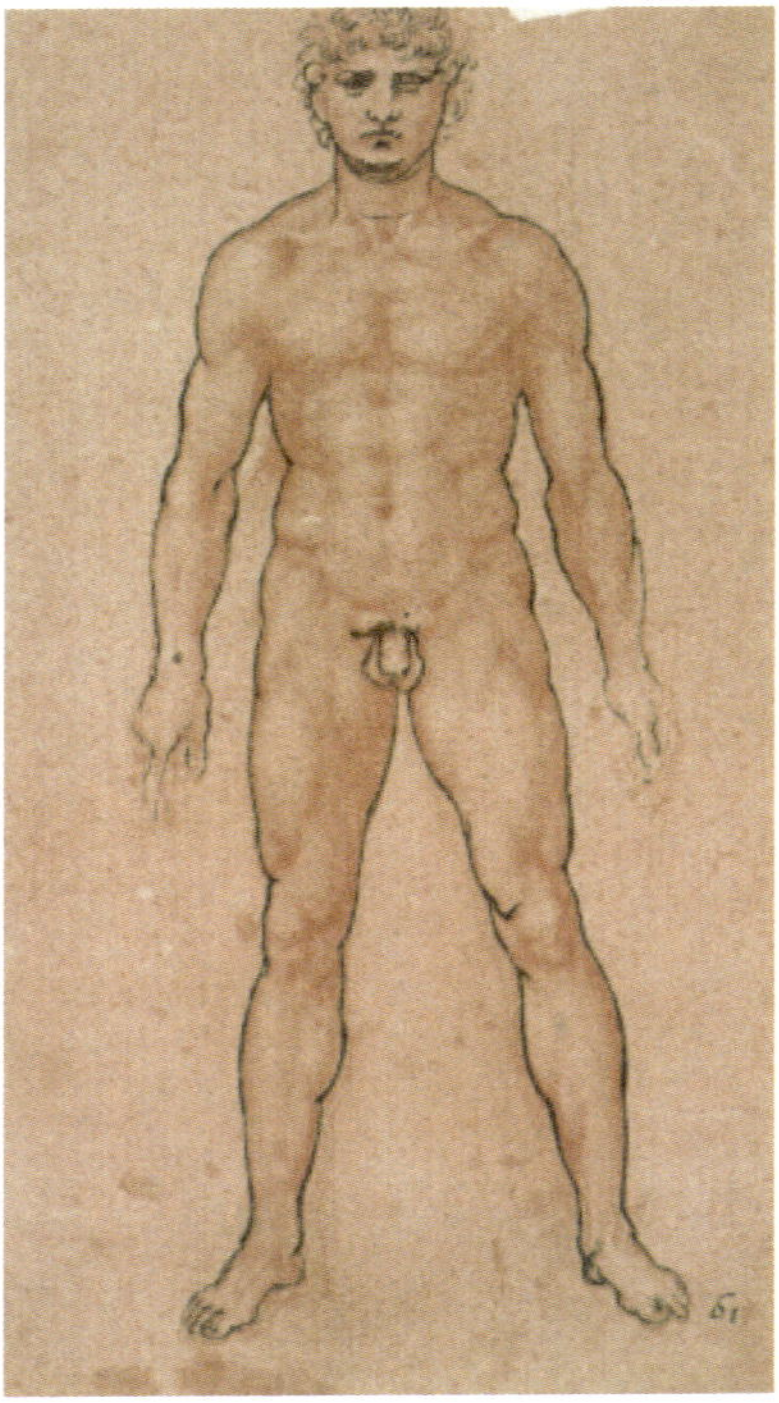

【図31】1504年頃のサライ

したのかもしれない。(14)

レオナルドは生涯を通じて繰り返し、愛情を込めてサライを描きつづけた。絵のなかのサライは、いつも繊細で官能的だが、少しずつ歳をとっていく。サライが二〇代になったばかりの頃、レオナルドは赤いチョークとペンを使って、その裸の立ち姿を描いた【図31】。唇と顎はまだ少年のようで、見事な巻き毛も変わらない。しかしその体と軽く伸ばした腕は『ウィトルウィウス的人体図』やレオナルドの描いた解剖図と同じように筋肉質である。

もう一枚、裸の全身像があ

【図33】1510年頃

【図34】1517年頃

るが、そちらは後姿だ。ここでも腕と足を広げており、強靭な肉体にはほとんど贅肉が付いていない【図32】。
　数年後の一五一〇年頃、レオナルドは再びサライの横顔をチョークで描いている。今度は右向きだ【図33】。白鳥のように長い首、肉付きのよい顎、覇気のない目など特徴は以前のものと変わらないが、少年のようだと言われたサライも少し大人になっている。やわらかな上唇は少し前に出ていて、下唇は少し引いており、ここでも小悪魔的な微笑を浮かべている。
　最晩年になっても、レオナルドはまだサライのイメージに魅了されているようだった。一五一七年頃の作品では、心のなかの若々しいサライの横顔をやわらかな筆致で描いている【図34】。重たそうなまぶたはやはり官能的で、少し空虚である。「レオナルドがことのほか好んだ」とヴァザーリが形容する、細かな巻き毛もそのままだ。[15]

【図35】快楽と苦痛の寓意

快楽と苦痛は対をなす

老人と若者を並べた多くの作品は、快楽と苦痛を表す二人の人物を描いた印象的な寓意画に通じるところがある。【図35】。快楽を表す若者には、サライの特徴がいくつか見られる。若者は苦痛を表す老人と背中合わせに立っており、絡み合った腕の下で二人の体は一体となっている。「快楽と苦痛は対をなす。相手がいなければ、どちらも存在しないからだ」とレオナルドはこの絵にかき込んでいる。

レオナルドの寓意画のご多分に漏れず、ここにも象徴や言葉が含まれている。苦痛は泥の、快楽は黄金の上に立っている。苦痛は「トリボロ」と呼ばれる小さな棘鉄球を落としている。これは苦痛を意味する「トリボラチオーネ」との語呂合わせである。快楽は硬貨を落とし、手には葦《アシ》を握っている。葦が苦痛を生む「邪悪な快楽」の象徴である理由を、レオナルドはこう説明している。「絵の中の快楽は右手に葦を握っている。葦は何の役にも立たず、強さもない。しかも葦でできた傷には毒がある。トスカーナでは寝台の下敷きに使われるので、無益な夢はここから出てくるという意味がある」。

レオナルドのいう無益な夢には性的妄想が含まれているようで、それは生産的営みの妨げになることもある、と嘆いている。寝台についてはこう書いている。「人が多くの貴重な時間を浪費し、無益な快楽に溺れるのはここである。心はありえないことを想像し、体は身の破滅につながるような快楽にふける」。

レオナルドは、ベッドでの快楽や妄想が自らの破滅につながると考えていたのだろうか。「何の役にも立たない」男根の象徴である葦についての説明のなかで、彼はこう忠告する。「快楽にふけるときは、その背後に苦痛と禍根が潜んでいることを忘れるな」[16]。

第八章

ウィトルウィウス的人体図

ミラノ大聖堂のティブリオ（円蓋）

一四八七年、ミラノ政府が大聖堂のてっぺんに「ティブリオ」と呼ばれる円蓋を建設するため、案を募っているという話を耳にすると、レオナルドは建築家としての名声をつかむ好機と見て飛びついた。この年、レオナルドは理想都市の計画を完成させていたが、ほとんど注目されなかった。ティブリオを設計するコンペは、実用的な仕事もできることを示すチャンスだった。

ミラノの大聖堂【図36】は建設されてから一世紀が経過していたが、聖堂の身廊と翼廊の交差部にかぶせる伝統的なティブリオはまだなかった。それまでにも幾人かの建築家がティブリオ建設に挑んできたが、大聖堂のゴシック様式になじみ、しかも構造的弱さに配慮するという難題のために行き詰まっていた。一四八七年のコンペには少なくとも九人の建築家が参加したが、競い合うというより、アイデアを交換するなど協力して作業に取り組んだ。[1]

【図36】ティブリオを冠したミラノの大聖堂

ルネサンス期のイタリアでは、ブルネレスキ、アルベルティ以来の伝統で、多様な分野にまたがって活躍する画家兼技術者兼建築家が登場していた。レオナルドはティブリオ建設計画で、そのなかでも格別優秀な二人と仕事をする機会に恵まれた。ドナート・ブラマンテとフランチェスコ・ディ・ジョルジョである。二人はレオナルドの親友となり、協力しておもしろい教会の設計をいくつか考案している。それ以上に重要なのは二人との交友がきっかけとなり、レオナルドが古代ローマの建築家の書物を参考に、人間のプロポーションと教会のそれを調和させるような素描を何点か制作したことだ。この試みはやがて、人間と宇宙の調和を象徴するレオナルドの伝説的作品に結実する。

八歳年上のロールモデル

ブラマンテは当初、ティブリオの提案書を審査する専門家に任命された。レオナルドより八歳年長で、ウルビーノ近郊の農家の息子だったが、貪欲でかなりの野心家だった。成功を夢見て一四七〇年代初頭にミラノに出てきてからは、エンターテイナーから技術者までさまざまな仕事をこなした。レオナルドと同じように、スフォルツァ宮での振り出しはパレードや舞台の演出家だった。機知に富む詩や謎かけを考え、ときにはリラやリュートを弾きながら自ら演じることもあった。

レオナルドの寓意物語や予言のなかには、ブラマンテの作品と対になっているものもある。一四八〇年代後半には、二人は協力してスフォルツァ宮の演芸部隊がさまざまな機会に上演する幻想的舞台を制作するようになっていた。二人ともまばゆいばかりの才能と魅力を持ち合わせていたが、だからといって反目しあうこともなく、親しい友人となった。レオナルドはノートでブラマンテを愛情を込めて「ドンニーノ」と呼び、ブラマンテも古代ローマを謳った詩集を「愛すべき、魅力あふれる腹心の友」レオナルドに献じている(2)。

レオナルドと親しくなった数年後(3)、ブラマンテは古代の二人の哲学者、ヘラクレイトスとデモクリトスのフレスコ画を描いている【図37】。人々の生きざまをおもしろがったと言われるヘラクレイトスは笑い、デモクリトスは涙を流している。丸顔で頭の禿げあがったヘラクレイトスはブラマンテの自画像のようで、デモクリトスはレオナルドをモデルにしているようだ。細かくボリュームのある巻き毛、バラ色のチュニック、はっきりとした眉と顎。手元に置いたノートには、右から左へ鏡文字が

【図37】ブラマンテの描いたヘラクレイトスとデモクリトス。
左のモデルはレオナルド

書かれている。この絵からは、まだ髭をたくわえる前の壮年期のレオナルドの姿を思い描くことができる。

ブラマンテは演芸プロデューサーから、画家兼技師兼建築家としてスフォルツァ宮の廷臣となった。つまりレオナルドにとってはロールモデルとなり、道を拓いてくれた存在と言える。一緒に働いていた一四八〇年代半ば、ブラマンテは芸術と建築の才能を見事に組み合わせ、ミラノのサンタ・マリア・プレッソ・サン・サティロ教会の祭壇背後に「騙し絵」のようなアプス（聖歌隊エリア）を作った。場所が狭く、本格的なアプスはとても造れない。そこでルネサンス期の画家のあいだで広まっていた遠近法の知識をもとに、実際よりも奥行きがあるように錯覚させるトロンプルイユ（騙し絵）の画法を使ったのだ。

教会はシンメトリーであるべきだ

それから数年後、ブラマンテとレオナルドは同じように建築と遠近法の知識が求められるプロジェクトに一緒に取り組んだ。ルドヴィーコ・スフォルツァがブラマンテにサンタ・マリア・デッレ・グラッツィエ教会の敷地内にある修道院に新しい食堂を増築するよう命じたためで、その壁画としてレオナルドは『最後の晩餐』を描くことになる。ブラマンテもレオナルドも、教会のデザインはシンメトリーであるのが好ましいと考えており、集中形式と呼ばれる正方形や円形など規則的な幾何学図形が重なるデザインを選んだ。レオナルドの教会のスケッチにもそうした図案が数多く残されている【図38】。

一四八七年九月、ブラマンテはティブリオの設計に関する提案書を提出した。論点の一つとなっていたのは、ティブリオを四面体にするか八面体にするかだ。ブラマンテは四面体のほうが屋根を支える梁にしっかりと固定されると考え、「私は八角形より四角形のほうが、建物の他の部分と相性が良く、はるかに強固で優れていると考える」と結論づけている。

レオナルドは一四八七年七月から九月にかけて六回にわけて、このプロジェクトに協力した報酬を受け取っている。おそらくブラマンテが提案書をまとめるうえで相談に乗ったのだろう。あるプレゼンの場では、お気に入りの人体と建物に関するアナロジーを使って、哲学的なセールストークを展開している。「薬は適切に使えば、病める人々の健康を取り戻すのに役立つ。人間の本質を理解している医師なら、薬を正しく使うことができるだろう。病める教会に必要なのも、まさにそれだ。建築の本質を理解し、正しい建築の法則を理解した医者のような建築家である(4)」。

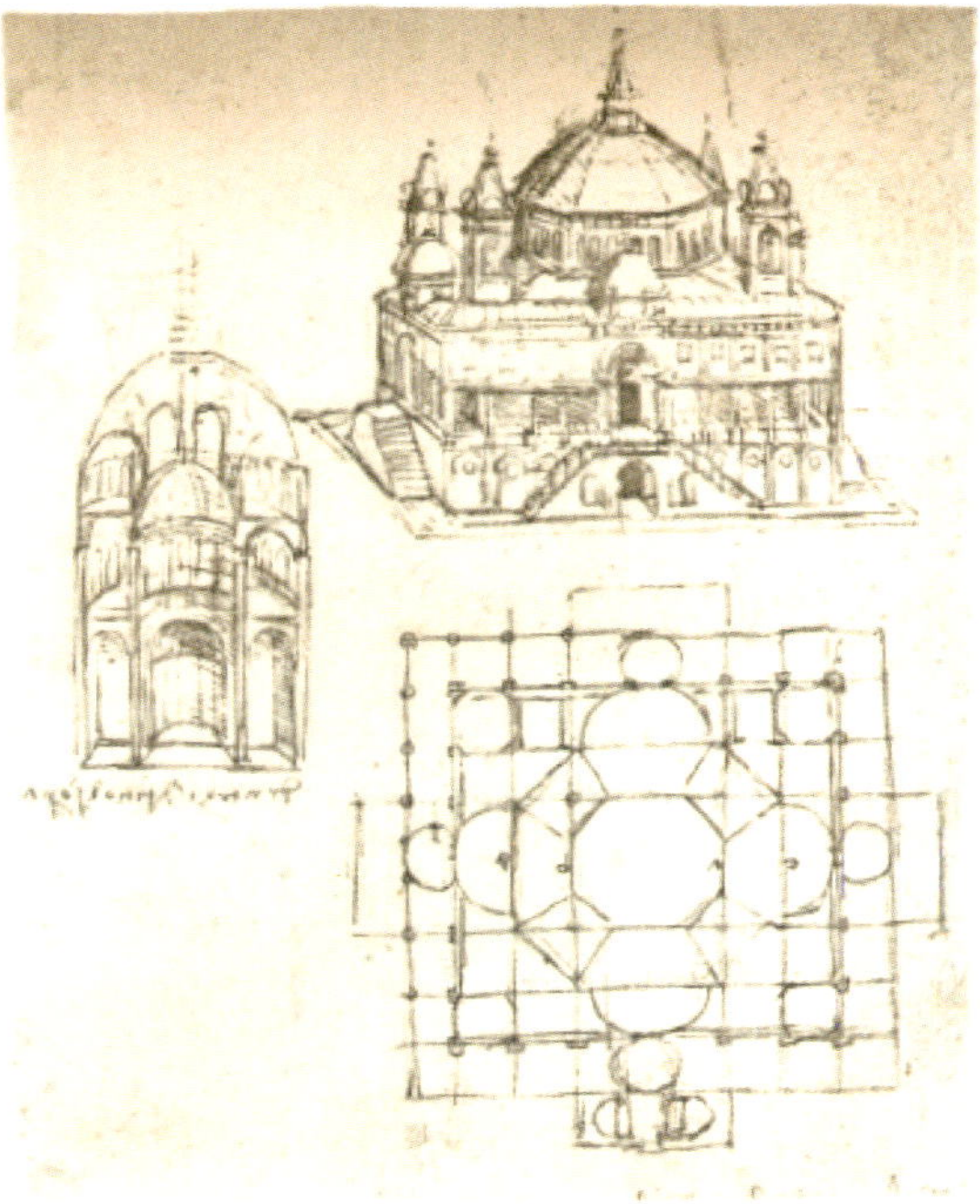

【図38】教会の図案

レオナルドはノートに何ページにもわたって建物の構造的弱さの原因を説明する図や説明を書いている。壁のひび割れの原因を体系的に研究したのもレオナルドが初めてだ。「縦のひびは、古い壁に新しい壁を貼り合わせたときに生じる。接着部は新たな壁の重みに耐えきれず、ヒビが入るのは避けられない(5)」。

ミラノ大聖堂の脆弱な部分を補強するため、レオナルドはティブリオの設置を予定している場所の周辺を安定化するための補助梁システムを考案した。常に実験を重んじるレオナルドらしく、その仕組みを説明するための簡単なテストも計画した。

アーチにかかる重みが、支柱だけに集中しないことを示すための実験。アーチにかかる重みが大きくなるほど、むしろ支柱に伝わる重みは小さくなることを示す。

井戸の縦穴の中央にはかりを置き、その上に男を座らせる。男が両手、両足を広げて井戸の壁を押すようにすると、はかりにかかる重さははるかに減ることがわかる。続いて男の肩に重りを置く。すると肩に乗せる重りを増やすほど、男は手足を強く壁に押し付け、はかりにかかる重みは少なくなることがわかるはずだ[6]。

レオナルドは大工に助っ人を頼み、自分が設計したティブリオの木造模型をつくった。その対価は一四八八年初頭に何回かに分けて受け取っている。ティブリオをミラノのゴシック様式の大聖堂になじませようとはしなかった。レオナルドのデザインには、フィレンツェのドゥオーモへの愛着がにじむ。何枚ものトスカーナ風クーポラ（半球状の屋根）のスケッチは、ミラノ大聖堂のゴシック建築らしい飛び梁より、ブルネレスキのドームを念頭に置いたものとみられる。レオナルドらしい独創性が最も表れているのは、ブルネレスキのものと同じような二重構造のドームだ。外側から見ると、ブラマンテが推奨したような四面体だが、内側から見ると八面体になっている[7]。

フランチェスコ・ディ・ジョルジョの介入

ブラマンテをはじめ、レオナルドら何人もの建築家から提案を受け取ったミラノ政府は、途方に暮れてしまったようだ。そこで一四九〇年四月、関係者全員を集めて会議を開いた。その結果、さらに一人、専門家を呼ぶことになった。シエナのフランチェスコ・ディ・ジョルジョである。[8]

レオナルドより一三歳年長のフランチェスコも、芸術、技術、建築に精通した多才の人である。画家としてキャリアをスタートさせたが、まだ若いうちに建築家として働くためにウルビーノに移り、その後、地下に導水管システムをつくるためにシエナに呼び戻され、空いた時間には彫刻をつくっていた。軍事技術や要塞建設にも興味があった。要するにシエナのレオナルドだったわけだ。

レオナルドと同じように、フランチェスコもデザインのアイデアを書き留めるため、ポケットサイズのノートを持ち歩いた。一四七五年にはそれを集めて、アルベルティの著書の続編となるような建築論を書く準備を始めている。ラテン語ではなく素朴なイタリア語で書かれたこの論稿は、学術書というより、建築家のための手引きという位置づけだった。フランチェスコのデザインは、芸術だけでなく数学に立脚していた。ノートに残されたアイデアは、レオナルドのノートに書かれたものと同じように多岐にわたり、機械、古代ギリシャやローマ風の神殿のような教会、武器、ポンプ、巻き揚げ機、都市計画、要塞化された城などに関する素描や考察がびっしりと書き込まれている。教会のデザインについてはレオナルドやブラマンテと同じように、身廊と翼廊の長さが等しいシンメトリーなギリシャ十字形の内部空間を好んだ。

ミラノ公の宮廷はシエナ共和国議会に対し、ティブリオ建設計画の重要性を訴え、フランチェスコを派遣してほしいという公式な要請を出した。シエナ側はそれを渋々受け入れ、フランチェスコはシエナでも多くの未完のプロジェクトを抱えているため、ミラノでの仕事は早急に完了させてほしいと注文を付けた。フランチェスコは六月初旬には、ミラノでティブリオの新たなモデルの制作に取り掛かっていた。

その月の終わりにルドヴィーコ・スフォルツァや大聖堂の代表者が出席して、大規模な会議が開かれた。そこでは三つの選択肢が検討され、最終的にはフランチェスコの勧めに従い、コンペに参加していた地元ミラノの二人の建築家兼技術者が作成したデザインを採択した。こうして華麗な装飾が施されたゴシック様式のティブリオができあがった【図36】（189ページ）。自らの提案していた優美なフィレンツェ流のデザインとは大きく異なっていたため、レオナルドはこのプロジェクトから身を引いた。

ただ教会の設計への興味は失わなかった。幾何学模様や円積問題の研究を進めるかたわら、美しいドームや理想的な教会内部のデザインなど七〇点以上のデッサンを残している。なかでも最も興味深いのが、正方形のなかに円を埋め込んでさまざまな幾何学模様を描いた平面図だ。中心には祭壇がある。これは人間と世界の調和的関係を表現していた。[9]

フランチェスコとのパヴィア訪問

ともにミラノ大聖堂のティブリオ建設プロジェクトに取り組んでいた一四九〇年六月、レオナルドとフランチェスコ・ディ・ジョルジョはパヴィアを訪れている。ミラノから約四〇キロメートル離れたこの町は、新たな大聖堂を建設していた【図39】。ミラノで二人が携わっていたプロジェクトを知っていたパヴィア政府は、ルドヴィーコ・スフォルツァに二人をコンサルタントとして派遣してほしいと依頼した。ルドヴィーコは自らの秘書官に次のようなメモを送っている。「パヴィアの大聖堂建設担当者が、ミラノ大聖堂の担当官が採用した例のシエナの技術者を送ってほしいと要請してきた」。ここで言っているのはフランチェスコのことだが、名前が思い出せなかったようだ。また追伸として「フィレンツェのマエストロ・レオナルドも派遣すべし」と書いている。

ルドヴィーコの秘書官は、フランチェスコはティブリオの暫定報告書を完成させなければならないが、八日以内に出発できる、と回答している。そして「フィレンツェのマエストロ・レオナルドは、要請があればいつでも出発できるとのこと。シエナの技術者を派遣するなら、彼は同行する」と付け加えている。レオナルドはぜひともフランチェスコと一緒にパヴィアに行きたいと思っていたのだろう。パヴィア当局の支出記録には、六月二一日の宿屋への支払いの記録が残っている。「パヴィアの『イル・サラチーノ』の主人、ジョヴァンニ・アゴスティーノ・ベルネリへの支払い。大聖堂のコンサル

【図39】パヴィアの大聖堂

タントとして呼ばれた技師であるシエナのマエストロ・フランチェスコとフィレンツェのレオナルド、その同僚、随行者、馬の滞在費用として」[10]。

ミラノで二人とともに仕事をしていたドナート・ブラマンテは、数年前にパヴィアの大聖堂の計画に対してアドバイスを与えていた。ミラノの大聖堂とは違い、最終的なデザインは明らかにゴシック様式ではなく、レオナルドの好みに合うものだった。シンプルなファサード（正面）に、内部は身廊と翼廊が同じ長さのギリシャ十字形のシンメトリーなつくりだった。この結果、バランスもプロポーションも申し分のない幾何学的な美しさがあった。ヴァチカンのサン・ピエトロ大聖堂に代表されるブラマンテがデザインした教会や、レオナルドがノートにスケッチした教会の絵と同じように、パヴィア大聖堂の平面図は円や正方形を使って非常に調和的で均整のとれた空間をつくりだしている[11]。

フランチェスコはちょうど自らの『建築論』の原稿を推敲していたところで、パヴィアへの道中、それをレオナルドと話し合っている。レオナルドはその後、挿絵をふんだんに使った同書を一部手に入れている。二人はもっと重要な文献についても議論を交わした。一〇〇〇点の蔵書を誇るパヴィア城内のヴィスコンティ図書館には、ウィトルウィウスの『建築論』の美しい筆写本があった。ウィトルウィウスは紀元前一世紀のローマの軍人であり、技術者でもあった。フランチェスコは何年も前から、苦労しながらウィトルウィウスの『建築論』をラテン語からイタリア語に翻訳してきた。何世紀も経つうちに『建築論』の写本には複数のバリエーションが生まれており、フランチェスコはパヴィアの図書館にあった一四世紀版を研究したいと考えていた。レオナルドも同じだった[12]。

人体は小宇宙であり、世界の完璧さが詰まっている

マルクス・ウィトルウィウス・ポッリオは紀元前八〇年頃に生まれた。シーザーのもとでローマ軍に仕え、大砲の設計や製作で活躍した。こうした任務のために現在のスペイン、フランス、そして北アフリカまで赴いている。その後は建築家となり、すでに失われてしまったもののイタリアのファノに神殿を建てている。ただ最も重要な功績は、その著作『建築論』だ。『建築十書』とも呼ばれ、現存する唯一の古代ローマ時代の建築書である。[13]

数百年にわたる芸術の暗黒時代、ウィトルウィウスの著作は忘れ去られていた。だが一四〇〇年代初頭、ルクレティウスによる叙事詩『事物の本性について』やキケロの弁論集など数多くの古典文学とともに、イタリアの人文主義者の先駆けであるポッジョ・ブラッチョリーニにより再発見された。スイスの修道院で八世紀に作られた『建築論』の写本を発見したポッジョは、それをフィレンツェに送った。こうして建築論は他の古典文学とともに、ルネサンス時代を生み出す土台の一角を成すこととなった。ブルネレスキは青年時代、古代建築の遺構の測定と調査のためにローマに赴いた際、ウィトルウィウスの『建築論』を手引きとして携えていった。アルベルティは自らの『建築論』でウィトルウィウスのそれを何度も引用している。一四八〇年代にはイタリアにできたばかりの印刷工房でラテン語版が出版され、レオナルドはノートに「書籍商でウィトルウィウスについて尋ねること」と書き込んでいる。[14]

レオナルドとフランチェスコがウィトルウィウスの著書に惹かれたのは、プラトンなど古代の思想

家にまで起源をさかのぼる、人間という小宇宙と地球という大宇宙の関係性について明確に説明していたためだ。それはルネサンス人文主義の象徴ともいえるアナロジーだ。

このアナロジーはフランチェスコが執筆していた論稿の基礎でもあった。「あらゆる芸術と万物の法則性は、均整のとれた人体から導き出すことができる」[15]と第五章の書き出しにある。「小宇宙と呼ばれる人間の内には、世界の完璧さがすべて詰まっている」。レオナルドも同じように、このアナロジーを自らの芸術と科学の基礎に据えていた。この時期に書いた有名な一文がある。「古代の人々は人間を小宇宙と呼んだ。たしかに言い得て妙である。人体は世界の類似体なのだから」[16]。

ウィトルウィウスはこのアナロジーを神殿のデザインに当てはめ、そのレイアウトには人体の比例を反映し、幾何学図形を組み合わせてあおむけに横たわる人間のような平面図を作成すべきである、と述べている。第三巻の冒頭には「神殿の設計はシンメトリーを基本とする。均整のとれた人間のように、構成要素のあいだには正確な比例関係を維持すること」[17]とある。

寺院のデザインの土台となるべき「均整のとれた人間」についても詳細に解説している。まず顎から頭頂までの長さは身長の一〇分の一である、としたうえで、同じような数字を次々と挙げていく。「足のつま先からかかとまでの長さは身長の六分の一、ひじから手首までは四分の一、胸幅も四分の一である。体の他の部分にも同じようなシンメトリーなプロポーションがあり、それを活かすことで古代の著名な画家や彫刻家は不朽の名声を手に入れたのだ」。

円と正方形の中に、人間は収まる

レオナルドはウィトルウィウスの人体比例に大いに刺激を受け、ちょうど一四八九年に始めた解剖学の研究の一環として、同じような測定結果をまとめている。またそれにとどまらず、人体のプロポーションは優れた教会のデザイン、さらには地球という大宇宙のそれに通じるというウィトルウィウスの考えそのものが、レオナルドの世界観の中核をなすようになった。

ウィトルウィウスは人体比例を詳しく述べたあと、教会の理想的なプロポーションを理解するために、円と正方形のなかに人間を配置してみるという印象的なイメージを語っている。

寺院においては、さまざまな構成要素と全体のあいだに調和的プロポーションが存在しなければならない。人体の中心点はへそである。人間が四肢を伸ばしてあおむけに横たわった状態で、へそを中心にコンパスで円を描くと、指先とつま先が円に触れるだろう。また円と同じように、正方形も人体をもとに描くことができる。足裏から頭頂までの長さを測り、それを伸ばした両手の幅と照らし合わせると、両者が一致することがわかる。こうして正方形が完成する。[18]

驚くような洞察である。しかしウィトルウィウスが提唱して以来一五〇〇年にわたり、それを精緻な図で表そうと真剣に努力した者はいなかった。そんななか一四九〇年頃にレオナルドと仲間たちが、理想の教会の設計を探るため、また宇宙の法則性を解き明かすために、両手両足を伸ばして横たわる人体図を作成するという課題に挑みはじめるのだ。

フランチェスコは自らの『建築論』とウィトルウィウスの翻訳書の挿絵として、そうした作品を少なくとも三点制作している。一枚は円と正方形の中にたたずむ甘美で幻想的な人間の姿だ【図40】。

これは精緻ではなく、おそらく試作だろう。円、正方形、人体はプロポーションを示そうとはしておらず、ざっと描かれた印象を与える。他の二枚【図41と42】は円や正方形で教会の平面図のかたちを描き、その中に入念にプロポーションを考えた人体を書き込んでいる。いずれも芸術作品として印象に残るようなものではないが、フランチェスコがレオナルドとともにパヴィアに旅した一四九〇年当時、二人がウィトルウィウスの提唱したイメージに強い関心を持っていたことをうかがわせる。

ジャコモ・アンドレアとの歴史的な夕食会

ちょうどこのころ、レオナルドの親しい友人がもう一人、ウィトルウィウスの文章に基づく絵を制作している。ジャコモ・アンドレアはルドヴィーコがミラノ宮廷に集めた建築家と技術者のコミュニティの一員だった。廷臣の数学者でレオナルドの親友であったルカ・パチョーリは著書『神聖比例論』の献辞で、宮廷に集《つど》った優秀な仲間たちを挙げている。そこでレオナルドを称賛したのに続き、こう書いている。「フェラーラのジャコモ・アンドレアは私にとってはレオナルドと同じく兄弟のような友であり、ウィトルウィウスの著作の熱心な研究者である」[19]。

ジャコモ・アンドレアはすでに本書にも登場している。レオナルドの家にサライが来て従者となった二日後、レオナルドがこの性悪な少年を連れて行った夕食会の主催者だ。そこでサライが瓶をひっくり返してワインをこぼすなど「二人分の食事を平らげ、四人分の悪さをした」というのはすでに述べたとおりだ[20]。この夕食会が開かれたのは一四九〇年七月二四日、レオナルドとフランチェスコがパヴィアへの旅から帰郷してわずか四週間後のことだ。タイムマシンがあれば誰ものぞいてみたいと

フランチェスコ・ディ・ジョルジョによるウィトルウィウス的人体図

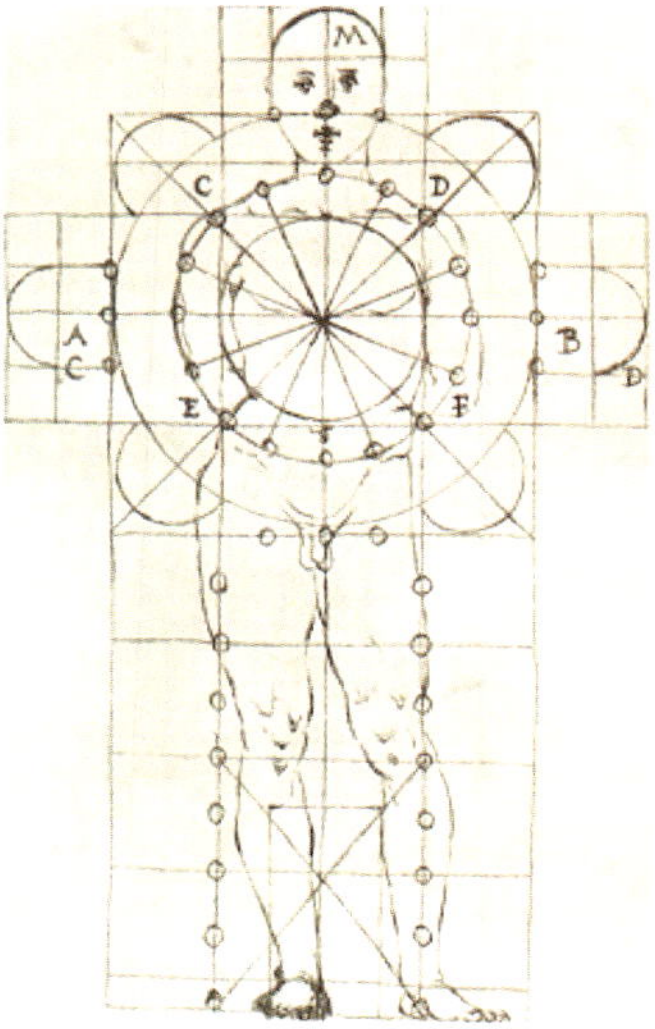

【図41】

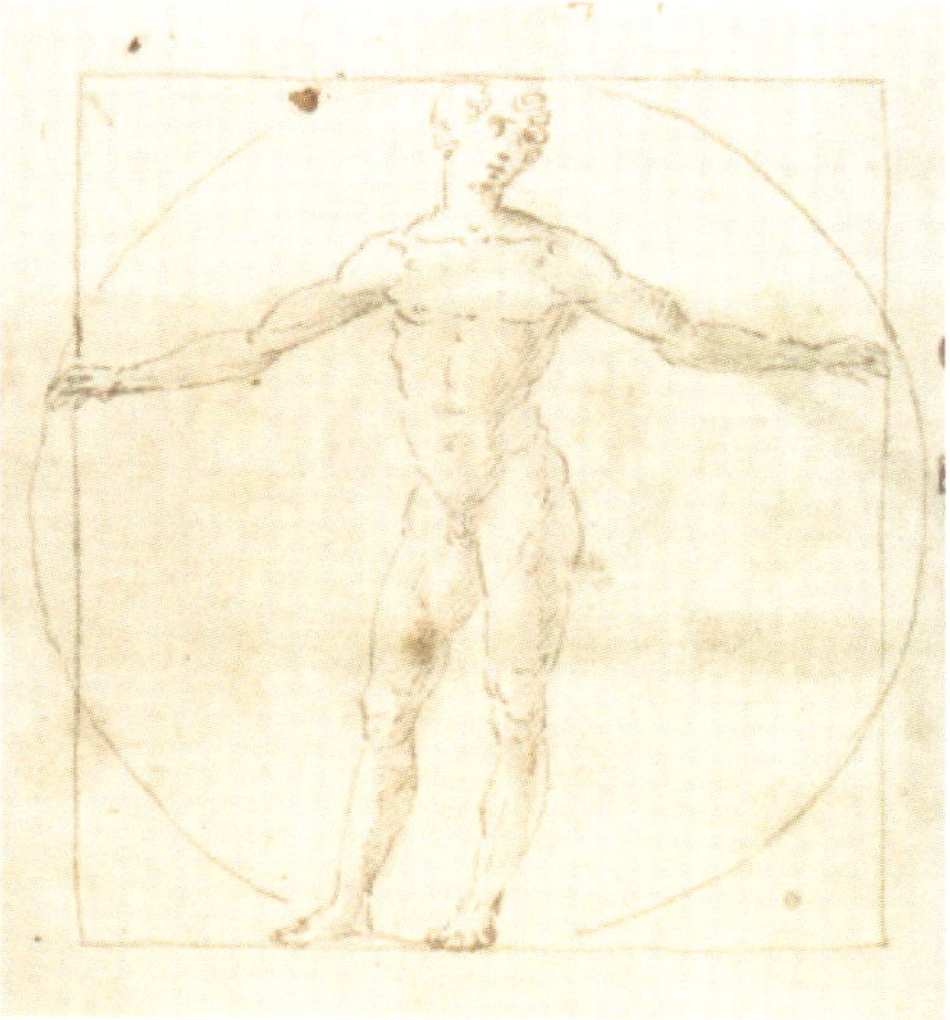

【図40】

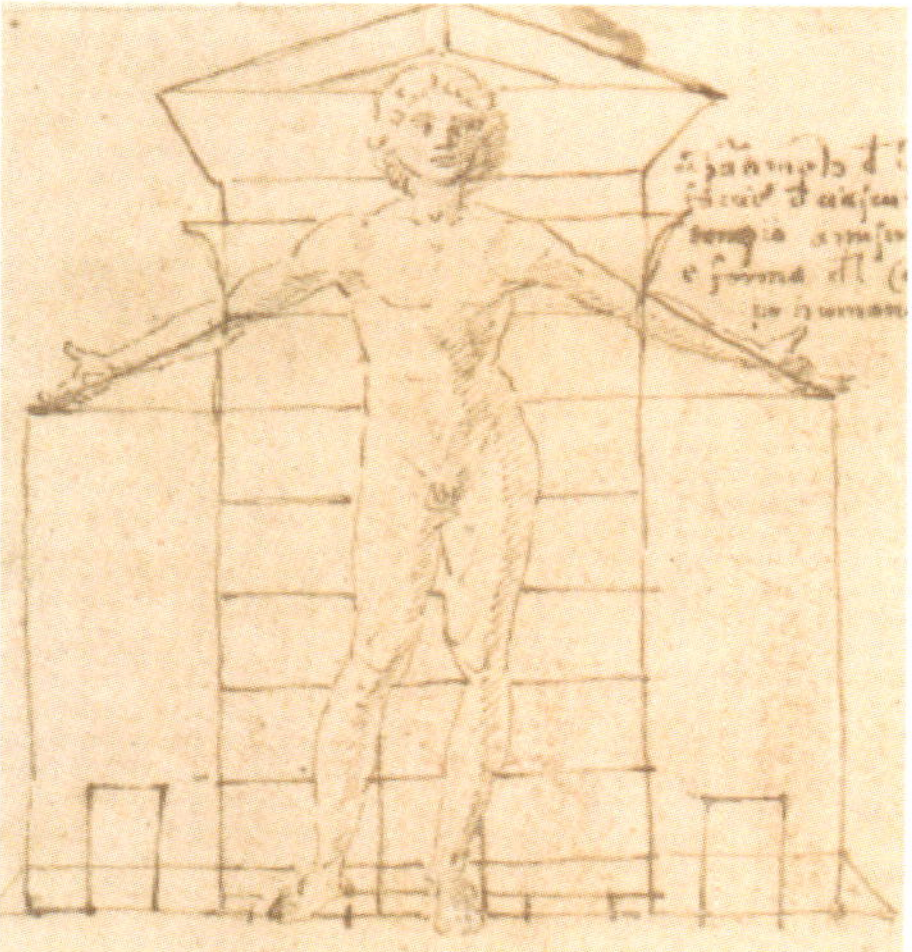

【図42】

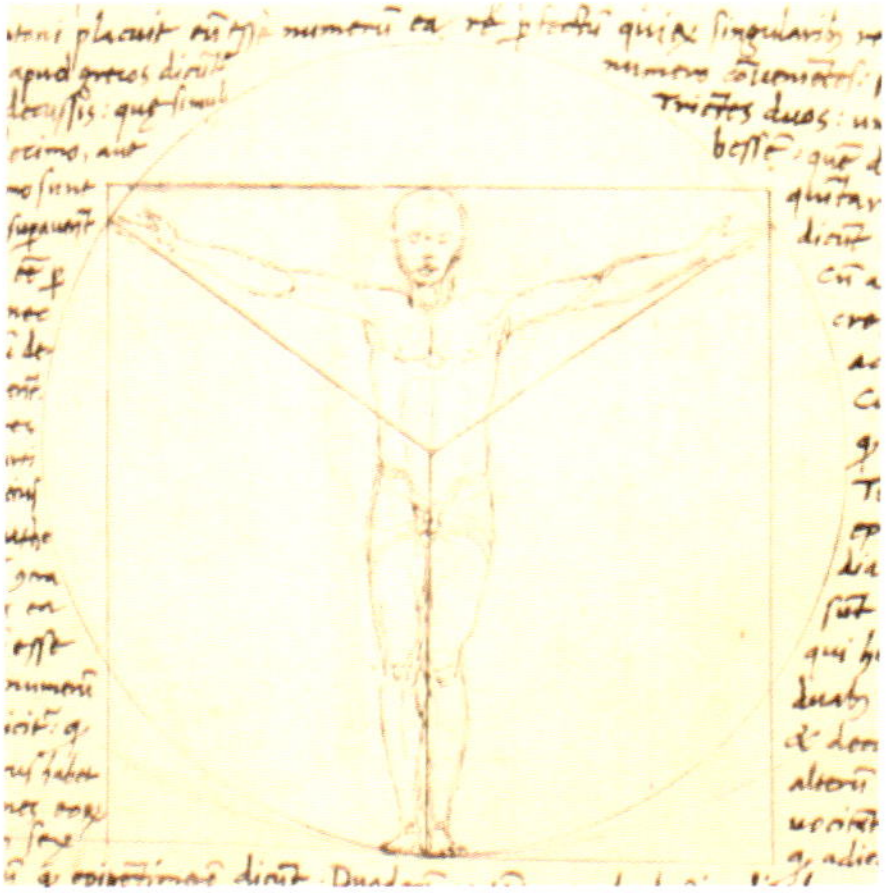

【図43】ジャコモ・アンドレアのウィトルウィウス的人体図

思うような、まさに歴史的な夕べだった。サライの悪ふざけで幾度か中断されたかもしれないが、この日の話題がレオナルドとフランチェスコがパヴィアで見てきたばかりのウィトルウィウスの著作であったことは想像に難くない。

　アンドレアは自らウィトルウィウスの考えを絵にしてみようと思い立った。夕食の席でサライにワインをこぼされないよう祈りながら、レオナルドと互いのスケッチを議論する彼の姿が目に浮かぶようだ。アンドレアが描いたのは、円と正方形のなかに両腕を伸ばした男性がいるシンプルなものだ【図43】。注目したいのは、円と正方形の中心は一致していないことだ。円は正方形の上に突き出ている。円の中心は男性のへそである一方、正方形の中心はその生殖器であるというのは、まさにウィトルウィウスが述べたとおりだ。男性の両腕はキリストのように左右に伸び、両足はぴったりと閉じている。

　アンドレアはその九年後、フランス軍がミラノを占領したときに惨殺され、その遺体は八つ裂きにされた。レオナルドはその直後に、アンドレアが所有していたウィトルウィウスの著作の写本を探しにいき、手に入れている。ノートには「『熊の宿』のそばに住むヴィンチェンツォ・アリプランドが、ジャコモ・アンドレアのウィトルウィウスを持っている」という書き込みがある。[21]

アンドレアの絵は一九八〇年代に発見された。建築史家のクラウディオ・スガルビが、イタリアのフェラーラの古文書館に埋もれていた挿絵をふんだんに使ったウィトルウィウスの著作の写本を見つけ、アンドレアが作成したものだと結論づけたのだ。(22) 一二七点の挿絵の一つが、アンドレア版のウィトルウィウス的人体像だった。

科学的にも芸術的にも卓越していたレオナルド版

レオナルドのウィトルウィウス的人体図を、ほぼ同時期に作成されたフランチェスコ・ディ・ジョルジョとジャコモ・アンドレアのそれと比べてみると、二つの決定的な違いがある。科学的正確さと芸術性において、レオナルドの作品は他の二人のものとはまったく別の次元にある【図44】。

長時間光に当てると色あせてしまうため、この作品が展示されることはめったになく、ふだんはヴェネツィアのアカデミア美術館四階の施錠した部屋に保管されている。それを学芸員が運んできて私の目の前のテーブルに広げてくれたとき、レオナルドの尖筆によって刻まれた線とコンパスの針でできた一二個の穴に心が震えた。五〇〇年以上前にそれを描いた画家の手が見えるようで、鳥肌が立つと同時に彼を身近に感じた。

友人たちのものと比べて、レオナルドの人体図は細部まで精緻に描かれている。線には乱れや迷いがない。尖筆を強く押しつけ、まるでエッチングのようにしっかりと、自信を持って紙に刻みつけている。入念に計画し、自分が何を描こうとしているのか、はっきりとわかったうえで取りかかっている。

円は正方形の底辺に接しつつ、幅と高さは正方形を上回ることも、あらかじめ決めていた。コンパ

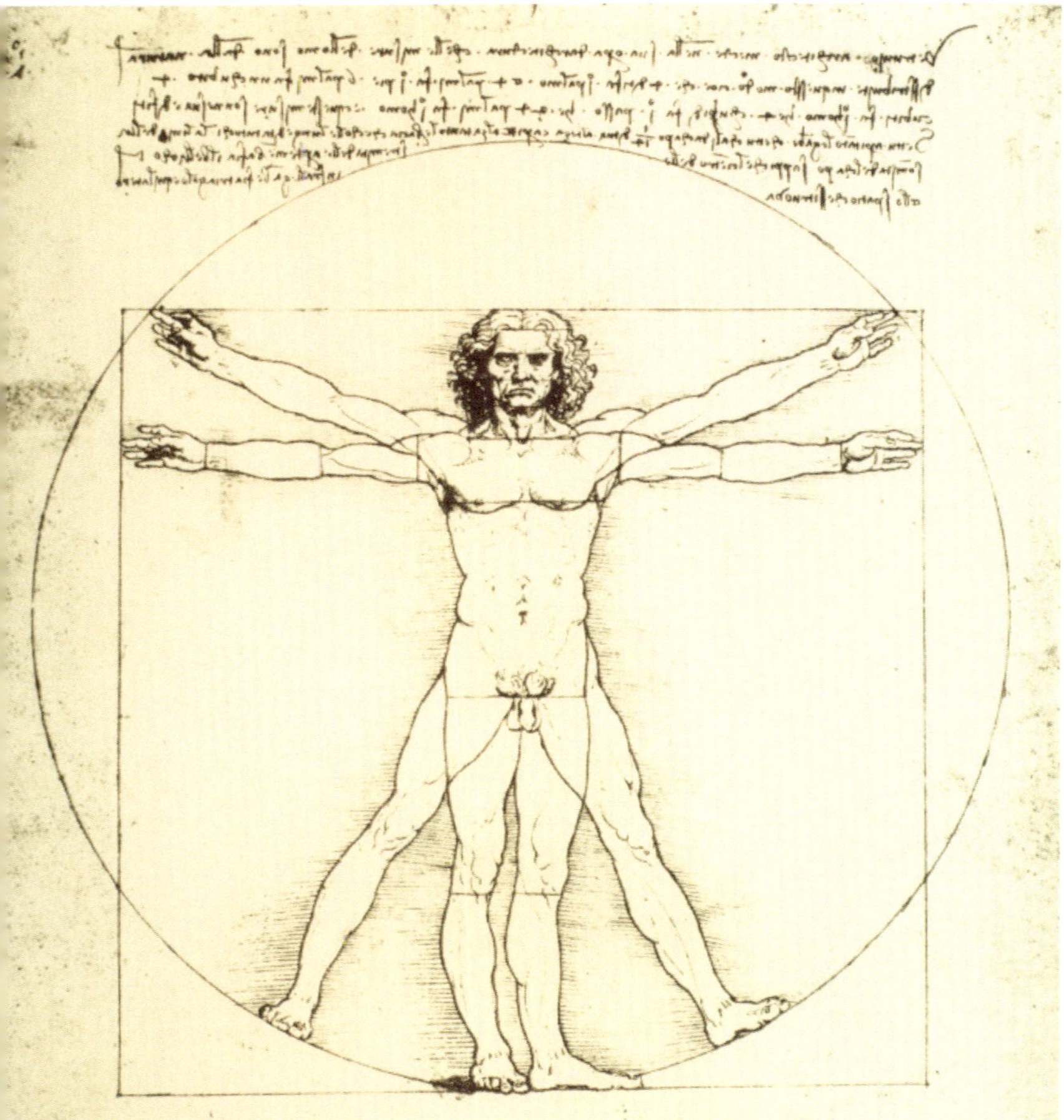

【図44】レオナルドのウィトルウィウス的人体図

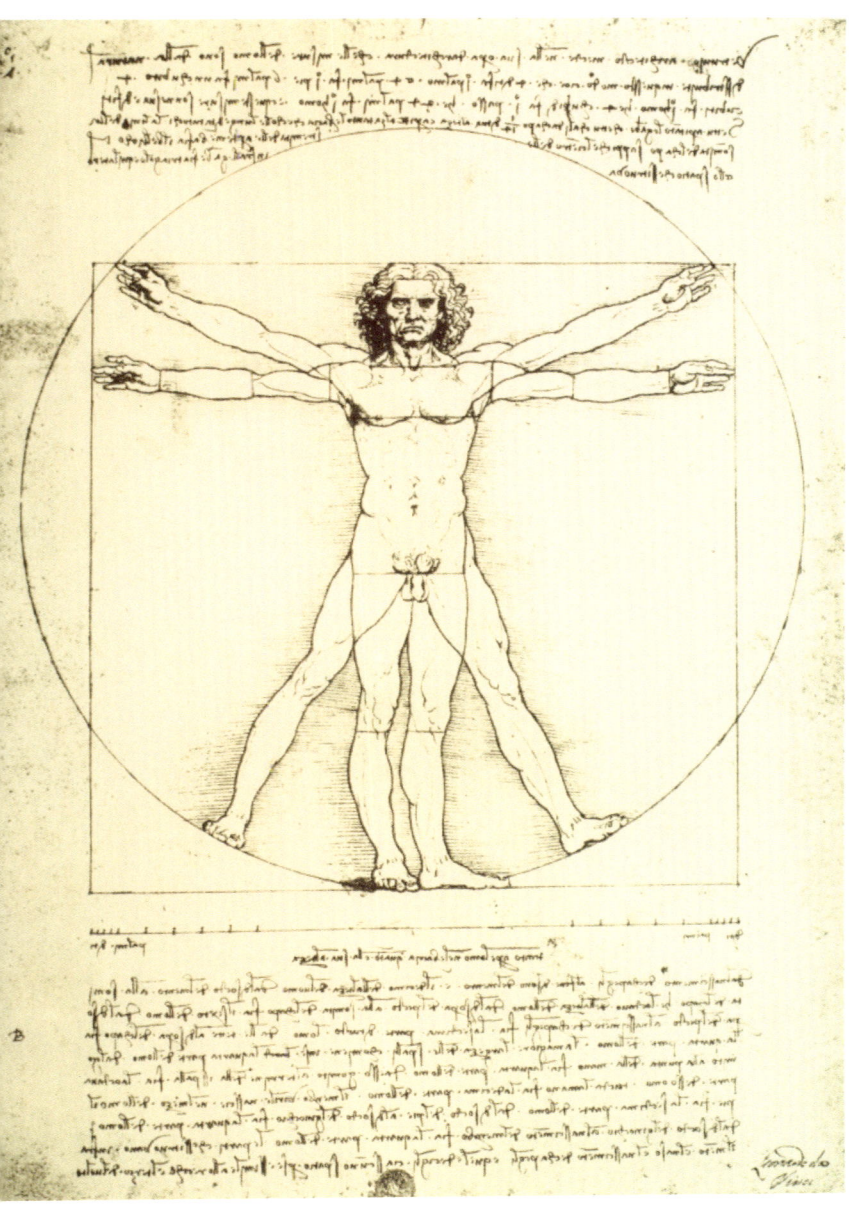

ス と直角定規を何本か使い、まず円と正方形を描いてから、その上にぴったりと納まるように男性の足を描いた。その結果、ウィトルウィウスの記述どおり、男性のへそは円の中心に、生殖器が正方形の中心となっている。

絵の下のメモには、男性の体の配置についてさらに詳細な説明を加えている。「身長が一四分の一低くなるように、両足を広げて頭の位置を下げていく。同時に両腕を伸ばし、指先が頭頂の線に触れるまで上げていく。そうするとへそが伸ばした四肢の中心になり、両足のあいだにできたスペースが二等辺三角形になる」

メモの他の部分にはウィトルウィウスからの引用として、さらに詳細な寸法やプロポーションが書かれている。

建築家のウィトルウィウスは建築に関する著作のなかで、人体の寸法は以下の割合になっていると述べている。

・腕を横に広げた長さは身長と等しい
・髪の生え際から顎の先までの長さは身長の一〇分の一と等しい
・頭頂から顎の先までの長さは身長の八分の一と等しい
・首の付け根から頭頂までの長さは身長の六分の一と等しい
・首の付け根から髪の生え際までの長さは身長の七分の一と等しい
・肩幅は身長の四分の一と等しい

・胸の中心から頭頂までの長さは身長の四分の一と等しい
・肘から指先までの長さは身長の四分の一と等しい
・肘から脇までの長さは身長の八分の一と等しい
・手の長さは身長の一〇分の一と等しい
・ペニスの位置は身長の半分と等しい
・つま先からかかとまでの長さは身長の七分の一と等しい

これはレオナルドの自画像なのか

こう書いてはいるものの、レオナルドはウィトルウィウスの数字をそのまま受け入れたわけではない。自らの信条に従い、人体図は独自の経験と実験に基づいて制作している。列挙した二二項目のうち、実際にウィトルウィウスが示したものは半分に満たない。それ以外はレオナルドがノートに記録した、解剖学と人体比例についての研究結果に基づいている。たとえばウィトルウィウスはつま先かかとまでの長さは身長の六分の一としているが、レオナルドは七分の一としている。[23]

科学的文献を作るのが目的であれば、人体の描写は簡略なものでよかったはずだ。しかし細やかな筆致と影の表現によって生み出された姿は過剰に美しい。レオナルド好みの厳しくも温かみのある視線や巻き毛をたたえた見事な男性像には、人間的なものと神聖なものが同居している。

男性には動きが感じられ、活力とエネルギーがみなぎっているようだ。まるでレオナルドの研究対象であった四枚羽のトンボのように。男性が左右の足を開いたり閉じたり、飛翔するように両手を上下させる様子が見えるようだ。静止しているのは、クロスハッチングでうっすらと影を付けた胴だけだ。ただ動きが伝わってくるものの、自然にくつろいでいるように見える。唯一やや不自然なのは、寸法を示すために身体の外側に開かれた左足だ。

ウィトルウィウス的人体図は、どこまでレオナルドの自画像と見るべきだろうか。これを描いた当時、レオナルドは三八歳。人体図の男性と同年代だ。レオナルドと同時代の評伝作家は、一様にその「美しい巻き毛」と「均整の取れた体つき」に触れている。また人体図の顔の特徴は、レオナルドの肖像とみられる作品と重なるところが多い。特にブラマンテが『ヘラクレイトスとデモクリトス』に描いた、まだヒゲを生やしていないこの年代のレオナルドとよく似ている。「画家が描くのはすべて自画像である」という格言もあり、レオナルドはそうならないようにと警告したこともあるが、絵画論の草稿の「人物像は画家に似ることが多い」と題した一文では、それは自然なことだと認めている。[24]

壮大な宇宙における人間の存在とは

人体図の視線は、鏡を見る者のように鋭い。実際、そのとおりだったのかもしれない。ウィトルウィウス的人体図を題材にした著書のなかで、トビー・レスターはこう指摘する。「これはレオナルドの理想的な自画像である。自らの真の姿をむき出しにして、隅々まで測ろうとする姿からは、人間の永遠の願望が伝わってくる。それは『この壮大な宇宙のなかで自分はどのような存在なのか、理解する知性が欲しい』という願いだ。この絵は、思索的行為であり、ある種の哲学的自画像ととらえるべきだろう。そこにおいてレオナルドは芸術家、自然哲学者、さらには全人類の代表として、眉をひそめて自らの本質に迫ろうとしている」[25]。

自分は何者なのか、壮大な宇宙の秩序においてどのような存在なのか。レオナルドは芸術と科学を融合させた『ウィトルウィウス的人体図』によって、この永遠の問いに対するひとつの答えを提示したと言える。この図はまた、個人の尊厳、価値、合理的主体性を重んじる人文主義の理想を表現している。円と正方形のなかの裸の男性像は、地上の世界と天上の世界の交点に立つレオナルド・ダ・ヴィンチの、そしてわれわれ自身の真の姿を見せてくれる。

革新的なアイデアは、ジャンル横断的な宮廷サロンから生まれた

ウィトルウィウス的人体図の制作、ミラノ大聖堂のティブリオの設計プロセスをめぐっては、どの画家や建築家の功績とみなすべきか、学者のあいだで論争が続いてきた。ただこうした議論は、協業やアイデアを共有することの効果を無視している。

ウィトルウィウス的人体図を制作していたとき、レオナルドの頭のなかにはたくさんのアイデアが渦巻いていた。円積問題、人間の小宇宙と地球の大宇宙のアナロジー、解剖学研究にもとづく人体比例の発見、教会建築における正方形や円形の幾何学的配置、そして「黄金比」「黄金分割」と呼ばれる数学と芸術を融合させた概念などで、それぞれが互いに絡みあっていた。

こうしたアイデアは、自らの経験や読書を通じてのみ発展してきたわけではない。友人や仕事仲間との対話も重要な役割を果たした。歴史を振り返ると、分野横断的に活躍する思想家というものは、たいてい他者と協力しながらアイデアを練る。レオナルドも同じだ。ミケランジェロのような孤高の

芸術家もいるが、レオナルドは友人、恋人、弟子、助手、宮廷の仲間や思想家とともに過ごすのを楽しんだ。ノートを見ると、議論をしたい相手として大勢の名が挙がっている。一番親しくつきあったのは、知的な友人たちだった。

スフォルツァ宮のようなルネサンス期の宮廷は、互いの考えをぶつけ合い、ともにアイデアを醸成していくプロセスには最適な場だった。大勢の楽師や芸人などに加えて、スフォルツァ宮は建築家、技術者、数学者、医学研究者、さまざまな分野の科学者なども廷臣として抱えていた。そのおかげでレオナルドは新たな知識を学び、その貪欲な好奇心を満たすことができた。宮廷詩人のベルナルド・ベリンチョーニは作品よりおべっか使いで知られた人物だったが、ルドヴィーコが集めた多様な才能をこう褒めたたえている。「その宮廷には芸術家がひしめいている。ハチがミツに群がるように、教養ある者はみな集まってくる」。レオナルドを古代ギリシャの偉大な画家になぞらえ、「フィレンツェからはアペレスを連れてきた」とも書いている。[26]

アイデアはたいがい、異なる関心を持つ人々が偶然出会うような場で生まれる。スティーブ・ジョブズが自らの会社の中心にアトリウムをつくったのも、若き日のベンジャミン・フランクリンが毎週金曜日にフィラデルフィアで最もおもしろい人々が集まる社交クラブを主催したのもそのためだ。ルドヴィーコ・スフォルツァの宮廷で、レオナルドはあふれる好奇心をぶつけ合い、新たなアイデアを生み出す友を見つけた。

第九章

未完の騎馬像

宮廷に部屋を持つ

ミラノ大聖堂のプロジェクトメンバーとして活動していた一四八九年春、レオナルドは七年前にルドヴィーコ・スフォルツァに送った手紙の最後で求めた仕事を手に入れた。「閣下の御父上とスフォルツァ家の不朽の栄光と名誉を称える」記念碑のデザインだ。計画されていたのは巨大な騎馬像である。この年の七月、フィレンツェの駐ミラノ大使はロレンツォ・デ・メディチに「ルドヴィーコ公は父君のために立派な記念碑を立てるご意向」と報告している。「その命に従いレオナルドが、鎧兜を身につけたフランチェスコ公が馬にまたがった巨大な像の模型を作ることとなった[1]」。

宮廷での演芸プロデューサー兼デザイナーとしての活躍に加えて、この新たな仕事を任されたことで、レオナルドはようやく正式に廷臣に任じられた。給料と住宅付きである。「技術者兼画家のレオナルド・ダ・ヴィンチ」は、宮廷に四人しかいない主席技術者の一人に数えられていた。これこそまさにレオナルドが待ち望んでいた状況だ。

この役職にはレオナルド自身と助手たちの居室、さらには騎馬像の模型を作るための工房まで付いていた。いずれもミラノ中心部の大聖堂の隣にある、ヴェッキア宮と呼ばれる古い城のなかにあった。かつてヴィスコンティ家出身のミラノ公が住まいとしていたこの城は、中世に建てられた塔と濠《ほり》が特徴的な建物で、修復されたばかりだった。ルドヴィーコは街の西側にある要塞としての防御力を高めた新たな宮殿を好んだので、そこをスフォルツァ宮としたが、古い宮殿もお気に入りの廷臣や芸術家を召し抱えておく場として使った。レオナルドもその一人だ。

レオナルドの給料は、助手二人、弟子三〜四人の大所帯を養うのに十分なものだった。ただそれも給料がきちんと支払われればの話で、軍事費の上昇が続くなか、宮廷はときおり資金不足に陥った。一四九〇年代末にはレオナルドがルドヴィーコに、自分の生活費に加えて「私が雇い、養っている二人の熟練職人の費用」を賄うため、遅延している給料を払ってほしいと懇願する手紙を送っている。(2) ルドヴィーコは最終的にレオナルドの要望に応え、ミラノ郊外のブドウ園を与えて収入を得られるようにした。このブドウ園をレオナルドは終生所有していた。

レオナルドに与えられた区画は二つの階にまたがっており、二つある中庭のうち小さいほうに面していた。上の階の広い部屋からは屋上に出られるようになっており、飛行装置の試作品の一つはそこで作った。芸術家の理想的な働き方についてのレオナルドの考察から、現実の姿か想像の中だけかはわからないが、その工房がどんなものであったか思い描くことはできる。「画家は思いきりくつろいだ姿勢で作品の前に座る。美しく身支度を整え、繊細な色の絵の具に羽のように軽い絵筆をひたす。気に入った服を身にまとい、自宅は清潔で、美しい絵画がところせましと飾られている。音楽や優れた文学作品の朗読を聞きながら仕事をすることも多い」。

技術者としての視点から、画家の仕事に役立つ便利な道具をいくつも考案している。たとえば工房の窓には明るさを自在にコントロールできるように調整可能なブラインドを取り付けるべきだ、絵を描くためのイーゼルは滑車を使って高さを調整できる台に乗せて「画家ではなく絵のほうの高さを調整する」のが望ましい、といった具合に。夜のうちに作品が盗まれるのを防止する方法も考え、設計図を描いている。「蓋を閉じれば椅子として使える衣装箱のようなものを使えば、作品をしまって鍵をかけておける(3)」。

馬の解剖学にのめり込む

自らの権力が由緒正しい王族という立場に依拠していないことを自覚していたルドヴィーコは、スフォルツァ家の栄光を示す効果的な手段を探しており、レオナルドの騎馬像に期待されたのもまさにそれだった。計画では、このブロンズの騎馬像は重さ七五トンと、それまで存在しなかったような大きさだった。しばらく前にヴェロッキオとドナテッロも大型の騎馬像を制作していたが、いずれも高さは四メートル弱。一方、レオナルドの騎馬像は七メートルを超え、実物の三倍の大きさになるはずだった。

本来の目的は、馬上の華々しい姿によって今は亡きフランチェスコ公を称えることだったが、レオナルドの関心は乗り手より馬のほうにあった。というよりフランチェスコ公のほうには一切興味がなく、記念碑はまもなくレオナルドとその仲間から「イル・カヴァッロ(馬)」と呼ばれるようになった。

制作の準備として、レオナルドは次第に馬の解剖学的研究にのめり込み、さまざまな部位の綿密な測定に始まり、やがて本格的な解剖もした。

レオナルドらしいと言えばそのとおりだが、馬の彫刻をつくるにはまず解剖しなければという発想には、やはり驚かされる。このときも芸術のための手段として始まった解剖は、やがて科学的探究としてそれ自体が目的化した。馬の制作過程を見ると、それがよくわかる。まずノートには、入念な測定や観察の結果が細かくメモされている。続いて制作した大量の図、表、スケッチ、絵には芸術と科学が同居している。それは最終的に比較解剖学に発展した。後年作成した人体解剖図には、人間の左足の筋肉、骨、腱を描いたわきに馬の後ろ脚の解剖図を描いている。(4)

この研究に心を奪われたレオナルドは、馬の解剖学のみに的を絞った論文を書きはじめる。ヴァザーリは完成したと主張しているが、そうは思えない。いつもながら脱線してしまった。馬の研究をしているあいだに、厩舎を清潔に保つ方法を考えはじめたのだ。それから何年にもわたり、屋根裏からパイプを下ろして餌を補充したり、床を傾斜させて馬糞が排水溝に流れ込むようにするといった、いくつもの厩舎システムを考案している。(5)

宮廷の厩舎で馬を研究していたとき特に興味を持ったのは、シチリア産サラブレッドだ。ルドヴィーコの娘婿で、ミラノ軍司令官であったガレアッツォ・サンセヴェリーノが所有していたこの馬を、さまざまなアングルから描いている。そのうち一枚は、ひづめの長さやふくらはぎの太さなど二九カ所を測定し、詳細に記入している【図45】。青い用紙に銀筆とインクで描いた別の絵は、ウィトルウィウス的人体図の騎乗版で、芸術的美しさと科学的厳密さを兼ね備えている。ウィンザー城のロイヤル・コレクションだけでも、馬を解剖学的に描いた作品が四〇点以上ある。(6)

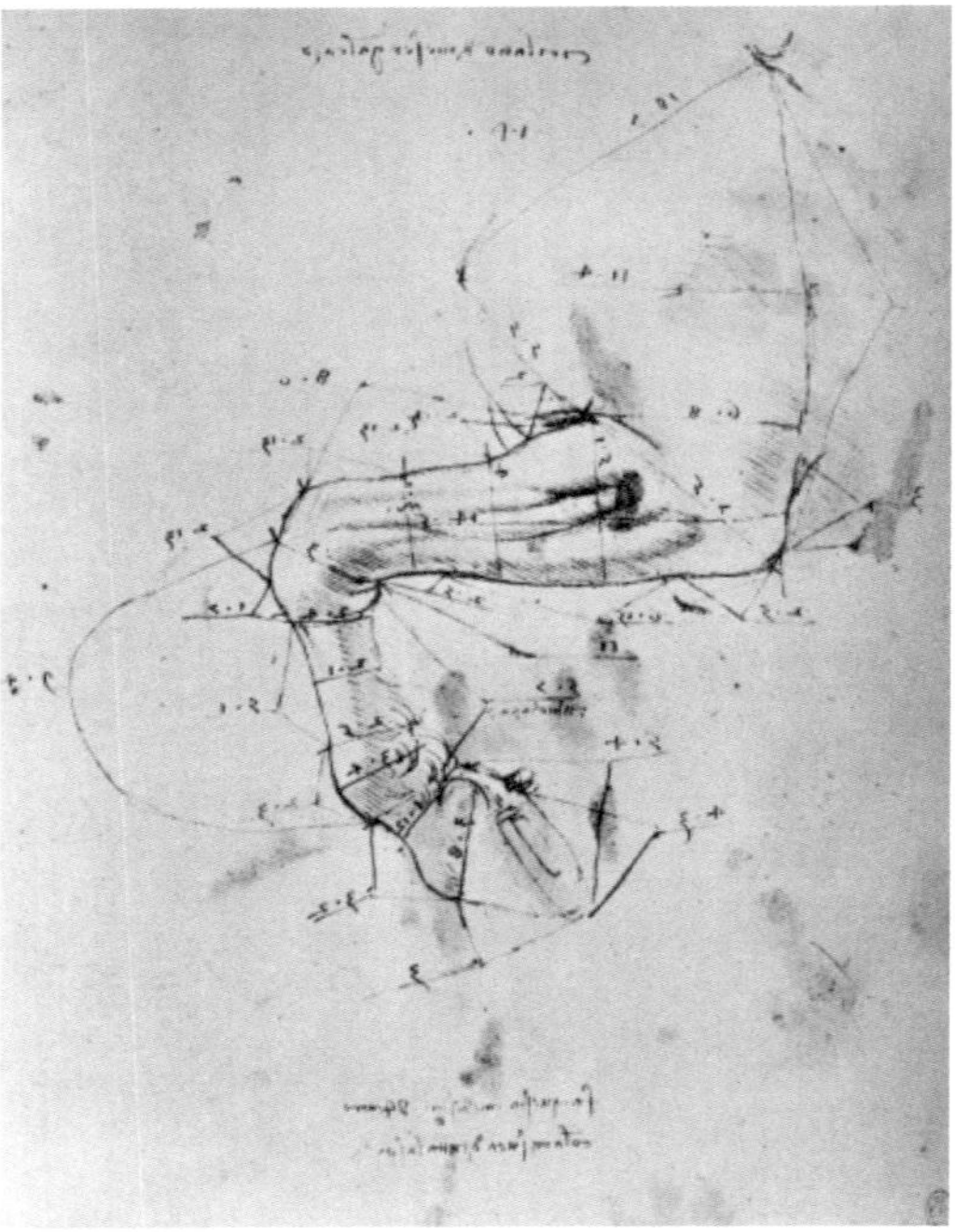

【図45】馬の左足

騎馬像は当初、馬が後ろ足で立ち上がり、左前足で敵兵を踏みつけているデザインにするつもりだった。馬が首をやや後ろにひねり、筋肉の浮き出た足を動かし、尾が後ろにたなびいているデッサンも残っている【図46】。しかしさすがのレオナルドも、これほど巨大な銅像の体勢としてはバランスが悪いことに気づくだけの常識はあり、最終的には踊るように歩く姿に落ち着いた。

熱心だが気が散りやすく、集中して取り組んだかと思えばスケジュールに遅れるといった仕事ぶりは、またしても依頼主を不安にさせた。一四八九年七月にフィレンツェの駐ミラノ大使が書いた報告書には、ルドヴィーコからロレンツォ・デ・メディチへのこんな伝言がある。「この手の仕事に強いフィレンツェの芸術家を一人か二人、ぜひミラノに派遣していただきたい」。どうやらルドヴィーコは、レオナルドがこの仕事をやり遂げられると信頼していなかったようだ。「ルドヴィーコ公はこの任務をレオナルドに与えたものの、

【図46】騎馬像のためのデッサン

成功するという確信はないようだ」とフィレンツェ大使は説明している。

仕事を失うリスクを察知したレオナルドは、ＰＲ活動に乗り出す。友人の一人であった人文主義者で詩人のピアッティーノ・ピアッティに、騎馬像の土台部分に刻む碑文を任せると同時に、自分のデザインを称賛する詩を書いてほしいと依頼したのだ。スフォルツァ家にはそれほど重用されていなかったピアッティだが、宮廷の世論を形成する人文学者のあいだではかなりの影響力があった。ルドヴィーコが別の彫刻家の派遣を依頼した一カ月後の一四八九年八月、ピアッティは叔父に一通の手紙を送っている。「すぐに召使いを送って、同封する四行詩をレオナルドに届けてください。フィレンツェからしばらく前来たすばらしい彫刻家で、から頼まれていたのです」。この叔父への手紙では、レオナルドを盛り立てるＰＲ活動には自分以外にも大勢の仲間が参加していると書いている。「レオナルドは親友なので、これは私にとって義務のようなものです。きっと他の者にも同じような依頼をしているでしょう。私より適任者がいるかもしれませんから」。それでもピアッティは約束を守り、レオナルドの計画している騎馬像の壮大さを謳った一篇の詩を書いている。「ミラノ公の不朽の偉業を表現した作品で、馬は超自然的存在となった」。別の詩では人文主義者らしく「たぐいまれな彫刻家、画家であるレオナルド・ダ・ヴィンチは、古典文化を尊ぶ、その優れた継承者なり」と書いている。(7)

レオナルドはこの仕事をつなぎとめることに成功した。「一四九〇年四月二三日、このノートを開き、馬の仕事を再開する」と、まっさらなノートの最初のページに書きつけている。(8)

二カ月後、フランチェスコ・ディ・ジョルジョとパヴィアに旅したとき、すでにわずかしか残っていなかった古代ローマ時代の騎馬像を研究する機会に恵まれた。そして、騎馬像から伝わってくる躍動感に強い感銘を受けている。「特筆すべきは、その動きである。まるで生身の馬さながらに速足で駆けているようだ」とノートに書いている。(9) 騎馬像を速足で駆ける馬の姿にしても、後ろ足で立ち上がった姿と同じくらい躍動感を表現することは可能であると、気づいたのだ。そのほうが建造ははるかに楽だ。その後完成させた新たなデザインは、パヴィアの騎馬像に似ていた。

レオナルドは首尾よく騎馬像の実物大の粘土模型を完成させた。模型は一四九三年一一月、ルドヴィーコの姪にあたるビアンカ・スフォルツァと未来の神聖ローマ帝国皇帝マクシミリアン一世との結婚祝賀会で披露された。圧倒的スケールの見事な模型に、宮廷詩人らは感嘆の声をあげた。バルダッサーレ・タッコーネはこう書いている。「ギリシャやローマでもこれほど壮麗なものがあっただろうか。この馬の美しさを見よ。レオナルド・ダ・ヴィンチはただ一人でこれを生み出した。彫刻家、画家、数学者として傑出した存在。天の与えたもうた稀に見る知性である」[10]。粘土模型の壮大さと美しさをうたった詩人の多くが、古代ギリシャ・ローマ時代を含む過去のあらゆる騎馬像を凌駕するこの作品を、レオナルドの名前をもじって「ヴィンチアン・ヴィクトリー」と称した。その躍動感にも賛辞が集まった。パオロ・ジョヴィオは「馬は猛烈に興奮し、鼻を鳴らしているようだ」と書いた。模型はレオナルドに少なくともしばらくのあいだは、画家のみならず彫刻家として、そして願わくは技術者としての名声をもたらすはずだった[11]。

たったひとつの鋳型で鋳造する

粘土模型が完成する以前から、レオナルドはこれほど巨大な銅像を鋳造するというさらに大きな難題に挑んでいた。二年以上にわたり創意工夫を重ねながら、細やかに計画を練っている。一四九一年五月には新しいノートの最初のページに「現在計画中のブロンズの騎馬像に関するすべての記録を、ここに残すこととする」と書いている[12]。

巨大な銅像は、いくつかの部分に分けてつくるのが従来のやり方だった。頭部、足、胴体と分けて鋳型をつくるのだ。その後、各部分を溶接し、磨く。仕上がりは完璧とは言えなかったが、現実的な手法だった。レオナルドの銅像はそれまでのものとは比較にならないほど大きかったので、この分割方式をとるしかないと思われた。

しかし芸術家として、美しさと大胆さにおいてひたすら完璧を求めてきたレオナルドは、技術者としても同じことを目指していた。そこで巨大な騎馬像をたった一つの鋳型で造ろうと決めた。ノートには鋳造に必要になるたくさんの機械装置が描かれた興味深いページがある【図47】。その絵は生気にあふれると同時に精緻で、まるで未来派芸術家が描いた宇宙船の発射台のようだ[13]。

計画では、まず粘土模型を使って鋳型をつくり、粘土と蠟《ろう》を混ぜ合わせたものでその内側をコーティングする。その際には「塗っては乾燥させ、層状に重ねること」と注釈をつけている。粘土とゴムで作った芯のまわりに鋳型を固定し、型の穴から溶かしたブロンズを流し込むと、それによってコーティング剤は剝がれ落ちる。それからゴムの芯を取り除けば、銅像の内部は空洞になる。「馬の上部に蝶番《ちょうつがい》の付いた小さな扉をつくる。最終的には乗り手によって隠れる部分で、ブロンズが冷めたらこの扉部分からゴム芯を抜き出す[14]」

さらにレオナルドは「成型用カバー」をデザインした。鋳型のまわりにコルセットのように巻きつけて、形が崩れないように押さえる鉄格子のフレームだ。技術的に優れたアイデアであっただけでなく、赤いチョークで描かれたそのデッサンは芸術としても一級品だった。馬の頭部はわずかに傾き、鉄格子には美しい影が付けられている【図48】。成型用カバーと内部の芯のあいだには横木や支柱を入れてボルトで固定し、構造物全体をしっかりと支える。「これは馬の頭と首の部分に鉄枠をかけた図である」と書かれている。

計画では、溶かしたブロンズが均等にいきわたるように、鋳型に開けたたくさんの孔から流し込むことになっていた。流し込みを迅速に完了し、ブロンズの冷却がなるべく均等に進むように、孔の周囲に溶鉱炉を四基準備する。「溶かしたブロンズを流し込む際には、各炉の担当が熱した鉄棒の入っ

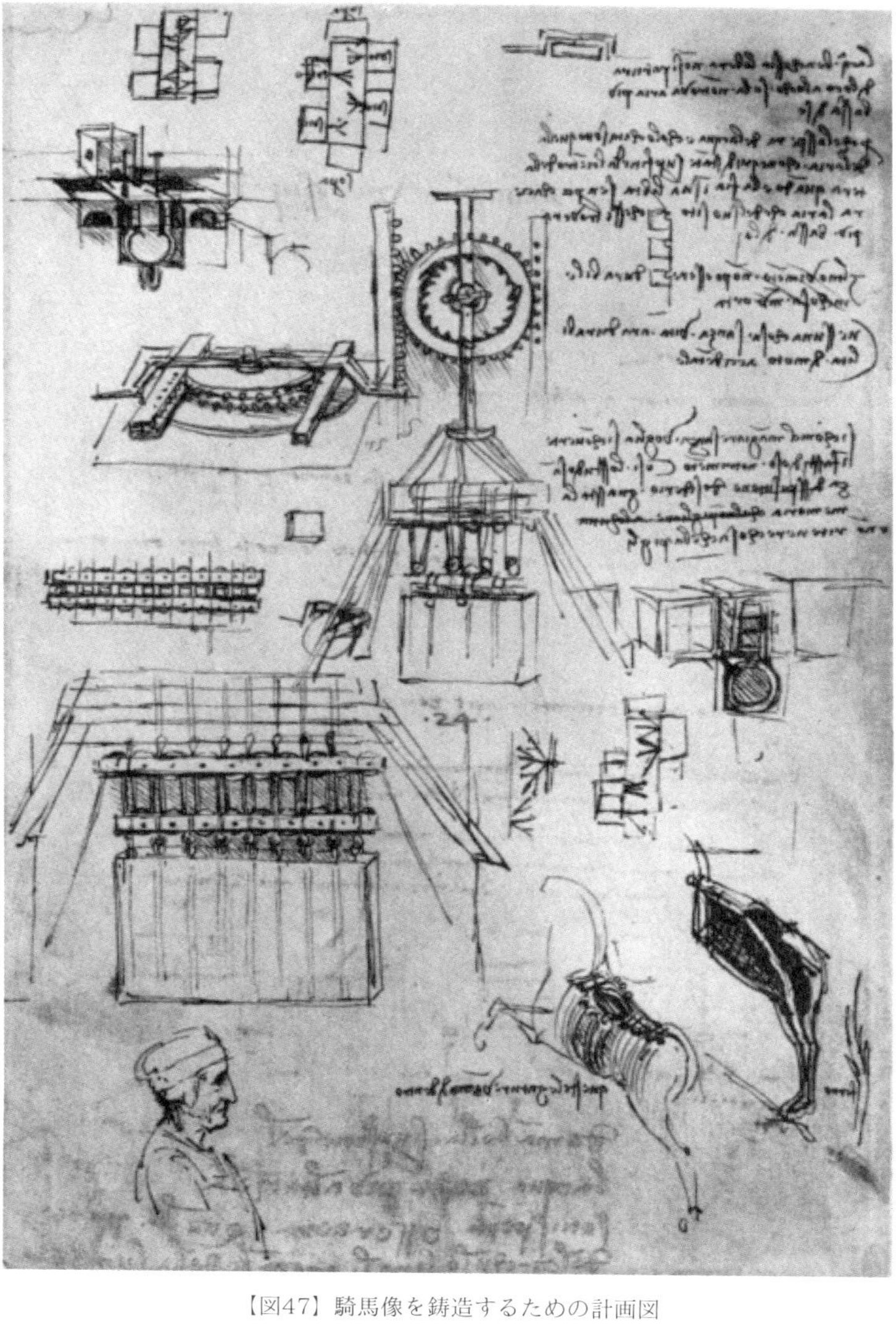

【図47】騎馬像を鋳造するための計画図

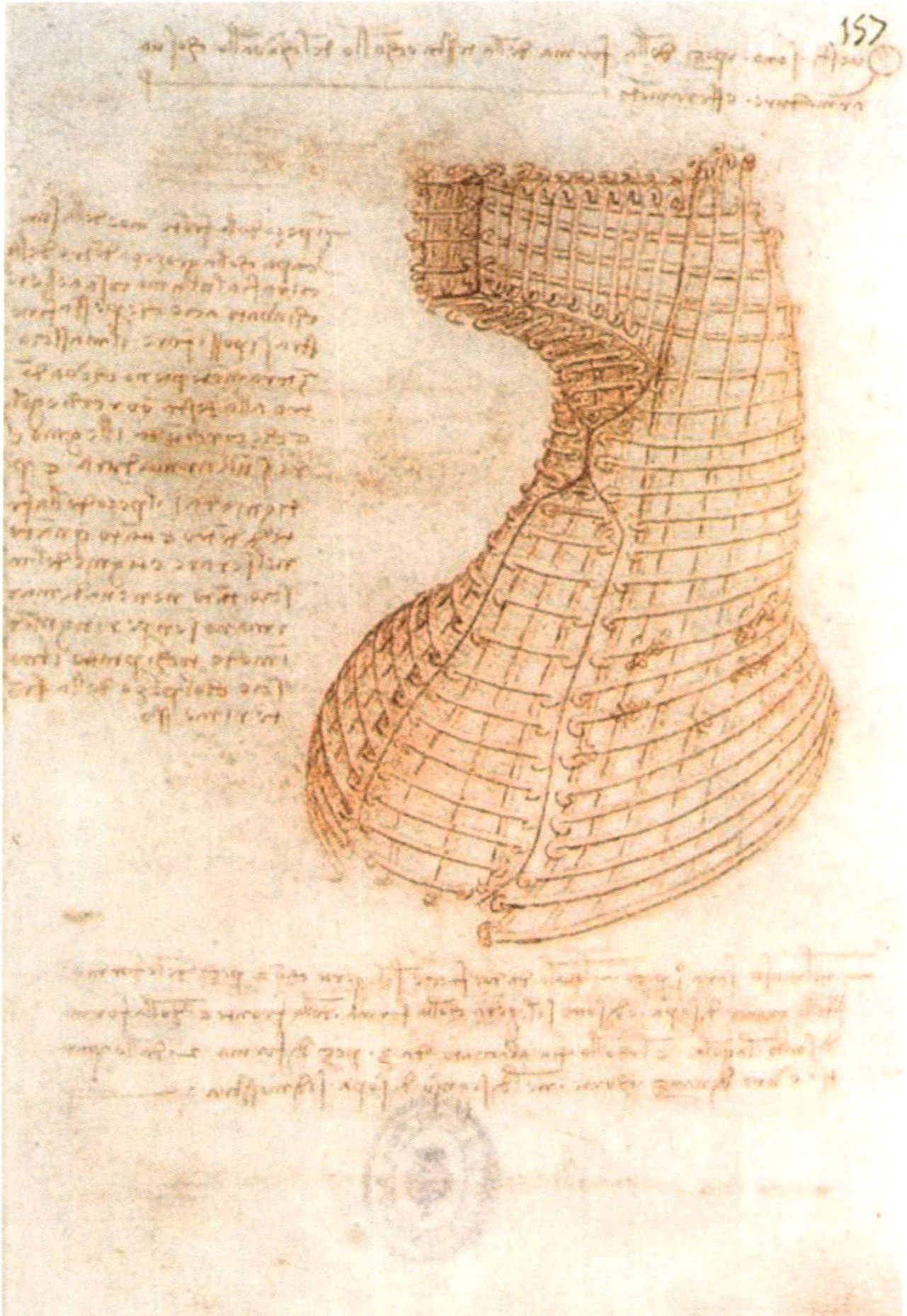

【図48】騎馬像のための成型用カバー

た炉を常に閉めておき、同時に開けさせる。細い鉄棒を用意し、金属片によって孔が詰まらないようにする。さらに予備として四本の鉄棒を高温に熱しておき、壊れたものは差し替えられるようにする」。

鋳造プロセスに適した材質を得るため、さまざまな素材や混合物を試した。「まずあらゆる材料を試し、最適なものを選ぶこと」。たとえば内部の芯を作るための粘土とゴムの混合物についても、さまざまな材料を試している。「粗い川砂、灰、粉砕したレンガ、卵の白身、酢を粘土に混ぜる」と書いた脇にも「まずは試してみること」とメモしている。鋳型を地下に保管するあいだ、湿気による損傷を防ぐ必要があるため、専用のコーティング剤も検討している。「すべての鋳型は亜麻仁油かテレビン油を塗布し、それから粉末状にしたホウ砂少々と、松ヤニと蒸留アルコールを混ぜたものを塗る」[15]。

当初レオナルドは深い穴を掘って鋳型を上下逆さまに置き、足だけが地面から突き出るようにすることを考えていた。馬の腹部から熱いブロンズを流し込み、足に開けた孔から蒸気が抜けるようにするのだ。この作業に使用する巻き上げ機、てこ、機械などのデッサンが残っている。しかし必要な深さの穴を掘ると、どうしても地下水面にぶつかってしまうことに気づき、一四九三年末にこの手法は断念している。代わりに、穴を掘って鋳型を横向きに寝かせることにした。一四九三年一二月には「馬の鋳造は、尾のない状態で、横向きにして行うことにした」と書いている。

だがその後まもなく、プロジェクトは打ち切られる。軍事支出が芸術のための支出より優先されるようになった。一四九四年にはフランス王シャルル八世がイタリア全土に攻め入り、ルドヴィーコは騎馬像のために確保していたブロンズをフェラーラの義父エルコレ・デステに送り、小型の大砲三門を造らせた。数年後にレオナルドが書いたルドヴィーコへの手紙の草稿からは、落胆しつつも諦めた様子がうかがえる。「騎馬像については、何も言うことはありません。こんな時代ですから[16]」

大砲はほとんど役には立たず、フランスは一四九九年に難なくミラノを征服した。占領軍はレオナルドの巨大模型を弓の練習の的に使い、破壊してしまった。大砲を造ったエルコレ・デステには罪悪感があったのかもしれない。というのもその二年後、ミラノに使者を送り、フランス軍に使われることのなかった鋳型の引き渡しを求めたからだ。「ミラノにはルドヴィーコ公が騎馬像のために、レオナルドと称する卓越した芸術家に造らせた鋳型があることは存じております。それを使わせていただければ、私どもが騎馬像を造るのに大いに役立つでしょう」[17]。だがその要請がかなえられることはなかった。本人の落ち度ではなかったが、レオナルドの騎馬像も、夢のままで終わった未完の傑作の仲間入りを果たすこととなった。

第一〇章　科学者レオナルド

膨大な科学的知識を、本から独学する

レオナルド・ダ・ヴィンチは、自分は正式な教育を受けていないので、自らの経験から学ぶしかなかった、とよく口にした。「教養のない男」と言われるが「経験の信徒」であると言い切り、自らの目でモノを見ようとせず、古い文献からの借り物の知恵しか語れない人々を非難する長文を書いたのは一四九〇年頃のことだ。「私には彼らのように作家の言葉を引用する能力はないが、それよりはるかに価値のあるもの、すなわち経験から学ぶことができる」とむしろ誇らしげに書いている。(1)「泉で水を汲める者が、水瓶《みずがめ》から汲んではならない」など、レオナルドは生涯を通じて、与えられた知識より経験を重んじる姿勢を貫いた。(2)これは古代ギリシャ・ローマ時代の学問を再発見・再評価した典型的なルネサンス人との明らかな違いである。

しかしミラノという新たな学びの環境で、過去から受け継がれてきた知識を見下すような態度は次

第に軟化していく。転換点は一四九〇年代初頭、レオナルドが古代だけでなく当時の学者の共通言語であったラテン語の独習に乗り出したときと言えるだろう。ルドヴィーコ・スフォルツァの幼い息子が使っていたものなど教科書を見ながら、ノートに何ページもラテン語の単語や語形変化を書き写している。どうやらその作業を楽しんではいなかったようで、教科書から一三〇語を写したページには、いつもよりさらに険しい顔をしたわし鼻の男の横顔を描いている【図49】。結局ラテン語は身につかず、ノートに残るメモや抜き書きのほとんどは、イタリア語の本からのものだ。

そういう意味では、レオナルドは良い時代に生まれたと言えるだろう。一四五二年にヨハネス・グーテンベルクが自ら発明した活版印刷技術を使って聖書を売り出した。ほぼ同時期に、衣料に使用されていた木綿くずを処理する技術が発達し、紙の供給も増えた。レオナルドがフィレンツェでヴェロッキオに弟子入りする頃には、グーテンベルクの技術はアルプス山脈を越えてイタリアに入っていた。アルベルティは一四六六年に「ドイツの発明家は文字を印刷する技術によって、原書の写し二〇〇部を、たった三人で一〇〇日もかけずに作ってしまった」と驚きを綴っている。

一四六九年にはグーテンベルクの地元マインツから、ヨハネス・デ・スピラ（ドイツ名はシュパイヤー）という金細工師がヴェネツィアにやってきて、イタリア初の本格的な印刷所を開業した。キケロの書簡や大プリニウスの『博物誌』をはじめとする多くの古典を出版し、レオナルドも購入している。一四七一年にはミラノ、フィレンツェ、ナポリ、ボローニャ、フェラーラ、パドヴァ、ジェノヴァにも同じような工房ができていた。ヴェネツィアはヨーロッパにおける印刷業の中心地となり、一五〇〇年にレオナルドが訪問したときには、一〇〇社近い印刷工房があり、すでに二〇〇〇万冊以上の本を世に送り出していた。(3) こうしてレオナルドはヨーロッパの思想家として初めて、ラテン語やギリシャ

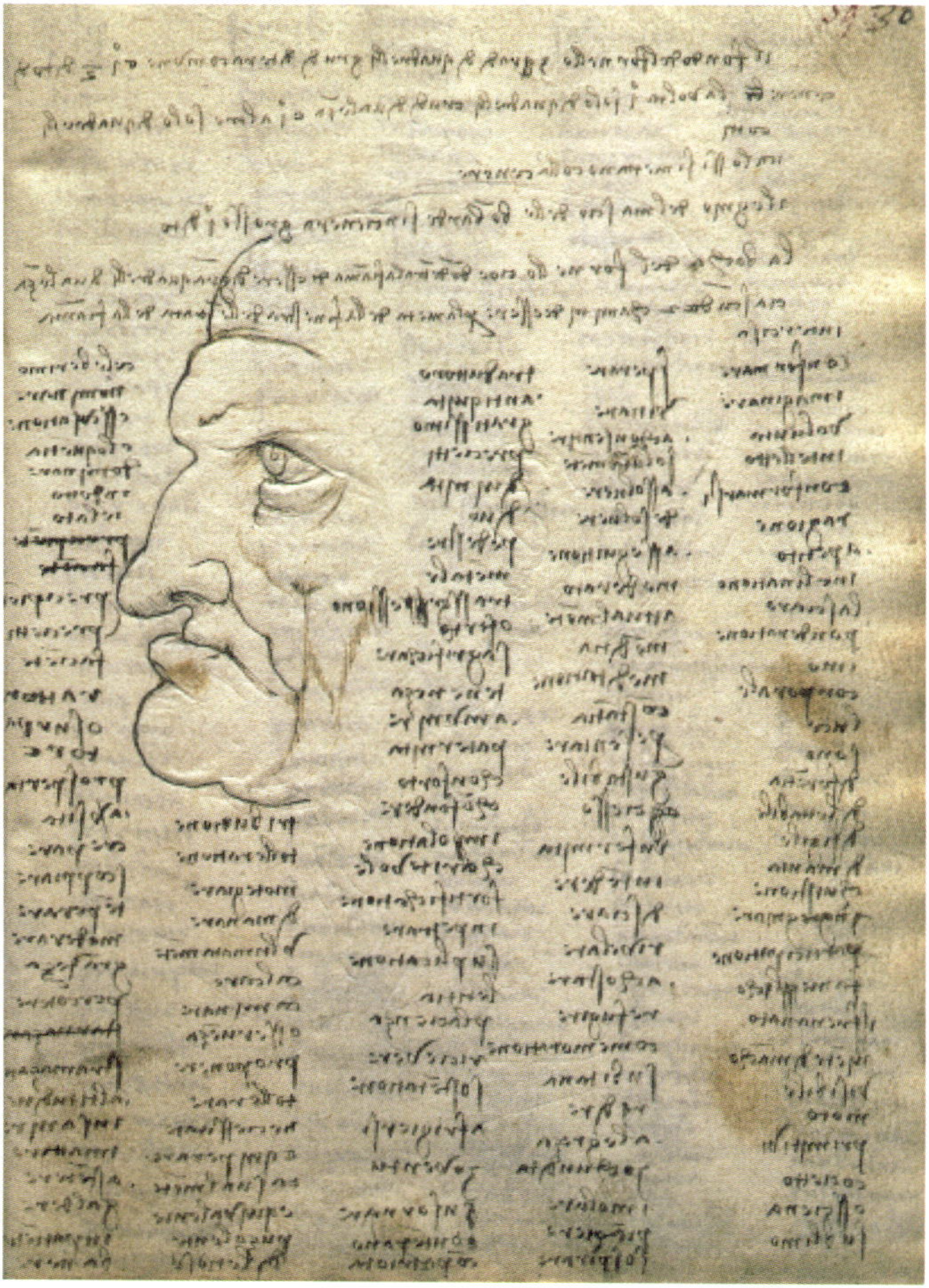

【図49】ラテン語の学習に苦労してしかめ面を描く

語をきちんと学ばなくても膨大な科学的知識を身につけることができた。

ノートには、レオナルドが買った本のリストや、抜き書きした文章がたくさん残っている。一四八〇年代末には所有していた五冊の本を箇条書きにしている。プリニウスの『博物誌』、ラテン語の文法書、鉱物や宝石に関する教科書、算術の教科書、そしてルイジ・プルチの書いたユーモア叙事詩『モルガンテ』だ。モルガンテは一人の騎士と彼がクリスチャンに改宗させた巨人との冒険譚で、メディチ宮廷でよく上演されていたものだった。一四九二年には蔵書は四〇冊近くに膨らんでいる。その内容は多岐にわたり、レオナルドの関心の幅広さを映している。軍事設備、農業、音楽、外科、健康、アリストテレスの自然学、アラビアの物理学、手相占い、有名な哲学者の伝記のほか、オウィディウスやペトラルカの詩、イソップ寓話集、下品な狂詩や笑劇、そして自ら動物寓話集を書く参考にした一四世紀のオペレッタまである。一五〇四年には蔵書はさらに七〇冊以上増えた。内訳は科学書が四〇冊、詩や文学が五〇冊弱、美術や建築書が一〇冊、宗教書が八冊、そして数学書が三冊である。(4)

他人から借りたい本、探している本の書き込みも多い。「ピッシーナに住んでいる医師、マエストロ・ステファノ・カポーニはユークリッドを持っている」「マエストロ・ジョヴァンニ・ギリンガッロの相続人がペラカノの作品を所蔵している」「ヴェスプッチは幾何学の本をくれるそうだ」。やることリストの中にも、こんな項目がある。「マルリアーニ兄弟が、父親の書いた代数の本を持っている」「ミラノの教会に関する本を、コルドゥーソ通りの一番奥の書店に探しに行く」。ミラノ近郊のパヴィア大学の存在を知ると、資料室として頻繁に使うようになった。「パヴィア図書館にあるヴィトローネの数学書をなんとか入手すること」。このやることリストには「画家をしているジャン・アンジェロの孫が、父親が所有していた水の本を持っている」「ブレーラ修道士に『デ・ポンデリブス』を見せてもらうこと」という項目もある。レオナルドは貪欲かつ広範に、本から知識を吸収しようとした。

他者の頭脳を借りることにも熱心だった。知人にはしょっちゅう、ふつうの人なら疑問にも思わないような問いを浴びせた。やることリストには「ベネデット・ポルティナリにフランダース人がどうやって氷の上を歩くのか尋ねること」という、その好奇心が伝わってくるような印象的な項目がある。ほかにも「マエストロ・アントニオに、昼間あるいは夜間に要塞でモルタルを固める方法を聞く」「水力学の専門家を見つけて、ロンバルディア流の閘門《こうもん》、運河、水車の修復方法を尋ねる」「マエストロ・ジョヴァンニーノに、フェラーラの塔のような抜け穴のない壁の造り方を聞く」など、挙げていけばきりがない。(5)

こうしてレオナルドは自らの経験と並んで、確立した知識も尊重するようになった。それ以上に重要なのは、科学の進歩は両者の対話から生まれると知ったことだ。それが知識は実験と理論の対話から生まれることもある、という気づきにつながった。

実験と理論を結びつける

自ら実験することへのこだわりは、単なる正式な教育を受けていないことへのコンプレックスではなく、もっと本質的な信念と呼べるものだった。そのため少なくとも若い頃は、理論の意義を軽視するところがあった。生まれつき観察や実験が好きな反面、抽象的概念を扱うのは得意ではなく、またそのための教育も受けていなかった。理論から演繹するより、実験から帰納的に考えるほうが好きだった。「最初に経験に照らし、そのうえでそれがなぜそのようなかたちで起こるかを合理的に考えたい」と書いている。つまりまずは事実を見て、そこにパターンを見いだし、その原因となった自然の力を考えようとしていたのだ。「自然は原因に始まり経験で終わるが、われわれはそれを逆からたどらなければならない。つまり経験を出発点とし、それをもとに原因を探るのである」[6]。

多くの領域でそうであったように、この経験主義的アプローチにおいてもレオナルドは時代の先を行っていた。中世のスコラ派神学者がアリストテレスの科学をキリスト教信仰と融合させ、公式な教義を確立して以降、懐疑的探究や実験の余地はほぼなくなってしまった。ルネサンス初期の人文学者ですら、古典文献に書かれた知識を検証するより、そのまま引用する傾向があった。

この因習を打破したのがレオナルドだ。観察を科学的探究の出発点とし、そこからパターンを見つけ、さらなる観察と実験によって妥当性を検証した。ノートには「これは実験によって検証可能である」というフレーズが、多少表現を変えながら何十回と登場する。それに続いて、自らの考えを実際に検証した結果を綴っている。実験は何度も繰り返し、やり方も変えてみることで有効性を検証する必要がある、と書くなど、その後登場する科学的方法を先取りしている。「この事例を一般化する前に、二、三回は検証し、毎回同じ結果が得られるか観察すること」[7]。

創意工夫の才に恵まれていたことから、自然現象を調べるためにさまざまな装置や気の利いた方法を編み出すことができた。たとえば一五一〇年頃、人間の心臓を研究するなかで、血液が心臓から大動脈に送り出されるときには小さな渦ができ、それによって弁膜がきちんと閉じるという仮説を立てた。そしてこの仮説を実験で検証するために、ガラスの実験装置を考案している（第二七章を参照）。こうした取り組みにおいては、視覚化や描画が重要な役割を果たした。理論を扱うことが得意ではなかったため、観察し、絵で表現できる知識のほうを好んだ。

しかし、ずっと実験しかしなかったわけではない。ノートを見ると、レオナルドの進化の跡がうかがえる。一四九〇年代に書物から知識を吸収しはじめたことで、経験的エビデンスだけでなく、理論的枠組みも研究のよりどころとする重要性を理解した。それ以上に重要なのは、両者は相互補完的なアプローチであることに気づいたことだ。二〇世紀の物理学者、レオポルト・インフェルトは「レオナルドには、理論と実験の関係をきちんと評価しようとする並々ならぬ意気込みが感じられる」と語っている(8)。

ミラノ大聖堂のティブリオの提案には、こうした進化がはっきりと表れている。構造的欠陥のある老朽化した大聖堂を扱う建築家は、「重量の性質と力の性質」を頭に入れておく必要がある、と書いている。つまり物理理論の理解が不可欠である、と言っているのだ。また理論は現実に対して本当に有効なのか検証する必要があるとして、大聖堂の管理者にこう約束している。「みなさまにはときには理論で、ときには実践によって納得していただくよう努めます。原因から結果をお示しすることもあれば、実験によって理論を証明することもあるでしょう」。また確立された知識を毛嫌いしていた過去が嘘のように、「必要に応じて古代の建築家の知見も活用します」と述べている。つまり理論、実験、過去から受け継がれた知識を融合し、絶えず対比することによって検証するという、今日われわれが使っているような手法を提唱しているのだ(9)。

経験と理論を融合させることの重要性は、遠近法の研究でも実感したようだ。物体が遠ざかるほど小さく見えることは観察によって確認したが、大きさと距離の関係を公式化するときには幾何学を使っている。ノートに遠近法の法則をまとめるときには「ときには原因から結果を演繹し、ときには結果から原因を導き出すかたちで説明する」と書いている(10)。

最終的には、基本となる理論を一切知らずに実験だけに頼ろうとする科学者を批判するまでになっている。「理論的知識を持たず、実践に偏重する者は、舵《かじ》や羅針盤を持たずに海に出る船乗りのようなものだ。自分がいったいどこに向かっているのか、およそわかっていない。実践は常に健全な理論に根差したものでなければならない」と一五一〇年に書いている(11)。

こうしてレオナルドは実践を重んじ、実験と理論の対話を追求する、西欧世界を代表する思想家の一人となった。ガリレオが登場する一〇〇年以上も前のことで、こうした流れがその後の科学革命につながっていく。

古代ギリシャでアリストテレスは、帰納と演繹を組み合わせる論理的思考の基礎をつくった。観察をもとに一般法則をつくり、そうした法則を用いて結果を予測するという手法である。ヨーロッパが迷信にとらわれていた中世の暗黒時代、理論と実験を融合するという試みは主にイスラム圏で発展していった。イスラム圏の科学者の多くは実験装置の作り手でもあり、さまざまな事象を測定し、理論を応用する能力に長けていた。アラブ人の物理学者イブン・アル＝ハイサム（通称アルハーゼン）は一〇二一年、光学に関する独創的研究を発表した。観察と実験を組みあわせ、人間の視覚がどのような仕組みになっているかを理論化し、さらにその理論を検証するための実験まで考案したのだ。アルハーゼンの思想と手法は四〇〇年後、アルベルティとレオナルドの研究の基礎となった。

一方、アリストテレスの科学的探究は一三世紀のヨーロッパで、ロバート・グロステストやロジャー・ベーコンといった学者により復活を遂げた。ベーコンが使った経験的手法は、サイクルの重要性を強調していた。観察から仮説を導き出し、仮説は精緻な実験で検証し、その結果をもとに当初の仮説をさらに磨きあげるという循環である。ベーコンは自ら行った実験を事細かく記録し、他の科学者が第三者の立場から実験を再現し、検証できるようにしていた。

レオナルドにはこのような科学的手法の体現者となるための、観察眼と気質と好奇心が備わっていた。物理学者で思想家のフリッツョフ・カプラはこう指摘する。「レオナルドより一一二年後に生まれたガリレオが、この種の厳格な経験主義的アプローチの祖とされ、現代科学の父と称されることが多い。レオナルド・ダ・ヴィンチが生前、自らの科学的研究を出版していたら、あるいは彼の死の直後にノートがきちんと研究されていたら、その称号が彼のものとなっていたことはまちがいない」[12]。

ただ、私はこの発言はやや行き過ぎだと思う。レオナルドが科学的手法を発明したわけではない。それはアリストテレスやアルハーゼン、ガリレオやベーコン一人の発明でもない。しかしレオナルドは経験と理論を対話させる卓越した能力によって、鋭い観察眼、旺盛な好奇心、実験による検証、常識を疑う姿勢、そして分野を超えて共通のパターンを見いだす能力こそが人類の知の飛躍的進歩をもたらすことを示した。それはたしかである。

自然界のパターンを見抜き、アナロジーで理論構築

後世のコペルニクス、ガリレオ、ニュートンが抽象的な数学的思考能力を駆使して自然界の法則を導き出したのに対し、レオナルドの用いた手法はもっと原始的だった。レオナルドには自然界のパターンを見抜く才能があり、アナロジーによって理論を構築した。さまざまな領域を横断的に観察するなかで、繰り返し出現するパターンを見つけていったのだ。哲学者のミシェル・フーコーは「レオナルドの時代の原始科学は、類似性と類推をよりどころとしていた」と指摘する[13]。

レオナルドは自然の調和を直観的に感じ取っており、その意識や目やペンはさまざまな領域の垣根を超えてつながりを見いだしていった。「レオナルドは基本的な、自然発生的に繰り返し出現する形を探しつづけた。だから心臓から静脈網が広がっていくのを見て、その隣に種から発芽して茎や葉が伸びていく様子を描いたのだ。美しい女性の頭部を飾る巻き毛を見るときは、渦巻く水の流れを思い浮かべていた」とアダム・ゴプニックは書いている。(14) 子宮の中の胎児のスケッチからは、殻の中の種子との類似性を見ていたことが感じられる。

楽器を発明するときも、喉頭の部分がどんな具合に機能するのかを意識しながら縦笛をデザインしている。ミラノ大聖堂のティブリオのデザインコンペでは、建築家を医者になぞらえた。これはやがて、われわれをとりまく物理的世界と人体という、彼の芸術と科学の根幹を成すアナロジーへと発展していった。手足を解剖して筋肉や腱をスケッチするときには、ロープやレバーも一緒に描いている。「テーマ・シート」にも、このパターンに基づく分析の例がある。枝分かれしていく木と人間の動脈、川と支流のアナロジーである。「木が枝分かれする部分を見ると、分かれた枝をすべて足し合わせた太さは、分かれる直前の幹の太さと常に一致する。川の流れる速度が一定だとすると、枝分かれした部分の支流を足し合わせると、分かれる直前の本流の太さと一致する」とノートには書かれている。(15) この結論はいまでも「ダ・ヴィンチルール」と呼ばれ、枝がそれほど太くない場合は正しいことが証明されている。分岐点より上にあるすべての枝の断面の面積を足し合わせると、分岐点のすぐ下の幹の断面と一致する。(16)

レオナルドの見いだしたアナロジーの例をもう一つ挙げると、光、音、磁気、打楽器をバチで打ったときの反響音は、すべて同じ放射パターン（たいていは波の形）で広がっていくことだ。ノートには、それぞれの力場がどのように広がっていくかを小さな図で示した表がある。異なるタイプの波動が壁の小さな穴にぶつかるとどうなるかまで図にしている。およそ二世紀後にオランダの物理学者、クリスティアーン・ホイヘンスが行う研究を先取りするかのように、レオナルドは波が穴を通るときに回折《かいせつ》が起こることを示している。[17] 波動力学はほんの一時の関心にすぎなかったにもかかわらず、見事な洞察力である。

さまざまな領域のつながりを発見することで、レオナルドの探究に新たな方向性が拓けることもあった。たとえば水の渦と乱気流とのアナロジーは、鳥の飛翔を研究する手がかりとなった。「空中における鳥の動きを理解するには、まず風を理解する必要がある。それは水の動きから解明できる」と書いている。[18] ただレオナルドにとって、発見したパターンは単なる研究に役立つ材料ではなかった。それはこの世界の本質的真実、自然の美しい調和の表れととらえていた。

病的なまでの好奇心と、薄気味悪いほど鋭い観察

異なる領域に共通するパターンを見抜く才能に加えて、レオナルドには科学的探究に役立つ強みがあと二つあった。貪欲を通りこして病的と言えるほどの好奇心と、薄気味悪いほど鋭い観察力である。そこもまたレオナルドらしいのだが、両者は深く結びついていた。やることリストに「キツツキの舌を描写せよ」と書き込むような人間は、好奇心と感覚的鋭さを過剰に併せ持っているに決まっている。

アインシュタインと同じように、レオナルドの好奇心はふつうの人なら一〇歳を超えれば疑問も持たないような現象に向けられた。なぜ空は青いのか？　なぜ雲はできるのか？　なぜわれわれの目は

まっすぐ前しか見られないのか？　なぜあくびは出るのか？
　アインシュタインは、他の人々が当たり前と思うことに自分がいちいち驚いたのは、子供時代に言葉を覚えるのが遅かったためだと語っている。レオナルドの場合は、学校でお仕着せの知識を与えられることなく、自然に親しみながら成長したことと関係しているのかもしれない。
　好奇心の対象としてノートに挙がった項目には、もっと野心的で、鋭い観察能力が必要とされるものもあった。たとえば「片目が動くともう一方の目も動くように、目の動きをコントロールする神経はどれか」「子宮の中で人間がどのように生まれるかを描写せよ」など。[19]またキツツキ以外にも「ワニの顎」や「子牛の胎盤」なども説明したい、と書いている。いずれもかなりの手間がかかる作業だ。[20]
　レオナルドの好奇心は、ふつうの人なら見逃してしまうような現象にまで照準を合わせることのできる鋭い眼力に大いに助けられた。ある晩、建物の背後で雷が光るのを見た。そのとき、いつもより建物が小さく見えることに気づいたのをきっかけに、物体は明るいところでは小さく見え、暗いところでは大きく見えることを証明するため、いくつかの実験や、条件を変えて観察を行った。[21]また片目を閉じてモノを見ると、両目で見たときほど丸みがないように見えることに気づき、その理由を探究しはじめた。[22]
　ケネス・クラークは「レオナルドの目には人間離れした鋭さがあった」と語っている。これは魅力的ではあるが、誤解を招く表現だ。レオナルドはまぎれもなく人間だった。鋭い観察力は、神から与えられた特別な力などではない。努力によって身につけたものである。これが重要なのは、われわれもただレオナルドに感心するだけでなく、その気になれば彼にならい、もっと好奇心を持って注意深く物事を見る姿勢を身につけられることを示しているからだ。

レオナルドのノートには、まるで観察のコツを教えるかのように、状況や物体を細かく見る方法が書かれている。細かい部分を一つひとつ、個別に注意深く観察せよ、と。本を読むことを例に、ページ全体を眺めても何もわからないが、一語一句読んでいくと初めて意味がわかるのと同じである、と述べている。徹底した観察は、段階的に行うものである。「物体のかたちを良く理解したいと思えば、まず細部から始めること。この最初の段階をしっかりと記憶に刻み込むまで、二つめの段階に進んではならない[23]」。

もう一つ「観察力を鍛える方法」として、仲間と一緒にこんなゲームをすることを勧めている。誰かが壁に線を引き、他の人々が一定の距離からそれをよく見て、一本の藁《わら》をそれとぴったり同じ長さに切ってみる。「壁の線に一番近い長さに切れた者の勝ちである[24]」。

レオナルドの目の鋭さがとりわけ顕著だったのは、動きを観察するときだ。「トンボは四枚の羽で飛ぶ。前の二枚が上がるとき、後ろの二枚は下がる」と記録しているが、ここまで見きわめるのにどれほど真剣にトンボを観察しなければならないか、想像してみてほしい。ノートには、トンボを観察するのに最適な場所はスフォルツァ城を囲む濠である、と書いている[25]。日暮れ時、洒落た衣服に身を包んだレオナルドが濠のふちに佇み、トンボの羽の一枚一枚の動きをじっと見つめている様子が目に浮かぶようだ。

動きを観察することへのこだわりは、それを絵画で表現する難しさを克服するのに役立った。動いているようでいて、特定の瞬間に特定の場所に止まっている物体を表現するのは、紀元前五世紀のゼノンの時代から存在していた矛盾だった。レオナルドは、ある場面の過去と未来を包含するような瞬間を描く、という概念と真剣に向き合った。

そこで、動きのなかの一つの瞬間を、幾何学的な単一の点と対比した。点には長さも幅もない。しかし点が動くと線ができる。「点には広がりはない。線は点の移動によって生じる」。そして得意のアナロジーを使い、こう一般化する。「瞬間には時間的広がりはない。時間は瞬間の動きから生まれる」[26]。

このアナロジーに基づき、レオナルドはその芸術において、ある場面を静止画としてとらえつつ同時に動きを表現しようとした。「川に手を差し入れたとき、触れるのは通り過ぎた水の末端であり、流れてくる水の先端でもある。時間も同じだ」。ノートでは繰り返しこのテーマに立ち戻っている。「光を観察せよ。まばたきして再び目を開けたとき、見えるのは先ほどとは別の光であり、先ほどの光はすでに見えなくなっている」[27]。

動きを観察する能力は、筆の動きを通じて絵画のなかに表現された。またスフォルツァ宮で働くうちに、動きへの関心は科学的、技術的研究につながっていった。その最たる例が鳥の飛翔の研究であり、人間が空を飛ぶための装置を作る試みだ。

第一一章　人間が鳥のように空を飛ぶ方法

舞台を飛ぶ

レオナルドのノートにこんな書き込みがある。「鳥の羽と、それを動かす胸の筋肉を解剖学的に研究すること。同じ研究を人間についても行い、人間が羽を動かして空を飛ぶ可能性を調べる[1]」。

レオナルドは一四九〇年頃から二〇年以上にわたり、珍しく地道かつ持続的に、鳥の飛翔と人間のための飛行装置の研究に打ち込んだ。このテーマについては五〇〇点以上のスケッチと、一〇冊以上のノートのあちこちに合計三万五〇〇〇ワードの文章を綴っている。この探究にはレオナルドの自然への好奇心、観察力、そして技術者としてのセンスが融合している。またアナロジーを使って自然のパターンを発見するという研究方法の典型でもある。ただこのケースでは他の研究と比べて、アナロジーをとことん推し進め、流体力学や運動法則といった純粋理論の領域まで踏み込んでいるのが大きな特徴だ。

飛行装置への関心は、舞台芸術へのかかわりとともに始まった。ヴェロッキオの工房で働いていた少年時代からフランスでの最晩年まで、レオナルドはこのような仕事に情熱を持って取り組んだ。彼の作った機械仕掛けの鳥が最初に使われたのは（そして最後に使われたのも）宮廷の余興の場であった。(2)

俳優がまるで飛んでいるかのように、空中を上昇したり下降したり、浮遊したりする姿をレオナルドが初めて見たのも、演劇の舞台だった。フィレンツェにおける芸術家兼技術者の先駆けであったブルネレスキは、一四三〇年代に上演された『受胎告知』の見事な舞台の「特殊効果監督」だった。それが一四七一年、レオナルドが一九歳の徒弟としてフィレンツェで働いていたときに同じ舞台装置を使って再演されたのだ。劇場の垂木《たるき》に取りつけられた吊り輪には、天使に扮した一二人の少年が座っていた。輪は巨大な滑車と手動の巻き揚げ機でできた装置によって、移動したり上昇したりした。機械装置を操ることで、金箔を張った翼を付けてハープや剣を手にした天使たちが、天国から舞い降りたり、人間を救済したりする一方、舞台の下の地獄から悪魔が飛び出たりした。それから受胎告知をする大天使ガブリエルが登場した。「歓喜の声に包まれて上昇するとき、天使は両腕を上下に動かして翼をはばたいた。まるで本当に飛んでいるかのように」とある観客は書いている。

当時上演されたもう一つの舞台『キリストの昇天』でも、登場人物が宙を舞った。「空が開き、天の父が奇跡のように宙に浮かんだ姿を見せた。キリスト役の役者も本当に自分の力で空へ飛んでいくようで、ぐらつくこともなく驚くほどの高さに到達した」という報告がある。昇天するキリストには、舞台上にかけられた雲に浮かぶ大勢の天使が寄り添っていた。(3)

レオナルドが初めて飛行を研究したのは、こうした舞台装置を制作するためだった。フィレンツェからミラノに移る直前の一四八二年には、こうもりのような羽の絵をいくつか描いている。クランクによって動かすことができるが、実際に人間が飛ぶためのものではなく、舞台装置とみられるものにつながっている。[4] 歯車や滑車、クランク、ケーブルとつながった羽のない翼を描いた作品もある。クランクの仕組みや歯車の大きさから、これも実用的な飛行装置ではなく、舞台装置としてデザインされたと思われる。ただ舞台用とは言っても、レオナルドはこうした絵を描くために入念に自然を観察している。羽のない翼の絵の裏には、ギザギザの下降線を描き、「鳥はこんな具合に降りてくる」とキャプションを付けている。[5]

フィレンツェ時代の飛行装置の絵が、実際に空を飛ぶためではなく舞台装置用であったことを示唆する手がかりはもう一つある。ルドヴィーコ・スフォルツァへの自薦の手紙では、さまざまな軍事兵器を造れるとアピールしているにもかかわらず、人間用の飛行装置については一言も触れていないことだ。レオナルドにとって空を飛ぶことが、舞台という空想の場での演出から、現実の技術的問題に変わったのはミラノに移ってからだ。

バードウォッチングと、鳥の飛翔に関する手稿

ここでみなさんに質問がある。鳥の飛ぶ姿は誰でも見たことがあるはずだが、羽を上げる速さは下ろす速さと同じなのか、答えられるほどじっくり観察したことがあるだろうか。レオナルドが行った観察とはそういうもので、この問いへの答えは種によって異なることを発見した。「羽を上げるときより下ろすときのほうが速い鳥もいる。たとえばハトなどはそうだ。一方、カラスやその仲間など、上げるときより下ろすときのほうが遅い鳥もいる」とノートに書いている。さらにカササギなど、上

げるときと下ろすときの速さが同じ鳥もいる[6]。

レオナルドには観察能力を高めるための戦略があった。ノートには具体的にどのような順番で観察をするか、秩序立てて説明している。まるで自分への行動指示書のようだ。たとえばあるときにはこんな具合に書いている。「まず風の動きをみきわめ、鳥が翼と尾のバランスだけで滑空する様子を描写すること。その前に対象となる鳥を解剖学的に説明すること」[7]。

レオナルドのノートには、このような観察の記録が膨大に残されている。日常のなかの当たり前の出来事をこんなふうにじっくり観察したことのないわれわれから見ると、どれも驚くようなものばかりだ。フィレンツェのすぐ北にある村フィエゾレにある、ルドヴィーコから与えられたワイン畑を訪れたときには、ヤマウズラの飛ぶ様子を観察している。「翼幅が広く、尾が短い鳥が飛び立つときには、力強く翼を持ち上げて返し、下向きの風を起こす」[8]。このような観察を通じて、鳥の尾と翼の関係について一般法則を見いだすことに成功した。「尾の短い鳥は、翼幅がきわめて広い。幅が広いために尾の代用となる。また旋回するときは、肩につながった頭部をかなり動かす」「頭を尾よりも下にしながら地面の近くに降りてくると、尾を低くして大きく広げ、それと同時に翼を小刻みに動かす。その結果、頭が尾より上になり、速度がコントロールされ、地面に降りたときに強い衝撃を受けずに済む」[9]。みなさんはこんなことを意識したことがあるだろうか？

二〇年も観察を続けた後、レオナルドは集めたノートを論文にまとめようとした。紙一八枚にまとめられたこの原稿は現在、『鳥の飛翔に関する手稿』として知られる[10]。重力や密度といった概念の解説に始まり、最後は自らデザインした飛行装置を発射する構想と、装置と鳥の身体部位との比較で終わっている。ただレオナルドの作品の多くと同じように、この手稿も未完に終わった。彼にとってはさまざまな概念を理解することのほうが、出版するためにそれを磨きあげることより大切だったのだろう。

鳥の飛翔に関する手稿をまとめていた頃、別のノートで新たな研究を始めている。それは鳥の飛翔を、もっと大きな文脈のなかに位置づけるものだった。「鳥の飛翔を科学的に説明するには、風を科学的に説明する必要がある。それは水の動きを研究することで明らかにできるはずだ。水を科学的に解明すれば、空を飛ぶものを理解する一助となるだろう」と書いている。[11] レオナルドは流体力学の基本原則を正確に理解しただけでなく、そうした洞察をもとにニュートン、ガリレオ、ベルヌーイらの研究の原型となるような基礎的な理論をまとめた。

レオナルド以前に、鳥がどのように宙に浮くかを体系的に説明した科学者はいなかった。鳥が浮くのは船が水に支えられるように空気に支えられるためである、というアリストテレスの誤った説をそのまま受け入れる者が多かったのだ。[12] レオナルドは、宙に浮いた状態を維持するときには、水に浮いた状態を維持するときとは根本的に異なる力学が働くことを見抜いた。鳥は空気より重いため、重力によって引っ張られる力が働くためだ。『鳥の飛翔に関する手稿』の最初の二枚は重力の法則を論じており、レオナルドはそれを「物体同士が引き合う力」と呼んだ。重力は「各物体の中心を結ぶ、想像上の直線の方向に作用する」と書いている。[13] それに続いて鳥、ピラミッド、そしてさまざまな複雑な図形の重心を計算する方法を説明している。

飛翔の研究と水の流れの研究の土台となった、重要な観察結果がある。「水は空気のように圧縮することはできない」というのがそれだ。[14] つまり空気を叩きつける羽の動きで、空気はより小さなスペースに圧縮される。その結果、羽の下の空気圧は、羽より上のそれよりも高くなる。「空気を圧縮することができなければ、鳥は羽で叩いた空気によって自らの体を支えることができないはずだ」[15]。羽を下に打ちつけることで、鳥はさらに高く舞い上がり、前に進むことができる。

またレオナルドは、鳥は空気にかけたものと同じだけの逆向きの圧力を、空気から受けることも発見した。「翼を空気に叩きつけることにより、重いワシでも薄い空気のなかをあれだけ高く飛べる様子を見よ」と書いたあとに、こう続けている。「物体が空気に対してかけたものと同じだけの力を、物体は空気から受ける」[16]。二〇〇年後、ニュートンはそれを運動の第三法則として、もっと洗練された表現にまとめている。「作用と反作用は大きさが等しく逆向きである」と。

この概念に付随して、ガリレオの相対性原理の前触れと言えるような洞察をしている。「移動する空気が静止した物体に及ぼす作用は、動いている物体が静止した空気に及ぼす作用と同じである」[17]。つまり空気中を飛翔する鳥にかかる力は、空気の流れのなかで静止している鳥（風洞のなかにいる鳥、あるいは風の強い日に同じ位置でホバリングしている鳥）にかかるものと同じである、と言っているのだ。同じノートには水の流れの記録もあり、空気の作用との類似性を見いだしている。「静止した水から棒を引き抜くときの作用は、水の流れが静止している棒に及ぼす作用と似ている」[18]。

それ以上にレオナルドの先見性が感じられるのは、二〇〇年以上後に発見される「ベルヌーイの定理」（空気を含むあらゆる流体の流れが速くなると、その発する圧力は低くなる）を暗示していることだ。鳥の翼の断面図を描き、上の面のほうが下の面よりもカーブしていることを示している（これはベルヌーイの定理を活用した航空機の翼も同じである）。より大きなカーブを描く翼の上を流れる空気は、翼の下を流れる空気よりも長い距離を移動することになる。このため上の空気のほうが速く流れる。流れる速度が違うということは、翼の上の空気圧のほうが、下の空気圧よりも弱いことを意味し、鳥（あるいは航空機）は空中にとどまることができる。「鳥の上の空気は、他の部分の空気よりも薄い」とレオナルドは書いている。[19] このようにレオナルドは他の科学者に先駆けて、鳥が飛べるのは単に翼で空気を叩きつけるためだけではなく、翼が鳥を前に押し出すため、そして翼の上を流れる空気の圧力が弱まるためでもあることを発見したのである。

飛行装置をデザインする

解剖した人体の観察と物理学の分析から、レオナルドは翼型の飛行装置を作れば、人間が空を飛ぶことは可能だという結論に達した。「鳥は数学的法則に従って動く装置である。だから人間が同じような装置を再現することは可能である。人間に十分な大きさの翼を適切に取りつければ、空気抵抗を克服し、空に浮かぶ方法を習得できるかもしれない」[20]。

物理学と解剖学、工学の知識を組み合わせ、一四八〇年代末には、この目標を実現するための装置の開発にとりかかった。最初のデザインでは、巨大な半球状の器に、オールのような羽根が四枚付いている【図50】。かつて観察した四枚の羽を持つトンボのように、二枚一組で交互に動かすのである。人間の胸筋の弱さを克服するため、この円盤とスポーツジムにあるトレーニングマシンをミックスしたような装置では操作者が足を使ってペダルを漕ぎ、両手で歯車と滑車でできた装置をまわし、頭部でピストンを動かし、肩でケーブルをひっぱることになっている。進行方向をどう制御するかは定かではない。[21]

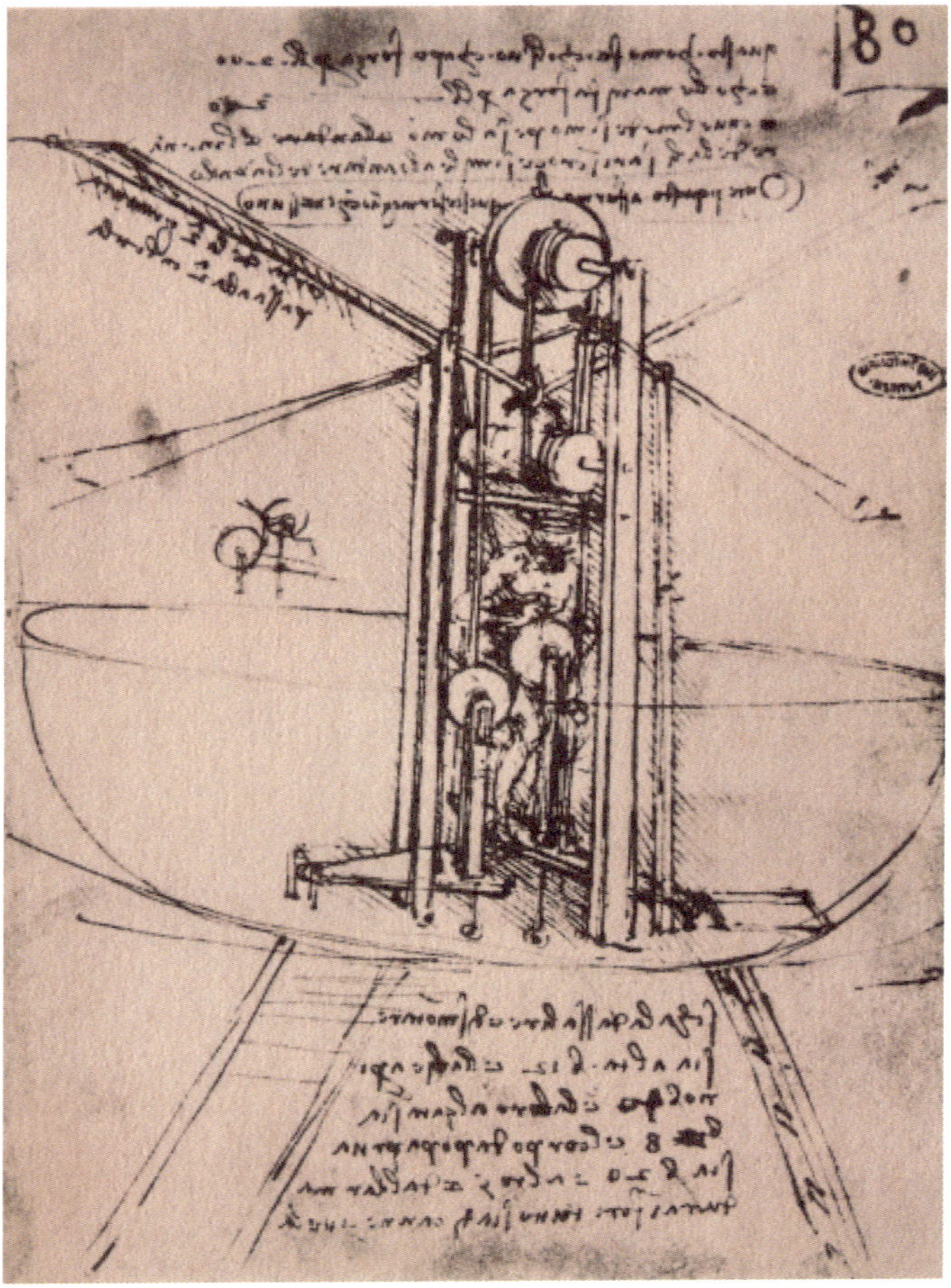

【図50】人力で動く飛行装置

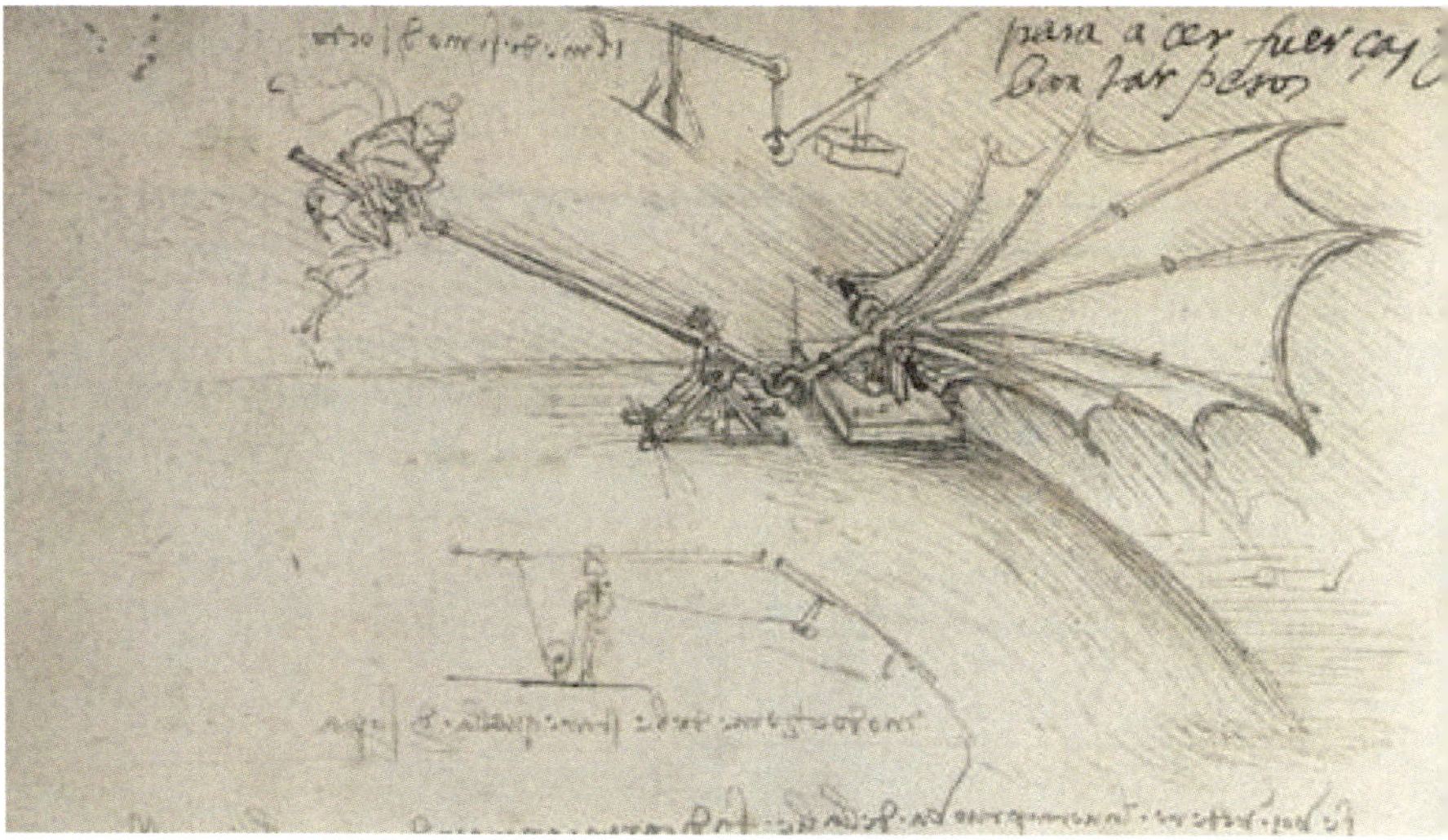

【図51】蝶番を使った飛行装置

同じノートの七ページ後ろには、こうもりのような翼を使った装置の美しいスケッチがある【図51】。細い骨組みは羽毛ではなく皮でできた膜で覆われ、かつてフィレンツェで作った舞台装置を彷彿させる。翼は分厚い木の厚板に固定されており、そこに翼を動かすレバーも取りつけられている。レオナルドが指定した厚板の重量は約六八キロと、大人の男性ほどもある。長いレバーの先端でぴょんぴょん飛び跳ねる、愉快な男の姿まで描いている。その下の小さなスケッチには、優れたアイデアが描かれている。翼が跳ねあがるときには蝶番《ちょうつがい》によって先端が下を向くようになり、空気抵抗を受けにくくする。そこからバネの働きでゆっくりと元のまっすぐな位置に戻る。[22] もっと後のアイデアでは、翼に皮製のフラップを付け、翼が降りてくるときには閉じ、上がるときにはパッと開くようにして空気抵抗を抑えている。
ときには自走式の飛行装置の実現を諦め、グライダーを設計しようと考えたこともあった。その一つは五〇〇年後、イギリスのテレビネットワーク「ＩＴＮ」の企画で再現され、実際に機能することがわかった。[23] とはいっても人生のほとんどを通じて、人間が操縦する鳥のような翼を備えた飛行装置の実現を目指していたのはまちがいない。ペダルやレバーを使ったもの、操縦者が前傾姿勢になるものや立ったままのものなど、優に一〇種類を超えるデザインを作成した。こうした装置は、鳥を意味する「ウチェッロ」という名で呼んでいた。

ヴェッキア宮に与えられた広々とした専用スペースには、レオナルドが「ラ・ミア・ファブリカ（私の工場）」と呼んだ一画があった。そこでは不幸な結果に終わった騎馬像の制作に加えて、飛行装置の実験も行った。あるときには、隣接する大聖堂のタワー（デザインコンペで敗れた例のティブリオだ）の建設作業員の目に留まることなく屋上で飛行実験をする方法についてメモを書いている。「大型で高さのある模型を作る。屋上には十分なスペースがあるだろう。屋上のタワーに近い部分に立てば、作業員に見られることはないはずだ」[24]。

またあるときには、救命具を身につけて水上で飛行実験をする構想を描いている。「この装置は湖で実験する。水に落ちても溺れないように、ワイン用の長い革袋をベルトとして装着すること」[25]。そしてようやく長い実験が終わりに近づいたとき、こんな空想に満ちた計画を綴っている。「巨大な鳥は、大いなる白鳥の背から初飛行に飛び出す」。『鳥の飛翔に関する手稿』の最後の一枚には、こう書いている。「大いなる白鳥」とは、フィエゾレ近くの白鳥山（モンテ・チェチェリ）を指す。「世界は驚き、あらゆる文筆家はその名声を称え、それが誕生した巣には永遠の栄光が訪れるだろう」[26]。

レオナルドは体をひねり、旋回し、重心を移動し、風を巧みに操る優美な鳥たちの姿を描いた小ぶりのデッサンをたくさん残している。目に見えない気流を表現するのに、流れの方向を示す線や渦を使ったのも先駆的だった。ただ、そのすばらしいデッサンや独創的な設計にもかかわらず、レオナルドは結局、人間が空を飛ぶための自走式装置をつくることができなかった。彼の名誉のために言い添えておくと、それから五〇〇年経った今でも、それを実現した者はいない。

レオナルドは晩年、たよりない二枚の羽の付いた筒の絵を描いている。明らかに実用性はなさそうだ。よく見るとワイヤーにつながっているのがわかる。皮肉なことに、彼にとっておそらく最後のものと思われる機械仕掛けの鳥の絵は、三〇年前に初めて描いたものに先祖返りしたようだ。宮廷や野外で上演される芝居で観客の束の間の楽しみのために供される、美しくも儚《はかな》い舞台装置のデザインに[27]。

第一二章

機械工学の研究者

機械とは何か

レオナルドの機械への関心は、動きへのこだわりと密接に結びついていた。機械も人間も動くためにデザインされた装置であり、たとえば機械にも脊髄や腱のような働きをする構成要素があると見ていた。人体の解剖図を描くように機械の解剖図（立体分解図や断面図）を描き、歯車やレバーから車輪や滑車へ、動きが伝わる仕組みを示すこともあった。多様な分野に精通する強みを生かし、解剖学の概念を工学に応用した。

ルネサンス期のほかの技術者も機械図を描いてはいるが、いずれも完成形だけであり、個々の構成要素の役割や効果を論じることはなかった。一方レオナルドは一つひとつの部品を見ながら動きを伝達する仕組みを解明しようとした。彼にとってラチェット、バネ、歯車、レバー、軸などの可動部品を一つひとつ描くことは、その働きや工学的原理を理解するための手段だった。デッサンは思考のツ

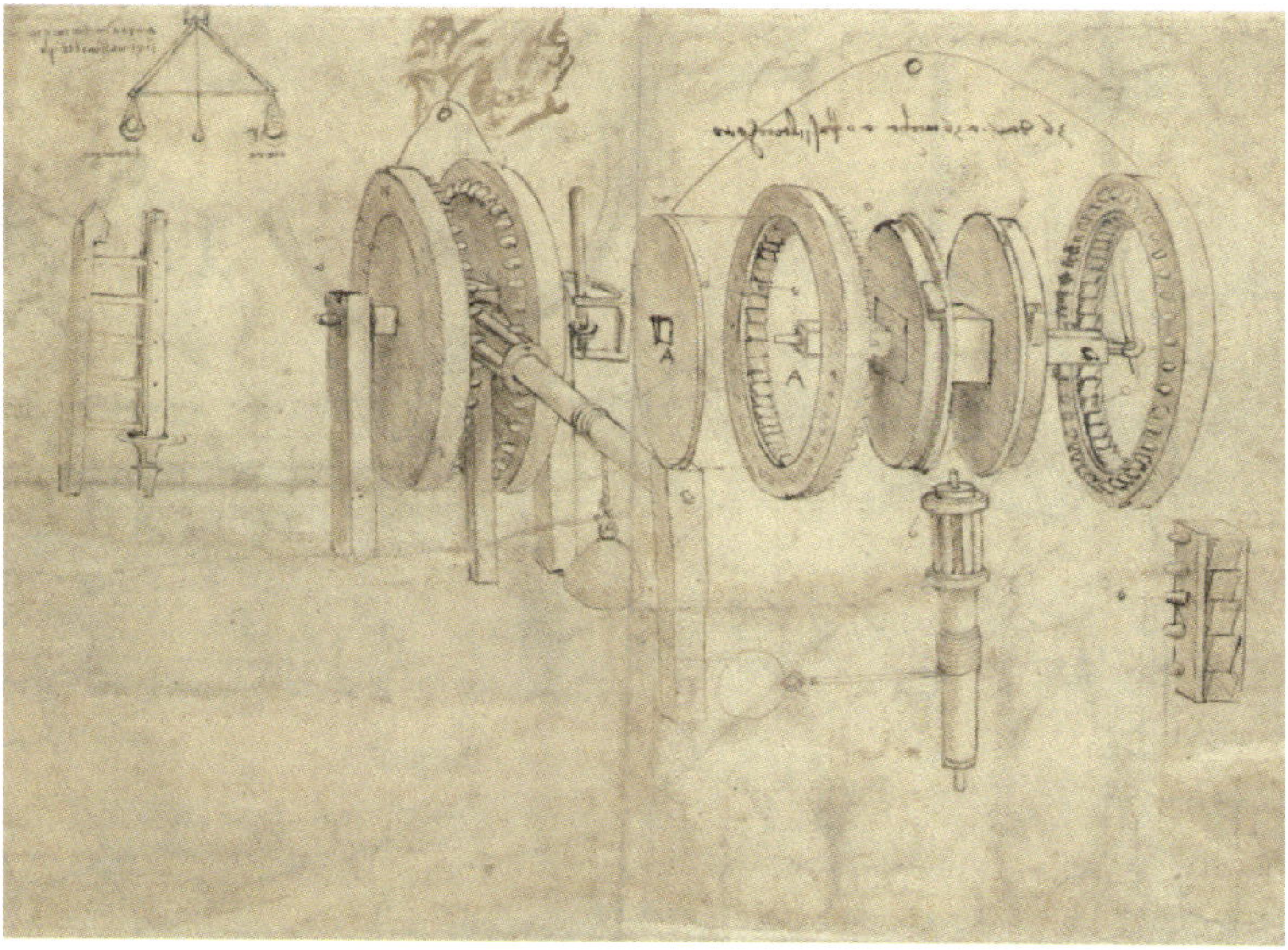

【図52】巻き揚げ機とその構成部品

ールであり、紙の上で実験を行い、さまざまな概念は視覚化することによって評価した。

たとえば完璧な遠近法と美しい陰影を用いて描かれた、巻き揚げ機の図を見てみよう【図52】。レバーを動かすと歯車が徐々に回転していき、重い荷物を持ち上げることができる装置だ。往復運動を連続的な回転運動に転換する仕組みを表現している。部品を組み立てた図がページの左側、分解図が右側に描かれている[1]。

レオナルドのスケッチのなかでも特に美しく精緻なのは、コイル状のバネがゆっくりと元の長さに伸びていく過程で、動きが遅くなったりせず一定の速さで続くようにするためのアイデアを描いたものだ。きつく巻かれたバネを緩めると、最初は機構に強い力が伝わり、速く動く。だがしばらくすると伝わる力は弱まり、

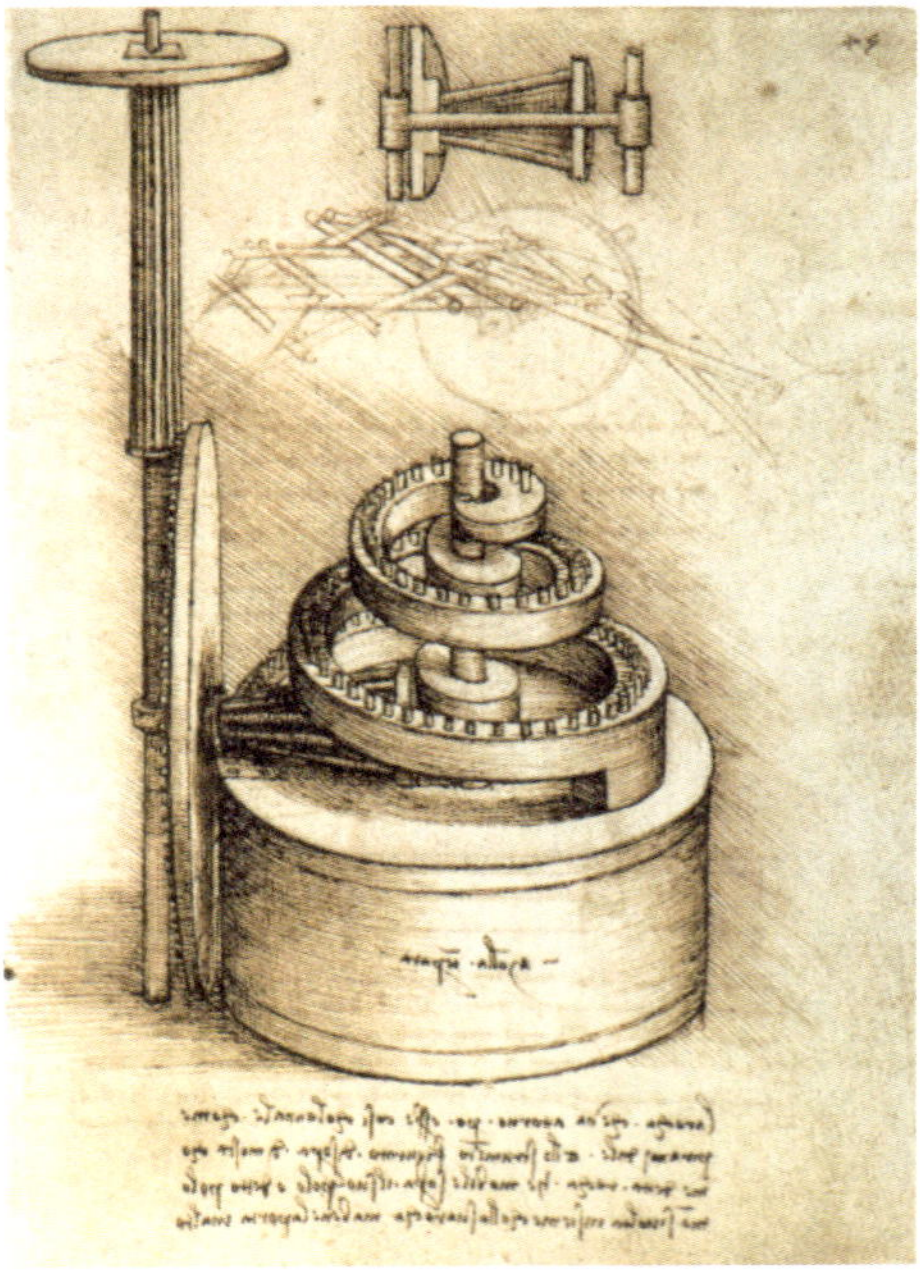

【図53】バネの力を平準化するらせん形の歯車

動作速度が遅くなる。これは時計など、多くの機械装置にとって重要な問題だ。ルネサンス後期には、緩んでいくバネの力を平準化する方法が熱心に研究された。レオナルドは自らを魅了してやまないらせん形を使い、この難題を解決する歯車をいち早く開発した。芸術的に美しい上の絵は、らせん形の歯車によってバレルスプリング(樽型のバネ)の緩む速度を平準化し、車輪に一定の力が伝達され、軸が一定の速度で上がっていく様子を描いている[2]【図53】。これはレオナルドの作品のなかでも最高傑作の一つだ。左利き特有のハッチング線で形や影を描き、カーブしたハッチング線で樽の丸みを表現している。機械学者としてのひらめきと、芸術家としてのらせんや渦への思い入れが見事に融合している。

人間のエネルギーを活用するには

当時も今も、機械類の最大の目的がエネルギーを制御し、有益な用途に役立つような動きに転換することであるのは変わらない。レオナルドの作品には、人間のエネルギーをうまく使って踏み車を押したりクランクを回したりする方法を示すものもある。その力が歯車や滑車に伝わり、望みどおりの働きをするのだ。人間のエネルギーをもっと有効に活用しようと、身体を部位ごとに分解し、各筋肉の働きを図解で示したうえで、その力を計算し、活用法を示した。一四九〇年代のノートでは、男性が上腕二頭筋、両足、両肩などさまざまな部位の筋肉群を使うと、どれだけの重さを持ち上げられるか算出している。(3)「人間が一番大きな力を発揮できるのは、両足を秤《はかり》の片側に乗せ、両肩で安定した支えにもたれかかったときだ。こうすると秤の反対側には自分の体重プラス両肩で持ち上げられる重さまで載せることができる」(4)。

アルノ川の水力をコントロールする方法

こうした研究は、たとえば人間用の飛行装置を動かすにはどの筋肉が最適か見きわめるのに役立った。ただレオナルドは研究成果をほかの用途や動力源にも応用している。たとえばアルノ川の水力の活用法として、さまざまな実用的アイデアを列挙したこともある。「製材工場、毛織物の洗浄、製紙工場、鍛冶場のハンマー、製粉工場、刃物の研磨、兵器の研磨、火薬の製造、女工一〇〇人分の能力がある紡績工場、リボン製造、碧玉《へきぎょく》で作る器の成型」など。(5)

特に関心を持った実用的用途の一つが、川の流れをコントロールするために土手を切り崩す機械だ。当初考えたのは、滑車とロープを使って持ち上げたハンマーを落とすというアイデアだ。その後はも

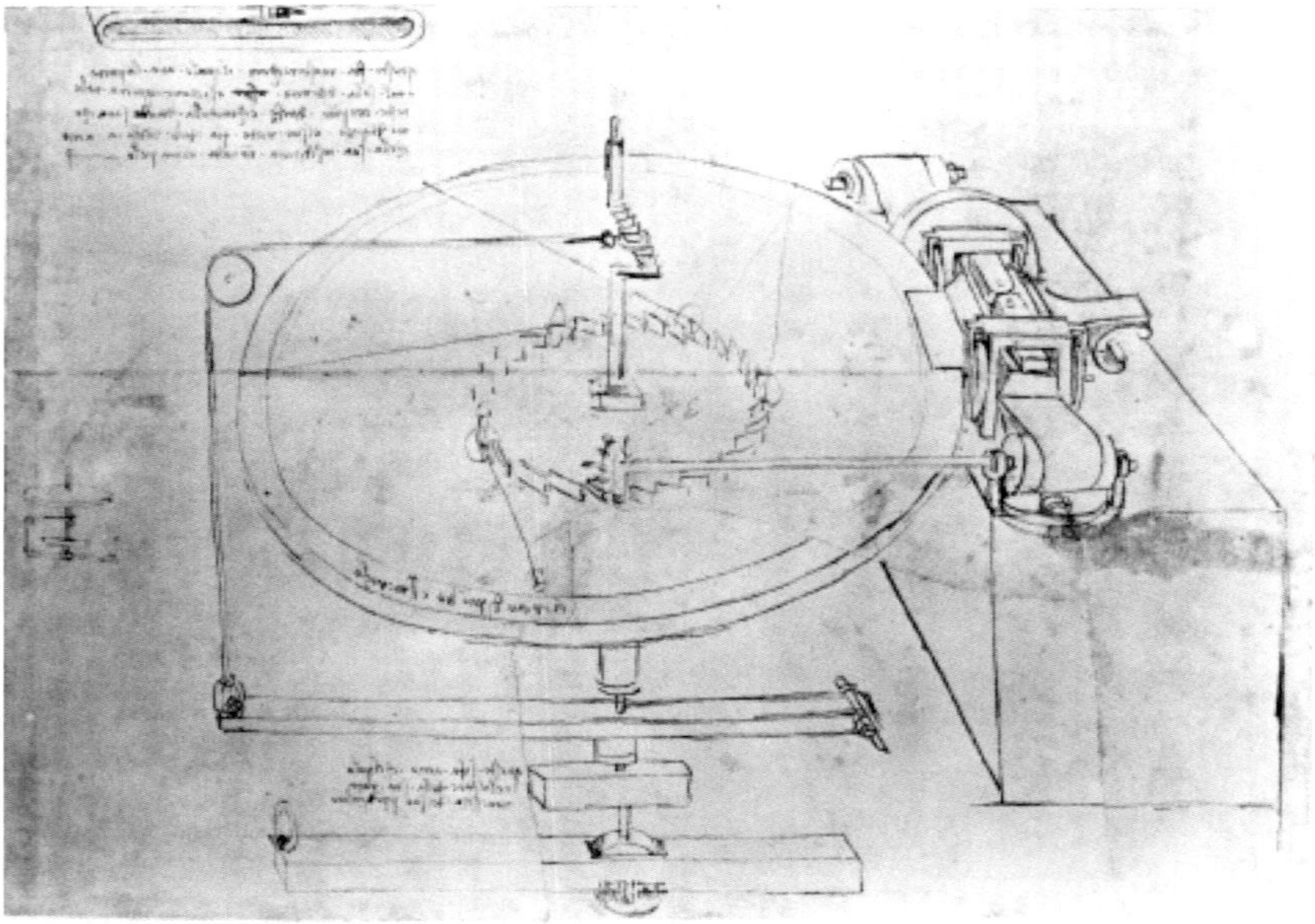

【図54】針の研磨装置

っと効率的にハンマーを持ち上げるため、人間がはしごを登り、吊りカゴに乗って降りてくる仕組みを考えた(6)。同じように、流れ落ちる水の力を使って水車を回す方法を考えていたときには、自然に水受けに溜まった水が、反対側で重力によって落ちるようにすれば効率がいいと気づいた。そこで水車の回転によって水受けが一番低い位置に来たときに水が落ちるようにするためのラチェット・システムを設計した。その後も水受けの形をカーブしたスコップ型にするなど改良を続けた(7)。

イタリアの繊維産業に重宝されそうな、針を研磨する装置も発明した。小さな研磨用歯車と磨き布に取り付けた回転台を人力で回す仕組みだ【図54】。それによってかなり大儲けができると思ったらしい。「明日、一四九六年一月二日の朝に、幅の広いベルトを試してみるつもりだ」とノートに書いている。この装置が一〇〇台あれば、一時間に四万本の針ができ、一本五ソルドで売れるはずだ。いくつか複雑な計算をし、その過程で掛け算を一ケタ間違えてしまったものの、毎年六万デュカートの収入が得られるはずだという結論に達した。二〇一七年時点の金《きん》の価値に換算すると、八〇〇万ドルを超える。計算間違いを考慮すると本当は六〇〇〇デュカートなのだが、それでも聖母像や祭壇背後の装飾を描く仕事などやめてしまおうかと思うには十分な金額だ。ただ言うまでもなく、この計画が実行に移されることはなかった。レオナルドにとっては、アイデアを考えるだけで十分だったのだ。[8]

永久機関

レオナルドはある物体に力が加わると勢いがつくことを理解しており、それを「はずみ」と呼んでいた。「動いている物体は、出発点から直線方向に進もうとする。あらゆる運動には持続しようとする傾向がある、というより、動いている物体はすべて、当初加わった力の影響が続くかぎり動きつづけようとする」。[9] この洞察は、二〇〇年後にニュートンが提唱する運動の第一法則(慣性の法則)を予示している。[10]

物体の動きを減速させるすべての力を取り除けば、永遠に動き続けることが可能になるだろう、とレオナルドは考えた。一四九〇年代のノートでは、二八ページにわたって永久機関の可能性を探っている。物体から勢いが失われるのを防ぐさまざまな方法を検討したり、装置が自らはずみを生み出したり補給したりする仕組みを研究した。その内容は多岐にわたる。車輪に可動式のハンマーを取りつけ、回転している車輪を叩いてはずみをつける仕組み。車輪にいくつか重りを付けて回転を維持する仕組み。らせんスクリューを使って二重らせんを作る、車輪の内側に三日月形のスペースをいくつか作って内側をボールが転がるようにするといったものもある[11]。

特に興味を持ったのは、水力を使って永久機関を作る可能性だ。たとえば水の力で「アルキメデス・スクリュー」と呼ばれるコイル管をまわし、水を持ち上げる。さらに持ち上げた水が流れ落ちてくる力でスクリューをまわしつづけるというアイデアを考えた【図55】。流れ落ちてくる水の力が、スクリューをまわして水を持ち上げるのに十分ならば、このプロセスは永久に持続するのではないか、とレオナルドは考えた。

その後三〇〇年にわたり、さまざまな技術者がこのアイデアの実現に挑戦することになるが、レオナルドは早々と、また正確に、実現不可能という結論を出していた。「落ちてくる水には、同じ重量の水を持ち上げるだけの力はない[12]」。

レオナルドにとっては、絵を描くことが思考実験となった。考案した装置を実際に作るのではなく、ノートに描いてみることで、その動きをイメージし、永久運動を実現できるか評価することができた。さまざまな方法を検討した末に、レオナルドは目標を達成するものは一つもないという結論に達した。そのプロセスからは、人生において永久機関のデザインのような作業に取り組むことの意義が浮かびあがる。この世界にはどうしても解決できない問題はある、しかしその理由を突き止めるのは有益なことである、と。マドリード手稿Iにはこう書いている。「人間の実現不可能な妄想の一つが、永久運動、あるいは永久機関と呼ばれるものの研究である。永久運動の挑戦者らは、この探究のためにどれほど無益な夢を描いてきたことか[13]」。

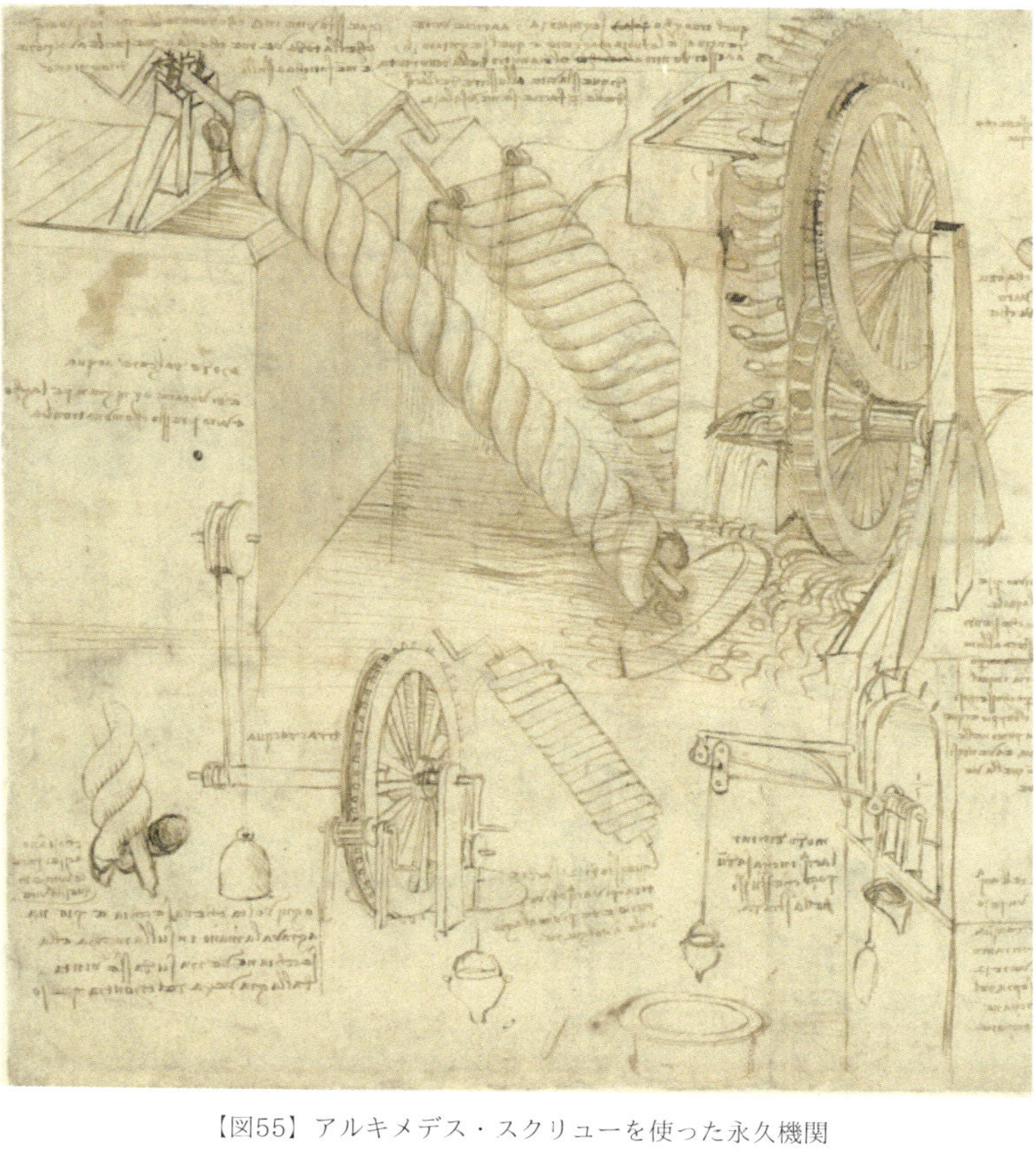

【図55】アルキメデス・スクリューを使った永久機関

摩擦が永久運動を妨げる

永久運動を妨げているのは、物質世界に存在する物体には必然的に起こる「勢いの喪失」である、とレオナルドは気づいた。エネルギーが失われ、運動が永久に続く妨げとなるのは摩擦だ。空気抵抗や水の抵抗も同じ働きをすることは、鳥の飛翔や魚の動きの研究からわかっていた。

こうして始めた摩擦の研究からは、すばらしい洞察がいくつか生まれた。重い物体を傾斜から落とす実験を通じて、物体の重さ、傾斜の表面の滑らかさ（粗さ）、傾斜の傾きという摩擦の三つの決定要因の関係を発見したのである。摩擦の大きさは、物体と傾斜面積の接触面の大きさとは無関係であることをいち早く発見したのもレオナルドである。

「物体の重さが変わらなければ、接触面の幅や長さが変化しても、抵抗の大きさは運動の開始時点から一定である」と書いている。こうした摩擦の法則、特に摩擦は接触面積とは無関係であるというのは重要な発見だったが、レオナルドはそれを発表しなかった。それが再発見されるのはほぼ二〇〇年後、フランスの科学者で、温度計や湿度計などを発明したギヨーム・アモントンの登場を待たなければならなかった[14]。

レオナルドは三つの決定要因の影響を定量化するため、さまざまな実験を行った。傾斜を滑り降りる物体の力を計測するために考案した計器は、今日摩擦計と呼ばれるものの原型だが、それが再発明されるのは一八世紀のことである。この計器を使い、今日摩擦係数と呼ばれるものを分析した。一つの面を別の面の上を滑らせるのに必要な力と、その二つの面のあいだの圧力の比である。レオナルドの計算では、木片が別の木片の上を滑っていくときの摩擦係数は〇・二五で、これはおおむね正しい。傾斜面に油を差すことで摩擦を抑えられることに気づいたため、他の技術者に先駆けて、自らが設計する装置には潤滑油を差す穴を設けるようになった。また玉軸受（ボールベアリング）やころ軸受（ローラーベアリング）を使う方法も編み出した。両者が一般に使われるようになるのは一八〇〇年代末頃である。[15]

効率的な機械の設計を主なテーマとするマドリード手稿Iには、新しいタイプのねじジャッキの絵が描かれている【図56】。ねじジャッキは、大きなネジを使って重い物体を持ち上げる装置で、一五世紀にはよく使われていた。ただ荷重が大きいときには、摩擦が大きくなるという弱点があった。レオナルドが考えた独創的な解決策は、厚板と歯車のあいだに玉軸受を入れるというものだった。その拡大図は、ジャッキの左側にある。さらに拡大した概念図がその左にある。「ある物体の表面が同じような表面の上を動くとき、両面のあいだに玉やころを挟むと動きが滑らかになる」と図の脇に解説がある。「玉やころが動いたとき互いにぶつかると、ぶつからないときよりも装置の動きは悪くなる。それはぶつかると摩擦によって逆向きの動きが生じ、装置の動きと相殺するためである。玉やころの間隔を開ければ、装置は楽に動くようになる」。[16] それからレオナルドらしく、思考実験として玉軸受の大きさや配置を変えたスケッチが何ページも続く。玉の数は四つより三つのほうがいい、なぜなら三点あれば平面ができるので、玉が三つの場合はすべてが平面に触れるが、四つめがあるとずれる可能性があるからだ、とも書いている。

摩擦を抑えられる合金を作るための、金属の最適な組み合わせを記録に残したのもレオナルドが初めてだ。「銅が三に対してスズを七の割合で混ぜて溶かす」。これはレオナルドが鏡を作るときに使っ

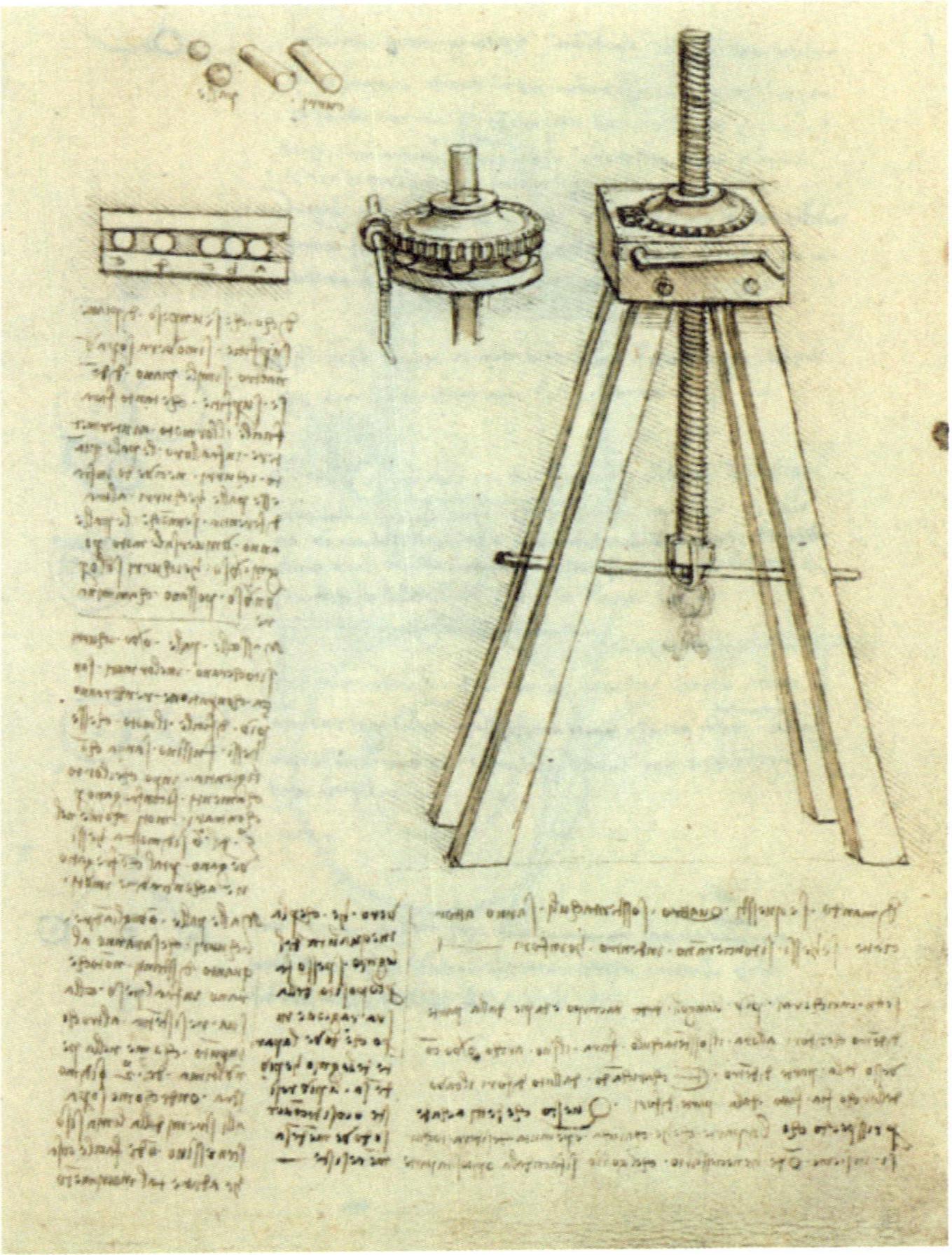

【図56】玉軸受を使ったねじジャッキ

た調合と似ている。「レオナルドの調合に従うと、完璧な減摩剤ができる」。一九六五年にマドリード手稿の発見と発表に携わった技術史家のラディスラオ・レティは書いている。これについてもレオナルドは時代の三世紀先を行っていた。世界初の減摩合金の開発者は一般に、一八三九年に銅、スズ、アンチモンを含む合金の特許を取得したアメリカの発明家、アイザック・バビットとされる。[17]

機械の研究を通じてレオナルドは、やがてニュートンが提唱するものに似た機械論的世界観を身につけた。人間の四肢や機械の歯車の動き、人間の血液や川の流れなど、宇宙のあらゆる動きは同じ法則に従っている、と。この法則には分野を超えた類似性がある。一つの分野の動きは別の分野のそれに対比させることができ、そこにはパターンが存在する。「人間は機械であり、鳥は機械であり、世界全体が機械である」。レオナルドの機械装置を分析したマルコ・チャンキはこう書いている。[18]同時代の仲間とともにヨーロッパに新たな科学の時代をもたらしたレオナルドは、占星術師や錬金術師など物事の因果を非機械論的に説明しようとする人々を嘲笑し、宗教上の奇跡は聖職者の管轄として距離を置いた。

第一三章

すべては数学であらわせる

代数より幾何学が得意だった

レオナルドは次第に、観察結果を理論化するうえでカギとなるのは数学だという確信を深めていった。自然の法則は、数学という言語で書かれている。「数学を応用できない科学に確実性はない」とまで言い切っている。[1] まさにそのとおりだ。幾何学を使って遠近法を理解した経験から、レオナルドは数学によって自然の美しさの背後にある法則を、さらにはその法則の美しさを明らかにできることを学んだ。

モノを見る能力が秀でていたことから幾何学は得意で、自然の仕組みを理論化する際にはよくその知識を使った。一方、数字には図形ほど強くなく、計算は不得手だった。たとえばノートには「四〇九六×二」の計算で、繰り上がりを忘れて「八〇九二」と書いたりしている。[2] アラブやペルシアの数学者らが発展させた代数は、自然の法則や変数を数字や記号で表す優れた手段であり、レオナルドより後のルネサンスの学者たちは積極的に取り入れた。しかしレオナルドにはまるで理解できず、自然界で見つけたパターンを数式で表現することはできなかった。

レオナルドが代数より幾何学を好んだのは、前者がバラバラな数字という単位をもとにしているのに対し、幾何学図形は連続量であるためだ。「代数が分離量を扱うのに対し、幾何学は連続量を扱う」と書いている。(3) 今風の言葉で言えば、レオナルドはデジタル・ネイティブではなく、図形をアナロジーとして使うなどアナログツールのほうが得意だった(ご察しのとおり、「アナログ」の語源はアナロジーだ)。「代数は真正で完結した数字を扱う計算のための学問だが、連続量を扱うのには役に立たない」とも書いている。(4)

幾何学には、視力と想像力の活かせる視覚的学問であるという魅力もあった。「レオナルドが貝殻のらせん形や葉っぱや花弁が茎から出る様子を観察したり、心臓の弁がすばらしく効率的に機能する理由を考えたりするとき、幾何学的分析は期待どおりの結果をもたらしてくれた」とマーティン・ケンプは書いている。(5)

代数を使いこなせなかったため、特定の変数によって生じる変化の割合を表現するときには幾何学を使った。たとえば物体の落下速度、音量、遠くの物体の遠近感などの変化率を、三角形や角錐《かくすい》を使って表現している。「比というのは数字や寸法だけにあるのではなく、音量、重さ、時間、場所のほか、ありとあらゆる力にも見いだすことができる」と述べている。(6)

複式簿記を広めた数学者との親交

ミラノ宮廷でのレオナルドの親しい友人の一人が、数学者のルカ・パチョーリであった。複式簿記を初めて本格的に広めた人物としても知られる。レオナルドと同じトスカーナ地方の生まれで、職業教育を目的とするそろばん学校で算数は習ったものの、ラテン語は学ばなかった。富裕層の子弟の家庭教師として働いたのち、フランシスコ修道会の修道士となったが、修道院に住むことはなかった。ラテン語ではなくイタリア語で書いた数学の教科書は、一四九四年にヴェネツィアで出版された。折しも一五世紀末には印刷機の普及によって日常言語による学問が爆発的に広がっており、パチョーリの著作もその波に乗るかたちとなった。

レオナルドも発売直後に一部購入し、かなり高価な代金をノートに記録している（聖書に支払った金額の二倍以上だった）[7]。ことによると、パチョーリをミラノ宮廷に招くのにも一役買ったのかもしれない。パチョーリは一四九六年頃にミラノにやってきて、レオナルドと同じヴェッキア宮に居室を与えられた。二人は幾何学的図形への関心を共有していた。パチョーリの肖像画には、分度器、コンパス、尖筆などの置かれたテーブルの前に、弟子と立つ姿が描かれている【図57】。天井からは、水が半分まで入った正方形一八個と三角形八個から成る多面体がぶら下がっている。

あまり知られていないが、ミラノ宮廷でのパチョーリの仕事として重要な位置を占めていたのは、レオナルドと同じように娯楽や余興の準備であった。ミラノ到着直後に書きはじめた『数の力について』と題したノートには、宮廷の催しで出題するための謎かけや数学的クイズ、手品、室内ゲームな

【図57】ルカ・パチョーリの肖像画

どが綴られている。手品には、卵にテーブルの上を歩かせる（蠟と髪の毛を何本か使う）、コップの中で硬貨を浮き沈みさせる（酢と磁性粉を使う）、鶏を飛び上がらせる（水銀）といったものがあった。パチョーリが考えた室内ゲームには、トランプの束から相手が選んだ一枚を当てるという定番のトリック（実は協力者がいる）のほか、オオカミと羊とキャベツをどういう順番で船に乗せて向こう岸まで運ぶかといったクイズ、観客が考えている数字をいくつかの計算をさせることで当ててしまう数学ゲームなどがあった。パチョーリのゲームのなかでもレオナルドが特に気に入ったのは、定規とコンパスだけを使って三角形や正方形を円で囲むというものだ。

ともにこのような頭を刺激する遊びが大好きだったことから、パチョーリとレオナルドは意気投合した。パチョーリのノートには、レオナルドの名前がちょくちょく登場する。あるときには手品の基本的な仕組みを書いたあと「ほら、レオナルド、同じようなモノを自分でも考えてごらん」と書いている。(8)

もっとまじめなところでは、レオナルドは有能な家庭教師であったパチョーリから数学を教わった。ユークリッド幾何学の難解さと美しさ、そして（あまり成功はしなかったが）二乗や平方根の計算方法も習った。パチョーリの講義が難しすぎてわからないときには、説明してくれた言葉を一語一句ノートに書き写している。(9)

プラトンの立体

そのお礼にレオナルドは、パチョーリがミラノに到着した直後に執筆を始めた『神聖比例論』のために、驚くほどの芸術的美しさと優美さを兼ね備えた挿絵を何枚も描いている。『神聖比例論』は建築、美術、解剖学、数学における比例や比の役割を論じた作品だ。芸術と科学の融合を重視していたレオナルドは、当然このテーマに夢中になった。

一四九八年に完成したパチョーリの本にレオナルドが寄せた挿絵の多くは、「プラトンの立体（正多面体）」と呼ばれる五つの立体のバリエーションである。プラトンの立体はすべての面が同一の正多角形で構成され、かつすべての頂点において接する面の数が等しいという性質があり、正四面体、正六面体、正八面体、正十二面体、正二十面体の五種類がある。それに加えてレオナルドは、ひし形立方八面体（正方形と接する八つの正三角形から成る二六面体）など、さらに複雑な図形も描いている【図58】。こうした立体をわかりやすく描くため、中身の詰まった立体ではなく、木の梁《はり》でできた骨組みのように描くという新たな手法を生み出した。レオナルドの存命中に出版された絵画作品は、このパチョーリのために描いた六〇点の挿絵だけである。

この挿絵の陰影には、レオナルドの非凡な才能が表れている。そのおかげで挿絵の幾何学的図形は、いずれも目の前にぶらさがった物体のように見える。光は一方向から差し込んでいて、くっきりとした影やうっすらとした微かな影を作っている。物体の一つひとつの面は窓ガラスのようだ。遠近法の使い方も見事で、それがさらに物体に立体感を与えている。レオナルドは頭のなかで本物の物体を思い描き、それを紙の上に再現することができた。ただやはり実際に木の模型も作ったのではないか。パチョーリの肖像画に描かれたような多面体を、糸で吊ってぶら下げてみたのだろう。観察と数学的思考、さらに幾何学的図形と鳥の飛翔の研究を組み合わせることで、レオナルドは三角錐《さんかくすい》の重心を誰よりも先に突き止めた（底面から頂点までの高さの四分の一の地点）。

パチョーリは著書のなかで、レオナルドの挿絵に美しい賛辞を贈っている。「この挿絵は私とともにミラノ宮廷で禄を食む、あらゆる数学分野に精通した人類のプリンス、最高のフィレンツェ人、われらがレオナルド・ダ・ヴィンチの神聖なる左手により描かれたものである」と。パチョーリはその後もレオナルドを「最もすばらしい画家、遠近法の研究者、建築家、音楽家であり、あらゆる面において完璧な人物」と称え、「紀元後一四九六年から一四九九年まで、傑出したミラノ公ルドヴィーコ・マリア・スフォルツァ・アングロ公の廷臣としてともに過ごした幸せな時期」を懐かしんでいる。(10)

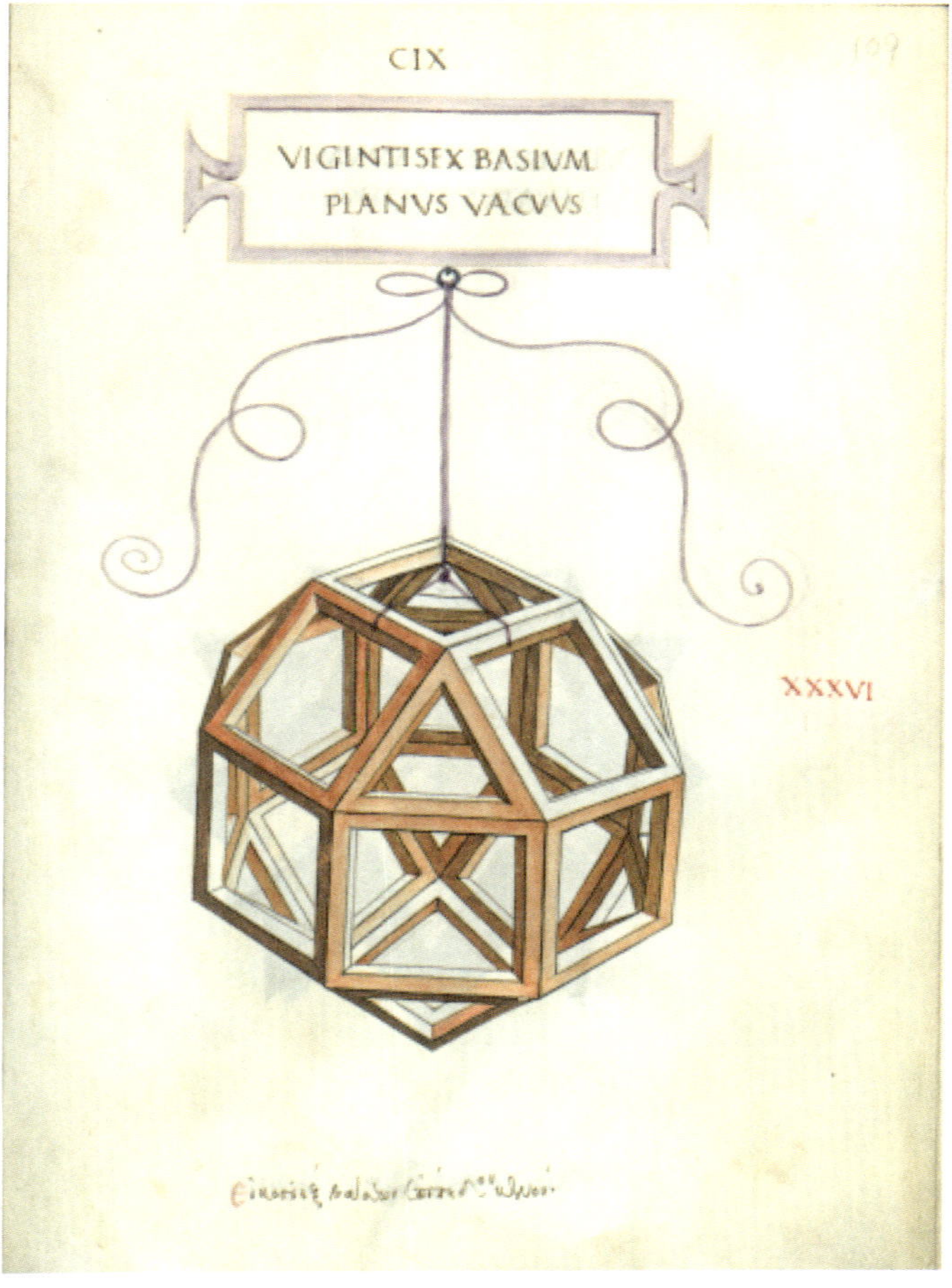

【図58】レオナルドがパチョーリの本の挿絵に描いた
ひし形立方八面体

黄金比

パチョーリの『神聖比例論』は黄金比（黄金分割）、すなわち数列、幾何学、芸術の世界に繰り返し出現する比を表す無理数をテーマとしている。近似値は一・六一八〇三三九八だが、（無理数であるがゆえに）数字はランダムに永遠に続いていく。たとえばここに一本の線があるとする。それを全体と長いほうの割合が、長いほうと短いほうの割合と同じになるように二分割したとき、黄金比が出現する。たとえば一〇〇センチの線を六一・八センチと三八・二センチに切り分けると、黄金比に近くなる。なぜなら一〇〇を六一・八で割ると、六一・八を三八・二で割るのとほぼ同じ、約一・六一八になるからだ。

紀元前三〇〇年頃にユークリッドが論じて以来、黄金比はあまたの数学者を魅了してきたが、その言葉を初めて一般に広めたのがパチョーリだ。『神聖比例論』では黄金比が立方体、角柱、多面体などの幾何学的立体のなかに、どのように出現するかを説いている。ダン・ブラウンのベストセラー『ダ・ヴィンチ・コード』をはじめ、レオナルドの作品には黄金比があふれているという指摘は多い。[11] ただそうだとしても、それが意図的であったかは疑わしい。『モナリザ』や『荒野の聖ヒエロニムス』を図解すると、そんな主張を裏づける結果が得られるかもしれないが、レオナルドが絵を描くうえで意識的に精緻な数学的比率を使ったとする根拠としては説得力に欠ける。

いずれにせよレオナルドが調和比に関心を持っていたことは、解剖学、科学、芸術の探究のなかで、どのような割合や比が存在するか徹底的に調べたことからも明らかだ。人間の身体、音楽的ハーモニーをはじめ、自然界に存在する美しさの背後にはどんな比が潜んでいるのか、それらのあいだにアナロジーは存在するのか、研究したのもそのためである。

性質は変わらず形が変わるとはどういうことか

レオナルドは芸術家として、物体が動いたときの形の変化に強い関心があった。水の流れの観察を通じて、体積保存の概念は自然と身につけていた。水が流れるとき、その形は変化しても体積は一定である、と。

体積の転換を理解することは、人体の動きの表現にこだわるレオナルドのような画家には有益だった。物体の体積はそのままに、形がどのように歪んだり変形したりするかをイメージするのに役立ったからだ。「動きのあるものすべてについて言えるのは、新たに獲得するスペースは、失うスペースと同一であることだ」[12]。これは水の体積だけでなく、人間が腕を曲げるとき、身体をひねるときも同じである。

幾何学は自然現象のアナロジーとしてどう役立つのか、という興味が強まるなか、レオナルドは幾何学的図形が別の図形に変化するときの体積保存を理論的に研究しはじめた。たとえば正方形をどうすればまったく同じ面積の円に変えられるのか。三次元の例で言えば、球体をどうすれば同じ体積の立方体に変えられるのか。

こうして図形と格闘し、自らの洞察をひたすら記録する作業を通じて、レオナルドは位相幾何学（トポロジー）という領域の先駆者となった。図形や物体の性質を変えずに、どのように変形しうるかを研究する学問だ。ノートのあちこちに、ときには夢中になって、またときにはぼうっとしたまま落書きとして、曲線的な図形を同じ面積の長方形に変形させたり、角錐を円錐に変形させたりしていた跡が残っている。[13] そのような変形を視覚的にイメージして絵にすることもできたし、軟蠟《なんろう》を使って実際に形にしてみることもあった。しかし幾何学に必要な、数字の二乗や三乗、平方根や立方根を計算するのは不得手だった。ノートのやることリストからは「マエストロ・ルカに平方根の計算方法を教わる」と、パチョーリに頼ろうとする様子も見てとれる。しかし結局、数学をマスターすることはできず、生涯を通じて数式ではなく絵を描くことで幾何学的変化を理解しようとした。[14]

一五〇五年には、このテーマについての研究をまとめはじめた。「『変形』と題した本を書こう。具体的には、質量を変化させずに一つの物体を別の物体に変形させる方法についての本になる」とノートでも宣言している。[15] 他の企画と同じように、このテーマについてもノートにはすばらしいメモが膨大に残されているが、本として出版されることはなかった。

“幾何学遊び”に熱中する

体積保存に関するトピックに、レオナルドがとりわけ夢中になり、やがては中毒のようになったものがある。古代ギリシャの数学者ヒポクラテスが考案したとされ、月形と呼ばれる半月のようなかたちの幾何学図形が主役となる。

ヒポクラテスは興味深い数学的事実を発見した。大きな半円と小さな半円を重ねて月形を作ると、大きい半円のなかに月形と同じ面積の直角三角形ができる。これは円や月形などの曲線的図形の正確な面積を計算する方法として、またそれらと同じ面積を三角形や長方形といった直線的図形で再現する方法として、初めて発見されたものだ。

レオナルドはこれに心を奪われた。ノートには、二つの半円を重ねてできた三日月と同じ面積を持つ三角形や長方形を描き、影をつけた絵がたくさん残っている。まるでこのゲームに病みつきになったように、三角形や長方形と同じ面積を持つ曲線的図形を描く方法を探究している。絵画については重要な節目となる日付を記録したことは一度もなかったが、幾何学的研究では一つひとつの成功を公証人が記録すべき歴史的価値のある出来事ととらえていたようだ。ある晩には、きわめて重々しくこう書いている。「長年、与えられた角度を二等分する方法を研究しつづけた末に、一五〇九年五月の前日（四月三〇日）日曜日二二時、ついにその方法を発見した」[16]。

同じ面積を持つ図形の探究は、知的営みであると同時に芸術的な営みでもあった。しばらくすると円弧三角形のような実験的に制作した幾何学的図形は、芸術的模様となった。あるノートのページには曲線的図形と直線的図形を重ね合わせ、斜線を付けた図が一八〇個も描かれている【図59】。その一つひとつに、斜線部分とそうではない部分の面積が等しい理由が注釈として付けられている[17]。

またしてもレオナルドはこのテーマについて論稿をまとめようと思い立ち、『De Ludo Geometrico（幾何学遊び）』というタイトルも決めた。それからノートをさまざまな図形で埋め尽くしている。そしてまた予想どおりと言うべきか、これも本として日の目を見ることはなかった[18]。ここでタイトルに「ludo（遊び）」という言葉を選んでいるのは興味深い。これはゲームのような、思わず夢中になってしまう暇つぶしを意味する言葉だ。たしかにレオナルドは熱に浮かされたように月形いじりに夢中になることもあったが、あくまでもそれは自然の美しいパターンの秘密に迫るための知的

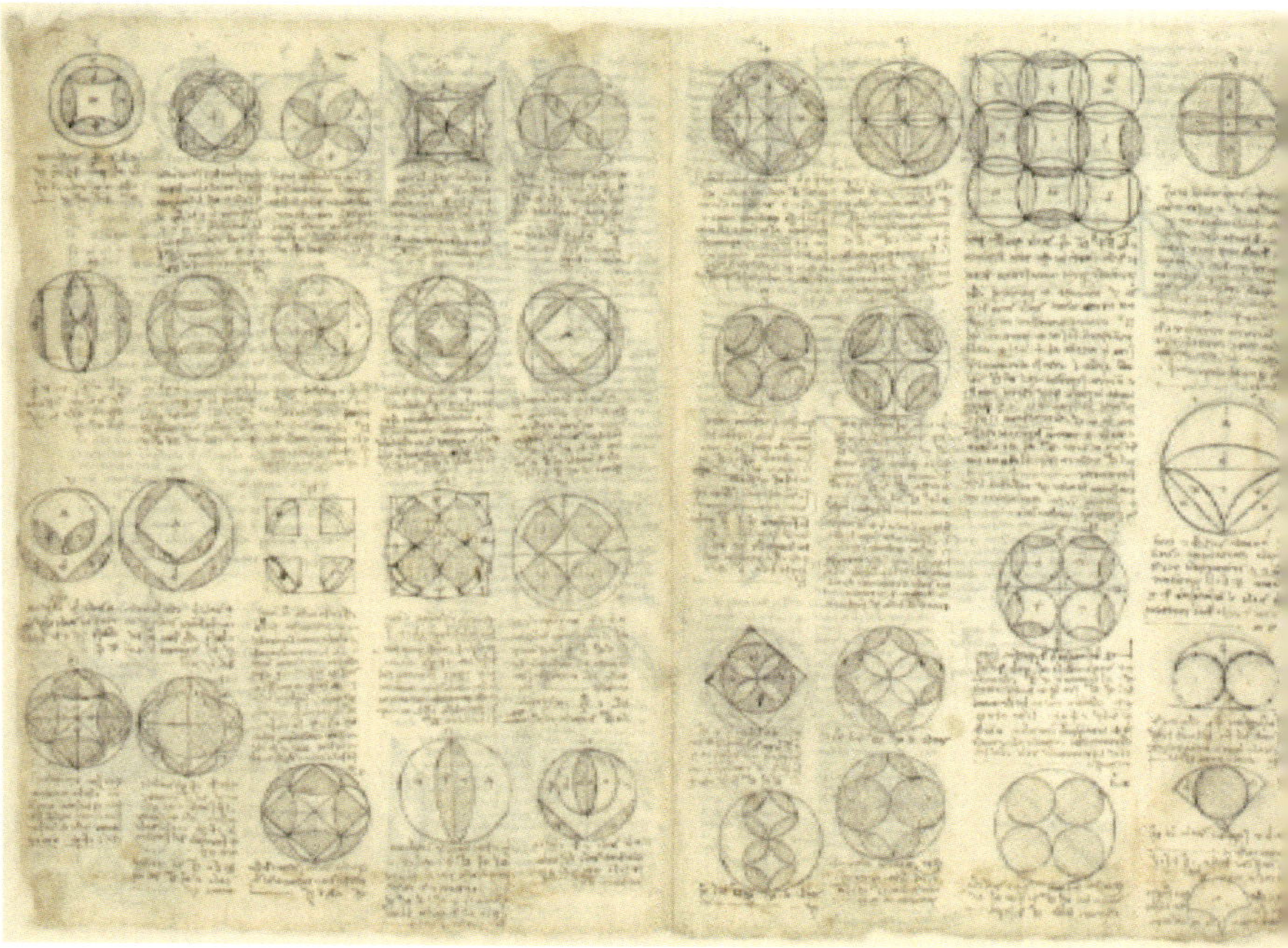

【図59】同じ面積を持つ図形の研究

なゲームであった。

平方根を立方根で解決する

図形の虜《とりこ》となったレオナルドは、ウィトルウィウスやエウリピデスらの著作に書かれていた古代の謎に興味を持つようになった。紀元前五世紀のこと、疫病に苦しむデロス島の人々はデルポイの神にお伺いを立てた。すると立方体の形をしたアポロンの祭壇を、ぴったり二倍の大きさにする数学的方法を見つけたら疫病は収まるであろう、という神託があった。だが島民たちが立方体の各辺を二倍にしたところ、疫病はますます猛威をふるった。神託によると、それは立方体の体積を二倍ではなく八倍にしてしまったからだという（一辺が二センチの立方体の体積は、一辺が一センチの立方体の体積の八倍である）。正解は各辺の長さに二ではなく、二の立方根を掛けるのだ。

ノートには「マエストロ・ルカに平方根の計算方法を教わる」と書いていたものの、レオナルドが平方根の計算をモノにすることはなく、ましてや立方根などお手上げだった。またたとえ計算ができたとしても、レオナルドも疫病に悩む古代ギリシャの人々も、数学的方法で問題を解決することはできなかったはずだ。二の立方根は無理数なのだから。しかしレオナルドは視覚的に解決策を導き出した。元の立方体を対角線に沿って切り、その断面にあらわれる対角線を底面として立方体を作る、というのがその答えだ。正方形を対角線で切断し、対角線を一辺とする正方形を作れば面積が二倍になるのと同じ発想である。[19]

レオナルドはもう一つ、同じような謎に取り組んでいる。円積問題（円の正方形化）と呼ばれる、古代から伝わる最も有名な数学的問題だ。定規とコンパスだけを使って、与えられた円と同じ面積の正方形を描くというものである。ヒポクラテスが円形を同じ面積の三角形に変える方法を研究したのも円積問題を解くためだった。レオナルドは一〇年以上にわたってこの問題に取り組んだ。

πなき時代の思考方法

今日では数学的方法で円を同面積の正方形に変換するには、「π」という超越数を使う必要があることがわかっている。これは分数で表すことができず、有理係数の多項式の根でもない[20]。それはコンパスと定規だけでは作図不可能なことを意味する。ただ粘り強く解決に取り組んだ姿勢からは、レオナルドの強靭な思考力がうかがえる。あるときには徹夜で考えつづけた末に、疲労困憊しつつも興奮した様子でノートに走り書きをしている。数学史に残る画期的発見をしたと思ったのだろう、いつになく重々しい調子だ。「セント・アンドリュースの晩(一一月三〇日)、私は円積問題のゴールにたどり着いた。ろうそくの明かりが消えて夜が終わろうとするとき、そして紙が尽きようとするとき、その挑戦は完了した」[21]。だが結局それはぬか喜びで、まもなく別の方法で再挑戦をはじめている。

レオナルドが試した方法の一つは、円を細い三角形に切り分けていき、それぞれの面積を計算することで円の総面積を試算するというものだ。また円周をほどいて直線にし、長さを調べるといったこともした。お気に入りの月形を使った高度な手法も試みている。まず円から面積を計算しやすい長方形をいくつも切り出し、それからヒポクラテスの手法を参考に、残った曲線的図形と面積が等しい部分はどこか考えたのだ。

もう一つ長期間にわたって取り組んだのは、円をいくつもの区画に分け、それをさらに三角形や半円に切り分け、並べ替えて長方形を作るという手法だ。そして残った部分を、さらに小さな三角形や半円に切り分けていく。これは微積分学の原型ともいうべき研究だが、レオナルドは二世紀後にそれを確立するライプニッツやニュートンのような数学能力を持ち合わせてはいなかった。

レオナルドは生涯を通じて形の変化に魅了されつづけた。ノートの余白、そしてときにはページ全体に、円のなかの正方形、正方形のなかの半円、半円のなかの三角形を描き、ある図形の面積や体積を変えずに別の図形に変換する方法を探りつづけた。円形を正方形にする方法は一六九通りも考案している。あまりにも多くの図案が並び、洋服の型紙集と見まごうばかりのページもある。死の直前、最後に書かれたと思われるノートのページには「スープが冷めてしまう」という有名な言葉とともに、曲線的図形の面積を計算するための三角形や長方形がところ狭しと描かれている。

ケネス・クラークはかつてこれらの作図を「数学者にはなんのおもしろみもない、そして美術史家にはさらにおもしろみのない計算」と称した。[22] そのとおりだが、レオナルドにとってはおもしろい、というより、やらずにはいられないほど興味をそそられる活動だった。歴史に残る数学的発見にはつながらなかったかもしれない。だがそれは、動きをとらえて表現する比類なき能力と切っても切れないものだった。その衝動は、鳥の翼や水の流れ、身をよじる赤ん坊のイエスや自らの胸を叩く聖ヒエロニムスの動きを、それまでの画家とは比較にならないほど見事に描き出した才能の一部だったのだろう。

第一四章　解剖学に熱中する

人間を理解するための研究

フィレンツェで駆け出しの画家だった頃、レオナルドの解剖学の研究は主に作品の質を高めるためのものだった。画家兼技術者としての先達であったレオン・バッティスタ・アルベルティは、画家にとって解剖学の研究は不可欠だと指摘していた。人間や動物を正確に描くには、その内側を理解するところから始める必要がある、と。「動物の骨の一本一本を調べ、そこに筋肉を載せ、肉をかぶせよ」と、レオナルドのバイブルであった『絵画論』に書いている。「服を着た人物を描くときは、まずその裸体を描き、そこに衣をまとわせる。同じように裸体を描くときには、まず骨と筋肉を描き、それを肉で覆う。その下にある筋肉の位置がはっきりとわかるように[1]」。

レオナルドは他の画家はもとより、解剖学者ですら思いもよらないほど、このアドバイスを徹底的に実践した。自らのノートでも、同じことを説いている。「画家は優れた解剖学者でなければならない。そうすることで人間の骨格を正しく再構成すること、また腱、神経、骨、筋肉の解剖学的構造を理解することができる」(2)。アルベルティのもう一つの教えに従い、心の動きが身体の動きとどのようにつながっているかも理解しようと努めた。こうして神経系の仕組みや、視覚情報が処理される仕組みにも興味を持つようになった。

画家にとって基本となる解剖学的知識とは筋肉を理解することであり、この点においてフィレンツェの芸術家たちは時代の先端を行っていた。アントニオ・ポッライオーロが一四七〇年頃に制作し、大きな影響力を持つこととなった裸の男たちの戦闘場面の銅版彫刻は、男たちの筋肉を見事に表現していた。ちょうどレオナルドが近隣のヴェロッキオの工房で徒弟として働いていた時期だ。ヴァザーリは「ポッライオーロは解剖学の研究のため、多くの人体を解剖した」と書いているが、おそらく体表解剖だろう。そのうち何件かを観察したと思われるレオナルドは、当然もっと体の奥深くまで調べてみたいと思うようになった。こうして始まったフィレンツェのサンタ・マリア・ヌオーヴァ病院とのつながりは、生涯続くことになる(3)。

その後移り住んだミラノでは、解剖学の研究で中心的役割を果たしていたのは芸術家ではなく、医学者だった(4)。ミラノの文化は芸術より知性を重んじ、パヴィア大学が医学研究の中心となっていた。まもなくレオナルドは著名な解剖学者から教えを受け、文献を借り、解剖を習うようになった。彼らの影響でレオナルドにとって解剖学は芸術の一環であると同時に、科学的探究となった。ただレオナルドは両者を別物とはとらえていなかった。彼の研究の多くがそうであるように、解剖学においても芸術と科学はつながっていた。芸術のためには解剖学の確固たる知識が必要であり、また解剖学の研究においては自然の美しさへの敬意が重要な役割を果たした。鳥の飛翔の研究と同じように、実用目的から始めた解剖学の研究は、やがてそれ自体が知的好奇心を満たす楽しみとなった。

瞼を閉じる神経とは

ミラノに来て七年後に、まっさらなノートを取り出して書きつけた「研究したいことリスト」からも、それは明らかだ。一番上には「一四八九年四月二日」という日付が書かれている。これはレオナルドには珍しいことで、重要な活動を始めようとする意気込みが感じられる。見開きの左側のページには、繊細な筆致で人間の頭蓋骨と血管を描いた二つの絵がある。右側のページには、探求すべきテーマが箇条書きに並んでいる。

・目を動かす神経はどれか。片方の目が動くと反対の目も動くようにする神経はどれか
・瞼を閉じる神経
・眉を上げる神経
・歯を食いしばったときに唇を開ける神経
・唇を尖らせる神経
・笑いを引き起こす神経
・驚きの表現を引き起こす神経
・子宮のなかでの人間の始まりを説明せよ。また妊娠八カ月の胎児が生存できない理由を説明せよ
・くしゃみとは何か

・あくびとは何か
・癲癇《てんかん》
・痙攣《けいれん》
・麻痺《まひ》
・疲労
・空腹
・眠り
・渇き
・官能性
・腿《もも》を動かす神経
・そして膝から足、足首からつま先を動かす神経(5)

リストは、目はどのように動くか、唇はどのように笑みを作るかといった芸術に役立ちそうな質問から始まっている。しかし子宮の胎児やくしゃみの原因といった項目からは、レオナルドが単に絵を描くのに役立つ情報だけを求めていたわけではないことが明らかだ。

芸術と科学への興味がさらに渾然一体となっているのは、同じ頃に書きはじめた別のページである。それは書こうとしている解剖学に関する論稿の構想をまとめたもので、命の誕生から歓喜、音楽までを網羅する、およそ余人の手には負えない内容だ。

この論稿は、まず人間の受胎から始まる。子宮の特性やその中での胎児の様子、胎児がどの段階まで子宮の中にとどまるのか、どのように命が生まれ、食物を摂取するようになるかを説明する。また胎児がどのように成長し、どのようなペースで成長の段階を進んでいくかも説明する。どのような力によって母親の胎内から押し出されるのか、また月が満ちる前に子宮から出てくるケースがある理由は何か。

次に、赤ん坊が誕生した後、どの部分が他の部分より速く成長するかを述べ、誕生から一年後の子供の人体比例を考察する。続いて完全に成熟した男性と女性、その人体比例、気質、肌色、顔つきについて説明する。血管、腱、筋肉、骨の構造も説明する。

それから四点の絵で、人間の四つの普遍的状況を表す。一つめは歓喜で、さまざまな種類の笑いとその原因を説明する。二つめは泣くことで、その原因をさまざまな観点から述べる。三つめは戦いで、これはさまざまな殺害行為を含む。逃避、不安、残忍さ、無謀さ、殺人など、関連するあらゆる行為を取り上げる。四つめは労働で、引く、押す、運ぶ、止まる、支えるといった行為を含む。続いて目の機能や働きなど視覚、聴覚（ここでは音楽について述べる）など、知覚について説明する。[6]

これに続くメモでは、体の組織、血管、筋肉、神経をさまざまな角度から描く必要がある、と書いている。「さまざまな見せ方で、体のあらゆる部位を三つの異なる視点から描く。手足を前から見せたら、裏面の筋肉、腱、血管も見えるように横から、あるいは後ろから見た図も載せる。まるでその手や足を、自らの手に持って回しながらつぶさに観察するときのように」[7]。こうしてレオナルドが生み出した、まったく新しい解剖図（彼の場合は解剖画と言うべきか）の形態は今日も使われている。

頭蓋骨のスケッチ

レオナルドが一四八九年に行った最初の解剖学の研究は、人間の頭蓋骨を対象としていた。まず頭蓋骨を縦半分に切断している【図60】。続いて左半分の前面を切り取っている。切断した左右を並べて描くという画期的な手法によって、さまざまな空洞が顔のどの部分に対応しているかが一目瞭然となった。前頭洞は眉のすぐ下に描かれているが、これを正確に描いたのはレオナルドが初めてである。

この解剖図の右半分を手で覆ってみると、情報量が一気に減り、この作図法の秀逸さがよくわかる。「レオナルドの一四八九年の頭蓋骨のスケッチは、現存する当時のほかの解剖図と根本的に異なり、とても同じ時代のものとは思えないほど傑出している」と、解剖図の専門家で外科医のフランシス・ウェルズは語る(8)。

頭蓋骨の左には人間の四種類の歯をスケッチし、通常は親不知《おやしらず》を含めて三二本の歯がある、と書いている。これは今日わかっているかぎり、人間の歯の構成要素を詳細に説明した最初の記録であり、歯根についてのほぼ完璧な説明も含まれている(9)。「六本の上顎大臼歯には、それぞれ三本の歯根があり、そのうち二本は顎の外側へ、一本は内側にのびている」という記述は、歯茎を切り開いて歯根の位置を確認したことを示している。他にこれほど多くの業績を残していなければ、レオナルドは歯科学のパイオニアとして歴史に名を刻んでいたかもしれない。

関連するスケッチの一つに、頭蓋骨を左から見た図がある【図61】。まず上部四分の一を、続いて左半分を切断している。ペンとインクで描かれたこのスケッチの際立った特性は、その芸術的美しさ

1489年の頭蓋骨のスケッチ

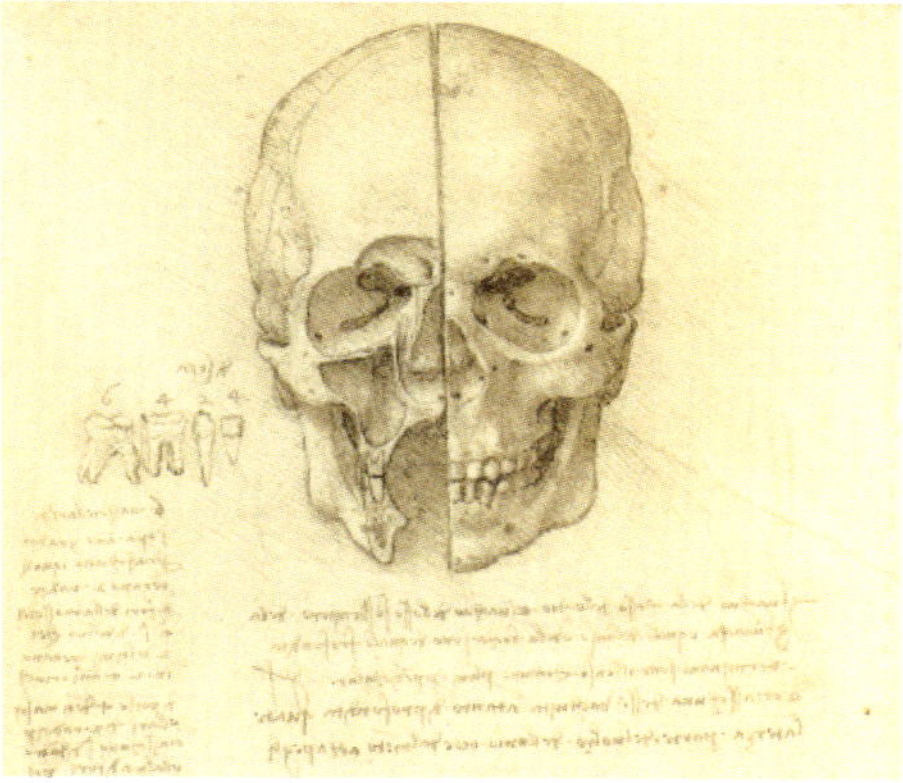

【図60】

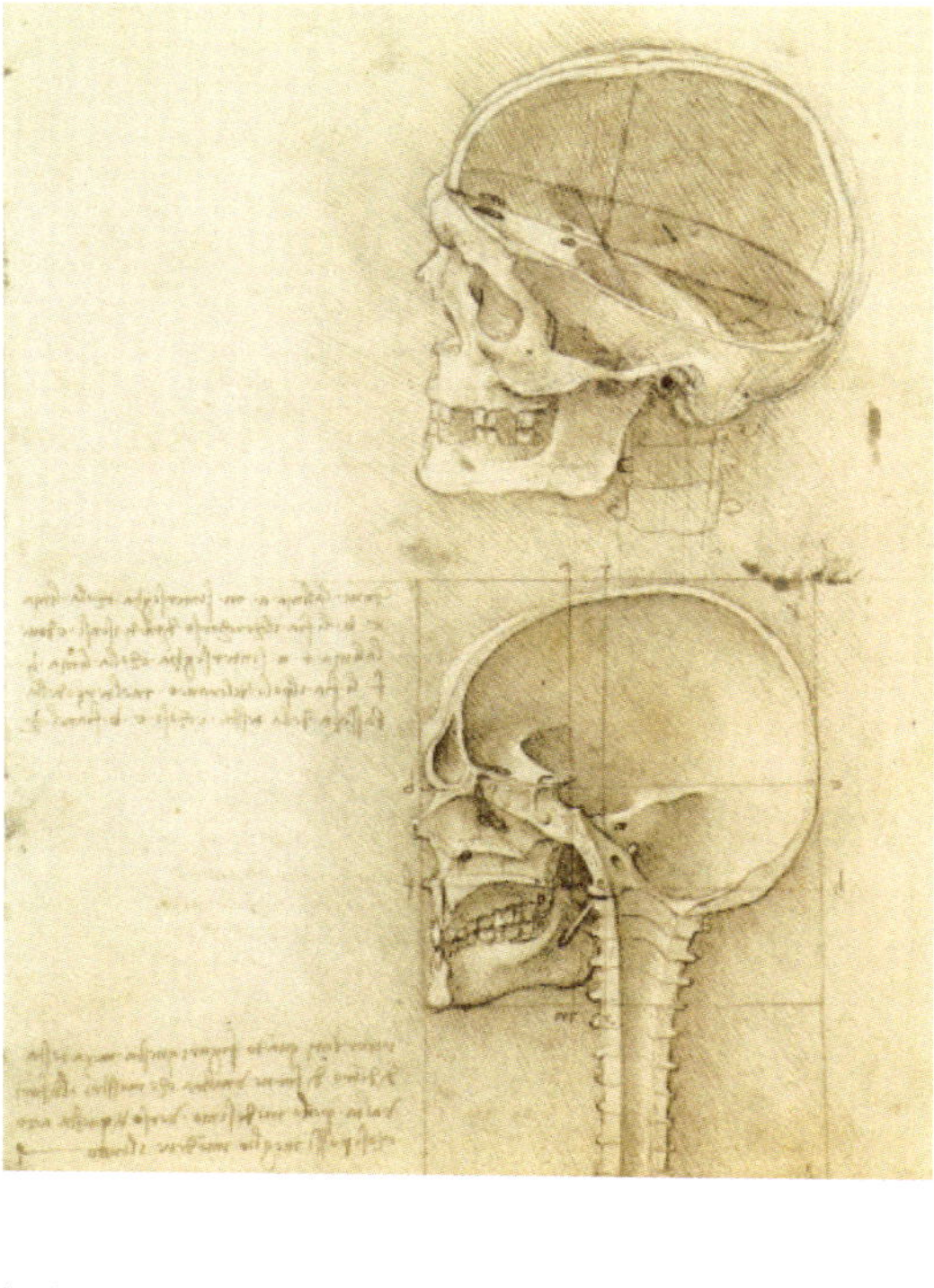

【図61】

だ。繊細な線、優美な輪郭線とスフマート効果、レオナルドのトレードマークである左利きのクロスハッチング、それに微妙な陰影が立体感を生み出している。絵を描くことによって思考を深められることを示したのは、レオナルドの数ある科学への貢献の一つだ。ヴェロッキオの工房ではひだのデッサンを通じて、丸みを帯びた曲線的な物体に光が当たる様子を描く技術を身につけた。それを使って今度は解剖学の研究のあり方を変えたばかりか、美しさまで加えたのである(10)。

心と体はどう結びつくのか

このスケッチともう一枚、レオナルドが軸線を何本か引いているものがある。脳の中心近くの交差部分にある空洞を、レオナルドは「センソ・コムーネ」、すなわち知覚の合流点と考えていた。「魂は意識のなかにあり、その意識はあらゆる知覚が出会う部分にあると見られる。これを『センソ・コムーネ』と呼ぶ」と書いている(11)。

感情がどのように体の動きに変わるかを示すことで、心と体の動きを結びつけようとしていたレオナルドは、その現象がどこで起こるかを特定したいと考えていた。そこでひと続きの絵によって、視覚情報が目から入り、処理され、センソ・コムーネに送られ、そこで心が反応するプロセスを描いている。こうして生まれる脳信号は、神経系を通って筋肉に送られると推測した。スケッチのほとんどは視覚に重きを置いており、他の感覚には専用の空洞を付与していない(12)。

同時期の腕の骨と神経の解剖図に、脊髄とそこから派生する神経をうっすらと描いたものがある。その脇には、カエルにピッシング（脊髄破壊法）を施した結果がメモされている。今日、生物の授業の定番となっているカエルの解剖を記録した最初の科学者はレオナルドなのだ。「脊髄に穴を開けると、カエルは即座に死亡する。それ以前に頭部を切断したとき、あるいは心臓その他の臓器、腸や皮を切除したときは死ななかった。このため運動や生命の基礎はここにあると見られる」と書いている。同じ実験をイヌでも行っている。レオナルドの解剖図では、神経や脊髄が明確に分類されている。この次にピッシング実験が図解付きで正確に記録されるのは一七三九年のことだ[13]。

一四九〇年代半ば、レオナルドは解剖学の研究を中断した。再びこのテーマに戻ってくるのは一〇年後のことである。センソ・コムーネは一〇〇％彼独自の発想ではなく、また正確でもなかったが、人間の脳が視覚刺激などの外部刺激を受け取り、知覚として処理し、神経系を通じて反応を筋肉に伝える、という全体認識は正しかった。それ以上に重要なのは、心と体の結びつきへの強い関心は、内なる感情を体の動きで表現するというレオナルドの芸術作品の主要な特性へとつながっていったことだ。「絵画において、人物の動きはすべてその心の意思を表現しなければならない」と書いている[14]。ちょうど解剖学研究の第一段階を終えようとする頃に制作を始めた『最後の晩餐』は、この哲学を芸術史上最も見事に体現した作品といえる。

人体比例を執着的に研究する

ミラノとパヴィアの大聖堂のプロジェクトのために、古代ローマの建築家ウィトルウィウスの著作に触れ、レオナルドはその人体の比例や寸法の緻密な研究に魅了された。スフォルツァ家から依頼された騎馬像を制作するため、馬の寸法を測っていたときには、その人体比例との関連性に興味を持った。分野を超えて出現するパターンを見いだす才能に恵まれていたレオナルドが、比較解剖学に魅力を感じたのは当然といえる。こうして一四九〇年、人体を測定し、その比例を図解する作業が始まった。

ヴェッキア宮の工房にはモデルとして一〇人以上の若者を呼び寄せ、頭から爪先まであらゆる部位を測定し、四〇点以上のスケッチと六〇〇〇語以上のメモをとっている。そこには各部位の大きさの平均値や、異なる部位の比例関係が含まれていた。「口から鼻の下までの長さは、顔全体の七分の一である。口から顎の下までの長さは顔全体の四分の一で、口の幅と等しい。顎から鼻の下までの長さは顔全体の三分の一であり、鼻から額までの長さに等しい」。こうした説明には、詳細なスケッチや図が添付され、寸法が書き込まれている【図62、63】。

ノートには何ページにもわたってさらに詳細な説明が続き、全五一節で構成されている。レオナルドの研究はウィトルウィウスに触発されたものだが、その内容はずっと深く、独自の観察に基づいている。彼の発見のほんの一例を挙げよう。

鼻の先端から顎の下までの長さは顔の三分の二。顔の幅は口から髪の生え際までの長さに等しく、身長の一二分の一。耳の先端から頭頂までの長さは、顎の下から涙管までの長さに等しく、下顎の先から顎の付け根までの長さにも等しい。頬骨のくぼみは鼻の先端と上顎骨の中間点にある。足の側面で測ると親指は爪先からかかとまでの六分の一、片方の肩関節から反対側の肩関節の長さは顔の長さの二倍、へそから生殖器までの長さは顔の長さに一致する。[15]

顔の比例

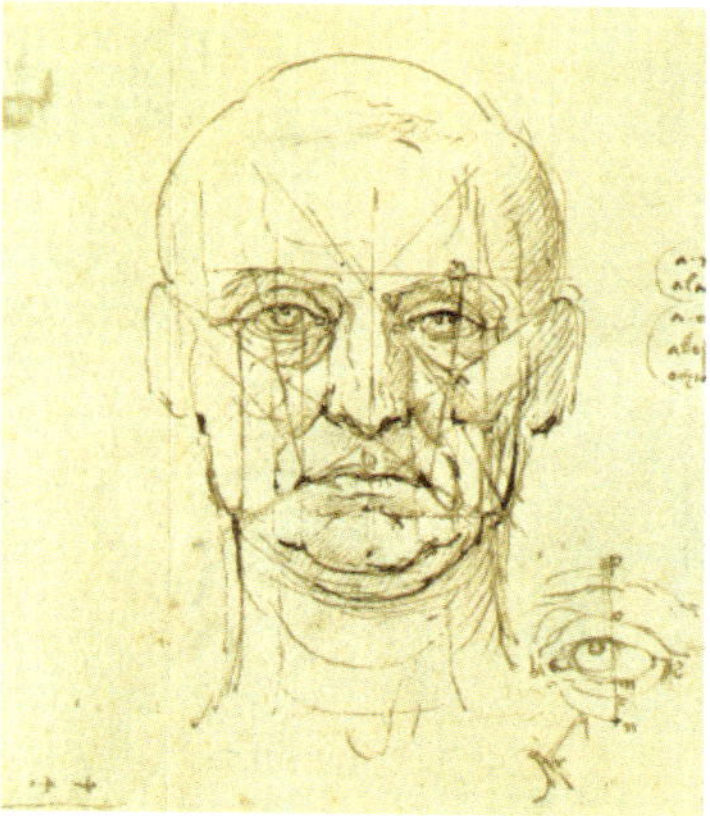
【図63】

【図62】

本当はもっと長く引用したいぐらいだ。なぜならレオナルドの研究の凄まじさ、その尋常ではないこだわりは、一つひとつの測定結果ではなく、その膨大な積み重ねに表れているからだ。測定は延々と続く。一度の記録だけで、こんな計算や比例が少なくとも八〇個は書かれている。見ているだけで圧倒されてめまいがしてくる。工房で巻き尺を手にしたレオナルドがあらゆる部位をひたすら測り、何人かの弟子が粛々と記録していく様子が目に浮かぶようだ。この強烈な執着心こそ、天才の証といえる。

レオナルドはすべての部位の寸法を測るだけでは満足しなかった。それに加えて、それぞれを動かしたときにどうなるかを記録しなければ気が済まなかった。関節を動かしたとき、あるいは身をよじったとき、各部位のかたちはどう変化するのか。「腕を上下させたとき、開いたり閉じたりしたとき、前後に振ったとき、円を描くように回したとき、あるいは他の動きをしたとき、肩の位置がどう変わるか観察せよ」と、ノートで自らに指示している。「そして首、手、足、胸についても同じ観察をすること」。

工房でモデルたちに、身体を動かせ、回転しろ、腰をかがめろ、座れ、横たわれと次々と指示を出すレオナルドの姿が目に浮かぶ。「腕を曲げたとき、肉の付いた部分の長さは三分の二に縮まる。ひざまずくと、身長は四分の一縮まる。かかとを上げると、腱と足関節の間隔は指一本分縮まる。座ったときの座面から頭頂までの長さは、身長の半分プラス睾丸の厚さと長さを足したものに等しい」[16]。

睾丸の厚さと長さを足したもの？　ここで再び足を止め、レオナルドの驚異的な仕事ぶりと向き合ってみるべきだろう。なぜこれほどこだわったのか。なぜこれほど膨大なデータが必要だったのか。少なくとも最初は、さまざまなポーズや動きのある人間や馬を描くことが一つの目的だった。しかし、はるかに壮大な思惑もあった。レオナルドが挑んだのは、人間の大きさを測り、その存在が宇宙においてどのような意味を持つかを解明するという、人類にとって最も重大な作業にほかならない。ノートには「ウニヴェルサレ・ミズーラ・デル・ウォーモ」、すなわち人間の普遍的な寸法を理解したいという意図をはっきりと書いている[17]。それはレオナルドの芸術と科学を結びつける、その人生の象徴ともいえる探求だった。

第一五章　岩窟の聖母

教会の祭壇画を依頼される

一四八二年にミラノに移った当初、レオナルドは主に軍事、土木技術の分野で働きたいと願っていた。実質的なミラノ公であったルドヴィーコ・スフォルツァへの手紙でも、そこを売り込んでいる。だがそうはならなかった。それからの一〇年、宮廷で与えられた仕事のほとんどは舞台演出家としてのものであり、あとは未完に終わった騎馬像の彫刻家、教会設計のコンサルタントといった役割だった。しかしレオナルドの最大の売りは、やはりフィレンツェにいた頃と同じ画家としての才能であり、それは終生変わらなかった。

ヴェッキア宮に居室を与えられるまでの最初の数年は、ルドヴィーコのお気に入りの肖像画家であったアンブロージオ・デ・プレディスと、その腹違いの弟たちであるエヴァンジェリスタとクリストフォロと工房を共有していたようだ。クリストフォロは耳が聞こえず、話もできなかった。レオナルドはのちに、聴覚障碍者《しょうがいしゃ》のコミュニケーションを観察するのは、人間の身振りと思考の関係を学ぶのに役立つと書いている。「作中の人物には、考えていること、語ろうとしていることにふさわしい動きをさせよう。それには耳の聞こえない人を観察するのが役立つ。彼らは手、目、眉、そして体全体の動きを通じて感情を表現しようとするからだ[1]」。

レオナルドがデ・プレディス兄弟と一緒に働くようになってまもなく、富裕層の市民による信仰団体「無原罪の御宿り信心会」から、活動の場としていたフランシスコ会の教会に祭壇画を描いてほしいという依頼が舞い込んだ。レオナルドは祭壇画の中央部を飾る絵を任された。聖母マリア（「スカートは深紅に金糸を織り込んだ金襴。油絵の具を使い、漆で上塗りをすること」）、幼子イエス、それを囲むように「油絵で完璧に仕上げた二人の天使」と二人の預言者を描くこと、といった具合に細かい仕様が指定されていた。レオナルドはそれを無視して、登場人物は聖母マリア、幼子イエス、幼い洗礼者ヨハネ、天使一人のみとし、預言者は描かなかった。題材としたのは聖書外典に登場し、中世によく語られた一場面だ。ヘロデ王による幼子虐殺を逃れるため、ベツレヘムからエジプトへ向かった聖家族はその途中で洗礼者ヨハネと出会う。

レオナルドは結局、よく似た作品を二点制作することになった。現在『岩窟の聖母』と呼ばれるものである。二点の制作時期や背景をめぐっては、学者のあいだで議論が続いてきた。私が最も説得力があると思う説は、一四八〇年代に制作された一作目は代金をめぐって信心会と揉め、第三者の手に渡ったか売却されたというものだ。これは現在、ルーブル美術館にある【図64】。その後レオナルドはアンブロージオ・デ・プレディスの工房と協力して、代わりの作品として二作目を描きあげた。完成したのは一五〇八年頃と見られ、現在はロンドンのナショナル・ギャラリーが所蔵している[2]【図65】。

信心会は「無原罪の宿り」を礼賛するような絵画を望んだ。聖母マリアは一切原罪を犯すことなく懐胎したとする、フランシスコ会が提唱した教義である。[3]『岩窟の聖母』には、たしかにそれを表現したと思われる部分もある。たとえば岩石層がむき出しになった荒涼とした洞穴に、魔法のように花が咲き、四人の聖人が佇んでいるという設定である。まるで地球の胎内をのぞき込んでいるようだ。洞穴の前に立つ四人は温かな光に包まれているが、影になった洞穴の内部は暗く、どこか恐ろしい。レオナルドの記憶のなかの、散歩中に見つけた神秘的な洞穴の入口のようだ。

ただこの情景は、無原罪の宿りを直接的に表現していない。たしかに中心にいるのは聖母マリアだが、物語の中心は洗礼者ヨハネだ。フィレンツェの守護聖人であり、レオナルドが好んで描いた題材である。ヨハネが絵の中心であることは、天使がドラマチックな仕草で彼を指さしている一枚目（ルーブル版）では特にはっきりしている。それが信心会と揉めた一因だったのかもしれない。

一作目（ルーブル版）

レオナルドは物語を伝えること、そしてドラマチックな動きを見せることにおいて卓越した技術を持っていた。『東方三博士の礼拝』以降の多くの作品がそうであるように、『岩窟の聖母』も物語絵画である。最初に描いたルーブル版では、中性的な巻き毛の天使から物語は始まる。絵のなかからまっすぐわれわれを見つめ、謎めいた微笑を浮かべて赤ん坊の洗礼者ヨハネを指さしている。ヨハネはひざまずき、手を合わせて赤ん坊のイエスを拝んでおり、イエスはそれに祝福のしぐさで応えている。聖母は体をひねりながらヨハネを見下ろし、守るようにその肩を抱いている。反対の手はイエスの上

【図64】『岩窟の聖母』一作目、ルーブル版

【図65】『岩窟の聖母』二作目、ナショナル・ギャラリー（ロンドン）版

にかざしている。こうして時計回りに場面が一周したとき、天使の左手が目に留まる。それは池の縁の岩棚に手を置いて前かがみになっているイエスを、やさしく支えている。全体として見ると、手のしぐさがメドレーのように続いており、『最後の晩餐』を予感させる作品となっている。

一枚目と二枚目の『岩窟の聖母』の最も大きな違いは、天使の指である。最新のテクノロジーのおかげで、レオナルド自身もこのしぐさを含めるべきか否か、悩んでいたことが明らかになった。二〇〇九年、ルーブル美術館の技術者らが高度な赤外線撮像技術を使ってルーブル版を分析したところ、レオナルドが描いた下絵が浮かびあがった。その結果、絵を描きはじめた段階では、天使がヨハネを指さす構図にはなっていなかったことがわかった。このしぐさは、背景の岩場がほぼ完成した後になって、初めて追加されている。[4] 発注者からの圧力もあったのだろうか、結局レオナルドは二度、考えを変えている。天使の指さすしぐさは最初の下絵にはなく、一作目が完成した段階では描かれ、二作目では再び姿を消している。

レオナルドが逡巡したのもよくわかる。天使の指さすしぐさは不自然で、レオナルドも二作目を描くときにはそう感じていたようだ。天使の骨ばった指は、聖母がわが子の頭にかざした手を遮るようで、いささか気に障る。手がメドレーを描くはずが、ぶつかりあって不協和音になっている。[5]

途切れそうな物語の流れをつないでいるのは光に照らされたスペースで、それが絵に一体感を与えている。この傑作によってレオナルドは、光と影を隣り合わせに描くことで画面に強烈な流れを生み出すという芸術の新時代を切り拓いた。

光は色の本当の性質を明らかにする

レオナルドはフィレンツェ時代から徐々に、テンペラ絵の具からオランダで広がっていた油絵の具へと軸足を移しており、その後ミラノで油絵の技法を完成させた。油絵の具を使うことで、透き通るような色の層を薄く重ね、トレードマークともいえるキアロスクーロやスフマート技法による陰影や、やわらかくぼかした輪郭線を生み出すことができた。輝くような色調も出せるようになった。光が層を通過し、下塗り剤に反射することで、まるで描かれた人物や物体そのものが光を放っているように見えるのだ。(6)

レオナルド以前の画家はたいてい、絵のなかの光が当たっている部分と影の部分の違いを出すため、明るい部分の絵の具に白い色素を追加していた。だがレオナルドは光が当たると、色は単に明るくなるわけではないことに気づいていた。光は色本来の深く豊かな色調を引き出す。『岩窟の聖母』の天使の赤いマントや、聖母の青い上衣と金色のひだを見てみよう。色に深みがあり、色調は豊かである。絵画論のためのメモで、レオナルドはこう説明している。「光によって、色の本当の性質が明らかになる。このため光が多く当たるところでは、照らされた色本来の特性が一段とはっきり見えるはずだ」(7)。

地質学、植物学の知識を描き込む

『岩窟の聖母』の一作目は、レオナルドが科学の知識を芸術に活用したことを明確に示している。この作品の主役は聖母であると同時に岩だ。アン・ピッツォルッソは『レオナルドの地質学』と題した論稿で、「洞穴の組成は、地質学的に驚くほど正確に描かれている」と指摘している。(8) 組成物のほとんどは、堆積岩の一種である砂岩で、かなり風化が進んでいる。ただ聖母の頭のすぐ上と、絵の右上の部分にはごつごつとした岩石層が突き出ており、平らな面は太陽光を受けて光っている。これは輝《き》緑岩《りょくがん》と呼ばれる、マグマが冷却されて固まった火成岩だ。冷却の過程で生じる縦のひび割れまでが正確に描かれている。聖母の頭のすぐ上には、砂岩と火成岩の切れ目が水平に走っているのも見える。レオナルドは実際に自然のなかで目にした景色を忠実に再現したわけではない。ここに描かれた洞穴は、現実に訪れた場所ではなく、明らかに想像の産物だ。これほど空想的であると同時にリアルなイメージを描くには、相当な地質学の知識が必要だ。

植物の位置も自然に忠実だ。洞穴の上部と床など、植物が根を張れるほど風化の進んだ砂岩の部分だけで、火成岩の部分には植物は生えていない。種も植物学的に、また季節的に正しく選ばれている。湿った洞穴に同じ時期に咲くものしか描いていない。ただこうした制約のなかでも、象徴的、芸術的メッセージが伝わるような種を選択している。ウィリアム・エンボーデンは『レオナルド・ダ・ヴィンチの植物と庭』と題した論稿のなかで、「(レオナルドは)象徴的意味のある植物を、自然界に即した状況で咲かせるように気を配っている」と指摘する。(9)

たとえば白いバラは純潔の象徴として使われることが多いが、このような洞穴では育たない。そこでレオナルドは代わりに、キリストが挙げた腕の下にサクラソウを描いている。サクラソウは白い花を咲かせるので、高潔さの象徴とされる。聖母の左手の上にはうっすらと、セイヨウカワラマツバが渦を巻くように咲いている。「セイヨウカワラマツバは昔から『聖母の床わら』とも呼ばれ、かいば桶に敷かれた植物とされてきた」とエンボーデンは述べている。ヨセフはセイヨウカワラマツバで聖母マリアの寝床を作り、イエスが誕生したとき、その白い葉が黄金色に変わったとされる。らせん形や渦巻きをこよなく愛したレオナルドは、ときおり植物の姿を自らの好みに合わせて変えている。たとえばこの作品の左下にはキショウブが描かれているが、剣型の葉はきれいな扇形に並んでおらず、聖ヨハネと聖母の体をひねる動きに寄り添うように、わずかにねじれてらせん形を描いている。

一四八五年にこの一作目が完成するまでに、レオナルドと仲間たちは八〇〇リラ近くを信心会から受け取っている。しかし制作者側が、金箔などの材料費がそれ以上にかかっており、この作品の価値ははるかに高いと主張したことから、長い争いが始まった。信心会は譲ろうとせず、完成した作品が教会に飾られることはなかったようだ。作品はフランス国王ルイ一二世に売られたか、ルドヴィーコ・スフォルツァが姪のビアンカが未来の神聖ローマ皇帝マクシミリアン一世と結婚するときの祝い品として購入したと見られる。最終的にはルーブル美術館に収まった。

二作目（ロンドン版）

一四九〇年代にレオナルドは再びアンブロージオ・デ・プレディスとともに、無原罪の御宿り信心会のために、納品されなかった一枚目の代わりとなる新たな『岩窟の聖母』を制作した。二〇〇九年に報告された先端技術を使った分析結果によると、新しい下絵は完成した姿とはまったく違っていた。中心の聖母マリアはひざまずき、片手を胸に当てた礼拝のポーズをとっている。だがその後、気が変わったようで、下絵を下塗り剤で覆って別の下絵を描きなおしている。新しい下絵は一作目とよく似ているが、（一作目の当初の下絵と同じように）天使が聖ヨハネを指さしていないところが違う[10]。また天使は絵の中から鑑賞者を見つめてはいない。夢見るようなまなざしは、情景全体をとらえているようだ。

その結果、物語には一作目よりもまとまりがある。注目が集まるのは、まちがいなく聖母マリアだ。鑑賞者の視線はまず、ひざまずくヨハネを見つめる聖母の穏やかな表情へ向かう。聖母がわが子にかざした手は、今度は天使の指によって遮られてはいない。この情景の核となるのはヨハネでも天使でもなく、聖母マリアの感情としぐさである。

一作目との微妙な違いはもう一つある。洞穴が閉鎖的になり、その上に空がわずかしか見えなくなっていることだ。このため光は一作目ほど拡散せず、画面左側から光線として一方向に差し込んでおり、四人の体のところどころを照らし出している。その結果、四人の美しさ、やわらかさ、立体感の表現に一段と磨きがかかっている。一作目と二作目を制作するあいだにレオナルドは光と光学を研究しており、その成果は美術史上、まったく新しい光の使い方として表れた。「ルーブル版の静的で遍在的な光と異なり、可変性や選択性といった動的な性質を持つ、新しい時代の光である」と、美術史家のジョン・シアマンは書いている[11]。

二作目の構成を考えたのは、明らかにレオナルドだ。しかしそこである疑問が生じる。一五年近くに及んだ実際の絵を描く作業は、レオナルドが行ったのか、それともアンブロージオや彼の工房の助手たちに委ねられたのか。

レオナルドが作業の一部をアンブロージオらに委ねた痕跡の一つが、植物の描写が一作目ほど自然に忠実ではないことだ。「この部分が非常に目立つのは、レオナルドのそれまでの植物画と矛盾するためだ」と、園芸専門家のジョン・グリムショーは指摘する。「この作品に描かれているのは、実在する花ではない。半ば空想がかったオダマキの花など、奇妙な作り物である」[12]。地質学的にも、同じような自然との乖離が見られる。「ナショナル・ギャラリー版の岩の描写は人工的でぎこちなく、グロテスクである。前景の岩は細かな層状にはなっておらず、いびつに風化していて大型なので、砂岩というより石灰岩に見える。この地質学的状況のなかに石灰岩があるのはつじつまが合わない」とピッツオルッソは書いている[13]。

二〇一〇年までロンドンのナショナル・ギャラリーは、所蔵している『岩窟の聖母』の主な作者はレオナルドではないという見方を示してきた。しかし徹底的な洗浄と修復を行った結果、当時の学芸員だったルーク・サイソンら専門家は、主な作者はレオナルドであると発表した。サイソンは植物や岩の描写に正確さが欠ける部分があることを認めつつ、それはレオナルドが一四九〇年代に追求しはじめた、成熟した「形而上学的な」自然描写の表れである、と主張した。「これはもはや実直な自然主義の作品ではない。レオナルドは植物、風景、人物に不可欠と思われる構成要素（ときには単に最も美しい要素）を組み合わせ、自然の生み出したもの以上に完璧な、真の姿を描き出した」[14]。

たしかに今回の洗浄を終えた後のナショナル・ギャラリー版には、レオナルドの作品と思われる特徴が見られる。特に天使を見ると、独特の輝くような巻き毛は明らかにレオナルドのものだ。太陽光の当たった透けるような袖には驚くほどの透明感があり、油絵の具を薄く重ねるレオナルドの技術の産物と見られる。ケネス・クラークは天使について「この絵を間近でじっくり見れば、口や顎、特徴的な金髪の巻き毛を誰が描いたか疑う余地はない」と書いている[15]。同じことが聖母マリアの頭部についても言える。天使と同じように、レオナルド特有の指で絵の具を混ぜた跡が見られる。「こうした技法はいずれもアンブロージオやその弟子として知られている者たちの能力を超えている」とマーティン・ケンプは指摘する[16]。

この二作目についても一作目と同様に信心会と契約上のもめごとが起こった。長々と続いた交渉も、レオナルド自身がこの作品を完成させるのにかかわったことを裏づけている。レオナルドがミラノを去った一四九九年の時点でも作品は未完とみなされており、一五〇六年に最終的な支払いをめぐって再び悶着があった。結局レオナルドはミラノに戻り、作品に仕上げの筆を入れるはめになった。こうしてようやく作品は完成したとみなされ、その後レオナルドとアンブロージオは信心会から最後の支払いを受け取っている。

孤独な芸術家ではなく、工房を主宰してチームワークで行った

二作目の『岩窟の聖母』の制作にレオナルドの仲間がどれだけ手を貸したかという論争は、彼の工房における共同作業の重要性を改めて浮き彫りにする。芸術家というのは、屋根裏部屋にこもってひらめきが舞い降りるのを待つ、孤独なクリエイターだと思われがちだ。しかしレオナルドのノートや、ウィトルウィウス的人体図の制作に到る過程からも明らかなように、レオナルドの思考の多くは協業によるものだ。ヴェロッキオの工房での駆け出し時代から、レオナルドはチームで働くことの喜びと強みを理解していた。ナショナル・ギャラリーの『岩窟の聖母』の修復を指揮したラリー・キースはこう指摘する。「レオナルドはミラノに到着してすぐに絵画、彫刻、宮廷の娯楽などを制作するため

に工房を立ち上げなければならなかったため、自らの弟子を教育するだけでなく、ミラノの有力な画家たちとも緊密に協力した」[17]。

収入を得るために、ときには弟子を手伝って、ヴェロッキオの工房で行っていたように工場の組立ラインさながらに作品を大量生産したこともある。「師匠と弟子のあいだではデザインを使いまわしていた。手本の絵や下絵を使って、切り貼りのようなことも行われていた」とサイソンは説明する[18]。レオナルドが絵の構成、下絵、見本、スケッチをつくり、弟子たちがそれを針で刺しながら写し取り、協力しながら完成品に仕上げた。たいていはレオナルドが加筆や修正を加えていた。ときには一つの作品でたくさんのバリエーションを作ったり、異なるスタイルを試したりすることもあった。レオナルドの工房を訪れた者は「二人の弟子が肖像画を描いており、レオナルドが時折それぞれに手を加えていた」と書き残している[19]。

レオナルドの弟子たちは単に師のデザインを写していたわけではない。ルーブル美術館は二〇一二年、レオナルド作品の弟子たちによる模写を集めた特別展示を開いた。その多くはレオナルドによるオリジナル版と並行して制作された。これはレオナルドが仲間と協力しながら、構想中の作品を描くためのさまざまな選択肢を検討していたことをうかがわせる。レオナルドがマスター版に取り組んでいるあいだにも、彼の監督の下で別のバージョンの制作が進んでいたのだ[20]。

中性的な魅力をたたえた『少女の頭部の習作』

どの文献を原典とするかによって、『岩窟の聖母』の天使はガブリエルかウリエルと解釈される

（ルーブル美術館のウェブサイトではガブリエルとなっているが、作品の脇の説明ではウリエルとなっている。ルーブルの中でも結論が出ていない表れだろう）。いずれにせよレオナルドの描いた天使はあまりに女性的で、女性と見ている美術批評家もいるほどだ[21]。

ヴェロッキオの『キリストの洗礼』に描いた天使と同じように、この天使もレオナルドが性差を絶対的なものととらえていなかったことを示している。一九世紀の批評家のなかには、それを彼が同性愛者であったことの表れと見る者もいた。胸騒ぎがするほど魅力的なこの天使は、体勢や画面の外に向けられた視線から、作者の分身と思われるのでなおさらだ[22]。

この天使が中性的であるのは、その下絵とされる『少女の頭部の習作』【図66】と比較するとはっきりする[23]。少女の顔の特徴は、『岩窟の聖母』のウリエル（ガブリエル）にそっくりだ。

この絵の魅力はレオナルドの卓越したデッサン力を端的に表しているところだろう。わずかな線と見事な筆づかいで、簡潔かつ精緻に、このうえなく美しいスケッチを生み出している。ひと目見ただけで心を奪われ、単純なようでいて時を忘れて見入ってしまう。ルネサンス絵画の先駆的な研究者であったバーナード・ベレンソンはこれを「素描の最高傑作の一つ」と称し、その愛弟子であるケネス・クラークは「世界で最も美しい作品の一つと言っても過言ではない」と言い切った[24]。

レオナルドはデッサンにインクやチョークを使うこともあったが、この作品では銀の尖筆を使い、淡い色でコーティングした紙に線を刻んでいる。その筆跡は今でもはっきりと見える。左の頬骨の光の当たっているところなど、明るい部分には白いグワッシュ（水彩絵の具）を使っている。

この絵には、ハッチングを使って影や質感を出すというレオナルド流の技法が見事に表れている。平行線はところによって繊細で間隔が狭く（左頬の影）、またほかの部分では太く間隔もあいている

【図66】『少女の頭部の習作』(『岩窟の聖母』の下絵)

（肩のうしろ）。ハッチングに変化をつけることで、ほんのわずかな線によって影にグラデーションが生まれ、輪郭がうっすらとぼやけていく。鼻を見ると、ハッチングで左の鼻孔の立体感が表現されているのがわかる。左頬の輪郭線や影の部分では、平行線の幅がもう少し広い。首にシワのように入った二本のくっきりとした線と、首の前部の三本の輪郭線は雑な印象を与えるが、それによって動きが出ている。顔の左右に落ちるゆるやかな曲線はモダニズム風だが、それはレオナルドがペンを走らせながらアイデアを練っていたことを示している。首の後ろに落ちるぼんやりとした線は、得意の巻き毛を描こうとしているサインかもしれない。

何より、その目である。不思議なほど潤んでおり、右目は瞳孔が丸く、凝視するようだが、左は重い瞼が瞳孔を覆い隠し、ぼんやりとして心ここにあらずという印象だ。左目の焦点は定まらないが、ルーブル美術館の『岩窟の聖母』の天使のように画面の中からこちらを見つめている。絵の前を行きつ戻りつすると、少女の目は追ってくる。吸い込まれてしまいそうだ。

第一六章　白貂を抱く貴婦人

唯一の男性肖像画である『音楽家の肖像』

レオナルドがわれわれを魅了してやまない理由の一つは、その作品の多くが謎に包まれているためだ。たとえば一四八〇年代半ばに描かれた『音楽家の肖像』【図67】は、レオナルドの手による唯一の男性の肖像画だが、それが描かれたという記録もなければ、当時の文献で言及しているものもない。モデルが誰なのか、注文を受けて描かれたのか、最終的に納品されたのか、一切不明である。レオナルドがすべてを描いたかすら定かではない。そして他の多くの作品と同じように未完であり、その理由もわからない。

当時レオナルドが好んで使いはじめていたクルミ材の画板には、細かく渦を巻くような巻き毛（ここはいつもどおり）の若い男性を斜め前から見た姿が描かれている。手には折った楽譜を握っている。茶色のベストを着た胴と手は未完成だ。顔にもレオナルドがいつものような仕上げの塗りを重ねてい

【図67】『音楽家の肖像』

ない部分がある。また他の作品と異なり、胴が視線と同じ方向を向いており、動きが感じられない。

このぎこちなさを理由に、レオナルドの作品であることを疑問視する声もある。しかし巻き毛、表情豊かな潤んだ目、光と影の使い方といった他の要素から、少なくとも顔を描いたのはレオナルドだという見方が有力だ。未完性で凡庸な胴の部分は、おそらく弟子か助手が描き加えたのだろう。ジョヴァンニ・アントニオ・ボルトラフィオあたりだろうか。[1] 顔の部分がレオナルドの作品だとはっきりわかるのは、強い感情を秘めた生身の人間であることを感じさせるからだ。何かを思い、少し憂いを帯びている。その心の動きは唇の動きとなって今にも言葉を発しそうだ。

これが報酬を得られる注文画であったこと、またモデルが有名な高位の人物であったことを示す痕跡はない。どうやらレオナルドは自らの意思でこの若者を描いたようだ。若者の繊細な美しさや巻き毛に心を動かされたのか、あるいは個人的なつながりがあったのかもしれない。モデルはレオナルドの友人であったフランキーノ・ガッフリオだとする説もある。ガッフリオはこの肖像画の制作時期と重なる一四八四年に、ミラノ大聖堂の聖歌隊の指揮者に就任している。しかし肖像画の顔は、ガッフリオを描いたとされる他の肖像画と似ていない。またガッフリオは当時三〇代半ばで、肖像画の人物より年上だった。

私はアタランテ・ミリオロッティがモデルだとする説を推したい。数年前リラを携え、レオナルドとともにフィレンツェからミラノへ移ってきた若き音楽家である。[2] やがては著名な演奏家となるアタランテだが、この肖像画が描かれた時期にはまだ二〇代前半で、レオナルドとともにスフォルツァ宮で働いていた。モデルがアタランテだとすれば、『音楽家の肖像』はレオナルドが自らの意思で制作した個人的な作品であったはずだ。レオナルドがアタランテの容姿に魅了されていたことはわかっている。一四八二年の財産目録には『顔を上げるアタランテの肖像』が含まれている。もしかしたら、それはこの肖像画のためのデッサン、あるいは描きはじめたばかりのこの肖像画そのものであったかもしれない。

左右の瞳孔の大きさが違う理由

『音楽家の肖像』のモデルは「顔を上げて」はいないが、光のほうを見つめている。顔に当たる光の表現は、この作品の際立った特色と言える。潤んだ瞳の中の輝きは、光がどのように差し込んでいるかを示している。レオナルドは肖像画には控えめな光のほうが適していると書いており、他の肖像画と比べてこの作品の照度は高い。ただそれゆえに、光が顔の輪郭を浮かびあがらせる様子を見事に描き出すことに成功している。頬骨、顎、さらには右目のまぶたの下の影によって、この作品の人物は当時の他の肖像画と比べてはるかに真に迫っている。ただ鼻の下などの影を濃く描きすぎているのは、この作品の欠点ともいえる。レオナルド自身、のちに光をはっきり描きすぎると、粗雑な印象になると指摘している。

明かりが強い場所ほど、物体の光と影の部分の差は大きくなる。しかし絵画ではそうした表現は避けるべきである。作品が粗雑でぎこちない印象になるためだ。たとえば日暮れ時や曇天の日中など、穏やかな光のなかでは物体の光と影の差は小さくなる。このような環境で描かれた作品はやわらかく、あらゆる表情が優美になる。このように何事においても極端なものは避けるべきである。

光が多すぎると粗雑になり、少なすぎると何も見えなくなってしまう。[3]

『音楽家の肖像』は光の効果を表現すると同時に、その行き過ぎの弊害も示している。その原因は、作品が未完であるためかもしれない。顔の一部はレオナルドの他の作品ほど油絵の具の薄い層が重ねられていない。レオナルドがさらに何年もかけてこの作品を完成させていたら、少なくとも鼻の下にはもう少し筆が入り、もっと柔らかな質感が出されていただろう。

光の表現には、もう一つ顕著な特徴が見られる。レオナルドはこの作品を描く前に人間の目と光学を研究していたとき「眼の瞳孔は光の明暗に合わせて膨張したり収縮したりする」と書いている。[4]また瞳孔の大きさが変化するときには、目が明るさに対応するために、多少時間がかかることも観察していた。音楽家の左右の瞳孔は膨張度合いが違って、少し気味が悪いほどだ。光がまっすぐ差し込む左目のほうが瞳孔は収縮しており、自然現象を正しく描写している。ここでもレオナルドの科学的探究が芸術的探究と交錯している。その結果、非常にさりげないかたちで、鑑賞者の視線が音楽家の左目から右目へと移るのにともない、わずかな時間の経過が感じとれるようになっている。

チェチリア・ガッレラーニ、あるいは『白貂を抱く貴婦人』

チェチリア・ガッレラーニは驚くべき美貌の持ち主で、ミラノの知的な中流階級の家に生まれた。父親は外交官であると同時にミラノ公の財務担当を務め、母親は著名な法学教授の娘だった。とりたてて資産家だったわけではない。父親はチェチリアが七歳の時に他界し、遺産は六人の兄弟が分割した。しかし教養のある洗練された家族であったことに変わりはなく、チェチリアは詩作や朗読にいそしみ、ラテン語で手紙を書いた。小説家のマッテオ・バンデッロはのちに彼女に捧げる小説を二篇書いている(5)。

チェチリアが一〇歳であった一四八三年、兄たちはかつてミラノを支配していたヴィスコンティ家の一員、ジョヴァンニ・ステファノ・ヴィスコンティとの婚約をまとめあげた。願ってもない相手だったが、その四年後、結婚式を挙げる前に婚約は解消された。兄たちが約束どおり持参金を払えなかったのである。婚約解消の合意書には、チェチリアの純潔を示すため、まだ床入りが済んでいなかったことが明記されていた。

ただ婚約が解消され、純潔を明記する合意書が作成されたのには、別の理由があったのかもしれない。そのころチェチリアは、実質的なミラノ公、ルドヴィーコ・スフォルツァに見初められた。ルドヴィーコは無慈悲な男だったが趣味は良く、チェチリアの内面と外面の美しさに惚れ込んだ。一五歳であった一四八九年、チェチリアは家族のもとを離れ、ルドヴィーコに与えられた部屋に住んでおり、翌年にはルドヴィーコの息子を身ごもった。

しかし二人の関係は一つ大きな問題を引き起こした。ルドヴィーコは一四八〇年にフェラーラ公エルコレ・デステの娘、ベアトリーチェと婚約を結んでいた。この婚約はイタリアきっての由緒ある名家とルドヴィーコとの重要な同盟の象徴であり、ベアトリーチェが五歳のときに結ばれ、彼女が一五歳になる一四九〇年に結婚式を挙げることが決まっていた。盛大なパレードや式典が催されるはずだったが、チェチリアに夢中になったルドヴィーコはまるで興味を示さなくなった。一四九〇年末、フェラーラ公国の駐ミラノ大使は、ベアトリーチェの父親に率直な手紙を送っている。ルドヴィーコは

「熱情」に浮かされている、と。「ルドヴィーコ公はチェチリアを城内に住まわせ、どこへ行くにも連れていき、何でも与えている。彼女は身ごもっており、花のように美しい。ルドヴィーコ公は彼女のもとを訪れるのに、たびたび私を伴われる」。結局、ルドヴィーコとベアトリーチェの結婚式は延期された。ようやく翌年に、まずパヴィアで、続いてミラノで華々しい式典が挙行された。

ルドヴィーコは次第にベアトリーチェを心から尊敬するようになり、あとで触れるように先立たれたときには深い悲しみに暮れている。だが結婚当初はチェチリアとの関係を続け、スフォルツァ城内に居室も与えていた。支配者にまだ性的な品行方正が求められなかったこの時代、ルドヴィーコは自らの気持ちを筆まめなフェラーラ大使に赤裸々に語っており、それを大使がベアトリーチェの父親にせっせと手紙で伝えている。「ルドヴィーコ公はチェチリアのもとに行き、愛し合いたい、彼女と穏やかに過ごしたいと私に語られた。しかもそれは夫の言いなりにはなりたくない公妃の望みでもあるとのこと」。やがてチェチリアがルドヴィーコの息子を出産すると、宮廷詩人がこぞってそれを祝うソネット（一四行詩）を作った。それを機にようやくルドヴィーコはチェチリアと富裕な伯爵との縁組を整え、チェチリアは優れた文芸のパトロンとして新たな人生を送ることになった。

しぐさで思考を表現したのは初めてだった

チェチリアの美貌は時代を超えて記憶されることとなった。二人にとって最良の時期であった一四八九年、ルドヴィーコは当時一五歳のチェチリアの肖像画をレオナルドに注文した【図68】。ルドヴィーコがレオナルドに絵を描かせたのは、これが初めてだ。レオナルドがミラノに来て七年、宮廷の

【図68】『白貂《しろてん》を抱く貴婦人』

演芸プロデューサーとして活躍するかたわら、騎馬像の制作も始めたばかりだった。こうしてすばらしく美しい、また革新的な傑作が誕生した。多くの意味で、レオナルドの絵画のなかでも最も魅力的なものと言える。『モナリザ』をのぞけば、私の一番好きな作品だ。

クルミ材の画板に油絵の具で描かれたチェチリアの肖像画は、『白貂《しろてん》を抱く貴婦人』として知られる。きわめて革新的で、感情豊かで生き生きとしたこの作品は肖像画のあり方を一変させた。二〇世紀の美術史家、ジョン・ポープ・ヘネシーは「現代の肖像画の先駆けであり、ヨーロッパ絵画の世界に、肖像画の姿勢やしぐさによって描かれた人物の思考を表現するという概念をもたらした」と評価する。[3] 当時一般的であった横向きではなく、斜め前から見た姿を描いている。体は鑑賞者から見て左を向いているが、頭は光の差す方向からやってきた何か（おそらくルドヴィーコだろう）を見るために、ぱっと右に向けたようだ。チェチリアが抱いている白貂も何かを警戒して、耳をそばだてている。どちらも生き生きとしていて、これ以前にレオナルドが描いた唯一の女性肖像画である『ジネーヴラ・デ・ベンチの肖像』を含めた当時の他の肖像画とは異なり、空虚でぼんやりとした目をしていない。この場で何かが起きている。レオナルドはある瞬間に映し出された、登場人物の外面と内面の物語をとらえている。手や前足、目、謎めいた微笑のメドレーからは、身体と心の動きがともに伝わってくる。

彼女の心のなかにはたくさんの感情が渦巻いている

レオナルドは言葉遊びを好み、絵画にも使っている。『ジネーヴラ・デ・ベンチの肖像』で、ジネーヴラの名前とかけてセイヨウネズ（ジネプロ）を描いたように、白貂（ギリシャ語で「ガリー」）はガッレラーニの名を暗示している。白貂は清廉の象徴でもあった。レオナルドは自作の動物寓話のなかで「白貂は土にまみれるくらいなら、自ら命を絶った」と書いている。「白貂は自らを律し、一日一度しか食事をとらなかった。また純白の体を汚さないために、汚い巣のなかに逃げ込むぐらいなら猟師の手に落ちることを選んだ」というくだりもある。また白貂はルドヴィーコの象徴でもあった。ルドヴィーコはナポリ王から「白貂勲章」を受勲しており、宮廷詩人が「イタリアのムーア人、白き貂」と抒情詩に歌ったこともある。[7]

「コントラポスト」と呼ばれる頭と胴をひねったポーズは、『岩窟の聖母』の天使にも見られるように、すでにレオナルドの生き生きとした作風の特色となっていた。体をひねったままじっとしている白貂はチェチリアの動きを模倣するようで、両者のあいだにつながりが感じられる。チェチリアと白貂の手首は互いを守るように緩やかに曲げられている。あふれる生命力によって、両者は単なる絵のなかの存在ではなく、その視線の先の第三者、すなわち画面の外にいるルドヴィーコとともに現実世界の一場面を構成するようだ。

この頃レオナルドは、人の心の動きを理論化しようとしていた。チェチリアの心のなかには、明らかにたくさんの感情が渦巻いている。それは彼女の瞳だけでなく、うっすらと浮かんだ笑みからもうかがえる。ただ『モナリザ』と同じように、その笑みは謎めいている。チェチリアを百回眺めれば、そのたびに違う感情が伝わってくるだろう。ルドヴィーコを見つけて、チェチリアはどれだけ嬉しそうだろう？　一度目を離し、再度見つめると、また印象が変わってくるのではないか。同じことがペットの白貂についても言える。白貂にまで知性があるように見せるレオナルドの手腕には驚嘆せざるを得ない。

チェチリアの指の関節や腱、編み込んで薄いベールをかぶせた髪など、レオナルドは細部まで入念に描き込んでいる。「コアッツォーネ」と呼ばれる髪型やベール、そしてスペイン風のドレスは、一四八九年にイザベラ・ダラゴナが不幸なミラノ公ジャン・ガレアッツォ・スフォルツァに嫁いだのをきっかけにミラノで流行していたものだ。

チェチリアに当たっている光は、『音楽家の肖像』のそれよりも穏やかだ。鼻の下の影も自然である。レオナルドが光学の研究で示したように、光度が最も高まるのは、光線が物体表面に対して斜めではなく、まっすぐ当たるときだ。チェチリアの左肩と右の頰はそうなっている。顔の他の部分の明るさは、光の差し込む角度と光度の比例関係について自ら導き出した数式に基づき、精緻に調整されている。このように光学の科学的知識によって、絵画の立体表現に磨きがかかった(8)。

影のなかにも、反射光あるいは二次的な光によって明るくなっている部分がある。たとえば右手の下の部分は白貂の白い毛皮が反射して明るくなっている。頰の下の部分の影は、胸からの反射光で薄くなっている。「絵画のなかの人物に胸の前で両手を組ませたとき、腕によって胸に落ちる影と腕自体にできる影のあいだに、胸と腕のすき間から差し込む細い光を描かなければならない。差し込む光の幅を広げるほど、両手と胸の間隔は広いように見える(9)」。

レオナルドの才能が最もよく表れているのは、白貂の頭とその後ろにチェチリアの胸のやわらかな肌が描かれた部分だ。白貂の頭部の描写は見事で、やわらかな曲線を描く頭蓋を細かな毛が覆い、その一本一本を照らす光が立体感を出している。チェチリアの肌は青白さと赤みが入り混じっており、そのやわらかな質感はところどころ光を浴びて輝くビーズの硬さとコントラストを成している(10)。

宮廷詩人のベルナルド・ベリンチョーニはこの肖像画を称えるソネットを作った。持ち前の大げさな表現をたっぷり使っているが、この絵画についてはそれも許されるだろう。

母なる自然よ、なぜ怒るのか。誰をねたむのか
汝の星を描いたヴィンチか
あまりに美しいチェチリアか
その美しき瞳の前には太陽すらかすんでしまう
ヴィンチの描いたチェチリアは耳を澄ましているようだが、話はしない
さあ、ルドヴィーコを称えよう
そしてチェチリアを後世に残す
レオナルドの才能と技量を[11]

「チェチリアは耳を澄ましているようだが、話はしない」というベリンチョーニの指摘には、この肖像画の魅力が端的に表れている。この絵には内なる心の動きがとらえられている。チェチリアの瞳、謎めいた微笑、白貂を抱き、愛撫する官能的なしぐさは、その感情をはっきりと示すとまでは言わなくても、少なくともほのめかしている。明らかに何かを思い、その表情には心の動きが表れている。レオナルドはチェチリアの心や魂の動きを描きながら、観る者の内なる思いに働きかけている。それまでの肖像画とは、そこが根本的に違う。

『ミラノの貴婦人の肖像』における光の反射

光と影を使ったレオナルドの実験的な作風は、この時期に描かれた別の肖像画にも見られる。『ミラノの貴婦人の肖像』と呼ばれるこの作品は、スフォルツァ宮の女性を描いたものだ【図69】。モデルはルクレツィア・クリヴェッリである可能性が高い。チェチリアの後を継いでルドヴィーコの公妾となった女性だが、新たに公妃となったベアトリーチェ・デステ付きの女官という役職と兼務するのは具合が悪かったのではないか（あながちそうでもなかったのか）[12]。

チェチリアと同じようにルクレツィアもルドヴィーコの息子を生み、これもまた同じようにレオナルドの手による肖像画を贈られたようだ。レオナルドが使った画板までが、チェチリアの肖像画に使われたものと同じクルミの木から作られたものと見られる。

光の反射が最もはっきりと描かれているのは、ルクレツィアの左頬の下だ。顎と首にはやわらかく控えめに影が付けられている。ただ滑らかな肩の平らな部分には、画面左上から差し込んでくる光が直接当たり、それが跳ね返って左の顎骨に光の筋ができている。やや誇張されすぎて、おかしなまだら色になっている。レオナルドはノートにこう書いている。「明るい色の物体の、平らで半透明な表面に光が当たると、反射光が生じる。このような物体に光が当たると、ボールを跳ね返すように光を跳ね返す[13]」

レオナルドは当時、曲面に当たる角度によって光がどのように変化するかという科学的探究に没頭していた。ノートには慎重に測定した結果を、注釈付きでまとめた図がたくさん残っている【図71、

【図69】『ミラノの貴婦人の肖像』

72】（344、345ページ）。顔に明暗をつけることで立体的かつ写実的表現が可能になることを、これほど見事に示した画家はほかにいない。問題はルクレツィアの頬骨の上の光の筋があまりにまばゆすぎ、不自然な印象を与えていることだ。それを理由に、この部分はのちに熱心すぎる弟子や修復担当者が描き足したのではないかという声もある。おそらくそうではないだろう。レオナルドは影に反射光が当たった様子を正確に描きたくて、敢えてそこを強調した可能性が高いと私は思う。それが多少行きすぎてしまったのだ。

この肖像画でも、鑑賞者が部屋の中を移動しても描かれた人物の視線が追いかけてくるように見せる効果を出そうとしている。この「モナリザ効果」は別に魔法でもなんでもない。遠近法、明暗、デッサンの優れた技術によって、本物のような二つの瞳が鑑賞者を直視しているように描くだけだ。ただレオナルドは、まなざしを強く、また両目を少しちぐはぐに描くことで、その効果を最大化できることに気づいた。『ジネーヴラ・デ・ベンチの肖像』で使った技法に、さらに磨きがかかっている。ジネーヴラの視線は一見、こちらを直視しておらず、遠くを見ているようだ。ただ左右の目を別々に直視してみると、それぞれが鑑賞者をまっすぐ見据えていることに気づく。

同じように『ミラノの貴婦人の肖像』に描かれたルクレツィアも、鑑賞者のほうがきまり悪くなるほど、こちらを凝視している。左右の目を別々に見ると、まっすぐ鑑賞者のほうを見ているようで、それは作品の前を左右に移動してみても変わらない。しかし同時に両目を見ようとすると、わずかにずれている。左目は遠くのほう、それも眼球が左に寄っているので、やや左を見ているようだ。彼女の両目と視線を合わせるのは難しい。

『ミラノの貴婦人の肖像』は、『白貂を抱く貴婦人』や『モナリザ』には遠く及ばない。口元にわずかな笑みが浮かんでいるが、それほど魅力的でも謎めいてもいない。左顎骨の反射光は、あまりに凝りすぎている。髪の毛は平板で創造性に欠ける。レオナルドのふだんの水準と比べると、なおさらだ。他の画家が描いたのではないかとすら思える。顔は振り向いているものの、胴にはレオナルドらしいひねりが微塵も感じられない。髪飾りやネックレスの描写はお粗末で、未完のようにも思える。肩のリボンだけに流れがあり、光が巧みに表現されている。

ルネサンス絵画の権威であるバーナード・ベレンソンは一九〇七年に、「これをレオナルド自身の作品と認めるのはかなり無理がある」と書いている。ただベレンソンも最終的にはレオナルドの作品だと認めている。その愛弟子であるケネス・クラークは、この作品はミラノ公を喜ばせるために描いたのであって、時代を超越する傑作を目指したのではなかったと指摘した。「私は、この絵はレオナルドによるものであり、この時期の彼が宮廷の要請に応えるために妥協も厭わなくなったことを示していると考えるようになった」。私はこの絵全体、あるいはその一部がレオナルドの手によるものと信じる根拠は十分にあると考えている。『白貂を抱く貴婦人』と同じクルミの木で作った画板を使用していること、レオナルドがこのような作品を描いたことを示唆する宮廷詩人のソネットの存在、そして一部に巨匠の作品と認めるべき傑出した美しさが見受けられることなどだ。もしかしたら、これはミラノ公からの注文に応えるため、レオナルドの工房をあげて取り組んだ共作だったのかもしれない。その過程でレオナルドも筆を握ったが、心血を注ぎこむことはなかった。(14)

『美しき姫君』はレオナルドの作品か

一九九八年初頭、競売会社クリスティーズがマンハッタンで開催したオークションに、羊皮紙にチョークで描かれた若い女性の肖像画が出品された【図70】。画家やモデルは不明で、カタログではイタリア・ルネサンスの画風を模した、一九世紀初頭のドイツ人画家の作品と説明されていた[15]。お宝を発掘する眼力を備えたピーター・シルバーマンという美術収集家は、カタログで見つけたこの作品に強く惹かれた。そこで自分の目で確かめようと、ショールームに足を運んだ。「本当にすばらしい。なぜこれが一九世紀の作品とされているのだろう」と思った、と当時を振り返る。ルネサンスに制作された作品だと直感したという。そこで競売会社が設定した推定最低価格の二倍にあたる、一万八〇〇〇ドルで入札した。だが一歩及ばず、二万一八五〇ドルを出した別の入札者に負けてしまった。二度とこの肖像画を目にすることはないだろう、とシルバーマンは思った[16]。

だがその九年後、イタリアの巨匠の絵画を専門とする高名な美術商、ケイト・ガンツが経営するマンハッタンのアッパー・イーストサイドの画廊にたまたま足を踏み入れたところ、入口近くのテーブルの真ん中にイーゼルに乗ったこの魅力的な肖像画が鎮座していたのである。このときもシルバーマンは、やはりルネサンス期の巨匠の作品だと確信した。「少女は生き生きとして、まるで呼吸をしているようだった。どこから見ても完璧だった」と振り返る。「口元は穏やかで、唇はわずかに開いて何かを言いたげな気配が漂っている。一方、目は感情で輝いている。堅苦しい肖像画のスタイルで描かれているにもかかわらず、紅潮した頬から若さがあふれ出ている。まさに筆舌に尽くしがたい美しさだ[17]」

シルバーマンは平静を装って、ガンツに売値を尋ねた。ガンツは九年前にクリスティーズに支払ったのとほぼ同じ金額を提示した。妻に急いで送金の手配をさせ、シルバーマンは紙に包んだ絵画を腕

【図70】『美しき姫君』

に抱えて画廊を後にした。

　美術品としてこの作品は魅力的ではあるが、傑作とは言えない。モデルは肖像画の伝統にならって真横を向いており、体は硬直的で、レオナルドらしい心や体をひねる動きが感じられない。芸術的に特筆すべき点は、鑑賞する角度や距離によって微妙に変化する微笑で、『モナリザ』を予示しているようだ。

　むしろこの肖像画の最大のおもしろさは、これをレオナルドの作品だと証明しようとしたシルバーマンの紆余曲折にある。当時の画家のご多分に漏れず、レオナルドも作品に署名はせず、記録も残していない。このためレオナルドの作品と見られるものの真正性を立証する作業は、この天才と向き合う醍醐味の一つとなっている。シルバーマンが発掘した肖像画をめぐっては、探偵のような推理、先端テクノロジー、歴史研究、鑑定家の判断といった要素が入り混じる壮大なドラマが展開された。芸術と科学を織り交ぜた学際的探究は、レオナルドにふさわしい。彼なら人文学を愛する人々とテクノロジーを愛する人々の共同作業を心から応援したことだろう。

鑑定家たちの評価は割れた

　探究プロセスの出発点となったのは、鑑定家だ。長年の評価活動を通じて、美術品に対する優れた直感力を身につけた人々である。一九世紀から二〇世紀にかけて、芸術作品の作者の特定はウォルター・ペイター、バーナード・ベレンソン、ロジャー・フライ、ケネス・クラークといった芸術の権威による鑑定をよりどころとしてきた。しかし鑑定結果が議論を呼ぶこともあった。たとえば一九二〇年代には、カンザスシティで発見された『ミラノの貴婦人の肖像』の写しがレオナルドの作品か否かをめぐって、裁判が開かれた。鑑定人として登場したベレンソンは「鑑定は初心者にできる仕事ではない。蓄積した経験から第六感が働くようになるまでには、相当な時間がかかる」と述べた。問題の作品はレオナルドの作品ではないと宣言したベレンソンを、絵画の所有者は「いい加減な絵画占い師の元締め」と切り捨てた。一五時間の審議の後、陪審員は評決に到らなかったと宣言し、のちに和解が成立した。この件については鑑定家の判断は正しく、問題の作品はレオナルドのものではなかった。しかしこの裁判は、美術鑑定はエリート主義の秘密結社が牛耳る世界だと、ポピュリストの批判の的となった。(18)

シルバーマンが購入した絵画について、クリスティーズの専門家や美術商のケイト・ガンツが相談した専門家は、本物のルネサンス期の作品であるという見方を即座に否定した。だがシルバーマンはそうだと確信していた。そこでアパートを所有していたパリに行き、美術史家のミーナ・グレゴリに作品を見せた。「この作品には二つの作風の影響が見られる。繊細な美しさはフィレンツェ風、一五世紀後半の宮廷の女性たちに一般的だった衣装や髪型（コアッツォーネ）はロンバルディア風だ。当然、最も有力な候補として頭に浮かぶのは、フィレンツェからミラノへと移った数少ない画家の一人であるレオナルドだ」というのがグレゴリの評価で、もっと調べるべきだとシルバーマンの背中を押した。(19)

そんなある日、シルバーマンがルーブル美術館で、レオナルドの工房で働いていたジョヴァンニ・アントニオ・ボルトラフィオによる肖像画を眺めていたところ、ニコラス・ターナーと偶然顔を合わせた。大英博物館とロサンゼルスのゲッティ美術館で、学芸員を務めたことのある人物だ。シルバーマンはデジタルカメラを取り出し、『美しい姫君』の写真をターナーに見せた。「この透明感には見覚えがあるな」とターナーは言い、「見事な作品だ」と付け加えた。この時点で『美しい姫君』をレオナルドの弟子の一人の作品と考えていたシルバーマンに、ターナーは驚くべき異説を唱えた。レオナルドの特徴であった左手によるハッチング線を示しながら、これはレオナルド自身の作品である可能性が高いと指摘したのだ。「この肖像画の陰影はあらゆる面で、レオナルドの光学理論を視覚的に表現している」と、ターナーはのちに語っている。[20]

鑑定家に頼ることの問題は、判断の難しいケースでは常に支持と不支持が拮抗することだ。不支持派の筆頭が、ニューヨークのメトロポリタン美術館の館長トーマス・ホービングと絵画担当学芸員カルメン・バンバッハだ。カリスマ的で影響力が大きかったホービングはこの絵を「甘すぎる」と評し、優れた研究者として定評のあったバンバッハは「レオナルドの作品に見えない」という直感的な評価を下した。[21]

バンバッハはさらに、レオナルドの作品で羊皮紙に描かれたものは見つかっていないことを指摘した。たしかにレオナルドが描いたことが明らかになっている四〇〇〇点の絵についてはそのとおりだが、ルカ・パチョーリの『神聖比例論』の二つの版のための幾何学的なイラストは、羊皮紙に描かれていた。これは一つの手がかりとなった。もし若い女性の肖像画がレオナルドによるものならば、誰かが書いた本の挿絵だった可能性がある。

この作品をシルバーマンに売った美術商のガンツは、当然ながらレオナルドの作品という説に懐疑的なメトロポリタン美術館の専門家たちと同意見だ。《ニューヨーク・タイムズ》紙にはこう語っている。「詰まるところ鑑定では、特定の作品がレオナルドの作品にふさわしい美しさを備えているのか、卓越したデッサン力、繊細さ、比類なき解剖学的知識といった彼の作品を特徴づける要素を備えているかが決め手となる。私が見るかぎり、この作品はそうした要件を一切満たしていない」[22]。

デジタルスキャンによる科学的分析へ

鑑定家の評価が分かれるなか、真贋を見きわめるプロセスは次の段階に進んだ。レオナルドの流儀にならい、直感と科学的実験を組み合わせるのである。シルバーマンはまず有機物に含まれる炭素の崩壊度合いを調べる炭素年代測定法を使って、羊皮紙の古さを確かめた。その結果、羊皮紙は一四四〇年から一六五〇年頃のものであることが判明した。しかし単に羊皮紙が古いというだけでは、レオナルドの作品の贋作あるいは模写である可能性は否定できないため、あまり有益な手がかりとはいえない。ただ少なくともレオナルドの作品である可能性は排除されなかった。

それからシルバーマンは、美術品のデジタル、赤外線、マルチスペクトル分析を専門とするパリのルミエール・テクノロジー社に作品を持ち込んだ。友人の運転するオートバイの後部座席にまたがり、両手で作品を抱えていったという。ルミエール社の創業者兼最高技術責任者のパスカル・コットは、一平方ミリメートルあたり一六〇〇画素という超高解像度写真を何枚も撮影した。その結果、絵画を何百倍にも拡大することが可能になり、髪の一筋一筋がはっきり見えるようになった。

拡大した画像によって、肖像画の細部をレオナルドの既知の作品と細かく比較することが可能になった。たとえば女性の衣装の袖部分には織細工や結び糸細工が装飾として描かれているが、その糸の結び方は『白貂を抱く貴婦人』の装飾と同じである。さらに装飾には精緻な影が付けられ、画面の奥に向かって遠近法も正しく使われている。[23]「レオナルドのこだわりぶりと言えば、紐の結び目の描写に延々と時間を費やすほどだった」とヴァザーリが書いているとおりである。もう一つの例が、眼球の虹彩《こうさい》である。『白貂を抱く貴婦人』と比較したところ「瞼の外側の隅、上瞼のひだ、虹彩の輪郭、下まつげ、上まつげ、下瞼と虹彩の底縁の接し方など、細部の描写がそっくりで、見ていて震えるほどだった」とシルバーマンは語る。[24]

シルバーマンとコットは高解像度画像の分析結果を他の専門家にも見せた。一人目はジュネーブ大学でレオナルドを研究するクリスティーナ・ゲッドだ。ゲッドは三色（黒、白、赤）のパステルが使われている点に注目した。これはレオナルドがいち早く採用し、ノートでも取り上げている技法だった。「肖像画の画面を精密に調べると、左手で細かな陰影が付けられていることがわかる（左上から右下への斜線）。肉眼でも見えるが、赤外線を使ったデジタルスキャンによってはるかに明白に見ることができる」と学術誌に書いている。[25]

清廉潔白な権威者による意見

レオナルド研究の権威であるカルロ・ペドレッティも論争に加わった。「肖像画のモデルの横顔には荘厳な美しさがあり、目の描写はこの時期のレオナルドの多くの作品とそっくりである」[26]。たとえば頭部と首のバランスや目の輪郭の描き方は、一四九〇年頃に描かれ、現在はウィンザー城に所蔵されている『女性の横顔』[27]や、一五〇〇年に制作したマントヴァのイザベラ・デステの肖像画[28]と非常によく似ている。

ここまで話が進んだ段階で、シルバーマンとコットはオックスフォード大学教授のマーティン・ケンプを頼ることにした。生涯をレオナルド研究に捧げた、清廉潔白な人物である。レオナルドの作品とされるものの真贋を確かめてほしいという依頼を頻繁に受けるケンプは、二〇〇八年三月にルミエール・テクノロジーの高解像度画像が添付されたメールを開いたとき、たいした期待を抱いていなかったという。「ああ、またうんざりするようなやりとりが始まるのか」と思った。だがコンピュータ画面で画像を拡大し、左手によるハッチングや細部を注意深く見ていくと、興奮で身震いしてきた。「ヘアバンドの部分をよく見ると、後頭部の髪が押されて少し凹んでいるのがわかる。レオナルドは物質の硬さや圧力がかかったときの反応に対する、すばらしい感性を持っていた」(29)。

専門家としての意見を提供することへの対価を決して要求しないケンプは、このときも作品を直接見るため、当時保管されていたスイスのチューリッヒにある銀行の金庫まで出向くことに合意した。努めて慎重な態度で臨んだが、数時間かけてあらゆる角度から肖像画を吟味した結果、確信はさらに強まった。「モデルの耳は、やわらかく波打つ髪のあいだでかくれんぼを楽しんでいるようだ。物思いにふけるような眼の虹彩は、生身の呼吸する人間特有の透明感ある輝きを放っている」(30)。

ケンプはこの肖像画がレオナルドの作品であると確信した。「四〇年にわたってレオナルドとかかわってきて、見るべきものはすべて見たと思っていたが、そうではなかった。この絵を初めて見たときの喜びは今、はるかに大きく膨らんでいる。私はこれが真作だと心底確信している」とシルバーマンに語った。ケンプはコットと協力してさらに多くの証拠を集め、その成果を『美しき姫君　発見されたダ・ヴィンチの真作』として出版した(31)。

肖像画に描かれたドレスやコアッツォーネの髪型からは、モデルが一四九〇年代のミラノのルドヴイーコ・スフォルツァの宮廷と縁のある人物であることがわかる。レオナルドはすでにルドヴィーコの愛妾であった二人、『白貂を抱く貴婦人』のチェチリア・ガッレラーニと『ミラノの貴婦人の肖像』のルクレツィア・クリヴェッリを描いている。この三人目は誰だろう。ケンプは消去法で、モデルはミラノ公の非嫡出の娘（その後嫡出子となった）、ビアンカ・スフォルツァであると結論づけた。ビアンカは一三歳だった一四九六年、宮廷きっての有力者の一人で、ルドヴィーコのもとで軍の司令官を務めていたガレアッツォ・サンセヴェリーノと結婚した。レオナルドの親しい友人でもあり、騎馬像を制作する際には彼の厩舎でデッサンもしている。ただ結婚の数カ月後、ビアンカは妊娠中の問題で命を落としてしまう。ミラノ公の娘は正式には姫とは呼ばれていなかったが、ケンプはこの肖像画を『美しき姫君』と名づけた。(32)

それはレオナルドの指紋なのか

真作という判断の決め手となった（少なくとも当初はそう思われた）科学的証拠は、もう一つあった。画像データを分析したコットは、肖像画の上部に指紋を発見した。レオナルドは絵の具を滑らかにするために、手や指を使うことが多かった。発見された指紋が他の作品のものと一致すれば、決定的な証拠となるだろう。

コットは指紋の画像をローザンヌの犯罪学・刑法研究所の教授、クリストフ・シャンポに渡した。指紋がほとんど判読不能であると考えたシャンポは、作業をクラウドソーシングすることを決め、画像をウェブサイトに投稿し、協力者を募った。その結果、五〇人近くが見解を寄せたが、結論は出なか

った。指紋のパターンは特定されなかった。「この痕跡に価値はないと考える」とシャンポは結論づけた。(33)

そこに登場したのがピーター・ポール・ビロだ。モントリオールを拠点に法医学的な美術鑑定を行っており、指紋を使った美術品の鑑定を得意としていたが、かなり評価の分かれる人物だった。この手法によってジョゼフ・マロード・ウィリアム・ターナー、ジャクソン・ポロックなど幅広い芸術家の真作を発見し（少なくとも本人の主張では）、閉鎖的な鑑定家のコミュニティに揺さぶりをかけてきた。ケンプ、コット、シルバーマンは二〇〇九年初頭にビロと接触し、『美しき姫君』の評価を求めた。

ビロはデジタル技術によって画像を拡大し、指紋の隆線《りゅうせん》を判読することに成功した、と主張した。またそれをレオナルドが『荒野の聖ヒエロニムス』に残した指紋と比較してみた。その結果、少なくとも八個の類似点が見つかり、それは『ジネーヴラ・デ・ベンチの肖像』に残されたレオナルドの指紋とも一致したと宣言した。

ビロは自らの発見を、雑誌《ニューヨーカー》の記者で、ベストセラー作家としても名高いデビッド・グランに実演して見せた。ちょうどグランがビロの特集記事を書くために取材を進めていたからだ。まずぼんやりとした隆線を拡大し、マルチスペクトル・カメラで撮影した画像を何枚か見せた。ただ、この段階では指紋は十分鮮明とはいえなかった。そこに「独自技術」を使って鮮明な画像にした、とビロはグランに語ったが、その部分は実演しなかった。こうして得られた新たな画像によって、『荒野の聖ヒエロニムス』の指紋と八個の共通点を見つけることができたという。「ビロはしばし沈黙し、指紋をじっと眺めた。自らの発見の衝撃がまだ冷めやらぬかのように。この発見によって自分のライフワークの意義が証明された、とビロは語った」とグランは記事に書いている。(34)

ビロは二〇一〇年に出版されたケンプとコットの著書に一章を寄稿し、そこで自らの主張を詳しく述べている。「レオナルドの『荒野の聖ヒエロニムス』と『美しき姫君』に見られる指紋が一致したことは、本書に提示された多くの分析のなかでもとりわけ重要な証拠と言える」。刑事訴訟で決定的証拠となるほど強力なものではないが、と断りつつ、ビロは「八個の特徴が一致したことは、レオナルドが描いたことの強力な裏づけである」[35]。

この指紋の一致が二〇〇九年一〇月に公表されると、世界的な大ニュースとなった。「一九世紀のドイツ人作家のものとされていた作者不詳の絵画が、このほどイタリアの巨匠レオナルド・ダ・ヴィンチの作品だと判明し、美術界は上を下への大騒ぎだ。しかもこの事実は、まさにシャーロック・ホームズの小説さながらの方法で明らかになった。研究者は五〇〇年前の指紋を頼りに、肖像画とレオナルドの関係性を探り当てた」と《タイム》誌は報じた。イギリスの《ガーディアン》紙は「美術専門家は、レオナルド・ダ・ヴィンチの新たな肖像画が発見されたのは、五〇〇年前の指紋のおかげだと考えている」と書き、BBCは「指が教えた新たなダ・ヴィンチ作品」という見出しをつけた。シルバーマンは《アンティーク・トレード・ガゼット》誌の友人に発見までの内幕を語った。同誌は「われわれは独占的に科学的証拠を入手した。そこには画家の手と、指紋の動きがはっきりと表れているど断言できる」と報じている。シルバーマンが約二万ドルで購入した作品の価値は、推定一億五〇〇〇億ドル近くまで上昇した[36]。

とはいえ、優れた推理小説にはどんでん返しがつきものだ。世界中を大ニュースが駆け巡ってから一年も経たない二〇一〇年七月、《ニューヨーカー》にデビッド・グランの徹底取材に基づく興味深いビロの特集記事が掲載された。ビロが描き出そうとした自画像について、グレンはこう述べている。「取材の過程で、その自画像には小さな穴があることに私は気づきはじめた。その穴は次第にはっきりとしていった」[37]。

一万六〇〇〇語に及ぶ記事は、ビロとその手法や動機のいかがわしさをあぶりだした。ジャクソン・ポロックの絵の具資料を分析した際のエピソードに齟齬があること、ビロに対して数々の訴訟や詐欺の訴えがあることを指摘し、さらに彼が絵画の鑑定に対して法外な対価を要求したとする証言を引用していた。ビロが「独自技術」で加工したとする指紋画像の信憑性にも疑問を投げかけた。ビロが特定した八個の類似点は存在しない、という著名な指紋検査官の発言も引用している。さらに衝撃的だったのは、ビロがポロックのものと主張した指紋はあまりに均質で、ゴム印で偽造された可能性がある、と検査官が指摘したと記事に書かれていたことだ。検査官はグレンに、指紋は「偽造だ！」と訴えているようだった、と語ったという[38]。ビロは記事に書かれた疑惑や疑念を完全否定し、グランと雑誌を名誉棄損で訴えた。しかし訴えは連邦地方裁判所で棄却され、控訴審でもその判断が支持された[39]。

《ニューヨーカー》がビロの信憑性を否定したことで、『美しい姫君』にレオナルドの指紋があるというビロの評価にも疑問符が付いた。ケンプとコットは共著のイタリア語版を出版するにあたり、ビロの書いた一章を削除した。二人はビロの指紋は作品がレオナルドのものであることを示す証拠の一つにすぎないと主張したが、とりわけ注目を集めていた証拠であったのは間違いない。論争は懐疑派有利に傾いたかに見えた。

おそらく詩集の口絵だった

しかしその後、まるでレオナルドの好んだ渦巻模様のように、再びどんでん返しが起こる。コットはもともと、絵の左側に何者かが鋭い刃物で硬い羊皮紙を切った痕跡があることに気づいていた。その結果、切れ端のようになった部分が二カ所、そして端に小さな穴が三つあった。ケンプは、この絵はかつて本の一ページとして綴じられていたのではないかという仮説を温めはじめた。そうだとすれば当時の本に使われていた羊皮紙に描かれていた理由も説明がつく。ケンプはのちにこう振り返っている。「その時点の私の仮説は、これはビアンカに捧げられた詩集の一部であったというものだった。それも口絵だったのではないか、と」[40]。

そこへかつて南フロリダ大学教授として美術史を教え、すでに引退していたデビッド・ライトから電子メールが舞い込んだ。ワルシャワのポーランド国立図書館に、興味深い蔵書があるという。スフォルツァ家の歴史をまとめたもので、羊皮紙に描かれたたくさんの挿絵があり、しかもビアンカ・スフォルツァの婚礼を記念して編纂されたものだった。初版本の口絵は一冊ずつ異なっており、それぞれ献じられた相手の肖像が口絵として描かれていた。ワルシャワにあるものは一四九六年に制作され、その後フランス王が所有し、一五一八年にポーランド王がボーナ・スフォルツァと結婚する際に贈られている。ボーナはルドヴィーコの哀れな甥、ジャン・ガレアッツォ・スフォルツァの娘である。(41)

すでにこの絵に対する社会の関心は相当に盛り上がっていたため、二〇一一年にケンプとコットがポーランド国立図書館に調査に訪れた際には、《ナショナル・ジオグラフィック》誌がアメリカの公共放送ネットワークのＰＢＳと共同でカメラチームを送り込んだ。羊皮紙が一枚ずつどのように綴じられているか、高解像度カメラを使って分析した結果、一枚に明らかに切り取られた跡があった。その羊皮紙は『美しき姫君』のそれと一致した。欠けているページは序文のすぐ後、口絵があるべき場所にあった。それに加えて、肖像画の三つの穴の位置は、綴じられた本の五つの綴じ穴のうち三つと一致した。穴の数が違うのは、肖像画の切り取り方が雑であったため、あるいは一八世紀に本が綴じなおされた際に二つの穴が追加されたためだろう、とケンプらは推測した。(42)

われわれは彼の芸術の、何を知っていて、知らないのか

レオナルドについては何事も霧に包まれているようで、完全にはっきりしないことが常にある。『美しき姫君』がレオナルドの作品であることに懐疑的な声は今もある。(43)レオナルドらしいスフマートが使われておらず、さまざまな形がくっきりしすぎており、眼球や顔の輪郭線も同様だ。顔の造作には深い感情が表れておらず、髪には艶も巻き毛もない。

「『美しき姫君』はレオナルドの作品ではない」。《ガーディアン》の美術批評家、ジョナサン・ジョーンズは二〇一五年にきっぱりと書いている。「レオナルドの芸術に魅せられた者が、そんな間違いを

するというのはどうにも信じられない。女性の目は死んでおり、その姿は冷ややかで、レオナルド・ダ・ヴィンチらしいエネルギーも生命力も一切感じられない」。この肖像画を巡っては札付きの贋作家が、一九七〇年代にイングランドのボルトン出身の少女をモデルにして自分が描いたというきわめて疑わしい主張をしたことがあった。ジョーンズはそれを引き合いに出し、こう結んでいる。「肖像画の女性はとても惨めそうで、一九七〇年代のボルトンのスーパーで仕事のあいまに休憩しているといった風情である」[44]。ロンドンのナショナル・ギャラリーがレオナルドのミラノ時代の作品に的を絞った特別展を開いたときも、この作品は意識的に除外された。学芸員の一人であったアルトゥーロ・ガランシーノは「『美しき姫君』と呼ばれる作品を、レオナルドの傑作と並べて飾るという選択肢はなかった」と語っている。

一方、ケンプは『美しき姫君』を描いたのがレオナルドであることは「明々白々だ」という確信を一段と深めている。ポーランドでスフォルツァ家についての本を調査したあと、ケンプとコットはこう書いている。「肖像画が描かれたのが一四九六年であり、モデルがビアンカだということが、かなり高い確度で証明された。肖像画の作者がレオナルドであることも強力に支持された。これが最近捏造されたとか、一九世紀の模倣品だとか、あるいは失われたレオナルド作品の模写であるといった説はすべて完全に否定された[45]」。

どちらの主張が正しいにせよ、『美しい姫君』をめぐる物語は、われわれがレオナルドの芸術について何を知っていて、何を知らないかを改めて浮き彫りにしたと言える。この絵画の作者をめぐるヒューマンドラマ、科学ドラマは、真のレオナルド作品の要件とは何かについて、われわれの理解を深めてくれたといえよう。

第一七章

芸術と科学を結びつける

芸術における最高位は絵画である

一四九八年二月九日。レオナルドはスフォルツァ城で開かれた討論の夕べに招かれた。幾何学、彫刻、音楽、絵画、詩歌のどれに相対的優位性があるか、というのがテーマで、レオナルドは科学的および審美的観点から絵画を徹底的に擁護した。当時、絵画は技術の一分野と思われていたが、詩歌や音楽や彫刻をしのぐ芸術の最高峰とみなすべきである、と。

幾何学の優位性を主張するために呼ばれていた宮廷のお抱え数学者、ルカ・パチョーリは、その日の聴衆には枢機卿、将軍、廷臣、さらには「有名な演説家や、医学や天文学など高尚な学問の専門家」がそろっていたと書いている。パチョーリはレオナルドをほめちぎっている。「討論の参加者のなかで際立っていたのは、傑出した建築家、技術者、発明家であるレオナルドだ。彫刻、鋳造、絵画のいずれにおいても、その名に恥じない活躍をしている」。ヴィンチという名前を「ヴィンチトーレ

（勝者）」とかけた言葉遊びだが、レオナルドが周囲からも画家であると同時に技術者、建築家と目されていたことを示している[1]。

数学から哲学、芸術までさまざまな知的探究の相対的価値を議論するのは、スフォルツァ宮の夜の集いの定番だった。イタリア語で「比較」を意味する「パラゴーネ」と呼ばれていたこのような場は、ルネサンス期のイタリアにおいて芸術家や学者がパトロンを獲得し、自らの社会的地位を高める機会となっていた。舞台の演出や知的議論が得意であったレオナルドにとり、これも宮廷での存在価値を発揮できる分野だった。

工芸の他の分野より絵画が相対的に優れているという議論は、ルネサンス初期から盛んに行われてきた。その熱心さと言えば、テレビと映画のどちらが優れているかといった今日の議論とは比較にならないほどであった。チェンニーノ・チェンニーニは一四〇〇年頃、著書『芸術の書』のなかで、絵画制作に求められる技術や想像力について触れ、「絵画が論理学と並んで玉座を占め、詩歌とともに冠を戴くのは当然である」と述べている[2]。アルベルティも同様に、一四三五年に書いた『絵画論』で絵画の優位性を熱く語っている。一方その反論として、一四八九年にフランチェスコ・プテオラーノが詩歌や歴史書こそが最も重要であると主張している。シーザーやアレクサンダー大王のような偉大な指導者の評判や記憶が残されているのは、彫刻家や画家ではなく、歴史家の功績である、と[3]。

レオナルドはパラゴーネでの主張を文章にし、何度も見直していたようだ。冗長なところもあるが、これも彼の予言や寓話の多くがそうであったように、出版用ではなく余興として演じるためのものだったことを頭に入れておく必要がある。研究者のなかにはパラゴーネを単にエッセイとしてとらえ、舞台芸術がレオナルドの人生、芸術、技術にどれほど重要なものであったかを見落としているケース

もある。目を輝かせた宮廷の聴衆の前で、自らの主張を朗々と語るレオナルドの姿を思い浮かべてみよう。(4)

レオナルドは、絵画を光学という科学的探究や遠近法という数学的概念と結びつけ、画家という仕事やその社会的地位への評価を高めようとしていた。芸術と科学がいかに密接に結びついているかを訴えるその主張は、彼の才能を理解する重要な手がかりとなる。真のクリエイティビティには観察と想像を結びつけ、現実と空想の境界をぼかしていく能力が必要である。その両方を描くのが偉大な画家である、とレオナルドは語っている。

主張の前提となっていたのが、五感のなかで視覚が最も優れているという考えだ。「目は心の鏡と言われるとおり、脳の感覚受容器が、自然のさまざまな作品をしっかりととらえ、吟味するための主要な手段である」。音は発生してもすぐに消えてしまうため、聴覚は視覚ほど役に立たない。「聴覚は視覚ほど優れてはいない。音は誕生したとたんに死に絶え、その生と死は同じぐらいあっけない。視覚は違う。われわれの目の前に均整の取れた美しい人体が存在するとき、そこには不変性があり、ずっと見ていることができる」(5)。

詩歌も絵画ほど優れてはいない、とも主張している。なぜなら絵画が一瞬で伝えられることを、多くの文字を連ねて描写しなければならないからだ。

詩人が描き出す物語を、画家ならその筆でもっと簡単に、いたずらに時間を費やすことなく簡潔かつ完全に伝えられる。女性の魅力を詩人と画家に描かせたら、その恋人が自然とどちらに吸い寄せられるかは明らかだ。絵画は技術の一つに分類される。しかし画家が詩人のように自らの作品を

言葉巧みに称賛することができれば、絵画がこれほど不名誉な地位にとどまることはないはずだ。(6)

ここでもレオナルドは自らが「無学」であり、あらゆる古典を読んだわけではないと断りつつ、画家としてははるかにすばらしい、自然を読むという作業に従事していると主張している。

絵画は彫刻と比べても高尚である、とも語っている。画家は「光、影、色彩」を描写しなければならないのに対し、彫刻家はそれを気にせずに済むからだ、と。「このように彫刻においては検討すべき点が少なく、それゆえに絵画ほどの創意工夫は求められない」(7)。しかも彫刻というのは泥臭い作業で、宮廷の高貴な人々にふさわしくないと語っている。「彫刻家の体は大理石粉に覆われている。その居室は汚く、埃や石の破片が積もっている」。一方、「画家は身支度を整え、作品の前にくつろいで座り、軽く筆を握って繊細な色を塗っていく」。

創造的営みは古来より、技術と高尚な芸術の二つに分類されてきた。絵画は手を動かす作業であるため、金細工師やタペストリーの織り手と同じように技術とされてきた。レオナルドはこれに異を唱えた。絵画は芸術であるだけでなく科学である、と。三次元の物体を平面で表現するためには、画家は遠近法や光学を理解する必要がある。これらは数学に基づく科学であり、それゆえに絵画は手を動かす作業であると同時に知的営みである。

そこからさらに一歩踏み込んだ。絵画には知性だけでなく、想像力も必要とされる。この空想という要素によって、絵画は称賛に値する創造的活動となる。現実を写し取るだけでなく、それを龍、怪物、すばらしい翼を持った天使などの想像上の存在や、現実よりも魅力的な風景と組み合わせることができる。「物書きたちよ、それゆえに絵画を芸術から外したのは過ちだ。絵画は自然の創造物のみならず、自然が生み出すことのできなかったすべてを描き出すのだから」[8]。

空想と現実はお互いを助け合い、融合すると創造性が生まれる

観察力と想像力を組み合わせ、「自然の創造物のみならず、自然が生み出すことのできなかったすべてを描き出す」能力。それこそがレオナルドを特徴づける才能だった。レオナルドは経験に基づく知識を重視していたが、空想にふけるのも大好きだった。つまり目で見られる自然の驚異だけでなく、想像力によってのみ見えてくるものも愛していた。その意識は現実と空想を隔てるぼんやりとした境界を自在に超えて、夢見るように、ときには熱に浮かされたように躍動した。

たとえば「まだらにしみの付いた、あるいは多様な石が埋め込まれた壁」を見るときのアドバイスとして、こんなことを述べている。レオナルドは個々の石の位置やさまざまな特徴を正確に観察することができたが、それに加えて壁を足がかりに想像力を広げ、「頭を刺激し、さまざまなモノを生み出す」方法も心得ていた。若い芸術家に向けて、こう書いている。

壁の模様を眺めていたら、山、川、岩、木々、平原、深い谷や丘などに彩られた風景が見えてくるかもしれない。あるいは戦場とそこで動く人々、奇妙な顔や衣装、想像もつかないようなさまざまな物体が浮かんでくるかもしれない。それを完全な、美しい形態として表現しよう。まだらな壁の効果は、鐘の音と似ている。鐘の音も、聴きようによってはどんな人の名前や言葉にも聞こえてくる。(中略)壁のしみ、暖炉の灰、雲、ぬかるみをじっくり眺めてみれば、驚くような新しい発

想が浮かんでくるだろう。あいまいなモノを見ると頭が刺激され、新しいアイデアが浮かぶ。(9)

歴史上、レオナルドほど体系的に自然を観察した者は珍しいが、その観察力は想像力と干渉するところか、むしろ互いを助長した。芸術と科学への関心がそうであったように、観察力と想像力はその創造的才能を織りなす縦糸と横糸であった。その創造力は「融合」を特徴としていた。ちょっとしたおふざけや空想的な絵を描くために、本物のトカゲに他の動物の体の一部をくっつけて龍のような怪物を生み出したのと同じように、自然の細部やパターンを観察し、それを融合させて空想上の存在を生み出した。(10)

当然、レオナルドはこの能力を科学的に解明しようとした。解剖学的調査で人間の脳内地図を作ったときには、合理的思考能力と密接に連携できそうな位置にある空洞を、空想力の所在地と判断した。

「絵画と人間の動作について」の論稿を執筆

初期の評伝作家のロマッツォによると、ミラノ公ルドヴィーコはパラゴーネにおけるレオナルドのプレゼンテーションに感動し、それを短い論文にまとめるよう勧めた。レオナルドはさっそくその作業にとりかかり、ノートに書きつけた草稿の一部をそれなりにまとまった形にしたようで、ロマッツォはそれを「本」と表現している。(11) レオナルドの友人パチョーリも、一四九八年に「レオナルドは非常に勤勉に執筆に取り組み、『絵画と人間の動作について』と題したすばらしい本を完成させた」と書いている。しかしレオナルドは自らの絵画や論文に求める基準が高く、容易に「完成した」と言わない性分だったために、パラゴーネはもちろん絵画に関する他の論文も結局日の目を見ることはなかった。パチョーリがレオナルドの勤勉さを称賛したのは、やや行き過ぎだろう。

絵画そのものと同じように、絵画に関する論稿も世に出さず、生涯手直しを続けた。絵画論も執筆開始から一〇年以上が過ぎても新たな考えを追加したり、構成を見直したりしている。こうしてさまざまな形態で多くの論稿が残された。一四九〇年代初頭にノート二冊にわたって書かれ、現在「パリ手稿A」「同C」と呼ばれるもの。一五〇八年頃に作成され、その後再編されて現在は「アトランティコ手稿」と呼ばれるもの。一四九〇年代にまとめられ、失われてしまった「リブロW」。レオナルドの死後、愛弟子であり相続人となったフランチェスコ・メルツィはここに挙げたノートと格闘し、一五四〇年代にレオナルドの『絵画論』として発表した。[12] 現在は長さの異なる複数の版が残っているが、ほとんどの版では冒頭部分にパラゴーネが置かれている。

メルツィが集めた論稿のほとんどは、レオナルドが一四九〇年から九二年にかけて書いたものだ。『岩窟の聖母』の二作目（ロンドン版）の制作に着手した頃であり、若い弟子らを集めた工房も軌道に乗っていた。[13] このためレオナルドの絵画論は、『岩窟の聖母』の複雑な光の表現を成功させるため、工房の助手らへの研修用資料として作成したものとして読むべきだろう。

この論稿を読むと、レオナルドが芸術を科学として扱っていたことがよくわかる。パチョーリによると、レオナルドが執筆していた論文のタイトルは『絵画と人間の動きについて』だった。それはレオナルドが両者を結びつけて考えていたことを示唆する。ここにまとめたテーマは、影、光、色彩、濃淡、遠近法、光学、そして動きのとらえ方など多岐にわたる。解剖学の研究と同じように、いずれも絵画の技術を磨くために研究しはじめたテーマだが、次第に自然を理解することそのものに純粋な喜びを感じるようになり、複雑な科学的研究にのめり込んでいった。

影にまつわる考察

レオナルドの観察力がとりわけ際立っていたのは、光と影の相互作用を見るときだった。光の変化によって影はどう変化するかを熱心に調べ、その知識を生かして絵の中の物体に立体感を持たせた。物体に反射した光によって周辺の影がわずかに明るくなること、また顔の下側が照らされることにも気づいていた。徐々に影がかかることで、物体の色にどんな影響が出るかも理解していた。このように観察と理論を対比させることが、彼の科学的研究の特徴と言える。

レオナルドが最初に影の奥深さと向き合ったのは、ヴェロッキオの工房でひだを描く練習をしたときだ。それを通じて、線ではなく影を使いこなすことが二次元の表面に三次元の物体を描く秘訣だと気づいた。画家の最大の目標は「平面上に、そこから独立した立体感のある物体を描くことだ」と宣言している。それは「光と影によって実現する」と。優れた絵画の要諦、そして物体を立体的に見せるカギとなるのは、影を正しく描くことだとレオナルドは理解していた。だからこそ芸術に関する他のどんなテーマよりも、影の研究と執筆に多くの時間を費やしたのである。

影をきわめて重要視していたため、絵画論ではこのテーマに最も紙幅を割くことにしていた。「遠近法の表現において影は何よりも重要だ。影がなければぼんやりとした物体も確固たる物体もきちんと表現できない。影によって物体は形をとる。影がなければ、物体の形の細部をとらえることはできない」[14]

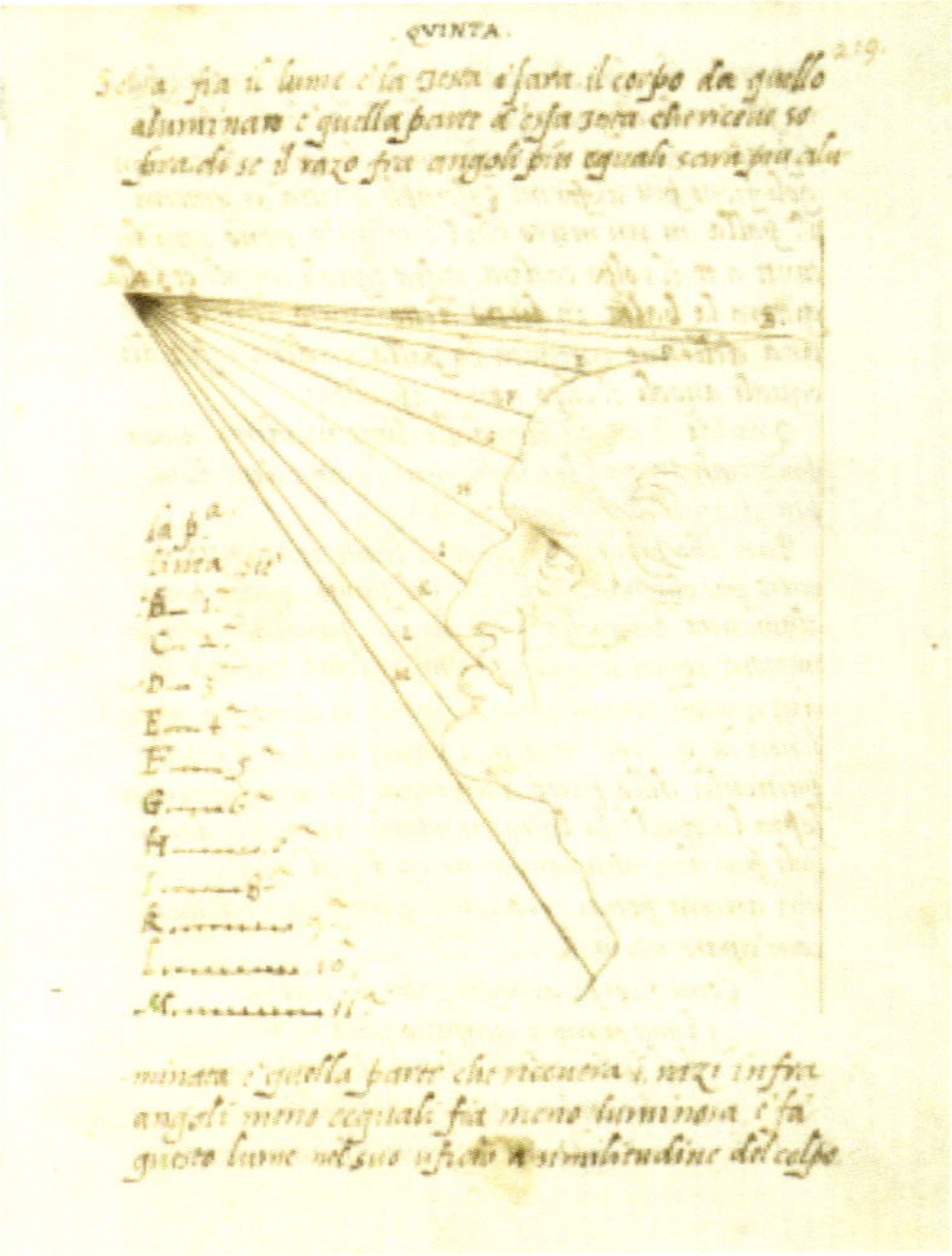

【図71】顔部に当たる光の研究

絵画において物体を立体的に表現する手段として影を重視するというのは、当時の一般的技法とは明らかに異なっていた。アルベルティ以来、画家の多くは輪郭線を重視していた。「絵画において、影と輪郭線のどちらが重要だろうか」。絵画論の草稿のなかで、レオナルドはこう問いかけている。彼自身は前者が正解だと確信していた。「単に輪郭線を描くより影を完璧に描くほうが、はるかに多くの観察と研究を要する」。そして例によって実験を通じて、なぜ影を描くほうが線を描くより高度な技術を要するかを示している。「その証拠に、画家の目と模写する物体のあいだに薄い

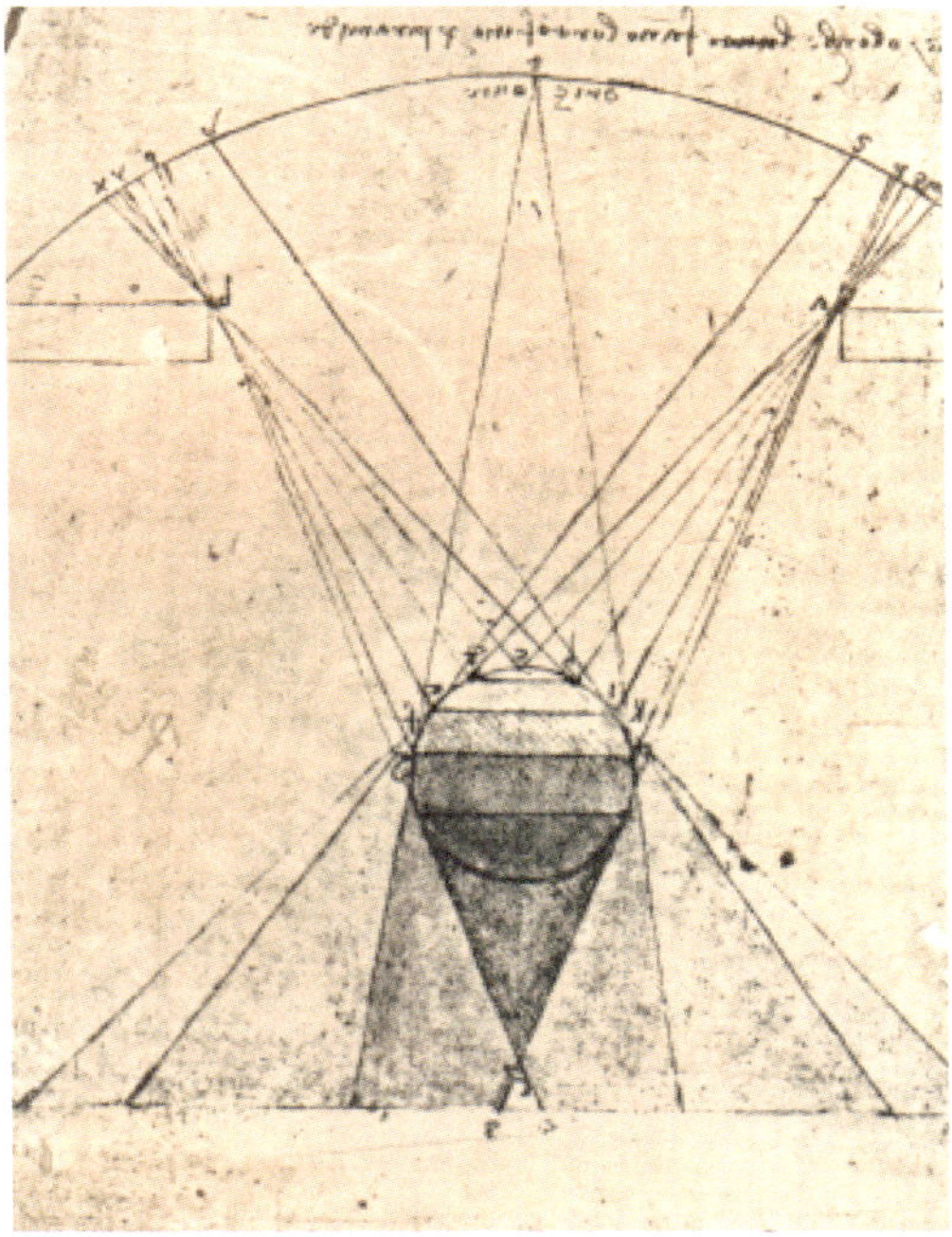

【図72】影の研究

ヴェールかガラス版を置けば、その上で線をたどることは容易である。しかし影をつけようと思えば、そうはいかない。影の濃淡の変化や混じり合いには、はっきりとした境界がないためだ[15]」

レオナルドはその後も執拗に影について書きつづけた。現在残っているだけで、このテーマについて一万五〇〇〇語以上。本のページにして三〇ページにもなる。それでもおそらく彼が書いた文章全体の半分にも満たないだろう。観察内容や図表は次第に複雑になっていった【図71、72】。事物の相対的関係に注目し、光がさまざまな角度で凹凸のある面に当たったときの効果を計算している。「物体が光よりも大きければ、影はてっぺんを切ってひっくり返したピラミッド形（角錐台）になり、どこが先端かはっきりとしない。一方、物体が光よりも小さければ、影はピラミッド型になり、はっきりとした先端が見える。ちょうど月食のように」。

巧みな影づかいはレオナルドの作品の一貫した特徴で、当時の他の芸術家との明らかな違いである。特に独創的なのが、色の濃淡の変化によって影を描くというやり方だ。場面のなかで光が直接当たるところは、最も濃厚な色味になる。影と色調の関係についてのこうした理解は、レオナルドの芸術の土台となっている。

すでに自らの経験だけでなく本などから与えられる知識も重視するようになっていたレオナルドは、アリストテレスの影に関する文献を読み込み、それを大きさの異なるランプや物体を使ったさまざまな独創的実験と組み合わせた。そうして得られた知識に基づき影をいくつもの分類に分け、個別に章を立てて説明しようとしている。光が直接物体に当たったときにできる「一次的影」、空気中に拡散した周辺光でできる「派生的影」、周囲の物体に反射した光がわずかに混じった影、複数の光源によってできる「複合的影」、夜明けや夕暮れ時の淡い光によってできる影、布や紙を通過した光によってできる影をはじめ、他にもたくさんの分類がある。それぞれの分類について、レオナルドは驚くべき観察力を発揮している。たとえばこうだ。「光が当たる場所と、それが光源に向かって反射する場所のあいだには常にスペースがある。それは一次的影と混じり合い、わずかに変化させる」[16]。

反射光についてのレオナルドの論稿を読むと、『白貂を抱く貴婦人』のチェチリアや『岩窟の聖母』の聖母マリアの手の端の部分につけられた細やかな陰影の重要性に改めて気づかされる。それこそが両者が革新的傑作と呼ばれる所以なのだ。そしてレオナルドの絵画を理解すると、光の反射をめぐる彼の科学的探究をより深く理解できる。レオナルド自身もこのような反復的プロセスを経験していた。自然を分析することが芸術に役立ち、芸術を深めることが自然を分析する手がかりとなっていた。(17)

輪郭線のない形

ほとんどの物体の形を輪郭線ではなく影で表現するという手法は、観察と数学から導きだした大胆な洞察に基づいている。自然界の物体には、はっきりと目に見える輪郭や境界が存在しない、というのがそれである。物体の境界がぼやけて見えるのは、人間の知覚力のためではない。われわれの目にどう映るかとは関係なく、そもそも自然にははっきりとした線は存在しないことに、レオナルドは気づいていた。

数学の研究のなかで、レオナルドは分離量と連続量を明確に区別していた。分離量は一個、二個と数えられる個別かつ分割不可能な単位から成るのに対し、連続量は幾何学などに登場する概念で、無限に分割可能な量や漸次的変化から成る。影は後者の分類に属する。一つひとつ切り分けられるバラバラな単位が集まったものではなく、連続的でシームレスなグラデーションでできている。「光と闇のあいだには無限のバリエーションがある。なぜならどちらの分量にも連続的性質があるからだ」と書いている。(18)

これ自体はまったく新しい主張ではなかったが、レオナルドはそれをさらに一歩推し進めた。自然界には明確な数学的線、境界、縁で区切られたモノは存在しない、と。「直線は物体表面の一部ではなく、それをとりまく空気の一部でもない」と書いている。点や線は数学的概念であり、物理的実体や大きさはなく、限りなく小さいことを、レオナルドは理解していた。「線には数量や実体はなく、実在する物体というよりは空想的概念である。これが線の本質であり、現実世界には存在しない」

レオナルドらしく観察に光学や数学の知識を組み合わせたこの理論によって、画家が絵を描くうえで線を使うべきではないという信念は一段と強まった。「輪郭を明確な外形線で囲わないこと。なぜなら輪郭が線である以上、目には見えないからだ。遠くから見えないだけでなく、目の前にあっても見えないのだ」「数学的な直線や点が目に見えないということは、同じく直線である物体の外形線も、たとえ目の前にあっても見えないはずだ」と書いている。その代わりに、画家は光と影を使って物体の形や立体感を表現する必要がある。「物体の境界線の厚みは、目には見えない。だから画家たちよ、物体を線で囲うな」[19]。これは「ディゼーニョ・リネアメンタム」と呼ばれる、明確な線によって形やデザインを生み出すフィレンツェ派の伝統を覆す発想であり、ヴァザーリがレオナルドを高く評価する理由となっている。

自然界においても芸術作品においても、あらゆる境界はぼやけているはずだと考えるレオナルドは、スフマート技法の先駆者となった。『モナリザ』などで特徴的に使われている、輪郭線をかすみのかかったようにぼかす技法である。スフマートは単に絵画のなかに現実を正確に写し取るための技術ではなかった。明らかな事実と不可解な謎の境界は、実はぼんやりとしている。このレオナルドの人生を貫く中核的主題のアナロジーともいえるのがスフマートだ。レオナルドは芸術と科学の境界だけでなく、現実と空想、経験と神秘、物体とその周辺の境界をすべてぼかしていった。

光学についての研究

自然界には目に見えるはっきりとした境界は存在しないという気づきをもたらしたのは、画家としての観察眼と数学的知識である。ただ、要因はもう一つあった。光学の研究だ。他の科学的探究の多くがそうであったように、光学も最初は芸術のために始めた研究だったが、一四九〇年代には飽くなき純粋な好奇心に突き動かされ、光学そのものにのめり込んでいた。

当初は大方の人と同じように、光線は目の中の一点で収斂すると考えていた。だがまもなく、この説に疑問を抱くようになった。点は線と同様、数学的概念であり、現実世界に大きさや実体はない。「目から入ってくるすべての画像が、分割不可能な数学的一点に収斂するのであれば、宇宙のあらゆるものがまとまった分割不可能なものとして見えるはずである」。結局レオナルドは、目の解剖に加えて自ら考案した単純な実験を通じて、視覚は網膜全体で生じる活動だという正しい認識に到達した。またこのプロセスを通じて、自然界ではっきりした線が見えない理由も理解した。「不透明な物体の真の輪郭が、はっきりと見えるはずがない。その理由は、視覚が単一の点で生じる活動ではないためだ。視覚は目の瞳孔（著者注　実際には網膜である）全体で起こる」[20]。

レオナルドが行った実験の一つは、一一世紀のアラビアの数学者アルハーゼンの研究を参考にしており、針を徐々に目に近づけていくというものだった。針を目に近づけても、視界が完全に遮られることはない。視覚が網膜の一点で処理される活動ならば、何も見えなくなるはずだ。現実には針はぼやけた、透明な霧のように見える。「縫い針を目の瞳孔にできるだけ近づけていっても、その針の背後にある物体が見えなくなることはない。その物体が目からどれほど離れていても変わらない」[21]。それは針が瞳孔（目の中心にあり、光はそこを通って眼球の中に入ってくる）や網膜（眼球の内側にあり、光の刺激を脳に伝える）よりも幅が狭いからだ。針が近づいても、眼球の左端、右端の部分は針の背後にある物体の発する光をとらえることができる。同じように、目の前にある物体の境界が見えないのも、眼球のさまざまな部分が物体やその周辺の発する光を少しずつ違う角度でとらえるためである。

レオナルドが頭を悩ませたのは、なぜ画像は脳内で上下左右が逆転したように見えないのかという疑問だ。暗箱と呼ばれる装置を研究しており、それを通すと画像の上下左右が逆転して見えることを知っていた。それは物体から発せられた光線が、暗箱の穴を通過するときに交錯するためである。結局レオナルドは、目や脳のどこかにもう一つ穴があり、それによって画像が補正されるのだと誤解していた。鏡文字を読み書きできる能力をヒントに、脳そのものにそうした調整能力があると気づいてもおかしくはなかったが。

眼球を通過した後、画像の上下左右がどのように修正されるのかという疑問から、人間と牛の目を解剖し、眼球から脳までの視覚プロセスの経路を図解するという探究が始まった。頭蓋骨のてっぺんを切り取り、上から見た様子を描いた驚くべきデッサンとメモが残っている【図73】。手前に眼球があり、その下に視神経と、脳に向かう視神経の交差する部分であるX字型の視束交差が見える。そこでは解剖方法も説明している。

硬膜（脳を囲む三層の髄膜のうち、一番硬いもの）の境界に沿って、脳内物質をそっと取り外す。それから硬膜が神経と軟膜（一番内側の髄膜）とともに後頭骨底部を貫通する部分をすべて記録する。正

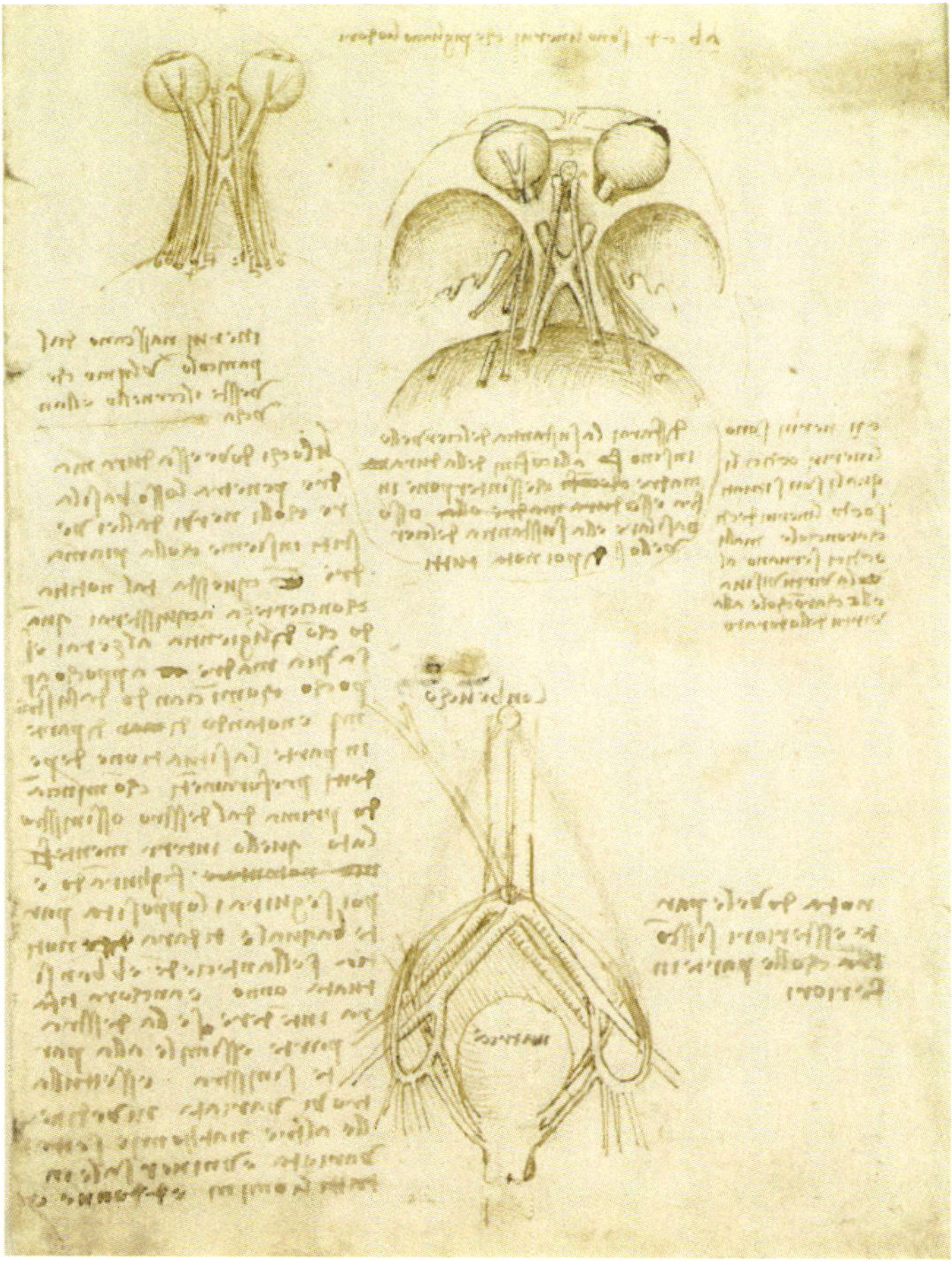

【図73】頭蓋骨内の様子

確な知識を得るには、軟膜を端から徐々に地道に持ち上げ、貫通の状態を右端あるいは左端から少しずつ完全にデッサンしなければならない[22]。

眼球の解剖中には、切断しようとすると変形してしまうという問題に直面した。そこで独創的な解決方法を編み出した。「眼球を卵白に入れ、固まるまでゆでる。それから眼球の中心部をこぼさないように注意しながら、卵と眼球を切断する」。

レオナルドの光学研究は、一〇〇年後まで再発見されないような画期的成果を生み出した[23]。さらに理論と実験を対比させる能力を高める効果もあり、それが、その後の遠近法の研究を支えることとなった。

遠近法の研究

絵画という芸術、光学という科学は、遠近法の研究と切っても切れない関係にあることをレオナルドは理解していた。影を巧みに使いこなす能力に加えて、さまざまなタイプの遠近法に習熟することで、平面で三次元の美しさを表現できるようになる。本当の意味で遠近法を理解するには、単に物体の大きさを正しくとらえる能力だけでなく、光学の知識も不可欠である、とレオナルドは考えていた。「絵画の土台となるのは遠近法である。その遠近法とは、目の働きを完璧に理解していることにほかならない」。こうした認識もあって、絵画や光学についての論文執筆を進めるかたわら、遠近法について論文をまとめる計画も温めていた[24]。

遠近法はかなり研究の進んだ分野だった。アルハーゼンは遠近法を光学的観点から研究していた。また芸術家としてレオナルドの先達にあたるジョット、ギベルティ、マサッチョ、ウチェッロ、ドナテッロなどが、遠近法理論の絵画への応用を模索してきた。遠近法の発展における最大の功労者は、鏡を使って自らの描いたフィレンツェの洗礼堂の絵と本物を見比べる有名な実験を行ったブルネレスキであり、その内容はアルベルティの名著『絵画論』に体系的にまとめられている。

レオナルドはフィレンツェでの駆け出し時代に制作した『東方三博士の礼拝』の下絵で、遠近法の理論を取り入れている。格子状の補助線はアルベルティの理論を生真面目に実践したもののようで、かなり手が込んでいる。馬やラクダの動きのある軽やかなスケッチと比べるとやや不釣り合いだ。当然と言うべきか、最終的には杓子定規な線遠近法によって躍動感や空想的な雰囲気が損なわれないように、構成要素のバランスを修正して想像的場面を描き出している。

他の多くの研究テーマがそうであったように、遠近法に真剣に取り組みはじめたのもミラノ公の宮廷という知的環境で本格的に活動するようになった一四九〇年代初頭のことだ。一四九〇年にミラノ近郊のパヴィアにある大学を訪問した際には（この訪問は『ウィトルウィウス的人体図』のきっかけにもなった）、ファツィオ・カルダーノ教授と光学や遠近法について議論を交わしている。カルダーノは一三世紀にジョン・ペッカムが書いた遠近法の研究書を編集し、初の印刷版を出した人物だ。

遠近法に関するレオナルドのメモは、光学や絵画に関するものと混じっているが、独立した論文をまとめる意図があったようだ。一六世紀の芸術家ベンヴェヌート・チェリーニは、レオナルドが書いた遠近法論の手稿を所有していると書いている。「物体の奥行きだけでなく幅や高さをどのように短縮遠近法で表現すべきかを示した、比類なき美しい書物である」と。ただロマッツォによると、「書物の存在はほとんど知られていなかった」。遠近法に関するレオナルドのメモは数多く残っているが、残念ながらこの手稿は残っていない。(25)

大きさのみならず、色彩と明瞭さに変化をつける

遠近法の研究におけるレオナルドの最大の功績は、その対象を幾何学に基づいて前方と後方にある物体の相対的大きさを調整する線遠近法のみならず、色彩や明瞭さに変化をつけることで奥行きを表現する方法にまで広げたことだ。「遠近法には三タイプある。一つめは物体が視点から遠ざかるほど小さくなるようにする方法、二つめは遠ざかるほど色に変化をつける方法、三つめは遠ざかるほど物体の細部が見えにくくなるようにする方法だ(26)」。

線遠近法については、標準的な比例の法則をそのまま受け入れた。視点からの距離が二倍になると「現実には物体の大きさは変わらなくても当初の半分の大きさに見え、空間が二倍になると縮小倍率も二倍になる」。この法則は一般的なサイズの絵画、つまり鑑賞者から見て、絵の端までの距離が絵の中心までの距離とさほど変わらないような作品には当てはまることをレオナルドは理解していた。しかし巨大なフレスコ画や壁画の場合はどうか。鑑賞者から見て、絵の端までの距離は中心までの距離の二倍あるかもしれない。「鑑賞者の目が絵画の四隅から等距離にないため、どこから見ても同じには見えないとき」に求められる技術を、レオナルドは「複合遠近法」と呼んだ。その後まもなく作品で実践してみせることになるが、壁全体を覆うような絵画では自然な遠近法と「人工的遠近法」を織り交ぜる必要がある。レオナルドは図を使って、こう説明している。「大きさの異なる物体がさま

ざまな距離に配置されている人工的遠近法の場合、最小のものが最大のものより鑑賞者の近くにあるように感じられる[27]」。

レオナルドの線遠近法の研究は、画期的なものではなかった。アルベルティがだいたい同じことをすでに書いている。しかし物体が遠くにあるほどぼやけて見えるという明瞭遠近法に注目したのは革新的だった。「鑑賞者からの距離が遠ざかるのに比例して、物体の輪郭はぼんやりしていくようにすべきだ」と説いている。「前面に近い部分は、はっきりと完全な姿で描く。それに対して遠くにあるものは不完全で、輪郭が溶け合っているように描くこと」。あらゆるものは遠くに行くほど小さく見えるため、まず物体の細部が見えなくなり、さらに遠くに行くと目立つような特徴も見えなくなる。ずっと遠くに行くと、物体の輪郭までがぼやけてくる[28]。

レオナルドは壁の背後にある都市や塔の例を挙げている。鑑賞者には建物の土台が見えず、大きさもわからないとしよう。明瞭遠近法では輪郭をぼやかすことによって、そうした建物が遠くにあることを示す。「視点から遠いところにある町などを描くとき、目の前にある建物と同じように細部まで描く者がいるだろうか。自然界ではそのように見えない。なぜなら非常に遠くにあるものの細かい形を認識することは不可能だからだ。それゆえに幾人かがそうしているように輪郭や細々とした細部を描く画家は、遠くのものを正確に描写するどころか、その過ちによって極端に近く見せている[29]」。

レオナルドが晩年にノートに描いた小さなスケッチがある。歴史家のジェームズ・アッカーマンが「西洋美術の最も重大な変化の一つを体現している」と称したもので、画面奥へ向かって一列に並んだ木が描かれている。奥へ行くほど一本ずつ細部の描写がなくなり、地平線近くの木々は枝もない単純な形になっている。レオナルドの作品を見ると、絵画の中の植物も、前面の葉は後方のものより一枚一枚がはっきりしている。

空気遠近法

明瞭遠近法はレオナルドが空気遠近法と呼んだものと密接なかかわりがある。遠方のものがぼやけるのは、小さくなって細部が見えなくなるためだけではなく、空気やもやがかかるためでもある。「物体が遠くにあるとき、われわれと物体のあいだには大量の空気がある。それによって形がぼんやりとして、細部がはっきり見えなくなる」と書いている。「このため遠方は軽い筆致で、不完全なかたちにとどめるべきである[31]」。

レオナルドのスケッチには、空気遠近法を試行錯誤していた痕跡が見えるものがたくさんある。『アンギアーリの戦い』の準備として描かれた馬の群れのスケッチでは、前方の馬はきわめて鮮明ではっきりとしているのに対し、後方の馬はぼんやりとして不鮮明だ。それによってレオナルドの作品らしく、静止した画面に動きが感じられる。

遠くの物体ほど細部が見えにくくなるのと同じように、色彩も淡くなる。風景を正しく描写するには、その両方に目配りする必要がある。「線遠近法だけでは、目は二つの物体のあいだの距離を正しく把握することができない。色彩遠近法の手助けも必要だ。距離が遠ざかるのに従って物体が小さくなるのと比例して、色彩も淡くなるようにすべきである[32]」。

これについても理論と実験を融合させている。まずガラス板を使って近くの木の輪郭をなぞってから、紙の上できめ細かく色づけした。それから遠くの木について同じ作業を繰り返し、さらに距離を二倍にして同じ作業をした。この実験によって、大きさと合わせて色が薄くなっていくことがわかる、と書いている。[33]

光と色彩をめぐるレオナルドの探究が成功したのは、芸術と同じぐらい科学にもこだわりがあったからだ。ブルネレスキやアルベルティなど他の遠近法の研究者は、平面に物体を描き出す方法を知ろうとした。レオナルドも同じ知識を求めたが、その探究はさらに高い次元へと進んだ。物体が発する光はどのように目に入り、脳に処理されるかを知ろうとしたのだ。

単に絵画を描くためという目的をはるかに超えて科学的探究にのめり込むことで、頭でっかちになってしまう危険もあった。批評家のなかには、光が輪郭を浮かび上がらせる様子を示す大量のスケッチや影に関する膨大な原稿は、ひいき目に見ても時間のムダ、厳しく見れば円熟期の作品をわざとらしく不自然なものにしたという指摘もある。だが『ジネーヴラ・デ・ベンチの肖像』と『モナリザ』を見比べれば、そうした指摘が誤りであるのはすぐわかる。レオナルドが光と影を直感的に、そして科学的に深く理解したことで、後者は歴史に残る傑作となった。さらに遠近法の法則を曲げなければならないような複雑な状況に直面したときには、臨機応変に対応する能力があったことは『最後の晩餐』を見れば一目瞭然である。[34]

（下巻に続く）

Courtauld Institutes 56 (1993), 100; Codex Atl., 676r; Codex Ash., 2:13v.

(17) Jürgen Renn, ed., *Galileo in Context* (Cambridge, 2001), 202.

(18) Notebooks /J. P. Richter, 121; Nagel, "Leonardo and Sfumato."

(19) Leonardo Treatise /Pedretti, ch. 443, p. 694; Notebooks /J. P. Richter, 49, 47; Bell, "Sfumato and Acuity Perspective"; Carlo Vecce, "The Fading Evidence of Reality: Leonardo and the End," lecture, University of Durham, November 4, 2015.

(20) Leonardo da Vinci, *A Treatise on Painting*, trans. A. Philip McMahon (Princeton, 1956), 1:806 (based on the Codex Urbinas); Martin Kemp, "Leonardo and the Visual Pyramid," *Journal of the Warburg and Courtauld Institutes* 40 (1977); James Ackerman, "Leonardo's Eye." *Journal of the Warburg and Courtauld Institutes* 41 (1978).

(21) Notebooks /MacCurdy, 224.

(22) Leonardo da Vinci, "The Cranial Nerves," Windsor, RCIN 919052; Keele and Roberts, 54.

(23) Notebooks /MacCurdy, 253; Rumy Hilloowalla, "Leonardo da Vinci, Visual Perspective and the Crystalline Sphere (Lens): If Only Leonardo Had Had a Freezer," Vesalius 10.5 (2004); Ackerman, "Leonardo's Eye," 108. レオナルドの光学研究に対するそれほど肯定的ではない評価は、以下を参照。David C. Lindberg, *Theories of Vision from Al-kindi to Kepler* (University of Chicago, 1981), ch. 8; Dominique Raynaud, "Leonardo, Optics, and Ophthalmology," in Fiorani and Nova, *Leonardo da Vinci and Optics*, 293.

(24) Codex Atl., 200a /594a; Paris Ms. A, 3a; Notebooks /J. P. Richter, 50, 13.

(25) Ackerman, "Leonardo's Eye"; Anthony Grafton, *Cardano's Cosmos* (Harvard, 1999), 57.

(26) Codex Urb., 154v; Notebooks /J. P. Richter, 14–16.

(27) Notebooks /J. P. Richter, 100, 91, 109.

(28) Paris Ms. E., 79b; Notebooks /J. P. Richter, 225; Leonardo Treatise /Rigaud, chs. 309, 315; Janis Bell, "Leonardo's prospettiva delle ombre," in Fiorani and Nova, *Leonardo da Vinci and Optics*, 79.

(29) Leonardo Treatise /Rigaud, ch. 305.

(30) Bell, "Sfumato and Acuity Perspective"; Ackerman, "Leonardo Da Vinci: Art in Science," 207; Paris Ms. G, 26v,

(31) Leonardo Treatise /Rigaud, 306.

(32) Leonardo Treatise /Rigaud, 283, 286; Notebooks /J. P. Richter, 296.

(33) Codex Ash., 1:13a; Notebooks /J. P. Richter, 294.

(34) Ackerman, "Leonardo's Eye"; Kemp, "Leonardo and the Visual Pyramid," 128.

の主な参考資料は、おそらくメルツィがまとめたと思われるウルビノ稿本（Codex Urbinas 1270）で、現在ヴァチカンにある。パラゴーネは絵画論の冒頭のセクションであり、もとは「パリ手稿A」と失われた「リブロA」に含まれていた。後者はカルロ・ペドレッティがウルビノ稿本の文章をもとに再構成した。下記の注12を参照。

(5) Codex Ash., 2:19r-v.

(6) Codex Ash., 2:20r; Notebooks /Irma Richter, 189; Notebooks /J. P. Richter, 654.

(7) Codex Urb., 21v.

(8) Codex Urb., 15v.

(9) Codex Ash., 1:13a, 2:22v; Codex Urb., 66; Notebooks /J. P. Richter, 508; Notebooks /Irma Richter, 172. 以下も参照。Kenneth Clark, "A Note on the Relationship of His Science and Art," *History Today*, May 1, 1952, 303; Kemp *Marvellous*, 145; Martin Kemp, "Analogy and Observation in the Codex Hammer," in Mario Pedini, ed., *Studi Vinciani in Memoria di Nando di Toni* (Brescia, 1986), 103.

(10) 一例として、以下を参照。Windsor RCIN 912371.

(11) 論文はルドヴィーコ・スフォルツァの要請で書かれたという説の出所は、初期の評伝作家ジャン・パオロ・ロマッツォである。Pedretti *Commentary*, 1:76; Farago, *Leonardo da Vinci's Paragone*, 162.

(12) 手稿の包括的な年表と、絵画論の異なるバージョンが制作された経緯については、以下を参照。Carlo Pedretti, *Leonardo da Vinci on Painting* (University of California, 1964). これはメルツィによるウルビノ稿本（Codex Urbinas 1270）や他の手稿をもとに、絵画論を再編纂したものだ（パチョーリの引用は同書9ページを参照）。メルツィは参考にしたレオナルドの手稿を18本挙げているが、現存することがわかっているのは7本だけである。手稿の比較は、以下のウェブサイトを参照。*Leonardo da Vinci and His "Treatise on Painting,"* www . treatiseonpainting .org. 以下も参照。Claire Farago, *Re-reading Leonardo: The Treatise on Painting across Europe, 1550–1900* (Ashgate, 2009). 同書に含まれる以下のエッセイも参照。Martin Kemp and Juliana Barone, "What Might Leonardo's Own Trattato Have Looked Like?" and Claire Farago, "Who Abridged Leonardo da Vinci's Treatise on Painting?"; Monica Azzolini, "In Praise of Art: Text and Context of Leonardo's 'Paragone' and Its Critique of the Arts and Sciences," *Renaissance Studies* 19.4 (September 2005), 487; Fiorani, "The Shadows of Leonardo's *Annunciation* and Their Lost Legacy," 119; Fiorani, "The Colors of Leonardo's Shadows," 271. クレア・ファラゴはメルツィが編集者なのかという疑問を呈した。

(13) Claire Farago, "A Short Note on Artisanal Epistemology in Leonardo's Treatise on Painting," in Moffatt and Taglialagamba, 51.

(14) Codex Urb., 133r-v; Codex Atl., 246a /733a; Leonardo Treatise /Rigaud, ch. 178; *Leonardo on Painting*, 15; Notebooks /J. P. Richter, 111, 121.

(15) Leonardo Treatise /Rigaud, ch. 177.

(16) Notebooks /J. P. Richter 160, 111–18; Nagel, "Leonardo and Sfumato," 7; Janis Bell, "Aristotle as a Source for Leonardo's Theory of Colour Perspective after 1500," *Journal of the Warburg and*

Revalued as £100m Work by Leonardo da Vinci," *Antiques Trade Gazette*, October 12, 2009.

(37) Grann, "The Mark of a Masterpiece."

(38) この記事は全文を読む価値がある。Grann, "The Mark of a Masterpiece," www.newyorker .com /magazine /2010 /07 /12 /the-mark-of-a-masterpiece

(39) Barbara Leonard, "Art Critic Loses Libel Suit against the *New Yorker*," *Courthouse News Service*, December 8, 2015.

(40) "Mystery of a Masterpiece."

(41) "New Leonardo da Vinci *Bella Principessa* Confirmed," Lumiere Technology website, September 28, 2011; Cotte and Kemp, "*La Bella Principessa* and the Warsaw Sforziad"; "Mystery of a Masterpiece."

(42) Cotte and Kemp, "*La Bella Principessa* and the Warsaw Sforziad"; Simon Hewitt, "New Evidence Strengthens Leonardo Claim for Portrait," *Antiques Trade Gazette*, October 3, 2011.

(43) Scott Reyburn, "An Art World Mystery Worthy of Leonardo," *New York Times*, December 4, 2015; Katarzyna Krzyzagórska-Pisarek, "*La Bella Principessa*: Arguments against the Attribution to Leonardo," Artibus et Historiae 36 (June 2015), 61; Martin Kemp, "Errors, Misconceptions, and Allegations of Forgery," Lumiere Technology, 2015, http:// www .lumiere-technology .com / A&HresponseMK.pdf; "Problems with La Bella Principessa, Part III: Dr. Pisarek Responds to Prof. Kemp," *ArtWatch UK*, 2016, artwatch .org.uk /problems-with-la-bella-principessa-part-iii-dr-pisarek-responds-to-prof-kemp/; Martin Kemp, "Attribution and Other Issues," *Martin Kemp's This and That*, May 16, 2015, martinkempsthisandthat.blogspot .com/; Josh Boswell and Tim Rayment, "It's Not a da Vinci, It's Sally from the Co-op," *Sunday Times* (London), November 29, 2015; Lorena Munoz-Alonso, "Forger Claims Leonardo da Vinci's *La Bella Principessa* Is Actually His Painting of a Supermarket Cashier," *Artnet News*, November 30, 2015; "Some of the Many Inconsistencies and Dubious Assertions in Greenhalgh's 'A Forger's Tale,' " Lumiere Technology, http:// www .lumiere-technology.com /Some%20of%20the%20Many%20Inconsistencies.pdf; Vincent Noce, "*La Bella Principessa*: Still an Enigma," *Art Newspaper*, May 2016, from The Authentication in Art Congress, Louwman Museum, The Hague, May 11, 2016.

(44) Jonathan Jones, "This Is a Leonardo da Vinci?," *The Guardian*, November 30, 2015.

(45) Cotte and Kemp, "*La Bella Principessa* and the Warsaw Sforziad"; 著者によるマーティン・ケンプへのインタビュー。

第17章　芸術と科学を結びつける

(1) Zöllner, 2:108; Monica Azzolini, "Anatomy of a Dispute: Leonardo, Pacioli and Scientific Courtly Entertainment in Renaissance Milan," *Early Science and Medicine* 9.2 (2004), 115.

(2) Cennino D' Andrea Cennini, *Il Libro dell' Arte*, trans. Daniel V. Thompson Jr. (Dover, 1933).

(3) Carlo Dionisotti, "Leonardo uomo di lettere," *Italia Medioevale e Umanistica* 5 (1962), 209.

(4) Claire Farago, *Leonardo da Vinci's Paragone: A Critical Interpretation* (Leiden: Brill Studies, 1992). 引用のほとんどは、この新訳を使っている。レオナルドのパラゴーネと計画していた絵画論

(19) Silverman, *Leonardo's Lost Princess*, 16.

(20) Nicholas Turner, introduction to Martin Kemp and Pascal Cotte, *La Bella Principessa* (Hodder & Stoughton, 2010), 16（マーティン・ケンプ、パスカル・コット著『美しき姫君：発見されたダ・ヴィンチの真作』楡井浩一訳、草思社、2010年）; Nicholas Turner, "Statement concerning the Portrait on Vellum," Lumiere Technology, September 2008, http://www.lumiere-technology.com/images/Download/Nicholas Turner Statement.pdf; Silverman, *Leonardo's Lost Princess*, 19.

(21) David Grann, "The Mark of a Masterpiece," *New Yorker*, July 12, 2010.

(22) Elisabetta Povoledo, "Dealer Who Sold Portrait Joins Leonardo Debate," *New York Times*, August 29, 2008.

(23) Pascal Cotte, "Further Comparisons with Cecilia Gallerani," in Kemp and Cotte, *La Bella Principessa*, 176.

(24) Silverman, *Leonardo's Lost Princess*, 64; "Mystery of a Masterpiece"; Lumiere Technology studies on *La Bella Principessa*, http:// www .lumiere-technology .com.

(25) Christina Geddo, "The 'Pastel' Found: A New Portrait by Leonardo da Vinci?," in *Artes*, no. 14 (2009), 63; Christina Geddo, "Leonardo da Vinci: The Extraordinary Discovery of the Last Portrait," lecture, Société genevoise d'études italiennes Geneva, October 2, 2012.

(26) Carlo Pedretti, abstract of the introduction to *Leonardo Infinito: La vita, l'opera completa, la modernita* by Alessandro Vezzosi, Lumiere Technology, 2008, http://www.lumiere-technology.com/images/Download/Abstract_Pr_Pedretti.pdf.

(27) Windsor, RCIN 912505. 王室コレクションは、素描の制作時期を1490年頃としている。

(28) 21章を参照。

(29) Grann, "The Mark of a Masterpiece"; "Mystery of a Masterpiece"; 著者によるマーティン・ケンプへのインタビュー; Silverman, *Leonardo's Lost Princess*, 73.

(30) Kemp and Cotte, *La Bella Principessa*, 24; Silverman, *Leonardo's Lost Princess*, 74; Grann, "The Mark of a Masterpiece."

(31) Silverman, *Leonardo's Lost Princess*, 103.

(32) Kemp and Cotte, *La Bella Principessa*, 72; Pascal Cotte and Martin Kemp, "*La Bella Principessa* and the Warsaw Sforziad," 2011, Lumiere Technology, http://www.lumiere-technology.com/news/Study_Bella_Principessa_and_Warsaw_Sforziad.pdf; Martin Kemp, *La Bella Principessa*, exhibition catalogue, Palazzo Ducale, Urbino, 2014; Silverman, *Leonardo's Lost Princess*, 75; Grann, "The Mark of a Masterpiece"; 著者によるケンプへのインタビュー。

(33) "Mystery of a Masterpiece."

(34) Grann, "The Mark of a Masterpiece."

(35) Peter Paul Biro, "Fingerprint Examination," in Kemp and Cotte, *La Bella Principessa*, 148.

(36) Jeff Israely, "How a 'New' da Vinci Was Discovered, *Time*, October 15, 2009; Helen Pidd, "New Leonardo da Vinci Painting 'Discovered,' " *The Guardian*, October 13, 2009; "Fingerprint Unmasks Original da Vinci Painting," CNN, October 13, 2009; "Finger Points to New da Vinci Art," BBC, October 13, 2009; Simon Hewitt, "Fingerprint Points to $19,000 Portrait Being

(3) Codex Ash., 1:2a; Notebooks /J. P. Richter, 516.

(4) Codex Arundel, 64b; Notebooks /J. P. Richter, 830; Codex Forster, 3:158v.

(5) Janice Shell and Grazioso Sironi, "Cecilia Gallerani: Leonardo's *Lady with an Ermine*," *Artibus et Historiae* 13.25 (1992), 47–66; David Alan Brown, "Leonardo and the Ladies with the Ermine and the Book," *Artibus et Historiae* 11.22 (1990), 47–61; Syson, 11; Nicholl, 229; Gregory Lubkin, *A Renaissance Court: Milan under Galleazzo Maria Sforza* (University of California, 1994), 50.

(6) John Pope-Hennessy, *The Portrait in the Renaissance* (Pantheon, 1963), 103（ジョン・ポープ＝ヘネシー著『ルネサンスの肖像画』中江彬、兼重護、山田義顕訳、中央公論美術出版、2002年）; Brown, "Leonardo and the Ladies with the Ermine and the Book," 47.

(7) Paris Ms. H, 1:48b, 12a; Notebooks /J. P. Richter, 1263, 1234; Syson, 111.

(8) Kemp *Marvellous*, 188; Codex Atl., 87r, 88r.

(9) Codex Ash., 1:14a; Notebooks /J. P. Richter, 552; Bell, "Sfumato and Acuity Perspective"; Marani, "Movements of the Soul," 230; Clayton, "Anatomy and the Soul," 216; Jackie Wullschlager, "Leonardo As You'll Never See Him Again," *Financial Times*, November 11, 2011.

(10) Bull, "Two Portraits by Leonardo," 67.

(11) Shell and Sironi, "Cecilia Gallerani," 47

(12) 今日では研究者のほとんどが、モデルはルクレツィア・クリヴェッリだと考えている。それは3人の宮廷詩人が作った、このような絵画を称賛するソネットの内容とも一致するようだ。しかし2011年にロンドンでレオナルドのミラノ時代の肖像画の展覧会を企画したルーク・サイソンは、そのカタログ（Syson,105）に「作品がベアトリーチェ・デステの他の肖像画とほとんど似ておらず、その場合は必ず作成されたであろう肖像画を称賛する詩も見当たらないものの、モデルがベアトリーチェであった可能性は否定できない」と書いている。

(13) Leonardo Treatise /Rigaud, ch. 213; Codex Ash., 2:14v.

(14) Bernard Berenson, *North Italian Painters* (Putnam, 1907), 260; Clark, 101.

(15) "Head of a Young Girl in Profile to the Left in Renaissance Dress, German School, Early 19th Century," Christie's sale 8812, lot 402, January 30, 1998, http://www.christies.com/lotfinder/lot_details.aspx?intobjectid=473187.

(16) Peter Silverman interview, in "Mystery of a Masterpiece," NOVA /National Geographic/PBS, January 25, 2012; Peter Silverman, *Leonardo's Lost Princess: One Man's Quest to Authenticate an Unknown Portrait by Leonardo Da Vinci* (Wiley, 2012), 6. この作品をオークションのためにクリスティーズに預けた所有者は、クリスティーズを忠実義務違反と過失で訴えた。出訴期限が過ぎていたため、訴訟は退けられた。

(17) Silverman, *Leonardo's Lost Princess*, 8.

(18) John Brewer, "Art and Science: A Da Vinci Detective Story," *Engineering & Science* 1.2 (2005); John Brewer, *The American Leonardo* (Oxford, 2009); Carol Vogel, "Not by Leonardo, but Sotheby's Sells a Work for $1.5 Million," *New York Times*, January 28, 2010; Silverman, Leonardo's Lost Princess, 44.

(10) Luke Syson and Rachel Billinge, "Leonardo da Vinci's Use of Underdrawing in the 'Virgin of the Rocks' in the National Gallery and 'St. Jerome' in the Vatican," *Burlington Magazine* 147 (July 2005), 450; Keith et al., "Leonardo da Vinci's *Virgin of the Rocks*"; Francesca Fiorani, "Reflections on Leonardo da Vinci Exhibitions in London and Paris," in *Studiolo revue d'histoire de l'art de l'Academie de France à Rome* (Somogy, 2013); Larry Keith, "In Pursuit of Perfection," in Syson, 64; Kemp, "Beyond Compare," 68; "The Hidden Leonardo," National Gallery (London) website, https://www.nationalgallery.org.uk/paintings/learn-about-art/paintings-in-depth/the-hidden-leonardo.

(11) John Shearman, "Leonardo's Colour and Chiaroscuro," *Zeitschrift für Kunstgeschichte* 25 (1962), 13.

(12) Dalya Alberge, "The Daffodil Code: Doubts Revived over Leonardo's *Virgin of the Rocks* in London," *The Guardian*, December 9, 2014.

(13) Pizzorusso, "Leonardo's Geology," 197. ナショナル・ギャラリーの発表に対する批判をまとめた資料として、以下を参照。Michael Daley, "Could the Louvre's 'Virgin and St. Anne' Provide the Proof That the (London) National Gallery's 'Virgin of the Rocks' Is Not by Leonardo da Vinci?," *ArtWatch UK*, June 12, 2012.

(14) Syson, 36.

(15) Clark, 204.

(16) Kemp *Marvellous*, 274.

(17) Keith, "In Pursuit of Perfection," in Syson, 64

(18) Christine Lin, "Inside Leonardo Da Vinci's Collaborative Workshop," *Epoch Times*, March 31, 2015; Luke Syson, "Leonardo da Vinci: Singular and Plural," lecture, Metropolitan Museum, New York, March 6, 2013; 著者によるサイソンとのインタビュー。

(19) Clark, 171; Fra Pietro da Novellara to Isabella d'Este, April 3, 1501.

(20) Fiorani, "Reflections on Leonardo da Vinci Exhibitions in London and Paris"; Delieuvin.

(21) Jonathan Jones, "The *Virgin of the Rocks*: Da Vinci decoded," *The Guardian*, July 13, 2010.

(22) Andrew Graham-Dixon, "The Mystery of Leonardo's Two Madonnas," *The Telegraph* (London), October 23, 2011.

(23) この素描は、作品に描かれた天使と特徴がほぼ一致しており、美術批評家の多くは習作と見ている。しかしバンバッハ(Bambach *Master Draftsman*)は、これを習作であるとするエッセイ(Carlo Pedretti, 96)と、習作ではないとするエッセイ(Pietro Marani, 160)の両方を挙げている。

(24) Clark, 94.

第16章　白貂を抱く貴婦人

(1) Zöllner, 2:225; Marani, 160; Syson, 86, 95.

(2) Syson, 86.

99; Syson, 63, 161, 170; Larry Keith, Ashok Roy, et al., "Leonardo da Vinci's *Virgin of the Rocks*: Treatment, Technique and Display," *National Galler (London) Technical Bulletin* 32 (2011); Marani, 137; ルーブル美術館とロンドンのナショナル・ギャラリーのウェブサイトの資料、ヴィンセント・ドルーバンとのインタビュー内容。一方、ロンドン版が最初に描かれたとする説については、以下を参照。Tamsyn Taylor, "A Different Opinion," *Leonardo da Vinci and "the Virgin of the Rocks,"*November 8, 2011, http:// leonardovirginoftherocks.blogspot .com/. 各作品が描かれた時期について、また別の見方として以下を参照。Charles Hope, "The Wrong Leonardo?," *New York Review of Books*, February 9, 2012. ホープは作品が依頼された経緯や訴訟を踏まえたうえで、こう論じる。「これは真の問題は別にあったことを示唆する。すなわち依頼主が作品は完成していないと言ったのは、契約条件に沿った内容に仕上がっていない、という意味だった。契約が要求した聖母子と天使の代わりに、聖母子と天使と聖ヨハネが描かれていたためだ。それゆえに、現在パリにある絵はおそらく1490年代に教会から取り外され、その代わりに描かれたのがロンドン版だろうという見方がある。しかし資料はこの可能性を否定している。1483年に依頼された作品は、1508年にまだ教会にあったことは、合理的疑いを挟む余地がないほど明確だ。依頼主がそれ以前に絵を処分したのであれば、制作者には新しい作品を納める契約上の義務はないはずで、また1作目に対する支払いも行われていない。また資料は、依頼主は作品をレオナルドに返却しなかったことを示している。２つめのバージョンを制作するのであれば、１つめを戻してもらう必要があったが、1508年以前に作品が返された事実はない。したがって、1作目（明らかに現在ルーブルにあるもの）は1483年から1490年のあいだに納められた。そしてロンドン版が1508年以前に描かれたことはあり得ない」

(3) Regina Stefaniak, "On Looking into the Abyss: Leonardo's *Virgin of the Rocks*," *Journal of Art History* 66.1 (1997), 1.

(4) Larry Keith, "In Pursuit of Perfection," in Syson, 64; Syson, 162n; Claire Farago, "A Conference on Leonardo da Vinci's Technical Practice," *Leonardo da Vinci Society Newsletter*, no. 38 (May 2012); Vincent Delieuvin et al., "The Paris *Virgin of the Rocks*: A New Approach Based on Scientific Analysis," in Michel Menu, ed., *Leonardo da Vinci's Technical Practice* (Hermann, 2014), ch. 9.

(5) Michael Thomas Jahosky, "Some Marvelous Thing: Leonardo, Caterina, and the *Madonna of the Rocks*," Master's thesis, University of South Florida, 2010; Julian Bell, "Leonardo in London," *Times Literary Supplement*, November 23, 2011.

(6) Bramly, 106; Capra *Science*, 46.

(7) Kemp *Marvellous*, 75; Codex Urb., 67v; Edward J. Olszewski, "How Leonardo Invented Sfumato," *Notes in the History of Art* 31.1 (Fall 2011), 4–9.

(8) Ann Pizzorusso, "Leonardo's Geology: The Authenticity of the *Virgin of the Rocks*," Leonardo 29.3 (Fall 1996). 以下も参照。Ann Pizzorusso, *Tweeting Da Vinci* (Da Vinci Press, 2014); Bas den Hond, "Science Offers New Clues about Paintings by Munch and da Vinci," *Eos* 98 (April 2017).

(9) William Emboden, *Leonardo da Vinci on Plants and Gardens* (Timber Press, 1987), 1, 125.

代数的無理数ではなく、超越数だからだ。有理数を係数とする多項式の根ではなく、コンパスや定規を使って平方根を導き出すのは不可能だ。

(21) Kemp *Leonardo*, 247; Codex Madrid, 2:12r.

(22) Kenneth Clark, "Leonardo's Notebooks," *New York Review of Books*, December 12, 1974.

第14章　解剖学に熱中する

(1) Alberti, *On Painting*, bk. 2.

(2) Codex Urb., 118v; Notebooks /J. P. Richter, 488; *Leonardo on Painting*, 130.

(3) Domenica Laurenza, *Art and Anatomy in Renaissance Italy* (Metropolitan Museum of New York, 2012), 8.

(4) Laurenza, *Art and Anatomy in Renaissance Italy*, 9.

(5) Windsor, RCIN 919059v; Notebooks /J. P. Richter, 805.

(6) Windsor, RCIN 919037v; Notebooks /J. P. Richter, 797.

(7) Notebooks /J. P. Richter, 798.

(8) Windsor, RCIN 919058v; Clayton and Philo, 58; Keele and Roberts, 47; Wells, 27.

(9) Peter Gerrits and Jan Veening, "Leonardo da Vinci's 'A Skull Sectioned': Skull and Dental Formula Revisited," *Clinical Anatomy* 26 (2013), 430.

(10) Windsor, RCIN 919057r; Frank Fehrenbach, "The Pathos of Function: Leonardo's Technical Drawings," in Helmar Schramm, ed., *Instruments in Arts and Science* (Theatrum Scientiarum, 2008), 81; Carmen Bambach, "Studies of the Human Skull," in Bambach *Master Draftsman*; Clark, 129.

(11) Notebooks /J. P. Richter, 838.

(12) Martin Clayton, "Anatomy and the Soul," in Marani and Fiorio, 215; Jonathan Pevsner, "Leonardo da Vinci's Studies of the Brain and Soul," *Scientific American Mind* 16: (2005), 84.

(13) Windsor, RCIN 912613; Clayton and Philo, 37; Kenneth Keele, "Leonardo da Vinci's 'Anatomia Naturale,'" *Yale Journal of Biology and Medicine* 52 (1979), 369. スコットランドの医師、アレクサンダー・スチュワートがレオナルドの実験に改めて注目したのは、1739年のことだ。

(14) Martin Kemp, "'Il Concetto dell'Anima' in Leonardo's Early Skull Studies," *Journal of the Warburg and Courtauld Institutes* 34 (1971), 115.

(15) Notebooks /J. P. Richter, 308–59; Zöllner, 2:108.

(16) Notebooks /J. P. Richter, 348–59.

(17) Notebooks /J. P. Richter, preface to ch. 7.

第15章　岩窟の聖母

(1) Leonardo Treatise /Rigaud, ch. 165.

(2) 私の見解は、以下の資料に沿うものだ。Martin Kemp, "Beyond Compare," *Artforum International* 50.5 (January 2012), 68; Zöllner, 1:223; W. S. Cannell, "The *Virgin of the Rocks*: A Reconsideration of the Documents and a New Interpretation," *Gazette des Beaux-Arts* 47 (1984),

February 1971, 101.

(14) Valentin Popov, *Contact Mechanics and Friction* (Springer, 2010), 3.

(15) Codex Madrid, 1:122r, 176a; Codex Forster, 2:85v; Codex Forster, 3:72r; Codex Atl., 72r; Keele *Elements*, 123; Ian Hutchings, "Leonardo da Vinci's Studies of Friction," *Wear*, August 15, 2016, 51; Angela Pitenis, Duncan Dowson, and W. Gregory Sawyer, "Leonardo da Vinci's Friction Experiments," *Tribology Letters* 56.3 (December 2014), 509.

(16) Codex Madrid, 1:20v, 26r.

(17) Ladislao Reti, "The Leonardo da Vinci Codices in the Biblioteca Nacional of Madrid," *Technology and Culture* 84 (October 1967), 437.

(18) Cianchi, *Leonardo da Vinci's Machines*, 16.

第13章　すべては数学であらわせる

(1) Paris Ms. G, 95b; Notebooks /J. P. Richter 1158, 3; James McCabe, "Leonardo da Vinci's De Ludo Geometrico," PhD dissertation, UCLA, 1972.

(2) Codex Madrid, 1:75r.

(3) Codex Madrid, 2:62r; Keele *Elements*, 158.

(4) Codex Atl., 183v-a.

(5) Kemp *Leonardo*, 969.

(6) Paris Ms. K, 49r.

(7) Codex Atl., 228r /104r.

(8) King, 164; Lucy McDonald, "And That's Renaissance Magic…," *The Guardian*, April 10, 2007; Tiago Wolfram Nunes dos Santos Hirth, "Luca Pacioli and His 1500 Book De Viribus Quantitatis," PhD dissertation, University of Lisbon, 2015.

(9) Codex Atl., 118a /366a; Notebooks /J. P. Richter, 1444.

(10) McCabe, "Leonardo da Vinci's De Ludo Geometrico"; Nicholl, 304.

(11) Dan Brown, *The Da Vinci Code* (Doubleday, 2003), 120–24（ダン・ブラウン著『ダ・ヴィンチ・コード　上中下』越前敏弥訳、角川書店、2004年）; Gary Meisner, "Da Vinci and the Divine Proportion in Art Composition," *Golden Number*, July 7, 2014, online.

(12) Paris Ms. M, 66v; Codex Atl., 152v; Capra *Science*, 267; Keele *Elements*, 100.

(13) Codex Arundel, 182v, Codex Atl., 252r, 264r, 471r. 他にも多数の事例がある。

(14) McCabe, "Leonardo da Vinci's De Ludo Geometrico."

(15) Codex Forster, 1:3r.

(16) Windsor, RCIN 919145; Kemp *Marvellous*, 290.

(17) Codex Atl., 471.

(18) Codex Atl., 124v.

(19) McCabe, "Leonardo da Vinci's De Ludo Geometrico," 45.

(20) このような方法で円を正方形化するのは、数学的には立方体の体積を2倍にする以上に複雑である。これが不可能なことが証明されたのは、1882年のことだ。理由はπが単なる

(16) Codex Atl., 381v /1051v; Notebooks /Irma Richter, 99.

(17) Notebooks /Irma Richter, 86.

(18) Codex Atl., 79r /215r.

(19) Paris Ms. E, 45v; Richard Prum, "Leonardo and the Science of Bird Flight," in Grody, *Leonardo da Vinci: Drawings from the Biblioteca Reale in Turin*; Capra *Learning*, 266.

(20) Codex Atl., 161 /434r., 381v /1058v; Notebooks /Irma Richter, 99.

(21) Paris Ms. B, 80r; Laurenza, 45.

(22) Paris Ms. B, 88v; Laurenza, 41; Pedretti, *The Machines*, 8.

(23) Martin Kemp, "Leonardo Lifts Off," *Nature* 421.792 (February 20, 2003).

(24) Codex Atl., 1006v; Laurenza, 32.

(25) Paris Ms. B, 74v.

(26) Codex on Flight, fol. 18v および背表紙の内側; Notebooks /J. P. Richter, 1428.

(27) Codex Atl., 231av.

第12章　機械工学の研究者

(1) Codex Atl., 8v /30v; Ladislao Reti, "Elements of Machines," in Reti *Unknown*, 264; Marco Cianchi, *Leonardo da Vinci's Machines* (Becocci, 1988), 69; Arasse, 11.

(2) Codex Madrid, 1:45r.

(3) Paris Ms. H, 43v, 44r; Lynn White Jr., *Medieval Technology and Social Change* (Oxford, 1962)（リン・ホワイト.Jr. 著『中世の技術と社会変動』内田星美訳、思索社、1985年）; Ladislao Reti, "Leonardo da Vinci the Technologist," in O'Malley, 67.

(4) Paris Ms. A, 30v.

(5) Codex Atl., 289r.

(6) Paris Ms. H, 80v; Codex Leic., 28v; Reti, "Leonardo da Vinci the Technologist," 75.

(7) Paris Ms. B, 33v–34r; Codex Atl., 207v-b, 209v-b; Codex Forster, 1:50v.

(8) Codex Atl., 318v; Bern Dibner, "Leonardo: Prophet of Automation,' in O'Malley, 104.

(9) Codex on Flight, 12r.

(10) Infeld, "Leonardo da Vinci and the Fundamental Laws of Science," 26.

(11) Codex Forster, vol. 1; Allan Mills, "Leonardo da Vinci and Perpetual Motion," *Leonardo* 41.1 (February 2008), 39; Benjamin Olshin, "Leonardo da Vinci's Investigations of Perpetual Motion," *Icon* 15 (2009), 1. レオナルドの考案したなかで最もおもしろい、ピンボールを使った車輪はフォースター手稿に含まれている。Codex Forster, 2:91r; Codex Atl., 1062r. 車輪の内側に三日月形のスペースを作るという案は、以下を参照。Codex Arundel, 263; Codex Forster, 2:91v, 34v; Madrid, 1:176r. アームに重りを付けた車輪の案は、以下を参照。Codex Atl., 778r; Madrid, 1:147r, 148r. 水を運ぶアルキメデス・スクリューは以下を参照。Codex Atl., 541v; Codex Forster, 1:42v.

(12) Codex Atl., 7v-a /147v-a; Reti, "Leonardo da Vinci the Technologist," 87.

(13) Codex Madrid, 1:flysheet; Ladislao Reti, "Leonardo on Bearings and Gears," *Scientific American*,

(16) Ryoko Minamino and Masakai Tateno, "Tree Branching: Leonardo da Vinci's Rule versus Biomechanical Models," *PLoS One* 9.4 (April, 2014).
(17) Codex Atl., 126r-a; Winternitz, "Leonardo and Music," 116.
(18 Paris Ms. E, 54r; Capra *Learning*, 277.
(19) Windsor, RCIN 919059; Notebooks /J. P. Richter, 805.
(20) Windsor, RCIN 919070; Notebooks /J. P. Richter, 818–19.
(21) Codex Atl., 124a; Notebooks /J. P. Richter, 246.
(22) Paris Ms. H, 1a; Notebooks /J. P. Richter, 232.
(23) Codex Ash., 1:7b; Notebooks /J. P. Richter, 491.
(24) Codex Ash., 1:9a; Notebooks /J. P. Richter, 507.
(25) Codex Atl., 377v /1051v; Notebooks /Irma Richter, 98; Stefan Klein, *Leonardo's Legacy* (Da Capo, 2010), 26.
(26) Codex Arundel, 176r.
(27) Paris Ms. B, 1:176r, 131r; Codex Triv., 34v, 49v, Codex Arundel, 190v; Notebooks /Irma Richter, 62–63; Nuland, *Leonardo da Vinci*, 47; Keele *Elements*, 106.

第11章　人間が鳥のように空を飛ぶ方法

(1) Codex Atl. 45r /124r, 178a /536a; Notebooks /J. P. Richter, 374.
(2) Laurenza, 10.
(3) Laurenza, 8–10; Pallen, *Vasari on Theater*, 15; Paul Kuritz, *The Making of Theater History* (Prentice Hall, 1988), 145; Alessandra Buccheri, *The Spectacle of Clouds, 1439–1650: Italian Art and Theatre* (Ashgate, 2014), 31.
(4) Codex Atl., 858r, 860r.
(5) Uffizi Museum, inv. 447Ev.
(6) Paris Ms. L, 58; Notebooks /Irma Richter, 95.
(7) Windsor, RCIN 912657; Notebooks /Irma Richter, 84.
(8) Codex on Flight, fol. 17v.
(9) Paris Ms. E, 53r; Paris Ms. L, 58v; Notebooks /Irma Richter, 95, 89.
(10) Biblioteca Reale, Turin, Italy. 翻訳付きの複写が、アメリカ国立航空宇宙博物館のウェブサイトで閲覧できる。https://airandspace.si.edu/exhibitions /codex/. 手稿の構成に関する議論は以下を参照。Martin Kemp and Juliana Barone, "What Is Leonardo's Codex on the Flight of Birds Really About?," in Jeannine O' Grody, ed., *Leonardo da Vinci: Drawings from the Biblioteca Reale in Turin* (Birmingham [Ala.] Museum of Fine Arts, 2008), 97.
(11) Paris Ms. E, 54r; Notebooks /Irma Richter, 84.
(12) Aristotle, *Movement of Animals*, ch. 2.
(13) Codex on Flight, fol. 1r-2r.
(14) Codex Atl., 20r /64r; Notebooks /Irma Richter, 25.
(15) Paris Ms. F, 87v; Notebooks /Irma Richter, 87.

(6) Windsor, RCIN 912285 to RCIN 912327.

(7) Evelyn Welch, *Art and Authority in Renaissance Milan*, (Yale, 1995), 201; Andrea Gamberini, ed., *A Companion to Late Medieval and Early Modern Milan* (Brill, 2014), 186.

(8) Paris Ms. C, 15v; Notebooks /J. P. Richter, 720.

(9) Codex Atl., 399r; Kemp *Marvellous*, 194.

(10) Bramly, 232.

(11) Kemp *Marvellous*, 194.

(12) Codex Madrid, 2:157v.

(13) Windsor, RCIN 912349.

(14) Notebooks /J. P. Richter, 711.

(15) Codex Madrid, 2:143, 149, 157; Notebooks /J. P. Richter, 710–11; Windsor, RCIN 912349; Bramly, 234; Kemp *Marvellous*, 194.

(16) Codex Atl., 914 ar /335v; Notebooks /J. P. Richter, 723.

(17) 1501年9月19日付、エルコレ・デステからジョヴァンニ・ヴァラへの手紙。

第10章　科学者レオナルド

(1) Codex Atl., 119v /327v; Notebooks /J. P. Richter, 10–11; Notebooks /Irma Richter, 4. カルロ・ペドレッティは著作（Carlo Pedretti 1:110）のなかで、このページの執筆時期を1490年頃としている。

(2) Codex Atl., 196b /596b; Notebooks /J. P. Richter, 490.

(3) Brian Richardson, *Printing, Writers and Readers in Renaissance Italy* (Cambridge, 1999), 3; Lotte Hellinga, "The Introduction of Printing in Italy," unpublished ms., University of Manchester Library, undated.

(4) さらに詳しい説明は以下を参照。Nicholl, 209; Kemp *Marvellous*, 240.

(5) Notebooks /J. P. Richter, 1488, 1501, 1452, 1496, 1448.「ヴィトローネの数学書」とは、ポーランドの科学者による光学に関する書物である。

(6) Paris Ms. E, 55r; Notebooks /Irma Richter, 8; James Ackerman, "Science and Art in the Work of Leonardo," in O'Malley, 205.

(7) Paris Ms. A, 47r; Capra *Science*, 156, 162.

(8) さらに詳しい説明は以下を参照。Leopold Infeld, "Leonardo Da Vinci and the Fundamental Laws of Science," *Science & Society* 17.1 (Winter 1953), 26–41.

(9) Codex Atl., 730r; *Leonardo on Painting*, 256.

(10) Codex Atl., 200a /594a; Notebooks /J. P. Richter, 13.

(11) Paris Ms. G, 8a; Codex Urb., 39v; Notebooks /J. P. Richter, 19; Pedretti *Commentary*, 114.

(12) Capra *Learning*, 5.

(13) James S. Ackerman, "Leonardo Da Vinci: Art in Science," *Daedalus* 127.1 (Winter 1998), 207.

(14) Gopnik, "Renaissance Man."

(15) Paris Ms. I, 12b; Notebooks /J. P. Richter, 394.

Francesco di Giorgio e il tiburio del Duomo di Milano," *Arte Lombarda* 62.2 (1982), 81; Pari Rahi, *Ars et Ingenium: The Embodiment of Imagination in Francesco di Giorgio Martini's Drawings* (Routledge, 2015), 45.

(9) Teodoro, "Leonardo da Vinci: The Proportions of the Drawings of Sacred Buildings in Ms. B," 9.

(10) Lester, 2, 207; Heydenreich, "Leonardo and Bramante,"135.

(11) Ludwig Heydenreich and Paul Davies, *Architecture in Italy, 1400–1500* (Yale, 1974), 110.

(12) Lester, 11.

(13) Indra Kagis McEwen, *Vitruvius: Writing the Body of Architecture* (MIT Press, 2004); Vitruvius, *The Ten Books on Architecture*, trans. Morris Hicky Morgan (Harvard, 1914).（ウィトルーウィウス著『ウィトルーウィウス建築書』森田慶一訳、東海大学出版会、1979年）

(14) Paris Ms. F, 0; Notebooks /J. P. Richter, 1471.

(15) Elizabeth Mays Merrill, "The Trattato as Textbook," *Architectural Histories* 1 (2013); Lester, 290; Keele *Elements*, 22; Kemp *Leonardo*, 115; Feinberg, *The Young Leonardo*, 696; Walter Kruft, *History of Architectural Theory* (Princeton, 1994), 57.

(16) Paris Ms. A, 55v; Notebooks /J. P. Richter, 929.

(17) Vitruvius, Ten Books on Architecture, bk. 3, para. 1; Morgan translation, 96.

(18) Vitruvius, Ten Books on Architecture, bk. 3, para. 3; Morgan translation, 97.

(19) Lester, 201.

(20) Paris Ms. C, 15b; Notebooks /J. P. Richter, 1458.

(21) Paris Ms. K 3:29b; Notebooks /J. P. Richter, 1501.

(22) Claudio Sgarbi, "A Newly Discovered Corpus of Vitruvian Images," *Anthropology and Aesthetics*, no. 23 (Spring 1993), 31–51; Claudio Sgarbi, "Il Vitruvio Ferrarese, alcuni dettagli quasi invisibili e un autore—Giacomo Andrea da Ferrara," in Pierre Gros, ed., *Giovanni Giocondo* (Marsilio, 2014), 121; Claudio Sgarbi, "All'origine dell'Uomo Ideale di Leonardo," *Disegnarecon*, no. 9 (June 2012), 177; Richard Schofield, "Notes on Leonardo and Vitruvius," in Moffatt and Taglialagamba, 129; Toby Lester, "The Other Vitruvian Man," *Smithsonian*, February 2012.

(23) Lester, 208.

(24) Codex Urb., 157r; *Leonardo da Vinci on Painting*, ed. Carlo Pedretti (University of California, 1964), 35.

(25) トビー・レスターのインタビュー。*Talk of the Nation*, NPR, March 8, 2012; Lester, xii, 214.

(26) Edward MacCurdy, *The Mind of Leonardo da Vinci* (Dodd, Mead, 1928), 35.

第9章　未完の騎馬像

(1) Notebooks /Irma Richter, 286; Kemp *Marvellous*, 191.

(2) Codex Atl., 328b /983b; Notebooks /J. P. Richter, 1345.

(3) Codex Ash, 1:29a; Notebooks /J. P. Richter, 512.

(4) Leonardo da Vinci, "The Leg Muscles and Bones of Man and Horse," Windsor, RCIN 912625.

(5) Codex Atl., 96v; Codex Triv., 21; Paris Ms. B, 38v.

の場合発音は「サライー」となる。この名前はルイジ・プルチの叙事詩「モルガンテ」に登場する悪魔から来ており、レオナルドも所有していた。この詩の中では「イ」にアクセントはない。

(8) Pedretti, *Chronology*, 141.

(9) Paris Ms. C, 15b; Notebooks /J. P. Richter, 1458; Notebooks /Irma Richter, 291.

(10) Codex Atl., 663v /244r; Pedretti *Chronology*, 64; Notebooks /Irma Richter, 290, 291; Bramly, 223, 228; Nicholl, 276.

(11) John Garton, "Leonardo's Early Grotesque Head of 1478," in Fiorani and Kim; Notebooks/Irma Richter, 289; *Leonardo on Painting*, 220; Codex Urb., 61r-v; Jens Thus, *The Florentine Years of Leonardo and Verrocchio* (Jenkins, 1913).

(12) Clark, 121.

(13) Uffizi, Florence, inv. 446E; Notebooks /J. P. Richter, 1383.

(14) Pedretti *Chronology*, 140.

(15) Windsor, RCIN 912557, 912554, 912594, 912596.

(16) Leonardo, "Allegorical Drawing of Pleasure and Pain," c. 1480, Christ Church Picture Gallery, Oxford; Notebooks /J. P. Richter, 676; Nicholl, 204.

第8章　ウィトルウィウス的人体図

(1) Frances Fergusson, "Leonardo da Vinci and the Tiburio of Milan Cathedral," in Claire Farago, ed., *An Overview of Leonardo's Career and Projects until c. 1500* (Taylor & Francis, 1999), 389; Richard Schofield, "Amadeo, Bramante, and Leonardo and the Tiburio of Milan Cathedral," *Journal of Leonardo Studies* 2 (1989), 68.

(2) Ludwig Heydenreich, "Leonardo and Bramante: Genius in Architecture," in O'Malley, 125; King, 129; Notebooks /J. P. Richter, 1427; Carlo Pedretti, "Newly Discovered Evidence of Leonardo's Association with Bramante," *Journal of the Society of Architectural Historians* 32 (1973), 224. 以下の文献は、詩の作者について別の見解を示している。Nicholl, 309.

(3) ブラマンテの作品の制作時期については諸説あるが、2015年に開催されたミラノの権威ある展覧会では、1486年〜1487年とされた(Milan catalogue, 423)。

(4) Codex Atl., 270r /730r; Notebooks /Irma Richter, 282; Nicholl, 223.

(5) Codex Arundel, 158a; Notebooks /J. P. Richter, 773.

(6) Paris Ms. B, 27r; Notebooks /J. P. Richter, 788; Nicholl, 222.

(7) Codex Atl., 310 r-b /850r; Heydenreich, "Leonardo and Bramante," 139; Schofield, "Amadeo, Bramante, and Leonardo and the Tiburio of Milan Cathedral," 68; Schofield, "Leonardo's Milanese Architecture," 111; Jean Guillaume, "Léonard et Bramante L'emploi des ordres á Milan à la fin du XV e siècle," *Arte Lombarda* 86–87 (1988), 101; Carlo Pedretti, *Leonardo Architect* (Rizzoli, 1985), 42; Francesco P. Di Teodoro, "Leonardo da Vinci: The Proportions of the Drawings of Sacred Buildings in Ms. B," *Architectural Histories* 3.1 (2015), 1.

(8) Allen Weller, *Francesco di Giorgio* (University of Chicago, 1943), 366; Pietro Marani, "Leonardo,

The Guardian, December 4, 2002; Clayton, 11; Turner, *Inventing Leonardo*, 158.

(21) Notebooks /Irma Richter, 286.

(22) Codex Ash., 1:8a; Notebooks /J. P. Richter, 571.

(23) Carmen Bambach, introduction to Bambach *Master Draftsman*, 12; King.

(24) Aristotle, *Prior Analytics*, 2:27.

(25) Codex Urb., 109v; *Leonardo on Painting*, 147.

(26) Codex Urb., 108v–109r; Notebooks /J. P. Richter, 571–72; Notebooks /Irma Richter, 208.

(27) ここに挙げた解釈は、以下より引用。Kemp *Marvellous*, 146; Nicholl, 263; Clayton, 96; Windsor, RCIN 912495.

(28) Codex Atl., 1033r /370r-a.

(29) Filomena Calabrese, "Leonardo's Literary Writings: History, Genre, Philosophy," PhD dissertation, University of Toronto, 2011.

(30) Notebooks /J. P. Richter, 1265, 1229.

(31) Notebooks /J. P. Richer, 1237, 1239, 1234, 1241.

(32) Notebooks /J. P. Richter, 1297–312.

(33) Notebooks /J. P. Richter, 649.

(34) Capra *Science*, 26.

(35) Nicholl, 219.

(36) Codex Atl., 265r, 852r; Notebooks /Irma Richter, 253; Kemp *Marvellous*, 145.

(37) エドワード・マッカーディ(Notebooks /MacCurdy, 388)をはじめ、専門家のなかにはレオナルドは1480年代に実際にシリアを訪問したという見方もあるが、そのエビデンスはなく、きわめて可能性は低いと思われる。

(38) Codex Atl., 393v /145v-b; Notebooks /Irma Richter, 252; Notebooks /J. P. Richter, 1336.

(39) Codex Atl., 96v /311r; Notebooks /MacCurdy, 265; Notebooks /J. P. Richter, 1354; Nicholl, 217.

第7章　同性愛者であり、その人生を楽しむ

(1) Paolo Giovio, "A Life of Leonardo," c. 1527, in Notebooks /J. P. Richter, revised edition of 1939, 1:2.

(2) Codex Atl., 119v-a /327v; Notebooks /J. P. Richter, 10.

(3) Lester, 2014; Nicholl, 43.

(4) Notebooks /J. P. Richter, 844; Notebooks /MacCurdy, 84.

(5) Paris Ms. H, 60r; Notebooks/ MacCurdy, 130.

(6) Paris Ms. C, 15b; Notebooks /J. P. Richter, 1458.

(7) レオナルドが最初にサライに触れたのは、1494年である。Paris Ms. H 2:16v.「サライ」という言葉は通常、「小悪魔」と訳されるが、単にいたずら者、ならず者といった邪悪さを表すだけでなく、不潔というニュアンスもある。もとは「悪魔の手足」という意味のトスカーナ語に由来する。ときには最後の「イ」にアクセントが来るように表記されることもあり、そ

(6) Vasari; Anonimo Gaddiano; Emanuel Winternitz, *Leonardo da Vinci as a Musician* (Yale, 1982), 39; Emanuel Winternitz, "Musical Instruments in the Madrid Notebooks of Leonardo da Vinci," Metropolitan Museum Journal 2 (1969), 115; Emanuel Winternitz, "Leonardo and Music," in Reti *Unknown*, 110.

(7) Codex Ash., 1:Cr; Winternitz, *Leonardo da Vinci as a Musician*, 40; Nicholl, 158, 178.

(8) Codex Madrid, 2:folio 75; Winternitz, "Musical Instruments in the Madrid Notebooks of Leonardo da Vinci," 115; Winternitz, "Leonardo and Music," 110; Michael Eisenberg, "Sonic Mapping in Leonardo's *Disegni*," in Fiorani and Kim.

(9) Codex Arundel, 175r.

(10) Codex Atl., 118r.

(11) Codex Atl., 355r.

(12) Codex Atl., 34r-b, 213v-a, 218r-c; Paris Ms. H, 28r, 28v, 45v, 46r, 104v; Paris Ms. B, 50v; Codex Madrid, 2:76r.

(13) Stawomir Zubrzycki, *Viola Organista* website, 2002, http:// www .violaorganista .com.

(14) Winternitz, "Leonardo and Music," 112.

(15) Notebooks /J. P. Richter, ch. 10 introduction; Zöllner, 2:94, 2:492; Christ Church, Oxford, inv. JBS 18r.

(16) Christ Church, Oxford; Notebooks /J. P. Richter, 677.

(17) Leonardo, "Two Allegories of Envy," 1490–94, Christ Church, Oxford, inv. JBS 17r; Zöllner, catalogue #394, 2:494.

(18) Leonardo, "The Unmasking of Envy," c. 1494, Musee Bonnat, Bayonne; *Leonardo on Painting*, 241.

(19) Windsor, RCIN 912490, 912491, 912492, 912493, and others at Windsor; Carmen Bambach, "Laughing Man with Busy Hair," "Old Woman with Beetling Brow," Snub-Nosed Old Man," "Old Woman with Horned Dress," "Four Fragments with Grotesque Heads," "Old Man Standing to the Right," "Head of an Old Man or Woman in Profile," all in Bambach *Master Draftsman*, 451–65, and for copies, 678–722; Johannes Nathan, "Profile Studies, Character Heads, and Grotesques," in Zöllner, 2:366. 以下も参照。Clark and Pedretti, *The Drawings of Leonardo da Vinci in the Collection of Her Majesty the Queen at Windsor Castle*, 84; Katherine Roosevelt Reeve Losee, "Satire and Medicine in Renaissance Florence: Leonardo da Vinci's Grotesque Drawings," Master's thesis, American University, 2015; Ernst Gombrich, "Leonardo da Vinci's Method of Analysis and Permutation: The Grotesque Heads," in *The Heritage of Apelles* (Cornell, 1976), 57–75; Michael Kwakkelstein, *Leonardo as a Physiognomist: Theory and Drawing Practice* (Primavera, 1994), 55; Michael Kwakkelstein, "Leonardo da Vinci's Grotesque Heads and the Breaking of the Physiognomic Mould," Journal of the Warburg and Courtauld Institutes 54 (1991), 135; Varena Forcione, "Leonardo's Grotesques: Originals and Copies," in Bambach *Master Draftsman*, 203.

(20) Codex Urb., 13; Notebooks /Irma Richter, 184; Jonathan Jones, "The Marvellous Ugly Mugs,"

Utopia in Leonardo's Thinking about Architecture," in Marani and Fiorio, 325; Paolo Galluzzi, ed., *Leonardo Da Vinci: Engineer and Architect* (Montreal Museum, 1987), 258.

第5章　生涯を通じて、記録魔だった

(1) Codex Ash., 1:8a, 2:27; Notebooks /J. P. Richter, 571; Notebooks /Irma Richter, 208.

(2) Notebooks /Irma Richter, 301.

(3) Lester, 120. See also Clark, 258; Charles Nicholl, *Traces Remain* (Penguin, 2012), 135.

(4) 弟子のフランチェスコ・メルツィが編集した芸術に関する著作集には、1000節の文章がある。このうち現存するレオナルドのノートに含まれているのは、4分の1だけである。ここから大まかに、レオナルドが残した原稿の少なくとも4分の3は失われたと推測できる。Martin Kemp, *Leonardo da Vinci: Experience, Experiment, and Design*, catalogue for Victoria and Albert Collection (2006), 2.

(5) Pedretti *Commentary*.

(6) Clark, 110.

(7) Windsor, RCIN 912283; Carlo Pedretti, *Studi di Natura* (Giunti Barbera, 1982), 24; Kenneth Clark and Carlo Pedretti, *The Drawings of Leonardo da Vinci in the Collection of Her Majesty the Queen at Windsor Castle* (Phaidon, 1968)（ケネス・クラーク、カルロ・ペドレッティ解説『レオナルド・ダ・ヴィンチ素描集：英国王室ウィンザー城所蔵　第1巻～3巻』朝倉書店、1997年）, introduction; Kemp *Marvellous*, 3–19.

(8) Francis Ames-Lewis, "Leonardo's Botanical Drawings,' *Achademia Leonardo da Vinci* 10 (1997), 117.

第6章　宮廷付きの演劇プロデューサーに

(1)「天国の祭礼」の描写は、主にフェラーラから大使としてミラノに派遣されていたジャコポ・トロッティの報告に基づく。"The Party of Leonardo da Vinci's *Paradise* and Bernardo Bellincore (January 13, 1490)," *Journal of the Historical Society of Lombard*, quarta series, 1 (1904), 75–89; Bernardo Bellincioni, "Chiamata Paradiso che fece Il Signor Ludovico," ACNR, http:// www .nuovaricerca .org /leonardo inf e par/BELLINCIONI.pdf; Kate Steinitz, "Leonardo Architetto Teatrale e Organizzatoredi Feste," *Lettura Vinciana* 9 (April 15, 1969); Arasse, 227; Bramly, 221; Kemp *Marvellous*, 137, 152; Nicholl, 259.

(2) Codex Arundel, 250a; Arasse, 235; Notebooks /J. P. Richter, 674.

(3) Codex Atl., 996v; Leonardo da Vinci, "Design for a Stage Setting," Metropolitan Museum of New York, Accession #17.142.2v, with notes by Carmen Bambach; Pedretti *Commentary*, 1:402; Carlo Vecce, "The Sculptor Says," in Moffatt and Taglialagamba, 229; Marie Herzfeld, *La Rappresentazione della "Danae" Organizzata da Leonardo* (Raccolta Vinciana XI, 1920), 226–28.

(4) Codex Arundel, 231v, 224r; Notebooks /J. P. Richter, 678; Kemp Marvellous, 154.「ハデスの冥界」のスケッチの制作時期については定説がない。

(5) Codex Atl., 228b /687b; Notebooks /J. P. Richter, 703.

(4) David Mateer, *Courts, Patrons, and Poets* (Yale, 2000), 26.

(5) 手紙と、それが書かれたと思われる時期については、以下を参照。Notebooks /J. P. Richter, 1340; Kemp *Marvellous* 57; Nicholl, 180; Kemp *Leonardo*, 442; Bramly, 174; Payne, 1349; Matt Landrus, *Leonardo da Vinci's Giant Crossbow* (Springer, 2010), 21; Richard Schofield, "Leonardo's Milanese Architecture," *Journal of Leonardo Studies* 4 (1991); Hannah Brooks-Motl, "Inventing Leonardo, Again," *New Republic*, May 2, 2012.

(6) Codex Atl., 382a /1182a; Notebooks /J. P. Richter, 1340.

(7) Ladislao Reti and Bern Dibner, *Leonardo da Vinci, Technologist* (Burndy, 1969); Bertrand Gille, *The Renaissance Engineers* (MIT, 1966).

(8) Codex Atl., 139r /49v-b; Zöllner, 2:622.

(9) Codex Atl., 89r /32v-a, 1084r /391v-a; Zöllner, 2:622.

(10) Roger Bacon, *Letter on the Secret Workings of Art and Nature, and on the Vanity of Magic*, ch. 4; Domenico Laurenza, *Leonardo on Flight* (Giunti, 2004), 24.（ドメニコ・ラウレンツァ著『レオナルド・ダ・ヴィンチ藝術と発明　飛翔篇』加藤磨珠枝、長友瑞絵、池上英洋ほか訳、東洋書林、2008年）

(11) Roberto Valturio, *On the Military Arts*, fol. 146v–147r, Bodleian Library, Oxford University, http://bodley30.bodley.ox.ac.uk:8180/luna/servlet/detail/ODLodl~1~1~36082~121456?printerFriendly= 1.

(12) Zöllner, 2:636.

(13) Biblioteca Reale, Turin, inv. 15583r; Zöllner, 2:638.

(14) Codex Atl., 149b-r /53v-b; Zöllner, 2:632.

(15) Landrus, *Leonardo da Vinci's Giant Crossbow*, 5 and passim; Matthew Landrus, "The Proportional Consistency and Geometry of Leonardo's Giant Crossbow," *Leonardo* 41.1 (2008), 56; Kemp *Leonardo*, 48.

(16) Dennis Simms, "Archimedes' Weapons of War and Leonardo," *British Journal for the History of Science* 21.2 (June 1988), 195.

(17) Codex Atl., 157r /56v-a.

(18) Vernard Foley, "Leonardo da Vinci and the Invention of the Wheellock," *Scientific American*, January 1998; Vernard Foley et al., "Leonardo, the Wheel Lock, and the Milling Process," *Technology and Culture* 24.3 (July 1983), 399. ジュリオ・テデスコがレオナルドとともに暮らすようになったのは1493年3月のことで、1494年9月にはレオナルドの工房のカギを2つ修理している。Codex Forster 2:88v; Paris Ms. H, 106v; Notebooks /J. P. Richter, 1459, 1460, 1462; *Leonardo on Painting*, 266–67.

(19) Pascal Brioist, *Léonard de Vinci, l'homme de Guerre* (Alma, 2013).

(20) Paris Ms. I, 32a, 34a; Codex Atl., 22r; Notebooks /J. P. Richter, 1017–18; Notebooks / MacCurdy, 1042.

(21) Codex Atl., 64b /197b; Notebooks /J. P. Richter, 1203; Paris Ms. B, 15v, 16r, 36r.

(22) Paris Ms. B, 15v, 37v; Notebooks /J. P. Richter, 741, 746, 742; Richard Schofield, "Reality and

と同じように）私はレオナルドがこのスケッチを描いたのは1480年頃であり、その後ミラノで、また1510年の解剖学研究の後に手を加えたと考えている。以下を参照。Syson (with essay by Scott Nethersole), 139; Juliana Barone, "Review of *Leonardo da Vinci, Painter at the Court of Milan*," *Renaissance Studies* 27.5 (2013), 28; Luke Syson and Rachel Billinge, "Leonardo da Vinci's Use of Underdrawing in the Virgin of the Rocks in the National Gallery and St Jerome in the Vatican," *Burlington Magazine*, 147 (2005), 450.

(37) Paris Ms. L, 79r; Notebooks /J. P. Richter, 488; Notebooks /MacCurdy, 184.

(38) Windsor, RCIN 919003.

(39) Keele and Roberts, 28.

(40) Martin Clayton, "Leonardo's Anatomical Drawings and His Artistic Practice," lecture, September 18, 2015, https://www.youtube.com/watch?v=KLwnN2g2Mqg.

(41) Leonardo da Vinci, *Libro di Pittura*, ed. Carlo Vecce and Carlo Pedretti (Giunti, 1995), 285b, 286a; Bambach *Master Draftsman*, 328.

(42) Frank Zöllner, "The Motions of the Mind in Renaissance Portraits: The Spiritual Dimension of Portraiture," *Zeitschrift für Kunstgeschichte* 68 (2005), 23–40; Pliny the Elder, *Historia Naturalis*, section 35.（『プリニウスの博物誌　第1巻～第11巻』中野定雄ほか訳、雄山閣出版、1986年）

(43) Leon Battista Alberti, *On Painting*, trans. John Spencer (Yale, 1966; 最初に出版されたのは1435年), 77; Paul Barolsky, "Leonardo's Epiphany," *Notes in the History of Art* 11.1 (Fall 1991), 18.

(44) Codex Urb., 60v; Pietro Marani, "The Movements of the Soul," in Marani and Fiorio, 223; Pedretti *Commentary*, 2:263, 1:219; Paris Ms. A, 100; *Leonardo on Painting*, 144.

(45) Codex Urb., 110r; *Leonardo on Painting*, 144.

(46) Codex Atl., 42v; Kemp *Marvellous*, 66.

(47) Kemp *Marvellous*, 67.

(48) Codex Atl., 252r; Notebooks /MacCurdy, 65.

(49) Nicholl, 154. 友人とは、「イル・ピストイエーゼ（ピストイア人）」と呼ばれたアントニオ・カメッリで、当時詩人として人気があった。

(50) Windsor, RCIN 912349; Notebooks /J. P. Richter, 1547; Notebooks /MacCurdy, 86.

(51) Windsor, RCIN 912349; Dante, *Inferno*, XXIV, trans. Dorothy L. Sayers (Penguin Classics, 1949), 46–51.（ダンテ・アリギエリ著『神曲 地獄篇』原基晶訳、講談社、2014年）

(52) Vasari, "Pietro Perugino," in *Lives of the Most Intimate Artists*.

第4章　レオナルド、ミラノへ"贈与"される

(1) Anonimo Gaddiano; Notebooks /Irma Richter, 258.

(2) Felix Gilbert, "Bernardo Rucellai and the Orti Oricellari," *Journal of the Warburg and Courtauld Institutes* 12 (1949), 101.

(3) Codex Atl., 888r; Kemp *Marvellous*, 22. このリストには、ミラノ公の頭部のスケッチらしきものが描かれているため、ノートにリストが書かれたのはミラノ到着後のことだろう。

(18) Beck, "Ser Piero da Vinci and His Son Leonardo," 29.

(19) Nicholl, 169.

(20) Zöllner, 1:60.

(21) Leonardo Treatise /Rigaud, 35; Codex Urb., 32v; *Leonardo on Painting*, 200.

(22) Leonardo Treatise /Rigaud, 93; Codex Urb., 33v; *Leonardo on Painting*, 36.

(23) Michael Kwakkelstein, "Did Leonardo Always Practice What He Preached?," in S. U. Baldassarri, ed., *Proxima Studia* (Fabrizio Serra Editore, 2011), 107; Michael Kwakkelstein, "Leonardo da Vinci's Recurrent Use of Patterns of Individual Limbs, Stock Poses and Facial Stereotypes," in Ingrid Ciulisova, ed., *Artistic Innovations and Cultural Zones* (Peter Lang, 2014), 45.

(24) Carmen Bambach, "Figure Studies for the *Adoration of the Magi*," in Bambach *Master Draftsman*, 320; Bulent Atalay and Keith Wamsley, *Leonardo's Universe* (National Geographic, 2009), 85.

(25) Clark, 74; Richard Turner, *Inventing Leonardo* (University of California, 1992), 27; Clark, 124.

(26) Francesca Fiorani, "Why Did Leonardo Not Finish the *Adoration of the Magi*?," in Moffatt and Taglialagamba, 137; Zöllner, 1:22–35.

(27) Melinda Henneberger, "The Leonardo Cover-Up," *New York Times*, April 21, 2002; "Scientific Analysis of the *Adoration of the Magi*," Museo Galileo, http://brunelleschi.imss.fi.it/menteleonardo/emdl.asp?c=13419&k=1470&rif=14071&xsl=1.

(28) アレクサンドラ・コレーによる、ウフィツィ・プロジェクトに参画した美術史家、チェチリア・フロシニーニへのインタビュー。Art Trav, http://www.arttrav.com/art-history-tools/leonardo-da-vinci-adoration/.

(29) *Leonardo on Painting*, 222; Fiorani, "Why Did Leonardo Not Finish the *Adoration of the Magi*?"

(30) Larry Feinberg, *The Young Leonardo* (Santa Barbara Museum, 2011), 177; Zöllner, 1:58. ファインバーグもゾルナーも、マリアの背後の人物はヨセフだと考えている。一方、ケンプとニコールは、最終版ではヨセフの姿は認められないと考えている。Kemp *Marvellous*, 46; Nicholl, 171. ニコールは次のように書いている。「父親の姿は周囲に埋もれ、確認できない。これを精神分析の対象にすることに異を唱える人もいるかもしれないが、このモチーフはあまりに頻繁に登場するので無視できない。レオナルドは常に、聖家族からヨセフを除外する」

(31) *Leonardo on Painting*, 220.

(32) Bambach *Master Draftsman*, 54.

(33) Codex Atl. 847r.

(34) Fiorani, "Why Did Leonardo Not Finish the *Adoration of the Magi*?," 22. 以下も参照。Francesca Fiorani and Alessandro Nova, eds., *Leonardo da Vinci and Optics: Theory and Pictorial Practice* (Marsilio Editore, 2013), 265.

(35) Carlo Pedretti, "The 'Pointing Lady'," *Burlington Magazine*, no. 795 (June 1969), 338.

(36)『岩窟の聖母』のポーズとの類似性、クルミ材の画板の使用、レオナルドがミラノで描いたスケッチと教会の類似性などから、制作時期は1480年代後半など、もっと遅かったと考える学者もいる。(ジュリアーナ・バローネ、マーティン・クレイトン、フランク・ゾルナーら

Marani, 38–48.

(66) Leonardo, "A Study of a Woman's Hands," Windsor, RCIN 912558; Butterfield, *The Sculptures of Andrea Del Verrocchio*, 90.

(67) Andrea Kirsh and Rustin Levenson, *Seeing through Paintings: Physical Examination in Art Historical Studies* (Yale, 2002), 135; Leonardo da Vinci, *Ginevra de's Benci*, oil on panel, National Gallery, Washington, DC, https://www.nga.gov /kids /ginevra.htm.

(68) Notebooks /J. P. Richter, 132, 135; Paris Ms. A, 113v; Codex Ash., 1:3a.

(69) Brown, 104.

第3章　才能あふれる画家として

(1) Louis Crompton, *Homosexuality and Civilization* (Harvard, 2006), 265; Payne, 747.

(2) Notebooks /Irma Richter 271.

(3) Notebooks /J. P. Richter, 1383. ジーン・ポール・リヒターは、ここに「(弟)」と括弧付きで書き加え、レオナルドへの配慮を見せているが、実際には文末の言葉はない。

(4) Nicholl, 131.

(5) Anonimo Gaddiano; Notebooks /Irma Richter, 258; Leonardo, "Sketches and Figures for a Last Supper and a Hydrometer," Louvre Inv. 2258r.; Zöllner, item 130, 2:335; Bambach *Master Draftsman*, 325.

(6) Anthony Cummings, *The Maecenas and the Madrigalist* (American Philosophical Society, 2004), 86; Donald Sanders, *Music at the Gonzaga Court in Mantua* (Lexington, 2012), 25.

(7) Pedretti *Commentary*, 112; Windsor, RCIN 919009r; Keele *Elements*, 350.

(8) Michael Rocke, *Forbidden Friendships: Homosexuality and Male Culture in Renaissance Florence* (Oxford, 1998), 4.

(9) Paris Ms. H, 1:12a; Notebooks /J. P. Richter, 1192.

(10) Clark, 107.

(11) Windsor, RCIN 919030r; Kenneth Keele and Carlo Pedretti, *Corpus of the Anatomical Studies by Leonardo da Vinci: The Queen's Collection at Windsor Castle* (Johnson, 1978), 71v–72r; Keele *Elements*, 350; Notebooks /MacCurdy, section 120.

(12) Patricia Simons, "Women in Frames: The Gaze, the Eye, the Profile in Renaissance Portraiture," *History Workshop* 25 (Spring, 1988), 4.

(13) Robert Kiely, *Blessed and Beautiful: Picturing the Saints* (Yale, 2010), 11; James Saslow, *Pictures and Passions: A History of Homosexuality in the Visual Arts* (Viking, 1999), 99.

(14) *Saint Sebastian Tied to a Tree*, Hamburger Kunsthalle, inv. 21489; Bambach *Master Draftsman*, 342.

(15) Scott Reyburn, "An Artistic Discovery Makes a Curator's Heart Pound," *New York Times*, December 11, 2016.

(16) Syson, 16. このテーマに関する別の仮説は、以下を参照。Bambach *Master Draftsman*, 323.

(17) Clark, 80.

評価すべきではない」。かつてナショナル・ギャラリー館長として『トビアスと天使』の管理者を務めたルーク・サイソンは、ヴェロッキオは自然を描くことに非常に長けており、犬と魚も彼が描いた可能性がある、と私に語った。

(48) Nicholl, 89.

(49) Vasari, 1486. ヴェロッキオはその後、ピストイア大聖堂の祭壇用絵画を受注したが、制作の大半はロレンツォ・ディ・クレディに任せた。Jill Dunkerton and Luke Syson, "In Search of Verrocchio the Painter," *National Gallery Technical Bulletin* 31 (2010), 4; Zöllner, 1:18; Brown, 151.

(50) エビデンスを見るかぎり、ヴェロッキオはこの作品の制作を1460年代に開始したが、その後中断した。制作を再開したのは1470年代半ばで、レオナルドは天使を描いたほか、背景を描き直し、キリストの胴体部分を完成させた(ただし腰布はすでにヴェロッキオが描いていた)。Dunkerton, "Leonardo in Verrocchio's Workshop," 21; Brown, 138, 92; Marani, 65.

(51) Codex Ash., 1:5b; Notebooks /J. P. Richter, 595.

(52) Clark, 51.

(53) Codex Ash., 1:21a; Notebooks /J. P. Richter 236; Janis Bell, "Sfumato and Acuity Perspective," in Claire Farago, ed., *Leonardo da Vinci and the Ethics of Style* (Manchester Univ., 2008), ch. 6.

(54) Codex Arundel, 169a; Notebooks /J. P. Richter, 305.

(55) たとえば以下を参照。Cecil Gould, *Leonardo* (Weidenfeld & Nicolson, 1975), 24. さまざまな見解のリストは以下を参照。Brown, 195nn6, 7, and 8.

(56) Zöllner, 1:34; Brown, 64; Marani, 61.

(57) Brown, 88. ウィンザー城所蔵のレオナルドによるユリの花のスケッチも参照。Windsor, RCIN 912418.

(58) Matt Ancell, "Leonardo's *Annunciation* in Perspective," in Fiorani and Kim; Lyle Massey, *Picturing Space, Displacing Bodies* (Pennsylvania State, 2007), 42–44.

(59) Francesca Fiorani, "The Shadows of Leonardo's *Annunciation* and Their Lost Legacy," in Roy Eriksen and Magne Malmanger, eds., *Imitation, Representation and Printing in the Italian Renaissance* (Pisa: Fabrizio Serra, 2009), 119; Francesca Fiorani, "The Colors of Leonardo's Shadows," *Leonardo* 41.3 (2008), 271.

(60) Leonardo Treatise /Rigaud, section 262.

(61) Jane Long, "Leonardo's Virgin of the Annunciation," in Fiorani and Kim.

(62) Brown, 122.

(63) Codex Ash., 1:7a; Notebooks /J. P. Richter, 367; Leonardo Treatise /Rigaud, 34.

(64) Brown, 150.

(65) Jennifer Fletcher, "Bernardo Bembo and Leonardo's Portrait of Ginevra de' Benci," *Burlington Magazine*, no. 1,041 (1989), 811; Mary Garrard, "Who Was Ginevra de' Benci? Leonardo's Portrait and Its Sitter Recontextualized," *Artibus et Historiae* 27.53 (2006), 23; John Walker, "Ginevra de' Benci," *in Report and Studies in the History of Art* (Washington National Gallery, 1967), 1:32; David Alan Brown, ed., *Virtue and Beauty* (Princeton, 2003); Brown, 101–21;

(35) 多くの学者がこの作品は1472年頃のものと見ており、私もそれが正しいと考えている。ただ作品を所蔵する大英博物館の公式見解は1475年〜1480年である。

(36) Martin Kemp and Juliana Barone, *I disegni di Leonardo da Vinci e della sua cerchia: Collezioni in Gran Bretagna* (Giunti, 2010), item 6. ヴェロッキオの工房で作成されたレリーフのさまざまなバージョンやコピーが現存している。ワシントンＤＣのナショナル・ギャラリーのアレクサンダー大王のレリーフは、以下で閲覧できる。http://www.nga.gov/content/ngaweb/Collection/art-object-page.43513.html. こうした作品についての議論は以下を参照。Brown, 72–74, 194nn103 and 104. 以下も参照。Butterfield, *The Sculptures of Andrea Del Verrocchio*, 231.

(37) ゲイリー・ラドクは、レオナルドは『洗礼者聖ヨハネの斬首』像の制作に参画したと主張している。以下を参照。Gary Radke, ed., *Leonardo da Vinci and the Art of Sculpture* (Yale, 2009); Carol Vogel, "Indications of a Hidden Leonardo," *New York Times*, April 23, 2009; Ann Landi, "Looking for Leonardo," *Smithsonian*, October 2009. レオナルドの素描とヴェロッキオの彫刻の制作時期、および1470年代末にはどちらがどちらに影響を与えていたかという議論は、以下を参照。Brown, 68–72.

(38) Javier Berzal de Dios, "Perspective in the Public Sphere," Renaissance Society of America conference, Montreal, 2011; George Kernodle, *From Art to Theatre: Form and Convention in the Renaissance* (University of Chicago, 1944), 177; Thomas Pallen, *Vasari on Theatre* (Southern Illinois University, 1999), 21.

(39) Codex Atl., 75 r-v.

(40) Paris Ms. B, 83r; Laurenza, 42; Pedretti, *The Machines*, 9; Kemp *Marvellous*, 104.

(41) Nicholl, 98.

(42) 実際の文言は次のとおりである。"Io morando dant sono chontento." セルジュ・ブランリらは「dant」は「d'Antonio」の略であると考えている (Bramly, 84). 一方カルロ・ペドレッティは、リヒターによるレオナルドのノートの翻訳の批評において、まったく異なる解釈をしている。原文は "Jo Morando dant sono contento"（私、モランド・ダントニオは以下に同意する）の意味で、何らかの契約書の下書きだというのだ（Pedretti, *Commentary*, 314）。

(43) Uffizi Gallery, Cabinet of Prints and Drawings, no. 8P. 兜をかぶった戦士のスケッチはそれ以前（1472年頃）の作品かもしれない。上記の注35を参照。

(44) Codex Urb., 5r; *Leonardo on Painting*, 32.

(45) Ernst Gombrich, "Tobias and the Angel," in *Symbolic Images: Studies in the Art of the Renaissance* (Phaidon, 1972), 27; Trevor Hart, "Tobit in the Art of the Florentine Renaissance," in Mark Bredin, ed., *Studies in the Book of Tobit* (Bloomsbury, 2006), 72–89.

(46) Brown, 47–52; Nicholl, 88.

(47) この説を最も強硬に主張しているのは、以下の文献である。David Alan Brown (51). その反論は以下を参照。Jill Dunkerton, "Leonardo in Verrocchio's Workshop: Re-examining the Technical Evidence," *National Gallery Technical Bulletin* 32 (2011), 4–31:「彼には彫刻だけでなく、絵画においても自然を緻密に観察する能力があったことは、洗礼者の頭上を飛ぶ、輝く目をしたラプトルの姿からも明らかである。（中略）ヴェロッキオの絵画の能力を過小

(20) J. K. Cadogan, "Verrocchio's Drawings Reconsidered," *Zeitschrift für Kunstgeschichte* 46.1 (1983), 367; Kemp *Marvellous*, 18.

(21) 1476年、この銅像の費用としてフィレンツェ議会がロレンツォ・デ・メディチに150フロリンを支払った記録がある。現在専門家の多くは、制作時期は1466年～1468年と見ている。以下を参照。Nicholl, 74; Brown, 8; Andrew Butterfield, *The Sculptures of Andrea del Verrocchio* (Yale, 1997), 18.

(22) レオナルドがダビデ像のモデルであったと考える学者は多い。マーティン・ケンプはそれを疑問視する1人だ。「そうした見解はロマンティックな空想のようだが、私はエビデンスに対して厳格である。自然主義という言葉がよく使われるが、銅像はモデルの『似顔絵』ではないはずだ」と私に語った。

(23) ヨハネによる福音書、20章27節; Clark, 44.

(24) Kim Williams, "Verrocchio's Tombslab for Cosimo de' Medici: Designing with a Mathematical Vocabulary," in *Nexus I* (Florence: Edizioni dell'Erba, 1996), 193.

(25) Carlo Pedretti, *Leonardo: The Machines* (Giunti, 2000), 16; Bramly, 72.

(26) Pedretti *Commentary*, 1:20; Pedretti, *The Machines*, 18; Paris Ms. G, 84v; Codex Atl., fols. 17v, 879r, 1103v; Sven Dupré, "Optic, Picture and Evidence: Leonardo's Drawings of Mirrors and Machinery," *Early Science and Medicine* 10.2 (2005), 211.

(27) Bernard Berenson, *The Florentine Painters of the Renaissance* (Putnam, 1909), section 8.（バーナード・ベレンソン『ルネッサンスのイタリア画家』山田智三郎等訳、新潮社、1961年）

(28) Leonardo Treatise /Rigaud, 353; Codex Ash. 1:6b; Notebooks /J. P. Richter, 585.

(29) Brown, 82; Carmen Bambach, "Leonardo and Drapery Studies on 'Tela sottilissima dilino,' " *Apollo*, January 1, 2004; Jean K. Cadogan, "Linen Drapery Studies by Verrocchio, Leonardo and Ghirlandaio," *Zeitschrift fur Kunstgeschichte* 46 (1983), 27–62; Francesca Fiorani, "The Genealogy of Leonardo's Shadows in a Drapery Study," Harvard Center for Italian Renaissance Studies at Villa I Tatti Series, no. 29 (Harvard, 2013), 267–73, 840–41; Françoise Viatte, "The Early Drapery Studies," in Bambach *Master Draftsman*, 111; Keith Christiansen, "Leonardo's Drapery Studies," *Burlington Magazine* 132.1049 (1990), 572–73; Martin Clayton, review of Bambach *Master Draftsman* catalogue, *Master Drawings* 43.3 (Fall 2005), 376.

(30) Codex Urb., 133r-v; Leonardo Treatise /Rigaud, ch. 178; *Leonardo on Painting*, 15.

(31) Ernst Gombrich, *The Story of Art* (Phaidon, 1950), 187.

(32) Alexander Nagel, "Leonardo and Sfumato," *Anthropology and Aesthetics* 24 (Autumn 1993), 7; Leonardo Treatise /Rigaud, ch. 181.

(33) "Visit of Galeazzo Maria Sforza and Bona of Savoy," *Mediateca Medicea*, http:// www.palazzo-medici.it /mediateca /en /Scheda 1471 Visita di Galeazzo Maria Sforza_e di Bona di Savoia; Nicholl, 92.

(34) Niccolo Machiavelli, *History of Florence* (Dunne, 1901; 最初に出版されたのは1525年), bk. 7, ch. 5.（ニッコロ・マキャベッリ著『フィレンツェ史』在里寛司、米山喜晟訳、筑摩書房、2018年）

canonique (Paris: Leroux, 1905), 100.

(6) Stefano Ugo Baldassarri and Arielle Saiber, *Images of Quattrocento Florence* (Yale, 2000), 84.

(7) John M. Najemy, *A History of Florence 1200–1575* (Wiley, 2008), 315; Eric Weiner, *Geography of Genius* (Simon and Schuster, 2016), 97.

(8) Lester, 71; Gene Brucker, *Living on the Edge in Leonardo's Florence* (University of California, 2005), 115; Nicholl, 65.

(9) Francesco Guicciardini, *Opere Inedite: The Position of Florence at the Death of Lorenzo*, (Bianchi, 1857), 3:82.

(10) Paul Robert Walker, *The Feud That Sparked the Renaissance: How Brunelleschi and Ghiberti Changed the Art World* (William Morrow, 2002); Ross King, *Brunelleschi's Dome: The Story of the Great Cathedral of Florence* (Penguin, 2001).（ロス・キング著『天才建築家ブルネレスキ：フィレンツェ・花のドームはいかにして建設されたか』田辺希久子訳、東京書籍、2002年）

(11) Antonio Manetti, *The Life of Brunelleschi*, trans. Catherine Enggass (Pennsylvania State, 1970; 最初に出版されたのは1480年代), 115; Martin Kemp, "Science, Non-science and Nonsense: The Interpretation of Brunelleschi's Perspective," *Art History* 1:2, June 1978, 134.

(12) Anthony Grafton, *Leon Battista Alberti: Master Builder of the Italian Renaissance* (Harvard, 2002), 27, 21, 139. 以下も参照。Franco Borsi, *Leon Battista Alberti* (Harper & Row, 1975), 7–11.

(13) Samuel Y. Edgerton, *The Mirror, the Window, and the Telescope: How Renaissance Linear Perspective Changed Our Vision of the Universe* (Cornell, 2009); Richard McLanathan, *Images of the Universe* (Doubleday, 1966), 72; Rocco Sinisgalli, *Leon Battista Alberti: On Painting. A New Translation and Critical Edition* (Cambridge, 2011), 3; Grafton, *Leon Battista Alberti*, 124. シニスガリは、アルベルティの『絵画論』で最初に書かれたのはイタリア語（トスカーナ語）版で、ラテン語版はその翌年に出版されたと主張する。

(14) Arasse, 38, 43. アラッセは次のように指摘する。「トリヴルツィオ手稿と手稿Bが示すように、レオナルドはルイジ・プルチの『必修ラテン語（All Latin Words in order）』の半分近くを筆写している。（中略）トリヴルツィオ手稿のリストは、ヴァルトゥリオ（*De Re Militari* by Valturius）をほぼ丸写ししている」。トリヴルツィオ手稿は1487年から1490年にかけて書かれた。

(15) Carmen Bambach, "Leonardo: Left-Handed Draftsman and Writer," in Bambach *Master Draftsman*, 50.

(16) Bambach, "Leonardo: Left-Handed Draftsman and Writer," 48; Thomas Micchelli,"The Most Beautiful Drawing in the World," *Hyperallergic*, November 2, 2013.

(17) Geoffrey Schott, "Some Neurological Observations on Leonardo da Vinci's Handwriting," *Journal of Neurological Science* 42.3 (August 1979), 321.

(18) Cecchi, "New Light on Leonardo's Florentine Patrons," 121; Bramly, 62.

(19) Evelyn Welch, *Art and Society in Italy 1300–1500* (Oxford, 1997), 86; Richard David Serros, "The Verrocchio Workshop: Techniques, Production, and Influences," PhD dissertation, University of California, Santa Barbara, 1999.

(13) Kuehn, *Illegitimacy*, 7, ix.
(14) Kuehn, *Illegitimacy*, 80. 以下も参照。Brown; Beck, "Ser Piero da Vinci and His Son Leonardo," 32.
(15) Charles Nauert, *Humanism and the Culture of Renaissance Europe* (Cambridge, 2006), 5.
(16) Codex Atl., 520r /191r-a; Notebooks /MacCurdy, 2:989.
(17) Notebooks /J. P. Richter, 10–11; Notebooks /Irma Richter, 4; Codex Atl., 119v, 327v.
(18) Paris Ms. E, 55r; Notebooks /Irma Richter, 8; Capra, *Science*, 161, 169.
(19) Paris Ms. L, 58v; Notebooks /Irma Richter 95.
(20) Codex Atl., 66v /199b; Notebooks /J. P. Richter, 1363; Notebooks /Irma Richter, 269.
(21) 原著のドイツ語の題は以下のとおり。*Eine Kindheitserinnerung des Leonardo da Vinci.* 1916年にエイブラハム・ブリルが翻訳した。複数の電子版が入手できる。
(22) *Sigmund Freud, Lou Andreas-Salomé Correspondence*, ed. Ernst Pfeiffer (Frankfurt: S. Fischer, 1966), 100.
(23) Meyer Schapiro, "Leonardo and Freud," *Journal of the History of Ideas* 17.2 (April 1956), 147. 以下の文献はフロイトを擁護し、嫉妬の女神の絵と凧の絵との関連を議論している。Kurt Eissler, *Leonardo da Vinci: Psychoanalytic Notes on the Enigma* (International Universities, 1961) ; Alessandro Nova, "The Kite, Envy and a Memory of Leonardo da Vinci's Childhood," in Lars Jones, ed., *Coming About* (Harvard, 2001), 381.
(24) Codex Atl., 358 v; Notebooks /MacCurdy, 1:66; Sherwin Nuland, *Leonardo da Vinci* (Viking, 2000), 18.
(25) Codex Arundel, 155r; Notebooks /J. P. Richter, 1339; Notebooks /Irma Richter, 247.
(26) Codex Arundel, 156r; Notebooks /J. P. Richter, 1217; Notebooks /Irma Richter, 246.
(27) Kay Etheridge, "Leonardo and the Whale," in Fiorani and Kim.
(28) Codex Arundel, 155b; Notebooks /J. P. Richter, 1218, 1339n.

第２章 師に就き、師を超える

(1) Nicholl, l61. レオナルドがヴェロッキオの徒弟となったのは1466年頃だと主張する文献の１つが、以下である。Beck, "Ser Piero da Vinci and His Son Leonardo," 29; Brown, 76. 1469年のピエロ・ダ・ヴィンチの税務申告書を見ると、レオナルドはヴィンチ村に住む扶養家族の１人とされている。ただ、これは居住に関する申告書ではない。ピエロ自身もヴィンチ村には住んでいなかった。またこの税務申告書は当局から却下され、レオナルドの名前が線で消されている。
(2) Notebooks /Irma Richter, 227.
(3) Nicholl, 47; Codex Urb., 12r; Notebooks /J. P. Richter, 494.
(4) Codex Ash., 1:9a; Notebooks /Richter, 495.リヒターは後者は弟子に対するものであり、2つの引用は矛盾しないと主張する。しかし私は2つには相反する気持ちが表れており、後者のほうがレオナルドの置かれた現実に近かったと考えている。
(5) Kuehn, *Illegitimacy*, 52; Robert Génestal, *Histoire de la légitimation des enfants naturels en droit*

ロンドンのナショナル・ギャラリーからニューヨークのメトロポリタン美術館に移ったルーク・サイソンは「レオナルドが半世紀近いキャリアのなかで着手した作品はおそらく20点に満たない。そのうちすべてレオナルドが描いたと認められるものは15点しか残っておらず、うち少なくとも4点は程度の差はあるが未完である」と述べている。レオナルド作品の真贋に関する専門家の意見の変化や論争は今も続いており、以下のサイトで見ることができる。 "List of Works by Leonardo da Vinci," *Wikipedia*, https://en.wikipedia.org/wiki/List_of_works_by_Leonardo_da_Vinci.

(17) Paris Ms. K, 2:1b; Notebooks /J. P. Richter, 1308.

第1章　非嫡出子に生まれた幸運

(1) Alessandro Cecchi, "New Light on Leonardo's Florentine Patrons," in Bambach *Master Draftsman*, 123.

(2) Nicholl, 20; Bramly, 37. この日のフィレンツェの日没時間は午後6 時40分。「夜の時間」は通常、夕べの鐘が鳴った時点から数える。

(3) Francesco Cianchi, *La Madre di Leonardo era una Schiava?* (Museo Ideale Leonardo da Vinci, 2008); Angelo Paratico, *Leonardo Da Vinci: A Chinese Scholar Lost in Renaissance Italy* (Lascar, 2015); Anna Zamejc, "Was Leonardo Da Vinci's Mother Azeri?," Radio Free Europe, November 25, 2009.

(4) Martin Kemp and Giuseppe Pallanti, *Mona Lisa* (Oxford, 2017), 87. 研究成果を共有してくれたケンプ教授と、それを私と議論してくれたパランティに感謝する。

(5) Anonimo Gaddiano.

(6) 著者と、古文書の研究者であるジュゼッペ・パランティとの2017年の私信より。Alberto Malvolti, "In Search of Malvolto Piero: Notes on the Witnesses of the Baptism of Leonardo da Vinci," *Erba d'Arno*, no. 141 (2015), 37. ケンプとパランティ（Kemp and Pallanti, *Mona Lisa*）は、税務文書にこの小屋は居住不能と書かれているため、レオナルドが生まれたのはここではないと指摘している。しかし、そのように記載された理由は、ほぼ空き家となっている古い小屋への課税を逃れようとしたためかもしれない。

(7) Kemp and Pallanti, *Mona Lisa*, 85.

(8) Leonardo, "Weimar Sheet," recto, Schloss-Museum, Weimar; Pedretti, *Commentary*, 2:110.

(9) James Beck, "Ser Piero da Vinci and His Son Leonardo," *Notes in the History of Art* 5.1 (Fall 1985), 29.

(10) Jacob Burckhardt, *The Civilization of the Renaissance in Italy* (Dover, 2010; 1878年に英語で、1860年にドイツ語で刊行) 51, 310.

(11) Jane Fair Bestor, "Bastardy and Legitimacy in the Formation of a Regional State in Italy: The Estense Succession," *Comparative Studies in Society and History* 38.3 (July 1996), 549–85.

(12) Thomas Kuehn, *Illegitimacy in Renaissance Florence* (University of Michigan, 2002), 80. 以下も参照。Thomas Kuehn, "Reading between the Patrilines: Leon Battista Alberti's 'Della Famiglia' in Light of His Illegitimacy," *I Tatti Studies in the Italian Renaissance* 1 (1985), 161–87.

1977). レオナルドのノートおよびJ・P・リヒターの編著に関するメモと考察、全2巻。

Reti *Unknown* = Ladislao Reti, ed., *The Unknown Leonardo* (McGraw-Hill, 1974).（ラディスラオ・レティ著『知られざるレオナルド』小野健一ほか訳、岩波書店、1975年）

Syson = Luke Syson, *Leonardo da Vinci, Painter at the Court of Milan* (National Gallery of London, 2011).

Vasari = Giorgio Vasari, *Lives of the Most Eminent Painters, Sculptors, and Architects*（初版は1550年、改訂版が1568年に出版された）。（ジョルジョ・ヴァザーリ著『芸術家列伝1〜3』平川祐弘、小谷年司訳、白水社、2011年）。紙版、電子版で数多くの版が出ている。私はマーゴ・プリツカーから改訂版の原本と、それに関する学術資料の提供を受けた。

Wells = Francis Wells, *The Heart of Leonardo* (Springer, 2013).

Zöllner = Frank Zöllner, *Leonardo da Vinci: The Complete Paintings and Drawings*, 2 vols. (Taschen, 2015).（フランク・ツォルナー著『レオナルド・ダ・ヴィンチ：1452-1519年：全絵画作品・素描集』渡辺玲子訳、Taschen、2007年）

序章　「絵も描けます」

(1) Codex Atl., 391r-a /1082r; Notebooks /J. P. Richter, 1340. この手紙の日付の問題については、第4章で述べている。現在残っているのはノートに書いた下書きだけであり、ミラノ公に送った最終版は残っていない。

(2) Kemp *Leonardo*, vii, 4; 本書や他の著作でケンプが注目しているのは、レオナルドの幅広い探究の根底にある、共通のパターンだ。

(3) Codex Urb., 133r-v; Leonardo Treatise /Rigaud, ch. 178; *Leonardo on Painting*, 15.

(4) 2010年の著者によるスティーブ・ジョブズへのインタビュー。

(5) Vasari, vol. 4.

(6) Clark, 258; Kenneth Clark, *Civilisation* (Harper & Row, 1969), 135.

(7) Codex Atl., 222a /664a; Notebooks /J. P. Richter, 1448; Robert Krulwich, "Leonardo's To-Do List," *Krulwich Wonders*, NPR, November 18, 2011. プロティナリはフランドルを訪問したミラノの商人である。

(8) Notebooks /Irma Richter, 91.

(9) Windsor, RCIN 919070; Notebooks /J. P. Richter, 819.

(10) Paris Ms. F, 0; Notebooks /J. P. Richter, 1421.

(11) Adam Gopnik, "Renaissance Man," *New Yorker*, January 17, 2005.

(12) Codex Atl., 196b /586b; Notebooks /J. P. Richter, 490.

(13) 改訂版の原本とそれに関する学術資料を提供してくれたマーゴ・プリツカーに感謝する。ヴァザーリの著書はインターネットのさまざまなサイトで入手できる。

(14) ヴァザーリは自らのテーマを「（古代ローマ時代の）芸術の発展と完成、その後の衰退、そして回復あるいは復興である」と述べている。

(15) Anonimo Gaddiano.

(16) 定義や判断基準にもよるが、学者によって数字は12から18くらいまでバラツキがある。

Clark = Kenneth Clark, *Leonardo da Vinci* (Penguin, 1939). 1988年の改訂版はマーティン・ケンプが編集。

Clayton = Martin Clayton, *Leonardo da Vinci: The Divine and the Grotesque* (Royal Collection, 2002).

Clayton and Philo = Martin Clayton and Ron Philo, *Leonardo da Vinci Anatomist* (Royal Collection, 2012).（マーティン・クレイトン、ロン・フィロ 著『レオナルド・ダ・ヴィンチの「解剖手稿A」: 人体の秘密にメスを入れた天才のデッサン』森田義之、小林もり子訳、グラフィック社、2018年）

Delieuvin = Vincent Delieuvin, ed., *Saint Anne: Leonardo da Vinci's Ultimate Masterpiece* (Louvre, 2012). 2012年にルーブルで開かれた展覧会のカタログ。

Fiorani and Kim = Francesca Fiorani and Anna Marazeula Kim, "Leonardo da Vinci: Between Art and Science," University of Virginia, March 2014, http://faculty.virginia.edu/Fiorani/NEH-Institute/essays/.

Keele and Roberts = Kenneth Keele and Jane Roberts, *Leonardo da Vinci: Anatomical Drawings from the Royal Library, Windsor Castle* (Metropolitan Museum of New York, 2013).

Keele *Elements* = Kenneth Keele, *Leonardo da Vinc's Elements of the Science of Man* (Academic, 1983).

Kemp *Leonardo* = Martin Kemp, *Leonardo* (Oxford, 2004; revised 2011).（マーティン・ケンプ著『レオナルド・ダ・ヴィンチ: 芸術と科学を越境する旅人』藤原えりみ訳、大月書店、2006年）

Kemp *Marvellous* = Martin Kemp, *Leonardo da Vinci: The Marvellous Works of Nature and Man* (Harvard, 1981; revised edition Oxford, 2006).

King = Ross King, *Leonardo and the Last Supper* (Bloomsbury, 2013).

Laurenza = Domenico Laurenza, *Leonardo's Machines* (David and Charles, 2006).（ドメニコ・ロレンツァ著『ダ・ヴィンチ　天才の仕事：発明スケッチ32枚を完全復元』松井貴子訳、二見書房、2007年）

Lester = Toby Lester, *Da Vinci's Ghost* (Simon and Schuster, 2012).（トビー・レスター著『ダ・ヴィンチ・ゴースト: ウィトルウィウス的人体図の謎』宇丹貴代実訳、筑摩書房、2013年）

Marani = Pietro C. Marani, *Leonardo da Vinci: The Complete Paintings* (Abrams, 2000).

Marani and Fiorio = Pietro C. Marani and Maria Teresa Fiorio, *Leonardo da Vinci: The Design of the World* (Skira, 2015). 2015年にミラノのパラッツォ・レアレで開催された展覧会のカタログより。

Moffatt and Taglialagamba = Constance Moffatt and Sara Taglialagamba, *Illuminating Leonardo: A Festschrift for Carlo Pedretti Celebrating His 70 Years of Scholarship* (Brill, 2016).

Nicholl = Charles Nicholl, *Leonardo da Vinci: Flights of the Mind* (Viking, 2004).（チャールズ・ニコル著『レオナルド・ダ・ヴィンチの生涯: 飛翔する精神の軌跡』越川倫明、松浦弘明、阿部毅、深田麻里亜、巖谷睦月、田代有甚訳、白水社、2009年）

O'Malley = Charles D. O'Malley, ed., *Leonardo's Legacy* (University of California, 1969).

Payne = Robert Payne, *Leonardo* (Doubleday, 1978).（ロバート・ペイン著『レオナルド・ダ・ヴィンチ』鈴木主税訳、草思社、1982年）

Pedretti *Chronology* = Carlo Pedretti, *Leonardo: A Study in Chronology and Style* (University of California, 1973).

Pedretti *Commentary* = Carlo Pedretti, *The Literary Works of Leonardo da Vinci: Commentary* (Phaidon,

ルビノ稿本を基にしている。参考文献の番号は、本資料でペドレッティが各節に振ったものを引用。

Leonardo Treatise/Rigaud = レオナルド・ダ・ヴィンチによる*A Treatise on Painting*をジョン・フランシス・リゴーが翻訳（Dover, 2005.最初に刊行されたのは1651年）。ウルビノ稿本を基にしている。参考文献の番号は、本文献のものを引用。

Notebooks/Irma Richter = イルマ・A・リヒター編、*Leonardo da Vinci Notebooks.* 新版はテレーザ・ウェルズが編集、マーティン・ケンプが序文を書いている（Oxford, 2008.最初に刊行されたのは1939年）。イルマ・リヒターはJ・P・リヒター（以下を参照）の娘。この文献は父の著書からイルマが抜粋し、手を加えたもので、ウェルズとケンプがさらに更新した。

Notebooks/J. P. Richter = ジーン・ポール・リヒター編、*The Notebooks of Leonardo da Vinci* 全２巻（Dover, 1970. 初版は1883）。イタリア語の複写と英語の翻訳が併記され、メモや注釈のほか、レオナルドのスケッチも多く含まれている。本書ではリヒターが使った節番号（1～1566）を引用した。リヒターのまとめた著作の多くで、同じ番号が一貫して使われている。この２巻には、レオナルドのノートの名前とフォリオ番号も記載されている。

Notebooks/MacCurdy = Edward MacCurdy, *The Notebooks of Leonardo da Vinci* (Cape, 1938). ネットで多くの版が入手できる。参考文献の番号は、本資料でマッカーディが振ったものを引用。

Paris Ms. = フランス学士院所蔵の手稿。以下により構成。「手稿Ａ」（1490年～1492年）、「手稿Ｂ」（1486年～1490年）、「手稿Ｃ」（1490年～1491年）、「手稿Ｄ」（1508年～1509年）、「手稿Ｅ」（1513年～1514年）、「手稿Ｆ」（1508年～1513年）、「手稿Ｇ」（1510年～1515年）、「手稿Ｈ」（1493年～1494年）、「手稿Ｉ」（1497年～1505年）、「手稿Ｋ１、Ｋ２、Ｋ３」（1503年～1508年）、「手稿Ｌ」（1497年～1502年）、「手稿Ｍ」（1495年～1500年）。

Windsor = 英国王室ウィンザー城所蔵。王室コレクションの目録番号（RCIN）は、レオナルド作品は「９」から始まり、それに続いて各作品の番号が振られる仕組みになっている。

【その他の主な引用文献】

Anonimo Gaddiano = The Anonimo Gaddiano、別名Anonimo Magliabecchiano. 以下の文献より引用。"Life of Leonardo," translated by Kate Steinitz and Ebria Feinblatt (Los Angeles County Museum, 1949), 37. Ludwig Goldscheider, *Leonardo da Vinci: Life and Work* (Phaidon, 1959), 28.

Arasse = Daniel Arasse, *Leonardo da Vinci* (Konecky, 1998).

Bambach *Master Draftsman* = Carmen C. Bambach, ed., *Leonardo da Vinci Master Draftsman* (Metropolitan Museum of New York, 2003).

Bramly = Serge Bramly, *Leonardo: The Artist and the Man* (HarperCollins, 1991).（セルジュ・ブランリ著『レオナルド・ダ・ヴィンチ』、五十嵐見鳥訳、平凡社、1996年）

Brown = David Alan Brown, *Leonardo da Vinci: Origins of a Genius* (Yale, 1998).

Capra *Learning* = Fritjof Capra, *Learning from Leonardo* (Berrett-Koehler, 2013).（フリッチョフ・カプラ著『レオナルド・ダ・ヴィンチの手稿を解読する：手稿から読み解く芸術への科学的アプローチ』千葉啓恵訳、一灯舎、2016年）

Capra *Science* = Fritjof Capra, *The Science of Leonardo* (Doubleday, 2007).

ソースノート

＊主な引用文献の略称

【レオナルドのノートに基づく文献】

Codex Arundel＝アランデル手稿（1492年頃〜1518年頃）。ロンドンの大英図書館所蔵。主に建築、機械に関する内容で、レオナルドの複数のノートから集められた238ページで構成。

Codex Ash.＝アッシュバーナム手稿、１巻（1486年〜1490年）、２巻（1490年〜1492年）。パリのフランス学士院所蔵。かつてはパリ手稿「手稿Ａ」と「手稿Ｂ」の一部であった（そして現在は再び統合されている）。1840年代にグリエルモ・リブリ伯爵が「手稿Ａ」のフォリオ（ページ）81〜114、「手稿Ｂ」のフォリオ91〜100を盗み、その後1875年にアッシュバーナム卿に売却した。1890年にアッシュバーナム卿が手稿をパリに戻した。美術史家のＪ・Ｐ・リヒターのノートに関する著作はアッシュバーナム手稿をもとにしているが、その後の文献の多くは再編集された「手稿Ａ」「手稿Ｂ」のフォリオ番号を引用する傾向がある（以下のパリ手稿の項を参照）。

Codex Atl.＝アトランティコ手稿（1478年〜1518年）。ミラノのアンブロジアーナ図書館所蔵。レオナルドの手稿としては最も量が多く、現在は12巻から成る。1970年代末の修復の際、フォリオに新たな番号が振られた。新旧両番号を併記して引用する。

Codex Atl./Pedretti＝Carlo Pedretti, *Leonardo da Vinci Codex Atlanticus: A Catalogue of Its Newly Restored Sheets* (Giunti, 1978).

Codex Forster＝フォースター手稿、１〜３巻（1487年〜1505年）。ロンドンのヴィクトリア＆アルバート博物館所蔵。主に機械、幾何学、体積転換に関する５冊のポケットノートをまとめたもの。

Codex Leic.＝レスター手稿（1508年〜1512年）。ワシントン州シアトル近郊のビル・ゲイツ邸所蔵。主に地球と水に関する72ページの文献。

Codex Madrid＝マドリード手稿、１巻（1493年〜1499年）、２巻（1493年〜1505年）。マドリードのスペイン国立図書館所蔵。1966年に再発見された。

Codex on Flight＝鳥の飛翔に関する手稿（1505年頃）。トリノ王立図書館所蔵。もとは「パリ手稿Ｂ」の一部だった。翻訳付き複写が、アメリカ国立航空宇宙博物館のウェブサイトで閲覧できる（https://airandspace.si.edu/exhibitions/codex.）

Codex Triv.＝トリヴルツィオ手稿（1487年〜1490年頃）。ミラノのスフォルツァ城所蔵。レオナルドの最初の手稿の１つであり、現在は55シートから成る。

Codex Urb.＝ウルビノ稿本。ヴァチカン法王庁図書館所蔵。フランチェスコ・メルツィが1530年頃に複写・編集したさまざまな手稿からの抜粋が収められている。1651年、パリでその要約版が『絵画論（*Trattato della Pittura*、英語では*Treatise on Painting*）』として出版された。

Leonardo on Painting＝*Leonardo on Painting*, Martin Kemp and Margaret Walker (Yale, 2001). マーティン・ケンプ、マーガレット・ウォーカーが編纂・翻訳した。ウルビノ稿本の一部を基に、レオナルドが絵画論に納めようとしていた文章を集めた。

Leonardo Treatise/Pedretti＝レオナルド・ダ・ヴィンチによる*Libro di Pittura*を、カルロ・ペドレッティが編集、カルロ・ヴェッチェが転写した（Giunte, 1995; 最初に刊行されたのは1651年）。ウ

著者　ウォルター・アイザックソン
1952年生まれ。ハーバード大学で歴史と文学の学位を取得。オックスフォード大学にて哲学、政治学、経済学の修士号を取得。米『TIME』誌編集長を経て、2001年にCNNのCEOに就任する。アスペン研究所CEOへと転じる一方、作家としてベンジャミン・フランクリンの評伝を出版。2004年に、スティーブ・ジョブズから「僕の伝記を書いてくれ」と直々に依頼される。ジョブズが亡くなった直後の2011年に刊行された『スティーブ・ジョブズⅠⅡ』は、世界的な大ベストセラーとなる。イノベーティブな天才を描くことに定評があり、アルバート・アインシュタインの評伝も手掛けている。現在、トゥレーン大学の歴史学教授。

訳者　土方奈美（ひじかた　なみ）
翻訳家。日本経済新聞社を経て、2008年より翻訳家として独立。経済・金融分野を主に手掛ける。訳書に『グーグル秘録　完全なる破壊』（ケン・オーレッタ著）、『サイロ・エフェクト　高度専門化社会の罠』（ジリアン・テット著　ともに文藝春秋）、『How Google Works　私たちの働き方とマネジメント』（エリック・シュミットほか著　日本経済新聞出版社）。

装　丁　関口聖司
ＤＴＰ　エヴリ・シンク

レオナルド・ダ・ヴィンチ（上）

2019年3月30日　第1刷発行

著　者　ウォルター・アイザックソン
訳　者　土《ひじ》 方《かた》 奈《な》 美《み》
発行者　飯 窪 成 幸
発行所　株式会社文藝春秋
〒102-8008 東京都千代田区紀尾井町3-23
電話　03(3265)1211

印刷所／萩原印刷
製本所／大口製本

定価はカバーに表示してあります

ISBN978-4-16-390999-8 *Printed in Japan*

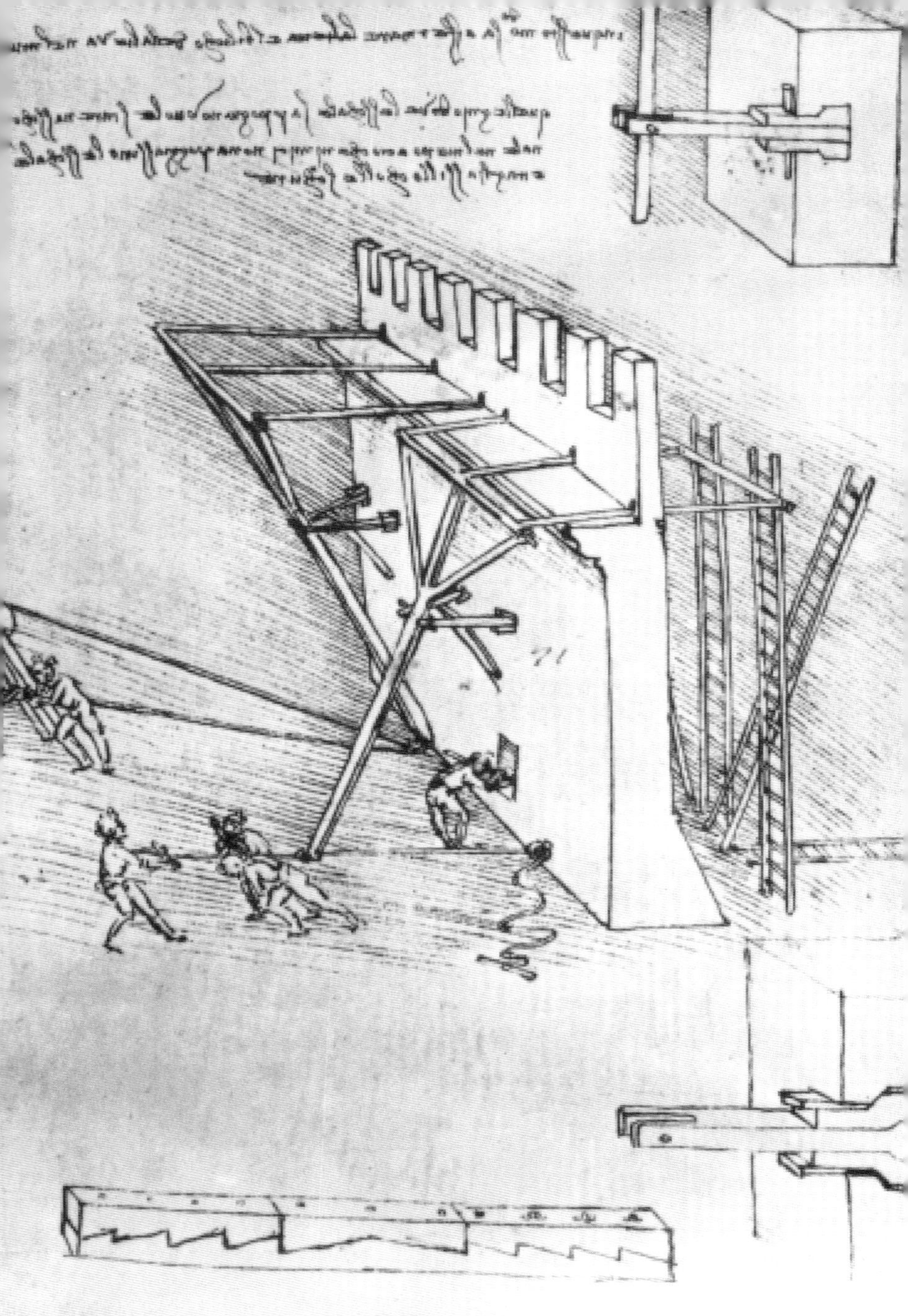